Wo die

# TOTENBLUMEN

tanzen



Viel Spaß [illegible]
Abtauchen, aber
Vorsicht vor den
Schatten!

SK

SABINE KNOP

FSC
www.fsc.org
MIX
Papier aus verantwortungsvollen Quellen
Paper from responsible sources
FSC® C105338

# Impressum


1. Auflage - Vollständig überarbeitet
c/o autorenglück.de
Franz-Mehring-Str. 15
01237 Dresden
Deutschland / Germany / Allemagne

Die Deutsche Nationalbibliothek verzeichnet diese Publikation in der Deutschen Nationalbibliografie; detaillierte bibliografische Daten sind im Internet über http://dnb.dnb.de abrufbar.

E-Mail: kontakt@sabine-knop.de
Website: www.sabine-knop.de
Instagram: @sabine_knop_schreibt

Korrektorat: Sarah Di Fabio – www.zeilensucht.de
Illustrationen: Franziska Legutko
Umschlaggestaltung: Consuelo Parra



Herstellung und Druck über tolino media GmbH & Co. KG, München.
Printed in Germany

# Wo die

# TOTENBLUMEN

# tanzen

VON

SABINE KNOP

VAMPIRROMAN

Für die Abenteurer und Neugierigen

# Prolog

Schlacht von Stirling Bridge
Schottland
1297

Sein Gesicht ist nass und klebrig. Der Geruch von Schlamm und Blut steigt ihm in die Nase.

*Wo bin ich?*

Er ist sich sicher, gerade aufgewacht zu sein, doch sein Körper gehorcht ihm nicht. Wie in einem Albtraum steckt er reglos in dem Gefängnis seiner eigenen Hülle fest. Er kann spüren, dass sein rechtes Auge mit dem Rest seiner Gesichtshälfte vom Ohr bis zur Nasenspitze im Dreck liegt.

Er kann die Brocken aus feuchter Erde und kleinen Steinchen in seinen Nasenlöchern fühlen. Wahrnehmen, wie sich der Boden gegen sein Augenlid und seine Wange drückt. Fest rechnet er damit, beim nächsten Atemzug am Morast zu ersticken. Doch der Impuls kommt nicht. Er atmet nicht.

Hätte er einen Puls, würde der jetzt, bei dem Gedanken zu sterben, anfangen zu rasen, wenn er nicht bald Luft holt. Die Fragen in seinem Kopf überschlagen sich. Ist er etwa als Geist in seinem verwesenden Körper gefangen?

*Kann es denn sein, dass ich tot bin?*

Der Drang zu weinen und zu schreien, baut sich kurz in ihm auf, nur um sich in der nächsten Sekunde aufzulösen wie nebliger Atem im Winter.

*Reiß dich zusammen!*

Er sammelt all seine Kräfte und stellt sich vor, wie er einatmet. Wie die kühle Luft, die ihn umgibt, durch seine Nase hereinströmt und dann wohltuend auf den Rachen trifft, nur um umgehend durch die Luftröhre in die Lungen zu gleiten. Seine Brust würde sich füllen, bis sein Brustkorb spannt, und seinen Körper wenigstens ein bisschen aus diesem Schlamm herausdrücken. Doch nichts tut sich.

Nicht einmal das Verlangen atmen zu müssen, stellt sich ein. Dafür nimmt er das scheuernde Gefühl der Erdteilchen und den metallischen Geschmack des darin vermischten Blutes in seinem Mund wahr. Könnte er den Kiefer bewegen, würde der feine Erdsand dazwischen ein unangenehmes Knirschen erzeugen.

Jedes Detail seines Körpers wird ihm bewusst. Selbst seine Augen kann er nicht öffnen. Wenn er sich nur erinnern würde, wo er ist. Dann wüsste er vielleicht auch wieder, warum er sich nicht bewegen kann.

Warum er hier in diesem Matsch liegt, der sich so eisig anfühlt, als würde er auf einem zugefrorenen See liegen. Es ist, als ob sein Körper registriert, dass es kalt ist, doch davon nicht beeinflusst wird. Es gibt keinen Kälteschmerz, kein Unwohlsein.

Er holt seine Sinne von der Wanderung durch seinen Leib zurück und versucht herauszufinden, wo er liegt. Es ist schlammig und überall um ihn herum befindet sich Blut. Warum sonst sollte der Brei in seinem Mund so intensiv nach Metall schmecken? Er weiß, dass es nicht nur von einem einzigen Menschen stammt. Wie er das wissen kann, versteht er selbst nicht.

*Genug von dem widerlichen Geschmack nach Tod.*

Vielleicht kann er ja etwas hören, das ihm weiterhilft. Als würde er zum ersten Mal seiner Umwelt lauschen, fokussiert er sich ganz auf die feinen Schwingungen, die auf seine linke Hörmuschel treffen. Das stetige Rauschen in seinem rechten, von Schlamm gefüllten Ohr, ignoriert er dabei. Nun weckt das Strömen von Wasser seine Aufmerksamkeit.

Es fließt schleichend und gluckernd vor sich hin. Nicht gleichmäßig und ungehindert wie in einem Flussbett, sondern leicht aufgewühlt, als müsste es ungewohnte Hindernisse umgehen. Teilweise klatscht es reißend auf Gesteinsbrocken. Etwas näher fließt es elegant klimpernd um kleinere, nicht so unnachgiebige Objekte.

Dort, wo Wasser in den Schlamm dringt, steigen Bläschen aus dem Morast auf und verkünden den Sieg des Flusses und seine Eroberung des neuen Landes. Er kann das Trommeln von Tropfen auf Blech vernehmen und unweit davon entfernt hört er ein kaum wahrnehmbares Aufstöhnen eines Verwundeten.

Es ist unmöglich und doch hat er den Eindruck, dass er hören kann, wie der letzte Atem den Mund des Mannes verlässt. Schwach und leise wie ein Geist im Mondschein. Im selben Augenblick stoppt ein zartes, rhythmisches Klopfen, das ihm zuvor gar nicht aufgefallen war.

Doch nun, wo es verstummt ist, schreit es ihn förmlich an. Hat er gerade jemanden sterben gehört?

*Ein Fluss mit großen Steinen, Schlamm getränkt mit Blut, ein sterbender Mann …* Dann erinnert er sich wieder. *Stirling Bridge! Ich bin auf dem Schlachtfeld!*

Stirling Bridge. Die Schlacht gegen die Engländer! Das Lager der Schotten liegt dort hinter der Brücke. Sein Lager. Er hat gekämpft und es hat gar nicht gut für sie ausgesehen, wieder einmal. Die Engländer hatten einfach viel mehr Kampferfahrung als er und seine schottischen Brüder.

Immerhin hat er sich selbst schon in zwei Schlachten behaupten können, doch auch in diesen war er nur knapp mit dem Leben und die Schotten mit einer Niederlage davongekommen. Dennoch hat er dabei etwas gelernt, indem er den Kampfstil einiger Soldaten beobachtete. Dabei hat er besonders den mit den eisblauen Augen und dem Lächeln eines Wahnsinnigen im Blick gehabt. Die Freude, mit der dieser Fremde tötete, hat ihn dermaßen angewidert, dass er sich schwor, ihn zur Strecke zu bringen. Jemand, der im Kampf auf die Gliedmaßen seiner Gegner zielte, um sie anschließend verstümmelt im Dreck verrotten zu lassen, hatte keine Ehre, kein Gewissen und sollte nicht am Leben bleiben.

Er hat sich fest vorgenommen, egal wie die Schlacht in Stirling Bridge ausging: Dieser eine Soldat sollte fallen! Der Fremde war schnell, ein geübter Krieger. Doch für seine Hiebe, die Hände, Arme und ganze Beine abtrennten, holte er weit und hoch aus. Dabei entblößte er für einen kritischen Moment seinen eigenen Torso.

Dieses Wissen wollte er nutzen, um den furchterregenden Gegner aufzuschlitzen wie ein Schwein. Die Schlacht war unerbittlich und er sah schon, wie seine Mannsleute dabei waren, wieder eine Niederlage zu erfahren. Doch der Nachschub der Engländer machte einen entscheidenden Fehler.

Mit Mann, Pferd und schwerem Geschütz nahmen sie die alte Brücke, die über den Fluss auf das Schlachtfeld führte. Völlig überfordert von dieser ungewohnten Last, brach die Holzbrücke in sich zusammen. Das Wasser riss einige Soldaten mit sich, andere ertranken, denn sie wurden durch die modernen Waffen und Rüstungen auf den Grund des Flusses gezogen. Diesen Vorteil nutzten die Schotten für sich. Die Ablenkung und geschwächte Moral der Engländer brachten einen nie erhofften Wendepunkt. Endlich hat er Auge in Auge mit dem englischen Soldaten ohne Seele gestanden. Der kalte Blick war, zusammen mit einem Lächeln, auf ihn gerichtet.

Ein Geräusch reißt Ian aus seinen Erinnerungen. Ein feuchtes Schmatzen erklingt auf dem Schlachtfeld. Etwas drückt sich in den Schlamm, nur um sich kurz darauf schmatzend wieder aus dem Vakuum herauszuziehen.

Es erinnert ihn an die Laute, die seine eigenen Beine verursachten, wenn er auf dem vom Regen vollgesogenen Feld seine Saat ausbrachte. Füße, die sich vorankämpfen. Mühsam, behäbig und doch stetig. Mit einem Mal verstummen die Schritte.

Jemand räuspert sich kraftvoll und laut, nur um anschließend auszuspucken. Dann wird ein Stück Stoff umgeschlagen und das Klimpern von Metall folgt. Der Stift einer Schnalle wird gehoben und das Leder eines Gürtels schlängelt sich hindurch. Das schneidende Singen einer Klinge, die aus ihrer Scheide gezogen wird, lässt Ians Nackenhaare hochfahren.

*Der Fluchtreflex funktioniert also noch!*

Zumindest lässt das Geräusch des Metalls eine Regung in seinem Körper zu. Somit kann er nicht tot sein, auch wenn er immer noch nicht atmet. Doch damit kann er sich jetzt nicht befassen. Ein ungutes Gefühl überkommt ihn. Der Fremde schnalzt zufrieden mit der Zunge.

»Das dürfte ein paar Münzen wert sein!« Mit einem schneidenden Ton gleitet das Schwert zurück in seine Scheide. Das Klingeln der Schnalle verrät Ian, dass der Unbekannte sich den Gürtel selbst umlegt.

*Das kann nur ein Leichenfledderer sein!*

Wenn er sich nur bemerkbar machen könnte. Andererseits, wenn ein solcher Schlag Mensch einen Schwerverletzten auf dem Schlachtfeld findet, würde er ihm helfen? Oder würde er ihn endgültig zum Schweigen bringen, damit er sich an ihm bereichern kann?

Ian weiß es nicht und er will es auch nicht herausfinden. Wieder fordern die Geräusche um ihn herum seine Aufmerksamkeit. Der Plünderer atmet schwer und angestrengt. Ein Stöhnen entkommt ihm und direkt darauf folgt ein entsetzliches Knarzen von Metall auf einer glatten Oberfläche. Es knackt dreimal, dann ploppt es, als würde ein Korken aus einem Wasserbeutel gezogen. Der Fremde jubelt triumphierend: »Was für ein Prachtstück von Backenzahn!«

*Das ist genug! Ich muss hier weg!*

Er hat das Gefühl, der Fremde steht weiter weg, als sein Gehör ihn glauben lässt, doch schon bald wird er versuchen, auch seine Zähne zu nehmen und alles andere, das er am Körper trägt. Noch einmal sammelt er alle Kraft, die er hat. Er versucht, seinen Muskeln zu befehlen, ihn umzudrehen, damit er sich aufrichten kann.

Doch bis auf ein ersticktes Grunzen bringt er nichts zustande. Das Schmatzen setzt wieder ein und der Mann, der sich an den Toten bereichert, stößt auf einen Gefallenen, bei dem Ian noch einen sehr schwachen Herzschlag wahrnimmt. Die Schritte des Fremden schreiten neben das schwach schlagende Herz und verweilen dort kurz.

Stoff wird zusammengedrückt. Ian kann hören, wie der Verletzte, der zuvor auf der Seite gelegen haben muss, auf den Rücken fällt. Ein ersticktes Husten entkommt ihm. Das Rasseln in seinen Lungen, das kleine Regentropfen die Luftröhre hinaufbefördert, zeigt Ian unweigerlich das Bild von jemandem, der Blut ausspuckt, während er um Hilfe fleht.

Erneut vernimmt Ian das Singen von Stahl. Die Klinge schneidet durch Haut und Fleisch, worauf ein feuchtes Gurgeln erklingt. Dann ist auch dieser schwache Herzschlag verstummt. Das beantwortet zumindest, ob der Fremde ihm helfen wird, wenn er bei ihm angekommen ist. Er erwartet als Reaktion auf diese Erkenntnis, dass sein Körper wieder einen Fluchtreflex zeigt. Hofft, dass er sich wenigstens umdrehen oder das Schwert greifen kann. Er weiß wieder, dass es direkt an seinen Fingerspitzen liegt. Doch nichts.

Frustrierendes, vernichtendes Nichts. Er kämpft innerlich. Befiehlt seinen Muskeln, sich anzuspannen, den Beinen, sich anzuwinkeln, den Armen, sich abzustützen und seinen Lungen zu atmen. Immer und immer wieder stellt er sich vor, wie er sich bewegt.

Wenn er nicht tot ist, warum klappt es dann nicht? Er grunzt mit jedem Versuch ein bisschen und bringt so seinen Rachen zum Vibrieren. Jedes Mal saugt das entstehende Vakuum gerade so viel Luft nach, um lediglich ein jämmerliches Grunzen zustande zu bringen.

Doch etwas ändert sich, während er dieses erstickte Geräusch von sich gibt.

Das Vibrieren lenkt seine Aufmerksamkeit auf ein bisher unentdecktes Verlangen. Eine trockene Kehle? Ein Brennen in der Speiseröhre? Hat er mit der wenigen Luft, die seine Lungen einfordern, eine giftige Substanz aufgenommen?

Zusätzlich zu seiner Speiseröhre brennen jetzt auch Gaumen und Rachen wie Feuer. Das Gefühl droht ihn verrückt zu machen, falls er es nicht bald abstellt. Es fühlt sich an wie ein Zwang. Fordernd wie Hunger. Erregend wie der Anblick einer verbotenen Versuchung im Mondschein und unaufhaltsam wie der Untergang der Sonne am Ende eines Sommertages.

Er könnte sich mit offenem Mund in die tiefste Stelle des Flusses stellen und würde das Feuer in seinem Hals doch nicht löschen können. Ohne es wissen zu können, ist er sich sicher: Wasser, Wein oder Brot, selbst die Küsse einer wunderschönen Frau können diese Gier nicht stillen. Doch was er nicht weiß, ist wonach es ihm verlangt.

Eine Hand drückt sich gegen seine Schulter und reißt ihn aus seinen Gedanken. Eine weitere berührt seine Hüfte und stemmt ihn auf den Rücken. Der Plünderer ist bei ihm angekommen. Ian hat ihn durch seine Grübelei über diesen neuen Drang vergessen. Wie leblos fällt er um, wobei ihm wieder ein Grunzen entkommt.

»Auch noch nicht tot, wie? Aber viel Leben steckt nicht mehr in dir.«

Abfällig tritt der Fremde Ian gegen die Rippen. »Du brauchst das hier wohl nicht mehr.«

Der Dieb, der neben Ian kniet, beugt sich über ihn und greift nach dem Schwert, das neben seinem Kopf im Schlamm liegt. Ians Augen flackern auf und erblicken dabei direkt den Hals des Leichenfledderers. Obwohl es unmöglich ist, kann er die Schlagader unter seinem Ohr pulsieren sehen. Das Feuer in seinem Rachen breitet sich aus und droht wie bei einem Drachen als ein Feuerball aus seinem Mund zu schießen. Ohne darüber nachzudenken, reißt Ian seinen Kiefer auf und stürzt nach vorne.

Kühl läuft die erlösende Flüssigkeit in seinen Mund. Wie süßer Nektar kriecht sie dickflüssig seine Kehle hinunter und lässt seine Sinne tanzen. Als hätte er den köstlichsten Met auf der ganzen Welt in einem Zuge geleert. Er presst fester, will mehr von diesem lieblichen Trank, will den Rausch verlängern und die Kraft in sich weiterwachsen spüren.

Knack – Das Geräusch ist so nah und so laut, dass Ian erschrocken die Hände von sich wirft. Ein dumpfer Schlag ertönt, als hätte jemand einen Sack voll Gerste von einem Viehkarren fallen lassen. Doch das interessiert Ian nicht. Er ist wie hypnotisiert von dem, was seine Augen ihm zeigen. Obwohl vor ihm ein halb überschwemmtes Feld voller Leichen liegt, treibt ihm der Anblick beinahe Tränen des Glücks in die Augenwinkel. Der Fluss glitzert in hellen, graugrünen Tönen.

Der schwache Mond, der an einem wolkenverhangenen Nachthimmel steht, färbt alles in eine faszinierende Märchenwelt. Es ist eigentlich zu dunkel, um klar sehen zu können. Doch selbst die Stellen im Schatten, vom Mondlicht verborgen, vibrieren rhythmisch vor ihm. Wellenartig wird sichtbar, was ein Mensch sonst nicht wahrnehmen kann. Er könnte schwören, eine Maus im Gras zu erspähen. Während er den Blick über das Schlachtfeld gleiten lässt, kann er die gefallenen Soldaten erkennen. Einige, mit denen er gemeinsam gekämpft hat. Einige, die seine Gegner waren. Sein letzter Gegner …

*Wo ist er?*

Wieder erinnert Ian sich. Die Brücke war eingestürzt und es hat ein Durcheinander geherrscht. Er hat über die verwirrten Gesichter hinweggesehen und erkannte das Grinsen, in das er blickte, sofort.

Auch sein Widersacher bemerkte ihn, denn beide waren direkt aufeinander zugesteuert. Wie gewohnt riss der Soldat seine Klinge über den Kopf, in der Absicht, sie auf Ians Schulter niedersausen zu lassen. Ian hatte das schon erwartet und obwohl er sicher war, dass er sterben würde, wenn sein Gegner ihn treffen sollte, war er ihm entgegengerannt. Dabei hob er sein Schwert mit beiden Händen von der Seite seines Körpers nach oben.

Die Schneide riss dem Engländer die Haut und die Bauchdecke bis zu den Eingeweiden auf. Um den kommenden Schlag zu parieren, hat Ian vorgehabt, das Schwert noch weiter nach oben zu lenken. Doch der nasse Schlamm, voll Blut und Wasser des übertretenden Flusses, hat ihn den Halt verlieren lassen.

Er glitt ungewollt über den Boden, gefangen in der Drehung seines eigenen Schlages, bis er mit dem Rücken zu seinem Feind stand. Obwohl dieser bereits zum Tode verurteilt war, brauchte er nichts weiter zu tun, als den ausgeholten Schlag auf Ian niedergehen zu lassen. Er erinnert sich noch an den blendenden Schmerz im Rücken, während das Schwert durch Haut und Muskeln schnitt und schlussendlich Kerben in seine Rippen gezogen hat.

Der Schlag war so voller Kraft, dass er vornüber auf den Boden fiel. Er landete exakt in der Position, in der er erwacht war. Er kann beinahe noch spüren, wie sein Widersacher ebenfalls von der Wucht seines Schlages auf Ian gelandet war. Beide waren so liegen geblieben, bis die enorme Menge an Blut, die sich um sie ausbreitete, genauso kalt war wie der Schlamm.

*Aber wo ist der Soldat dann jetzt?*

Es hat niemand mehr auf ihm gelegen, als er wach wurde. Eine Hand auf seiner Schulter holt ihn zurück in die Gegenwart.

»Hey, du da! Was hast du mit Edwin gemacht?!« Ian kann noch einen kurzen Blick nach unten werfen, um zu sehen, dass besagter Edwin leblos und kreidebleich mit gebrochenem Genick vor ihm auf der Erde liegt. Dann nimmt er aus dem Augenwinkel wahr, wie das glitzernde

Metall eines Kurzschwertes auf ihn zusaust. Blitzschnell und mit unmenschlichen Kräften greift er den Arm des Unbekannten. Er merkt, wie sich sein Gaumen verhärtet und ein Gefühl im Zahnfleisch entsteht, als ob neue Zähne, wie durch ein Gummiband gespannt, aus seinem Kiefer schießen.

Ohne darüber nachzudenken, treibt er diese Zähne in die Kehle des Mannes vor sich. Die Erfahrung steht in keiner Weise dem Rausch beim ersten Mal nach. Er spürt, wie sich seine Hose im Schritt strafft, doch er hat jetzt keine Zeit für Scham.

Dieser Geschmack und das Gefühl der Kühle im Hals, gepaart mit den sich aufpumpenden Muskeln in seinem Körper, ist mit nichts zu vergleichen, was er je zuvor gespürt hat. Er versucht, jeden Tropfen aus seinem Gefäß zu pressen wie aus einem Wasserbeutel. Ein herzzerreißender Schrei ertönt und Ian lässt erschrocken von seinem Opfer ab.

Blut läuft kitzelnd von seiner Unterlippe zu seinem Kinn. Er wischt sich die Feuchte geistesabwesend mit dem Handrücken ab. Dabei bemerkt er, dass er etwas in der Hand hält. Einen Arm … Ian hat dem Fremden einen Arm ausgerissen und es nicht einmal gemerkt!

Das Gemurmel im Lager hinter der Brücke ist lauter geworden. Sie müssen den Schrei gehört haben. Speere, Äxte und Schwerter werden aus ihren Halterungen oder vom Boden um die Lagerfeuer gehoben.

*Sie werden kommen, um nachzusehen, wer auf dem Schlachtfeld noch schreit.*

Werden sie ihn freudestrahlend begrüßen oder ihn als Geist verfluchen und versuchen, ihn zu töten? Aber was viel wichtiger ist, wird er seine eigenen Brüder töten, so wie die beiden Leichenfledderer?

Er hat keine Erklärung für das, was hier gerade passiert ist. Immer noch quält ihn dieses unstillbare Verlangen. Er muss fort. Ohne sich umzusehen, dreht er sich vom Lager weg und rennt los. Nur um Sekunden später mit einer lachenden Frau zusammenzustoßen und mit dem Hintern im Schlamm zu landen. Sie ist einen Kopf kleiner als er, hat kupferrote Haare und smaragdgrüne Augen.

Während sie ihm völlig unberührt von dem Zusammenstoß aufhilft, sagt sie: »Ganz ruhig, Ian. Ich kümmere mich um dich.«

Ian schaut ziellos umher, die Geräusche und Emotionen in ihm verwirren ihn. Dann erblickt er ein paar Schritte hinter der Frau den Mann mit den eisblauen Augen. Er sieht Ian an, doch diesmal ohne Lächeln.

# Kapitel 1

*Das tut ganz schön weh,* ist Ians erster Gedanke, als er wieder wach wird. Obwohl er nicht sterben kann, hat er doch Schmerzen und sind diese nicht mehr auszuhalten, wird er ohnmächtig. Das Wasser in seiner Lunge brennt, aber da er keine Luft zum Leben braucht, ist das nur ein nerviger Nebeneffekt. Er hätte den Atemreiz abstellen können, so wie er es macht, wenn er sich an seine Beute anschleicht. Doch dann wäre es kein Selbstmordexperiment mehr.

Der Schmerz hat sich gelohnt! Diese Ruhe unter Wasser ist es wert gewesen, zu erfahren, wie sich Ertrinken anfühlt. Sie lässt ihn beinahe vergessen, dass er seine Zeit damit verbringt, der Welt zu entfliehen, indem er derartige Experimente unternimmt. Eine Stille wie jetzt gerade, hat er in seinem Leben zuvor noch nie erlebt.

Wegen der Ruhe und Entschleunigung hatte Ian schon früher die Cenoten in den mexikanischen Dschungeln aufgesucht. Es sind magische Orte. Die Senklöcher wurden schon von den Maya als heilige Stätten verehrt.

Meist liegt der Wasserspiegel etwas tiefer als der Waldboden und Ian muss springen oder klettern, um ins Wasser hinein- oder hinauszugelangen. Mittlerweile sind viele dieser Orte für Touristen erschlossen und die Stille wird durch Gruppen von Schnorchlern oder schreienden Frauen, die Zipleinen runtersausen, unterbrochen.

Auch deswegen hat Ian eine ganze Weile nicht mehr darüber nachgedacht, wieder einen solchen Ort zu besuchen.

Doch dann war er das Hamsterrad, in dem er lebte, so leid, dass er sich nach der Stille und dem Gefühl der Zeitlosigkeit eines solchen Ortes sehnte. Auf einer Erkundungstour durch den Dschungel fand er dann dieses leuchtende Juwel. Kristallklares Wasser rief nach ihm und lud ihn ein, sich auf die grünen, schimmernden Felsen zu setzen, die an manchen Stellen nur knapp unter der Wasseroberfläche schlummerten. Der Sprung ins Wasser war tief, mehrere Meter trennten den Boden vom kühlen Nass.

Heute Morgen war ihm die Stille an der Oberfläche nicht mehr genug gewesen. Das Geschrei der Dohlengrackeln hat ihn auf eine Idee gebracht. Er wollte in Erfahrung bringen, ob er das schrille Gekreische der Vögel, auch noch unter der Wasseroberfläche hören konnte. Dabei wollte Ian gleich feststellen, ob ein Vampir nicht doch durch Ertränken getötet werden konnte. Ohne groß darüber nachzudenken, hat er es kurzerhand ausprobiert. Jetzt wird das Brennen in seinem Rachen, die Luftröhre hinunter und bis in seine Lungen schon besser. Er heilt schnell, selbst die Ohnmacht hat nur ein paar Minuten gedauert.

Es ist immer noch Tag und Ian erkennt, wie klar und hell es selbst auf dem Grund noch ist. Ein normaler Mensch würde jetzt nur verschwommene Konturen wahrnehmen, doch er sieht nicht nur mit seinen Augen. Seine Sinne funktionieren ähnlich wie die Echoortung von Fledermäusen und Pottwalen. Alles, was für einen Menschen unscharf ist, wird für ihn durch diesen zusätzlichen Sinn geschärft und glasklar. Ihm fällt auf, dass dieser im Wasser etwas träger ist als an Land.

*Faszinierend.*

Würden nicht winzige Spitzmaulkärpflinge wie silbrig glänzende Diamanten vor ihm herschwimmen, hätte er schwören können, dass er in der Luft schwebt. So sauber ist das Wasser, in dem er sich befindet. Während er sich umsieht, entdeckt er mit grünen und braunen Algen bewachsene Felsen und abgebrochene Äste von den Bäumen über der Cenote. Die Wände um ihn herum sind nicht mehr aus Erde, sondern aus Stein und Fels. In einigen sind kleine Hohlräume, in denen sich die Fische tummeln. Eine Wand verschwindet im schwarzen Schatten unter einem Überhang. Dahinter bleibt alles Weitere verborgen.

*Was wohl dort ist?*

Ian möchte es herausfinden und schwimmt immer weiter und weiter. Er bemerkt einen großen horizontalen Spalt am Fuß der Wand. Wie die Mäuler zweier Monster, die versuchen, sich gegenseitig zu verschlingen, rahmt die gezackte Öffnung die dahinterliegende Schwärze ein.

Unbeeindruckt und vom Entdeckergeist erfüllt, schwimmt Ian der Öffnung entgegen und setzt seine Sinne ein, um auszumachen, was jenseits des Spalts liegt. Er ist so groß, dass zwei Personen übereinander und drei nebeneinander hindurchpassen würden.

Das Innere entpuppt sich als eine der gefluteten Höhlen, von denen man in der Yucatán-Gegend schon öfter gehört hat. Die ganze Region muss unterirdisch einem Schweizer Käse ähneln. Doch so wunderschön hätte er es sich nie vorgestellt. Nach dem kurzen, mit schroffen dunkelbraunen Felsen bekleideten, Eingang nimmt das Gewölbe eine leichte Linkskurve und heißt ihn mit den weißesten Kalksteingebilden willkommen, die er je gesehen hat. Der Gang ist gerade breit genug für eine Person und etwa drei Meter hoch. Links und rechts neben ihm liegen Wälder aus weißen Kalksteinsäulen. Einige stark und imposant wie Baumstämme, andere eher wie zarte Setzlinge, die erst noch wachsen müssen. An der Decke hängen lange, nadelartige Stalaktiten, die wirken, als wären sie die Blätter dieser eigenartigen Bäume.

Ian bewegt sich wie ein Reh im Unterholz, darauf bedacht, bloß nichts zu berühren. Auf keinen Fall will er beim Schwimmen aus Versehen gegen diese Wunder der Natur treten und sie damit womöglich zerstören. Nach ein paar Metern wird sein Weg wieder etwas breiter und er findet sich in einer kathedralartigen Halle wieder. Die weißen Kalksteingebilde werden größer.

Mächtige Säulen, die den Eingang zu einer anderen Welt zu bilden scheinen. Sie wirken etwas weniger rein. Staub und Sedimente haben sich auf ihren geschichteten Stufen abgesetzt und machen den Raum mit seinen braungrünen Felswänden noch dunkler.

*Ein guter Ort für eine Pause.*

Wie schon seit der engen Passage zieht er sich mit den Händen voran und lässt den Körper und die Beine vorsichtig hinterherschweben. Er dreht sich um, damit er den nun hinter ihm liegenden Kalksteinwald beobachten kann, und legt sich flach auf den Boden. Dieser Ort ist dunkel, still, alt und vor allem einsam. Genau das, was er gesucht und gebraucht hat.

Ian kann nicht mehr viel anfangen mit der Welt da oben. Er hat es satt. Jeder Tag ist derselbe. Ohne Ziel, ohne Sinn. Nichts passiert, außer dass er Menschen das Leben nehmen muss, um zu existieren. Dass er nur Godric hat, um sich auszutauschen, ist auch nicht besonders hilfreich.

Wie vor 700 Jahren empfindet sein Mitbewohner das Töten als lustige Freizeitbeschäftigung und hat keine weiteren Gesprächsthemen als Nahrungsbeschaffung und Frauen. Daher bleibt Ian ein paar Stunden hier und genießt die Ruhe, sieht sich die uralten Steinformationen an und fühlt sich schwerelos.

Irgendwann muss er leider doch wieder zurück in die Wirklichkeit. Weg von seinem neuen Lieblingsplatz und zurück zu Godric. Ians Kleidung ist schon wieder staubtrocken und von Sediment-, Erd- und Pflanzenflecken übersät. Die übernatürliche Geschwindigkeit, mit der er sich fortbewegen kann, wirkt in dem heißen Klima Mexikos wie ein Föhn. Im Schutz des Dschungels ist er eine ganze Weile mit einem breiten Grinsen gelaufen, ohne auch nur einer Menschenseele zu begegnen. Die Schreie der Dohlengrackeln stören ihn nicht mehr. Er sollte nicht mehr so streng mit diesen wunderschönen, schwarzblau schimmernden Vögeln sein. Immerhin versuchen sie ebenfalls, gegen den Krach der Welt anzukommen.

Bald kann er das unaufhörliche Rauschen der Autoreifen auf Asphalt hören. Die Carretera Federal 307 verläuft von Cancún nach Chetumal und ist das, was die Mexikaner unter einer Autobahn verstehen. Zwei Spuren in jede Richtung, längere Abfahrten oder Leitplanken sind kaum vorhanden und wer in eine Nebenstraße abbiegen will, muss vorher ein paar Meter auf dem Notstreifen fahren, um angemessen abbremsen zu können. Überholt wird sowieso von überall und langsam gefahren wird nur an den Bremsschwellen. Diese sind allerdings so effizient, dass es gleich wirkt, als würde das Auto ohne Reifen weiterfahren.

Ian hasst diese Straße am Rande des Nirgendwo. Sie ist laut, dreckig und zieht eine wahre Schneise menschlicher Ignoranz durch den Dschungel. Wie die Einheimischen auch, überquert er sie zu Fuß, ohne Ampeln und ohne Zebrastreifen.

Er muss darauf achten, dabei nicht so schnell zu sein, dass er jemandem auffällt und trotzdem schnell genug, um nicht von den teilweise 130km/h schnellen Autos erfasst zu werden. Aber was Menschen schaffen, ist für ihn ein Kinderspiel.

Auf der anderen Seite der Autobahn ist es nicht mehr weit bis Tulum und von dem kleinen Städtchen, das mittlerweile nur noch für die Touristen und ihre fünf Sterne All-Inclusive-Hotels zu existieren scheint, ist es dann nur noch ein Katzensprung bis zu seiner Unterkunft.

Etwas abgelegen von den großen Hotelketten direkt auf einem Felsvorsprung an der Küste, steht eine große, weiße Villa. Ein Eisentor schützt die Einfahrt vor ungebetenen Gästen. Die wenigen, die dieses Hindernis überwinden können, folgen dem gepflasterten Weg entlang akkurat geschnittenem Gras. Der Vorgarten lässt nicht im Geringsten erkennen, dass noch vor wenigen Metern die Welt in trockenem Staub unterzugehen droht.

Die Auffahrt führt zu einem Wendekreis, in dessen Mitte ein Marmorbrunnen steht. Dieser ist groß genug, um eine Fontäne in der Mitte zu beherbergen, die in Form einer Meerjungfrau angefertigt wurde. Sie räkelt sich rücklings auf einem Stein der Sonne entgegen. Dabei sprudelt ihr unaufhörlich Wasser aus dem Mund, das ihren üppigen Reizen entlang zurück in den Brunnen fließt.

Die dahinterliegende Villa wurde im Kolonialstil erbaut und ist zweistöckig. Ihre Front ist gesäumt von vier weißen

Säulen, die vom Boden bis unter das Dach reichen. Beide Stockwerke haben bodenlange Sprossenfenster.

Ian bewundert kurz die Säulen des Hauses, die ihn an die Formationen in der Höhle erinnern. Dann öffnet er die rechte Seite der doppelflügeligen Eingangstür. Er ist noch nicht im Inneren der Villa angekommen, da erreicht ihn schon Godrics Stimme.

»Und, wie war's?«, platzt es aus seinem neckischen Mitbewohner.

»Die Cocktails könnten mehr Alkohol vertragen und der Strand ist mir zu voll«, antwortet Ian. Godric kommt aus dem Salon an der Ostseite der Villa auf ihn zu. Dort hält er sich meistens auf. Ian kann zwar nachvollziehen, dass die Aussicht durch die Fensterfront auf das schier unendliche Meer vor Mexikos Küste hypnotisierend ist, doch dieser Raum ist in seinen Augen eine moderne Grabkammer.

Steriles Hochglanzweiß wohin man sieht. Selbst die abgehangene Decke mit dimmbaren LED-Spots ist in Hochglanz gehalten und spiegelt die Eintönigkeit ins Unendliche. Die Möbel haben keine Griffe und die natürlich ebenfalls weißen Sitzmöbel gehen in nahtloser Monotonie unter.

Die einzigen Farben, die es hier gibt, sind das Blau des Meeres und das Schwarz des Couchtisches. Der dunkle Ton dient einzig und allein dazu, dass der Besitzer der Villa sein Koks noch sehen kann, wenn er es vor sich ausbreitet. Der Raum ist eben genauso kalt und eintönig wie Godric, selbst seine blauen Augen finden sich in dem Panorama wieder.

»Deine Ironie ist schon mal nicht gestorben. Schön«, kontert dieser mit einem Lächeln. Er wird versuchen, jede Einzelheit aus Ian herauszukitzeln. Im Laufe der Zeit hat Godric richtige Dokumentationen zusammengestellt. Jede davon zeigt, wie Ian kläglich daran scheitert, sich selbst das untote Leben zu nehmen.

»Setz dich. Erzähl mir alles. Du warst lange weg. Länger als sonst. Was ist passiert?«, will Godric wissen.

Ian hat nicht einmal die Chance, einzuwenden, dass er jetzt lieber duschen gehen möchte. Godric würde ihn ja doch nicht in Ruhe lassen und mit ins Badezimmer will er ihn definitiv nicht nehmen. Er lässt die Schultern hängen, atmet einmal protestierend ein und wieder aus und folgt ihm dann ins Innere seines persönlichen Interieur-Albtraums.

Völlig verdreckt setzt er sich auf einen der schneeweißen Sessel und reibt erstmal demonstrativ mit seinem Rücken gegen die Stofflehne.

»Unnötig, Ian. Also, was hast du gemacht?«, fragt sein Mitbewohner erneut und setzt sich ebenfalls.

»Dich wird es freuen zu hören, dass Vampire sich nicht ertränken können«, sagt Ian. Godric schnappt sich blitzschnell ein Notizbuch und einen Stift von dem Beistelltisch neben der großen Ledercouch. Sie steht gegenüber der enormen Fensterfront. Bis auf Godrics missbilligenden Blick kommt das Bild einer Sitzung bei einem Psychologen nahe. Ian weiß, dass er es als eine Art Running-Gag betrachtet. Seiner Meinung nach ist das Vampir-Dasein nicht so schlimm, dass er versuchen müsste, in mexikanischen Cenoten Abgeschiedenheit zu finden oder gar, sich dort umzubringen. Aber was weiß er schon?!

*Wie kann man es nur länger als dreißig Sekunden in diesem Raum aushalten?*

Er unterbricht das Reiben seines Rückens gegen die Lehne und macht mit seinem Hintern weiter.

»Das freut mich tatsächlich. Würdest du jetzt bitte damit aufhören!« Der genervte Gesichtsausdruck, der ihm da entgegen starrt, bringt Ian zum Lächeln.

*Wer nimmt hier das Leben zu ernst?*

Er stoppt langsam seine Bewegungen und sieht Godric an.

»Sobald das Wasser in die Lunge eintritt, brennt es vom Kehlkopf bis in die Bronchien. Der Reflex im Zwerchfell setzt gleichzeitig mit dem Drang zu atmen ein und kurz darauf wurde ich auch schon bewusstlos. Als ich wieder zu mir kam, brannte die Lunge noch, aber sonst war alles wie immer. Du solltest es mal ausprobieren.«

»Ja, das hört sich wirklich nach einem super Erlebnis an. Erst zu ertrinken und dann an der Oberfläche das ganze Wasser wieder auszukotzen, nehme ich an?« Godric kann das Augenrollen kaum verbergen.

»Ich passe. Aber das hat doch nicht so lange gedauert?«

»Du hast recht. Am Grund der Cenote habe ich den Eingang zu einer gefluteten Höhle entdeckt. In ihr war es fast totenstill und wunderschön. Ich hätte ewig da drinbleiben können.« Mit einem Blick, der deutlich macht, dass er jetzt schon nicht mehr im selben Raum ist wie sein Gesprächspartner, dreht sich Ian dem Meer zu und flüstert: »Ich glaube, ich geh morgen wieder rein.«

Er beobachtet die beginnende Abenddämmerung. Sie ist kaum auszumachen, doch Ian kann sie bereits klar erkennen. Das Blau des Himmels wird sich schon bald für jeden sichtbar in Rot- und Orangetöne kleiden. Die Schatten auf den Wellen färben bereits das Meer dunkel. Die Nacht. Ian hat keine besondere Beziehung zur Nacht, doch was er an ihr schätzt, ist der reduzierte Geräuschpegel.

»Hallo? Erde an Ian? Ich geh mich jetzt amüsieren. Du musst auch hungrig sein nach deinem kleinen Experiment. Kommst du mit?« Der Notizblock landet klatschend auf dem schwarzen Kokstisch und holt Ians Gedanken zurück in den Raum. Godric steht mit erhobenen Augenbrauen und nach oben gerichteten Handflächen vor ihm.

Er, wie Ian glücklicherweise auch, ist untypisch groß für einen Mann aus dem 13ten Jahrhundert. Damals galten sie beide fast als Riesen, die daher zur Abschreckung, an vorderster Front in die Schlacht geschickt wurden.

Jetzt sieht Godric allerdings ganz anders aus als zu der Zeit im Unabhängigkeitskrieg. An dieses ›Englischer-

Tourist-Outfit‹ wird sich Ian nie gewöhnen. Seit sie in Mexiko sind, hat Godric das perfektioniert. Marken-Flip-Flops, fransige kurze Jeanshosen und Hawaiihemden … So viele Hawaiihemden.

Mit Oberarmen, die kaum in die Ärmel der Standardgrößen passen und Oberschenkelmuskeln, die bei jedem Schritt den Quadrizeps durch den Hosenstoff drücken, ist er wirklich nicht der Typ Hawaiihemd.

»Ähm … Ja, amüsieren. Sicher«, sagt Ian und legt den Kopf schief.

*Sind das Schildkröten auf seinem Hemd?*

»Gehen wir ins Gang-Viertel, Rotlichtviertel oder zu den Touristenfallen?«, fragt Ian. Im Gegensatz zu Godric amüsiert ihn nichts mehr daran, sich Nahrung zu beschaffen. Er macht sich nicht einmal mehr die Mühe, die Gedankenmanipulation einzusetzen. Dabei ist sie sehr leicht anzuwenden. Er muss einem Menschen bloß tief in die Augen sehen und alles, was er sagt, wird zur einzigen Wahrheit seines Opfers. Doch Ian macht lieber schnell.

Er sucht sich ein Opfer aus, saugt es leer und fertig. Godric hingegen denkt sich ganze Szenarien aus und zieht es ewig in die Länge. Das ist sehr nützlich für die anschließenden Vertuschungsaktionen und erspart Ian, jemanden vergraben zu müssen. Dafür muss er sich aber das ›Drehbuch‹ merken.

»Du meinst wohl eher: Gehen wir nach Downtown oder zur Promenade? Heute darfst du mal entscheiden. Immerhin hast du sowas wie Geburtstag«, sagt Godric immer noch wartend.

Ian nimmt die Hand, die sein Mitbewohner ihm entgegenstreckt, und lässt sich von ihm aus dem Sessel ziehen. Belustigt verfolgt er, wie der Blick seines weißliebenden Freundes an Ian vorbei auf den Sessel trifft.

Wie ein Roboter beendet Godric seinen Gedanken mit: »Mal wieder«, und starrt dabei weiter auf das mit braunem Schlamm und grünen Algenresten besudelte Polstermöbel.

Ian macht einen Schritt vom Sessel weg, damit Godric eine noch bessere Sicht auf sein Werk hat, legt ihm eine Hand auf die Schulter und verkündet freudig: »Ich gehe jetzt erst mal duschen und ziehe mich um. Danach können wir zu den Gangs gehen, ein bisschen Streit tut uns beiden gut.«

Er klopft seinem Kumpel noch zweimal kräftig auf die Schulter und verschwindet genau in dem Moment, in dem Godrics Augenbrauen anfangen, sich zusammenzuziehen und ein kaum wahrnehmbares Knurren seiner Kehle entflieht.

*Die Wut kann er gleich an jemand anderem auslassen.*

Unter der Dusche lässt Ian das warme Wasser seinen Rücken hinunterlaufen. Mit geschlossenen Augen stellt er sich vor, er wäre bei Regen in der Cenote. Er muss unbedingt wieder dorthin. Vielleicht kann er ja erkunden, wie weit diese Höhle unter den Dschungel reicht.

Diese Gedanken sind eine willkommene Abwechslung zu dem sonstigen Gefühl, alles schon gesehen und erlebt zu haben. Der schleichende Gedanke von ›Endstation‹ macht sich oft in ihm breit und droht, ihn in den Wahnsinn zu treiben. Tag ein Tag aus nur viel zu leichte Spielchen mit seinen Opfern und Godrics Intrigen. So fühlt sich sicher ein menschliches Leben in der Dauerschleife eines monotonen Jobs an. Nur wird bei Menschen noch geheiratet und geschieden, geboren und gestorben. Menschliche kleine Dramen erheitern den Alltag.

Godric ist zwar mit seinen kurzen Affären, die dann doch nur als Mahlzeit enden, auch nicht schlecht darin, Dramen zu kreieren, aber das ist für Ian mittlerweile auch die hundertste Fortsetzung desselben Films. Dem Ganzen ein Ende setzen, kann er aber nicht ohne Hilfe. Er müsste sich schon den Kopf abreißen und seinen Körper verbrennen, damit der Kopf nicht doch wieder anwächst.

Godric will es nicht für ihn tun. Welch Ironie, haben sie doch das erste Jahrhundert als Vampire nichts anderes getan, als zu versuchen, sich gegenseitig umzubringen. Nur haben sie damals noch nicht gewusst, wie. So kam Ian irgendwann zu seinen Selbstmordexperimenten.

Bisher hat er den Föhn in der Badewanne ausprobiert, ist vom Burj Khalifa in Dubai gesprungen, als das Baugerüst noch stand, wurde im schottischen Unabhängigkeitskrieg mehrfach erstochen, im Ersten Weltkrieg erschossen und von einem Pferd zertrampelt, im Zweiten

Weltkrieg von einer Landmine zerfetzt ... Die Liste geht so weiter.

Nun ist er auch mal ertrunken. Das hatte wenigstens etwas Positives. Viele Cenoten liegen in völliger Abgeschiedenheit. Natürlich muss man eine tiefer im Dschungel nehmen, die nicht von Touristen überlaufen ist. Aber dann ist es endlich mal ruhig. Kein menschliches Gegacker mehr, kein Verkehrslärm, keine tausend Mücken, Fliegen und Elektrizitätssurren. Einfach nur das leise Gluckern des Wassers und sonst nichts.

»Was ist nun, gehen wir?« Godric steht schon lässig in der Tür zu Ians Schlafzimmer. Er sieht gut aus mit seinem dunkelblonden, fast schon militärisch kurzem, Haar und blauen wachen Augen.

»Wir können los.« Ian schlüpft noch in seine schwarzen Lieblingssneakers und verlässt zusammen mit Godric den Raum. Er verzichtet auf eine Verkleidung à la Tourist und geht stimmungsbezogen in grauem T-Shirt und schwarzen Shorts. Die deprimierenden Farben lassen das kräftige Grün seiner Augen leuchten und sein strubbeliges, kastanienbraunes Haar verstärkt den Effekt.

Nicht, dass ihn das interessiert. Nur der Slim-Fit-Schnitt seines Shirts ist bewusst gewählt. Ian mag es, wenn die Kleidung seine Brustmuskeln erahnen lässt und die leichte V-Form seines Oberkörpers betont. Untot und deprimiert zu sein, ist schließlich keine Ausrede für einen Schlabberlook. Dabei ist das heute Abend egal. Sie machen sich auf zu einer der Schlafmohn-Plantagen außerhalb der Touristengegenden, tief im Dschungel. Aus Schlafmohn kann man allerhand Dinge machen, mit denen sich illegal ein Haufen Geld verdienen lässt. Heroin zum Beispiel. Das interessiert Ian und Godric nicht, aber sie wissen: Wo viel Geld ist, ist auch viel Neid. Daher gibt es regelmäßig Bandenkriege mit vielen Toten. Ab und an gehen die beiden deshalb in diese Gegend, um zu Abend zu essen. Selbst wenn sie nicht so hervorragend im Dunkeln sehen könnten, wäre es immer noch leicht, ihre Opfer auszumachen. Der Gestank von Zigarettenstummeln und altem Schweiß schreit sie beide förmlich an.

Godric duckt sich und macht sich pirschend auf die Jagd. Ian verschmilzt mit den Schatten der Palmen aus dem Dschungel. Die Pflanzen der Plantage sind höchstens 1,50 Meter hoch. Obwohl Mexikaner im Durchschnitt etwas kleiner sind als er, sind die Wachen gut zu erkennen. Die Läufe ihrer AK47 ragen wie Zielmarkierungen über ihre Köpfe hinweg. Eine der Wachen kommt auf ihn zu.

Der untersetzte Mann trägt eine Baseballkappe, die das Glimmen seiner Zigarette unter sich einsperrt und sein Gesicht in ein unheilvolles rotes Licht taucht. Auch er trägt ein Sturmgewehr mit dem Riemen über der Schulter. An einem Gürtel um seine Hüfte hängt eine beeindruckende Machete. Sein Blick geht aufmerksam vom Dschungel über seinen Pfad zurück zur Plantage.

Wie eingespielt, zieht er immer an der Zigarette, wenn er zum zweiten Mal über den Pfad guckt. Seine Sandalen knirschen im Staub des Feldweges und der Schweißgeruch sticht Ian in der Nase. Er ist so nah, dass der Vampir schon seinen Herzschlag hören kann. Der gibt keinen Mucks von sich, das Atmen hat er eingestellt. Lautlos positioniert er sich hinter dem Bandenmitglied. Dann flüstert er: »Hab dich.« Der Mann macht einen Sprung, fummelt überrascht und unbeholfen nach seinem Gewehr und dreht sich in die Richtung, aus der die Worte gekommen sind. Noch in der Drehung ist ein zartes, sanftes Zischen zu hören.

Es klingt feucht. Wie Seifenblasen, die wachsen und bei der kleinsten Unachtsamkeit platzen können. Ein undefinierbares Gurgeln ist zu hören, als die Kehle der Wache durchgeschnitten wird. Blut sickert langsam seinen Hals runter. Der Halskragen des mit Schweiß und Staub bedeckten T-Shirts färbt sich rot. Ian kann den Horror, in den bis aufs Äußerste geweiteten Pupillen sehen, als sein Gegenüber seine Reißzähne erblickt.

Der Wachmann versucht, mit seinem letzten Atemzug einen Schrei auszustoßen und sprenkelt Ians Gesicht mit Blut, das durch den Schnitt in der Luftröhre spritzt. Ian lässt die Machete fallen, fixiert ihn mit beiden Händen an den Schultern und trinkt direkt aus der Wunde am Hals.

»Was für eine Sauerei.« Er zieht sein T-Shirt in die Länge und begutachtet die Blutspritzer, die durch den fehlgeleiteten Schrei auf ihm gelandet sind. Ians Steckenpferd ist es normalerweise, völlig unbefleckt aus den Streifzügen zurückzukehren. Die Machete war einfach schärfer, als er angenommen hat.

»Du solltest mal dein Gesicht sehen!«, ruft Godric ihm schallend entgegen. Dessen, von der Mahlzeit orange gefärbte Zähne, leuchten ihn hell aus dem blutverschmierten, beinahe schwarz wirkenden Gesicht an. Er sieht aus, als hätte er im Blut seiner Opfer gebadet. »Was denn? Sie waren zu dritt. Da spritzt eben etwas mehr Blut.« Dieses Strahlen in seinem Gesicht zeigt die einzige Eigenschaft, die Godric auch schon als Mensch besessen hat: Die Freude am Töten.

Ian hat das noch nie verstanden und selbst als Vampir kann er es nicht nachvollziehen. Aber die Ewigkeit allein zu verbringen, ist eben auch keine Alternative. Daher folgt er Godric nach dem Umziehen widerwillig ins Nachtleben durch Tulum. Es ist unwirklich, nach der Stille der Unterwasserwelt, wieder zwischen Touristen und Autos in der normalen Welt zu wandeln. Selbst in der Nacht ist der Geräuschpegel für ihn so laut, dass es unmöglich ist, nicht hinzuhören.

Schon die Gummireifen, die sich auf dem Asphalt abreiben, nerven ihn. Dazu kommt das stetige Surren der allgegenwärtigen Elektrizität. Sie fließt durch die Oberleitungen in die Ampeln und in die Straßen- und Reklamebeleuchtungen. Dabei verursacht sie einen niedrig frequentierten Tinnitus, sobald er sie nicht bewusst ausblendet. Das alles ist aber nichts im Vergleich zu dieser Strandbar. Wummernde Bässe und Betrunkene, die streiten, rummachen oder versuchen, sich zu unterhalten, strömen wie eine unaufhaltsame Gerölllawine auf Ians Gehör.

Zwei Stunden sind sie nun schon hier und gelangweilt beobachtet Ian, wie Godric erst mit einer Schönheit flirtet, dann mit der Nächsten, nur um anschließend dabei zuzusehen, wie sie sich gegenseitig aus dem Rennen drängen.

Ian legt seine Hand auf Godrics Schulter und erntet sofort einen genervten Blick der braungebrannten Amerikanerin, die die Unterbrechung von seinen Komplimenten an sie überaus unhöflich zu finden scheint. Die Amerikanerin ignorierend, lehnt Ian sich etwas vor. Es soll nicht komisch wirken, dass die beiden normal miteinander reden können, obwohl es hier viel zu laut dafür ist.

»Ich hau' ab. Wir sehen uns in ein paar Stunden in der Villa!«

»Bitte, du einsamer Krieger. Ich befürchte, ich brauche bald einen neuen Wingman und du einen Lieferservice in die Höhle.« Godrics Lachen kann nur teilweise von dem traurigen Ausdruck in seinen Augen ablenken, doch das ist Ian jetzt egal.

Die erste Erleichterung stellt sich schon vor der Strandbar ein, wo die Musik und das Stimmengewirr deutlich gedämpfter an ihn herantreten. Er zügelt seine Geschwindigkeit noch während er an den Geschäften, Restaurants und Bars in Richtung Autobahn 307 läuft. Doch als er diese hinter sich lässt und in den Dschungel eintaucht, ist er nicht mehr zu halten. Nur der zugewachsene, dichte Bewuchs hindert ihn noch daran, seine volle Geschwindigkeit zu nutzen.

Schon als Ian im Dschungel verschwunden ist und die Geräusche der Autos schwächer werden, geht es ihm besser. An der Cenote angekommen, erreicht ihn von all dem nichts mehr. Es ist niemand dort.

Die frischen Reifenspuren nur ein paar Meter vom Krater entfernt, sieht er nicht. Wie ein Kind in den Sommerferien nimmt er Anlauf und springt mit einer Arschbombe in das Loch im Boden, dem Wasser entgegen und taucht anschließend sofort ab. Die ganze Zeit konnte er an nichts anderes denken, als wieder hierher zu kommen. Er kann es kaum erwarten, zu erfahren, wie tief diese Höhle geht.

*Wird sie in ein anderes Senkloch führen?*

*Was ist das denn?*

Eine dünne Leine führt zu dem Spalt in der Wand. Sie ist am Grund der Cenote um einen Stein gewickelt und zieht sich dann zu einer der Zacken, die den Höhleneingang umrahmen. Dann verschwindet sie, wie alles andere dahinter, im Schwarz der Höhle. Er spürt, wie sich ein Kloß in seinem Hals bildet. Der Groll hier nicht mehr allein zu sein, breitet sich in ihm aus. Diese neuentdeckte Stille womöglich mit jemandem teilen zu müssen … oder schlimmer. Sie zu verlieren.

*Wer kommt auf die Idee, hier hineinzuschwimmen? Unter Wasser, in die völlige Dunkelheit, mitten im Dschungel. Eine Essenslieferung an meinen neuen Lieblingsplatz?*

Bei dem Gedanken an Godrics Worte kann Ian sich ein sattes Grinsen nicht verkneifen. Aber eigentlich hofft er, hier seine Ruhe zu haben.

*Wenn diese Individuen eine Leine brauchen, um rein und rauszufinden, dann finden sie ja möglicherweise nicht mehr rein, wenn sie fort ist.*

Er reißt die Leine vom Stein am Grund und taucht in die Höhle, während er den Rest davon auf seine Hand aufrollt. Akribisch entfernt er jeden Verbindungspunkt zu Steinen und Stalagmiten, bis er an dem Ende der Leine angekommen ist.

# Kapitel 2

Haben wir auch alles? Ersatzausrüstung, Ersatzteile, Werkzeug?« Luna ist schon ganz nervös. Das wird ihr erster Tauchgang so tief im Dschungel und es ist noch viel zu früh, um klar denken zu können.

Natürlich hat sie schon viele Höhlentauchgänge in verschiedenen Ländern gemacht. Aber Mexiko bleibt immer etwas Besonderes und die gefluteten Höhlensysteme hier sind so groß, dass man jedes Mal etwas Neues für sich entdecken kann. Dementsprechend sind auch der Weg und der Aufwand zu einzelnen Teilen dieser gigantischen Systeme.

Von ansässigen Höhlenforschern erfuhr sie, dass man seine Ausrüstung vor dreißig Jahren mit Eseln und Macheten Stunden, manchmal Tage lang durch den Dschungel hierher transportieren musste.

Mit dem Auto geht es heute zum Glück schneller. Mittlerweile wurden Schotterstraßen zu den meisten Cenoten errichtet. Doch vergessen sie jetzt etwas Essenzielles, können sie direkt die zwei Stunden aus dem Dschungel zurückfahren und am nächsten Tag noch einmal schauen, ob sie an alles gedacht haben.

»Alles da und alles doppelt gecheckt! Nur noch prüfen, ob die Flaschen auch voll sind, den Sauerstoffgehalt analysieren und wir können los«, sagt Alex. Er und Julia waren schon öfter in den Höhlen, sie sind daher etwas entspannter als Luna.

Alexandre, von seinen Freunden Alex genannt, ist Franzose mit sonnengegerbter Haut, die so braun ist wie seine kurzen Haare. Von der Statur her ist er der Läufertyp, ohne ein Gramm Körperfett. Seine langen sehnigen Arme sehen für Luna so aus, als hätte er nicht viel Kraft, doch sobald man ihn die Tauchausrüstung herumtragen sieht, vergeht dieser Eindruck schnell wieder. Sie hat ihn, zusammen mit Julia, vor einigen Jahren bei einem Höhlentauchkurs in Frankreich kennengelernt.

Die drei waren am Anfang eher skeptisch, ob sie ein gutes Team abgeben würden. Alex, der Spießer, der wie ein Nerd immer alles ganz genau weiß und dabei so hochnäsig wirkt.

Julia hingegen ist eine norwegische Schönheit. Schneeweiße, reine Haut, Modelmaße und glänzendes, langes, blondes Haar. Die Tage beim Tauchkurs waren undankbar lang und dennoch kam sie jedes Mal mit den kompliziertesten Flechtfrisuren zum Tauchplatz.

Und dann ist da Luna. Sie ist weder besonders hübsch wie Julia noch besonders schlau wie Alex. Sie versteckt ihre Unsicherheiten, indem sie vorprescht und sich trotz ihrer Angst oder Zweifel ins Getümmel stürzt. Vielleicht wollte sie deswegen Höhlentauchen lernen. Oder einfach, weil sie unendlich gerne alleine mit ihren Gedanken ist. Sie war immer wie ein Morgenmuffel zum Unterricht gekommen. Jogginghose, T-Shirt und von der Erde dreckige Schuhe. Zum Tauchen knotet sie sich die langen kastanienbraunen Haare unbeholfen zu einem einfachen, wilden Dutt auf den Kopf und Make-up hat sie gar nicht erst.

Wie durch ein Wunder waren diese drei während des Kurses zu guten Freunden geworden, die sich vornahmen, so viel von den Höhlen zu erkunden und erforschen, wie sie konnten. Das ist nun schon drei Jahre her. Julia und Alex sind vor Kurzem zusammen nach Mexiko gezogen. Offiziell sind sie kein Paar, aber inoffiziell sieht alles danach aus. Jetzt haben sie Luna eingeladen, wieder gemeinsam eine Cenote zu erforschen. Für diese haben die beiden das exklusive Recht erhalten, sie zu kartieren. Die Freunde tauchen überall auf der Welt zusammen und vertrauen sich blind. Eine Woche ist geplant, in der Luna sich möglichst viel ansehen und dokumentieren will.

Alex bekam über Bekannte den Kontakt zu einem Landbesitzer, auf dessen Grund und Boden ein mit Wasser gefüllter Krater liegt. Die Cenote ›Corazón Azul‹ – blaues Herz, wie er sie nennt. In diesen Grotten liegen Eingänge zu riesigen unterirdischen Höhlensystemen. Davon gibt es Unzählige in Mexiko. Die meisten davon sind schon bekannt und oft auch erforscht.

Aber bei ›Corazón Azul‹, auf dem Privatgrundstück, sieht es hoffentlich anders aus.

Nach einiger Überzeugungsarbeit bekam Alex tatsächlich die Erlaubnis, die dort angeschlossenen, gefluteten Höhlensysteme zu verleinen. Dies ermöglicht den Tauchern, sicher rein- und auch wieder rauszufinden. Dabei hoffen alle drei auf Neuentdeckungen.

In den Cenoten wurden früher schon Reste von Opfergaben wie Keramiken, Werkzeuge oder Tierknochen gefunden. In seltenen Fällen sogar Menschenknochen wie Schädel. Denn die Höhlen wurden früher oft als Ritualstätten oder Unterschlupf genutzt.

Doch dann wurden sie geflutet und nun haben nur Taucher die Möglichkeit zu Stellen vorzudringen, an denen noch niemand gewesen ist.

Entdeckungen passieren aber nicht mehr so oft und schon gar nicht so unbekannten Hobby-Tauchern wie Luna. Daher ist sie noch aufgeregter als sonst. Sie ist eine gute Taucherin mit weit über 700 Tauchgängen. Ihre Nervosität nennt sie freudige Erregung.

*Immerhin ist ein Rockstar vor einem Bühnenauftritt auch aufgeregt, oder? Sonst wäre es ja langweilig,* versucht sie sich im Gedanken zu beruhigen.

Die ersten 750 Meter Leine verlegten Alex und Julia schon gestern. Heute ist Tag zwei, aber der erste, an dem Luna dabei ist. Der Plan sieht vor, den Pfad zu verlängern und sich, wenn noch Zeit bleibt, einige Seitengänge anzusehen.

Die Aufgaben sind gleichmäßig im Team verteilt. Alex verleint so weit, wie sie mit ihrem Gasvorrat eben kommen.

Julia installiert Marker, wo es nötig ist, und Luna hat als Schlusslicht ein Auge auf den Gasvorrat und die Umgebung.

»O Mann, mein Po! Gab's kein Allrad mit Sitzen, die noch Polsterung übrig hatten?«, beschwert sich Luna und spürt jedes Steinchen, über das sie fahren, in ihrem Sitz. Die Feder bohrt sich schon fast in sie hinein und sie fängt an, sich auf die eigenen Hände zu setzen.

»Seit wann bist du denn so zimperlich? Aber wir sind schon so gut wie da. Ich mache drei Kreuze, wenn wir endlich unseren eigenen Wagen haben«, antwortet Alex. Luna hat gesehen, dass er sich in weiser Voraussicht ein Sitzkissen mitgenommen hat. Die meisten Geländewagen, die man in Mexiko ausleihen kann, sind ziemlich verbraucht. Nur noch ein bisschen den Trampelpfad entlang und dann können sie endlich die, einige hundert Kilo schwere Ausrüstung, für den ersten Tauchgang ausladen. Gleich nach der Ankunft an dem Senkloch wuseln die Drei wie in einem Ameisenhaufen.

Sie laden die Tauchflaschen aus dem Wagen und bereiten sie zum Tauchen vor. Julia und Luna legen Spulen mit dünnem Seil, Markierungen, Flossen, Taucheranzüge und Taucherblei ordentlich neben den Wagen auf eine Plane. Alex macht zwei Seile an einem Baum fest.

Ein blaues Lastseil und ein weißes Kletterseil. Die Tauchgeräte mit den Flaschen und den Auftriebmitteln werden von den dreien verschnürt und an dem Lastseilen den Krater herabgelassen. Zum Schluss und schon fertig in die Taucheranzüge gekleidet, seilen sich Julia, Alex und Luna nacheinander an dem zweiten Seil mehrere Meter in das Loch ab. An der Wasseroberfläche lösen sie ihre Tauchgeräte vom Seil und legen sie an. Dann machen sie noch die letzten Checks.

»Ich würde zur Sicherheit noch einmal kurz den Plan durchgehen. Also, wir folgen der Leine, die wir gestern gelegt haben bis zum Ende. Dort mach ich mit der Neuen weiter und wir schauen mal, wie weit wir kommen. Also tauche ich vor, du, Julia, bist hinter mir und stellst sicher, dass meine Verbindungspunkte fest sind, und setzt die Entfernungsmarkierungen. Luna, du folgst im Anschluss. Limits für den Tauchgang sind wie immer Gas und Zeit. Okay?«

Julia und Luna zeigen beide das Okay-Zeichen mit ihrer rechten Hand und schalten ihre Hauptlampen ein. Über Wasser fühlt sich für Luna alles noch etwas stressig an. Nicht im negativen Sinn, aber die Anspannung ist noch da. Es ist wichtig für sie, dass die Drei ihre Checks ernst nehmen. Alle Atemregler werden probegeatmet, gemeinsam wird überprüft, ob die Auftriebmittel funktionieren und Anzüge und Schläuche verbunden sind, ob der Schlauch für eine Notfall-Gasspende frei und nicht blockiert ist und ob auch sicher alle Flaschen auf sind, die auf sein sollten.

Das nimmt zwar Zeit in Anspruch, aber es wird schnell bemerkt, ob man etwas vergessen hat, oder etwas nicht stimmt. Luna hofft immer, dass dieses Ritual beruhigend wirkt, aber bisher war es nie so. Erst wenn ihr Kopf unter Wasser ist, stellt sich die Ruhe ein. Völlige Stille bis auf das Blubbern, wenn ausgeatmet wird.

In Höhlen kommt noch hinzu, dass alles im Dunkeln verborgen ist, außer der Teil, der von den Lampen angestrahlt wird. Alles andere ist schwarz. Wundervoll, einfach und ruhig. Man ist allein mit den eigenen Gedanken und der unendlichen Schönheit der Höhlen, ihren Kalksteinformationen, den verschiedenen Farben des Gesteins. Das ist das Rezept für die Sucht, die jedes Mal zur Sehnsucht wird, wenn Luna nicht in eine Höhle kann.

»Na dann los!« Alex gibt das Zeichen zum Abtauchen. Ein Daumen Richtung Wasser. Die anderen beiden machen es ihm nach. Kurz darauf ertönt der zischende Klang entweichender Luft, während die Taucher diese aus ihren Auftriebsmitteln lassen. Gemeinsam beginnen sie zu sinken.

*Endlich Stille!*

Wie hat Luna das die letzten Wochen vermisst. Und das wunderbar warme Wasser hier in Mexiko erst. Ihr dunkelbraunes Haar ist in einer wilden Ananas auf dem Kopf festgebunden. Eine Kopfhaube gegen Kälte braucht sie hier nicht und dementsprechend auch keinen aufwändigen Flechtzopf.

Julia hat natürlich trotzdem einen. Auch die Hände stecken nicht in dicken Handschuhen wie zu Hause in den Seen. Hier kann sie ihre geliebte drei Millimeter Variante mit den abgeschnittenen Fingerspitzen anziehen.

*Wenn es doch nur immer so sein könnte.*

Plötzlich entsteht ein Stau. Julia schwimmt nicht weiter und das kann nur bedeuten, Alex schwimmt nicht weiter. Aber sie sind gerade mal am Eingang der Höhle, ein paar Meter unter der Wasseroberfläche. Ungefähr dort, wo der Pfad beginnen müsste, den Alex und Julia gestern verlegt hatten.

*Was ist jetzt los?*

Lunas Selbstgespräche beginnen nach dem Abtauchen immer recht schnell. Julia ist ebenfalls verwirrt und gestikuliert mit Alex. Sie bewegt sich etwas zur Seite, damit alle drei miteinander kommunizieren können. Da sieht Luna, wie Alex auf einen großen Stein zeigt, der seinen Erzählungen nach der erste Fixpunkt der Leine sein sollte.

Das Handzeichen für eine Frage, der Zeigefinger, der wie ein Haken geformt ist, war von Julia gar nicht nötig. Man sieht die Verwirrung in seinen Augen und auch in denen der anderen beiden, die mit dem Kopf schütteln.

Weg! Die Schnur ist weg. Komplett verschwunden.

*Eventuell hat sie sich gelöst und fängt nun weiter drinnen an?*

Das ist die einzige Erklärung, die Luna einfällt. Aber um das zu kommunizieren, müsste sie ihren Schreibblock rausholen und dazu hat sie keine Lust. Also wartet sie erst einmal ab. Alex leuchtet etwas tiefer mit seinem Licht in die Höhle, Luna kann dort aber nichts erkennen, was wie eine weiße Leine aussieht. Aber jetzt umkehren, so hofft sie, wird er auch nicht.

Dann müssen sie eben hier erneut mit der Verlegung starten und sie dann dort verbinden, wo sie den Rest finden. Alex scheint denselben Entschluss gefasst zu haben und bedeutet den anderen, dass er sie hier befestigt und den Tauchgang fortsetzt. Nach der Bestätigung der anderen legt er los und schwimmt weiter.

Luna versteht die Welt nicht mehr: *Wo ist die Leine hin? Hier kommt doch sonst niemand rein oder weiß der Landbesitzer vielleicht nicht, dass hier noch andere illegal tauchen. Aber selbst wenn, wieso sollten die dann die Orientierungshilfe entfernen? Unmöglich sowas!*

Anhand der Markierungen von Julia kann Luna erkennen, dass sie wieder an den End-Punkt kommen, an dem die Spule das letzte Mal festgemacht wurde und Julia und Alex umkehren mussten. Immer noch ist weit und breit nichts davon zu sehen. Sie schaffen dieses Mal glücklicherweise noch 250 Meter mehr und kehren anschließend um. Auf dem Rückweg leuchten alle drei in jeden Winkel, aber einige hundert Meter einer kleinen weißen Schnur sind einfach verschwunden.

Alex ist völlig außer sich, als sie zurück an der Oberfläche sind: »Ich muss nachher mal Señor Sánchez anrufen und ihm sagen, dass hier bestimmt andere ohne Erlaubnis tauchen und unsere Arbeit entfernen. Das geht ja mal gar nicht! Die ganze Aktion gestern war umsonst. Ich bin richtig sauer!«

»Das sehe ich genauso! Aber jetzt, finde ich, sollten wir uns auf den nächsten Tauchgang konzentrieren. Vielleicht können wir das aufholen, was wir heute machen wollten, und morgen bringen wir Zelte mit und kümmern uns darum, dass das in dieser Woche nicht noch einmal passiert.«

Julia ist immer sehr pragmatisch, was besonders vorteilhaft ist, denn dann geht es immer schnell weiter. Für Eventualitäten hat sie keinen Platz, weiß Luna.

»Ja, das klingt gut. Alex, lass uns doch schnell die Flaschen tauschen und wieder reingehen. Dann schaffen wir wenigstens die Fortsetzung und das war ja das Hauptziel heute. Ein bisschen mehr als gestern haben wir ja gerade schon geschafft«, sagt Luna und kann ihre Euphorie nicht verbergen.

Auch so ein Standardnebeneffekt vom Tauchen. Sie kommt zu 98 Prozent mit einem Lächeln zurück an die Oberfläche. Selbst wenn Leinen verschwinden. Da müsste schon etwas Gravierendes passieren, damit sie nicht wie ein Honigkuchenpferd grinsend mit dem Kopf durch die Wasseroberfläche bricht.

Sich in der Leine verheddern oder den Weg zu einer bestimmten Passage nicht finden, so etwas vermiest ihr schon eher die Laune.

Der zweite Tauchgang verläuft, wie geplant und alle sind froh, doch noch etwas aufgeholt zu haben. Dass verlegte Pfade in Höhlen komplett verschwinden, hat noch niemand von ihnen erlebt oder gehört. Aber so einiges, was Menschen tun, kann einen nur überraschen.

Sie packen die Ausrüstung zusammen und machen sich auf den Weg durch den Dschungel. Zur Abschreckung lassen sie die beiden Seile am Baum befestigt.

Keiner kann sich vorstellen, dass jemand Lasten- oder Kletterseile entwendet, und zumindest zeigt es, dass die Gruppe bald wieder kommt. Als sie aufbrechen, dämmert die Nacht schon leicht am Horizont.

# Kapitel 3

Am frühen Morgen geht Ian an den Strand. Normalerweise meidet er ihn, wo er nur kann, doch in solch frühen Stunden ist noch keine Menschenseele hier.

Der Verkehr auf der Autobahn nimmt ab 5:30 Uhr wieder zu, die Läden und Geschäfte öffnen ab 7 Uhr und die ersten Touristen finden sich, in der Regel erst ab 9 Uhr am Meer ein. Doch heute will er unbedingt den Sonnenaufgang sehen und das Spiel der Farben am Himmel beobachten. Die Idee, hierhin zu gehen, kam ihm in der Höhle.

Es war so wunderschön dort, dass er begann zu bedauern, bei völliger Dunkelheit nur in Grautönen sehen zu können. Ohne den kleinsten Hauch von Licht kann er nur durch seinen farblosen zusätzlichen Sinn sehen. Wie könnte er die Stille und die Farben zusammen genießen?

*Gibt es in einer schwarzen Höhle überhaupt Farben?*

Während er das Meeresrauschen und die beginnende Morgenröte bewundert, schleicht sich noch ein anderer Gedanke ein. Ist er auch hergekommen, um Godric noch ein wenig zu entgehen? Über 700 Jahre kennen sie sich nun schon. Niemals hätte er sich damals vorstellen können, einmal mit ihm befreundet zu sein oder mit ihm zusammenzuwohnen. Doch der einst englische Soldat, der gegen den schottischen Bauern im Unabhängigkeitskrieg kämpfte, ist jetzt nur noch ein Relikt der Vergangenheit.

Na ja, zumindest das meiste davon. Godric tötet immer noch viel zu gerne, und dass er denkt, Ian überlegen zu sein, hat sich auch nicht geändert. Immerhin haben sie sich die ersten Jahrhunderte tatsächlich weiter versucht umzubringen und Godric hatte dabei erschreckend oft die Oberhand gehabt. Zum Glück wussten damals beide noch nicht, wie man einen Vampir endgültig tötet.

*Oder zu meinem Bedauern.*

Ihre Schöpferin fand das urkomisch. Das und den Umstand, dass Ian aus Versehen zum Vampir wurde. Er hatte sich nie freiwillig dafür entschieden. Nie das Blut eines Vampirs getrunken.

Aber Vampirblut kann eben auch durch Wunden in den eigenen Körper gelangen und sterben kann man auch zum falschen Zeitpunkt. Bis heute wird Ian das Gefühl nicht los, dass er und Godric für die Frau, die sie beide zu Vampiren gemacht hat, nur Spielzeuge sind. Sie kommt und geht, wie es ihr beliebt. Informationen darüber, was sie aus ihnen gemacht hat, kamen nur sehr zäh und langsam aus ihr heraus.

Auch darüber, ob es noch mehr Vampire gibt, hat sie sich bis heute ausgeschwiegen. Sie scheint nur an den ausgefallenen Jagden mit Godric interessiert zu sein. Ian hat eine Weile versucht, ohne die beiden zu leben. Doch nach ein paar Jahrzehnten merkte er, wie ihn sein Verstand langsam im Stich ließ. Einsam und im Schatten lebend, erhielten seine Triebe immer mehr die Oberhand und er drohte zu verrohen. Ohne andere Gefühle zu fühlen als hungrig und satt.

Wie ein geprügelter Hund ist er zu Godric zurückgekehrt. Dieser hat es nie zugegeben, aber Ian ist sich sicher, dass auch sein Mitbewohner heilfroh war, nicht mehr überwiegend allein zu sein.

Die Luft, die ihn umarmt, wird wärmer. Der Duft, der sich öffnenden Knospen in den Gärten um die Hotelanlagen, weht zu ihm herüber. Ian beobachtet, wie der Himmel kurze Episoden von Rot, Orange und Gelb zeigt, um dann in einem tiefen und unendlichen Meeresblau zu leuchten. Die Sonne geht auf.

Das ist sein Zeichen zu gehen. An einem Tag wie heute mit wolkenlosem Himmel und strahlendem Sonnenschein blendet ihn die Sonne zu sehr. Außer gleißendem Licht und schwarzen Silhouetten kann er ohne Sonnenbrille nichts mehr erkennen.

Das Zimmer in seinem ›Zuhause‹, das er sich ausgesucht hat, liegt direkt über dem kalt gestalteten Wohnzimmer und bietet somit ebenfalls den Ausblick auf das Meer. Außerdem ist ein kleiner Balkon auf der Rückseite des Hauses, von dem er den Garten mit der ausladenden Terrasse und dem Pool überblicken kann. Es ist niemand da.

Die Erleichterung darüber, Godric nicht anzutreffen, wandelt sich in ein schlechtes Gewissen.

Diese Freundschaft ist eben doch eher ein notwendiges Übel, zumindest für ihn. Mit seinem Laptop auf dem Schoß und der Sonnenbrille bewaffnet, legt er die Beine auf die Balustrade des Balkons und macht es sich in der Sonne bequem.

Er kann nicht aufhören, darüber nachzudenken, ob es Farben in der Höhle gibt oder nicht. Weiß konnte er sehen, aber der Rest war einfach nur grau in grau. Seine erste Idee lenkt ihn in Richtung einer Taschenlampe und einer Tauchermaske, aber Letztere bringt eher wenig, wenn man nicht atmet und den Druck darin nicht ausgleichen kann. Ohne diesen Ausgleich hätte er den ganzen Tag darauf einen Abdruck von der Saugstelle um Augen und Nase.

*So würde ich niemals rumlaufen. Vielleicht schlag ich das mal Godric vor, der sieht dann aus wie einer der Urlaubsschnorchler mit zu engen Maskenbändern. Die perfekte Tarnung.*

Ein Schmunzeln huscht ihm über die Lippen. Aber zurück zum Wesentlichen: In der Cenote mit Tageslicht konnte er auch ohne Maske klar sehen. Also dürfte die ohnehin überflüssig sein, aber eine Lampe sollte helfen. Er googelt also nach Taucherlampen, die ohne großen Aufwand mitgenommen werden können.

Sobald er Pedro sieht, wird er ihm auftragen, eine für ihn zu besorgen. Das ist der Drogenboss, dem die Villa gehört, in der er und Godric zurzeit verweilen. Seit der

Kolonialzeit im 16ten Jahrhundert haben sich die beiden diese Bleibe immer wieder zu eigen gemacht. Damals hieß dieser Teil der Welt noch ›Vizekönigreich Neuspanien‹. Meistens ist es Godric, der den Bewohnern mit einer kleinen Gedankenmanipulation die Hoheit über die Villa, das Bargeld und sonstige notwendigen Dinge abluchst.

Plötzlich ist es mit der Ruhe vorbei. Er kann auf der Straße vor der Einfahrt des Anwesens das Kichern zweier junger Frauen wahrnehmen. Godric ist mit seinen neuesten Eroberungen auf dem Weg zum Haus. Bewegungslos wartet Ian ab. Mit etwas Glück würden sie ihn gar nicht bemerken. Die zwei Mädels rennen mit begeisterten Rufen über die Terrasse in Richtung Pool, während Godric lässig hinterherschlendert. Mit ausgebreiteten Händen und einem offenen Hemd fragt er: »Na? Habe ich zu viel versprochen?« Direkt danach dreht er sich um und sieht zu Ian hoch. »Hallo, Mitbewohner«, in einem Flüstern schickt er hinterher, »Du stinkst!«

Ian versucht, sich so unauffällig wie möglich zu bewegen, als er sein T-Shirt anhebt, um daran zu riechen. Kein Wunder, dass Godric ihn sofort gewittert hat. Er hat sich schon so an den Geruch des Wassers aus dem Dschungel gewöhnt, dass er ihn selbst kaum noch wahrnimmt. Für andere muss seine Kleidung mittlerweile nach abgestandenem Wasser und fauler Erde riechen. Während er aufsteht, um ins Haus und anschließend duschen zu gehen, hört er noch: »Der war aber süß? Kommt er auch dazu?«

»Selbstverständlich, Kleines«, antwortet Godric.

Frisch geduscht gesellt sich Ian zu den anderen. Am Ende des Tages schickt er Kristina, Katharina oder Karina oder wie auch immer sie hieß, zu Godric. Er hat sich genommen, was er braucht, ohne sie zu töten. Ihre eindeutig zweideutigen Anspielungen hat er dabei den Tag über ignoriert. Er hat schon seit einer ganzen Weile kein Interesse an körperlicher Intimität. Und mit so einer aufgedrehten Studentin erst recht nicht. Aber Godric freut sich sicher über zwei Spielzeuge vor dem Hauptgang.

Ian macht sich auf den Weg zum Senkloch, noch bevor die Sonne untergegangen ist. Der Ärger über die Leine gestern ist fast verflogen. Stille, das ist alles, was er will. Die Cenote ruft nach ihm. Will, dass er sich in sie eingräbt und dort verweilt, bis der Hunger ihn wieder in die laute Welt hinaustreibt.

Jetzt, wo er endlich da ist, endlich seinen ersehnten Platz erreicht hat, sind draußen schon Kletterseile an einem Baum befestigt. Sie schlängeln sich dreist in unnatürlichen Farben über den Waldboden und stürzen dann über die Kante dem Wasser entgegen. Es sind zwei. Jedes circa einen Zentimeter dick. Eines in Weiß und eines in Blau. An dem weißen hängt eine Art Geschirr.

*Wahrscheinlich zum Klettern.*

Er hat so etwas selbst noch nie gemacht. Aber die zuerst wild wirkenden und zusammenhanglosen Schlaufen lassen bei näherer Betrachtung zwei kleine Öffnungen für die Beine erkennen und eine große, in die vermutlich die Hüfte oder der Bauch kommt.

Das Ende des blauen Seils hat keine wilden Schlaufen, dafür Karabiner und Knoten. Er hat keine Ahnung, wozu das alles gut sein soll, aber das ist ihm auch egal. Wichtiger ist es ihm, die Eindringlinge davon abzuhalten, weiterhin hierherzukommen.

Ian zieht seine Schuhe aus, legt sie neben den Baum und springt ins Wasser. Er ist nicht sehr überrascht darüber, dass er am Grund der Cenote die Leine erneut um den Stein gewickelt vorfindet.

*Ohne diese Schnur trauen sie sich also rein. Das Problem ist wohl, ohne sie rauszufinden. Haben bestimmt Angst, sich zu verlaufen und dann …*

Das ist die Idee! Ein Tauchunfall! Dann wird der Krater gesperrt und gehört ihm. Sicherheitshalber sollte er noch herausfinden, wem das Stück Land hier gehört und ihm klar machen, dass nach dem Unfall niemand je wieder hier tauchen sollte.

Aber die, die hier schon tauchen, sollen verschwinden. Für immer. Ian spürt, wie die Idee sein Blut in Wallung bringt.

*Warum müssen die auch hierherkommen?*

Von Hunderten bekannter Tauchspots hat er schon gehört. Er hat sich extra eine Cenote gesucht, die tief im Dschungel liegt und wo es keine Beschilderung oder Ähnliches gibt. Aber nein, auch diesen Ort müssen Menschen an sich reißen. Er kann die Hitze in seinem Rachen spüren.

Glühendes Magma, das vor sich hin brodelt und ihm zuzuflüstern scheint, dass er im Recht ist. Dass er Jagd auf sie machen sollte. Ein Knurren vibriert in seinem Hals und seine Augen verengen sich wie bei einem Raubtier. Er rollt die Leine erneut zusammen und nimmt sie mit wie beim letzten Mal. Sie geht tiefer hinein als zuvor und bildet einen dicken Ball um seine Hand. Als er das Ende erreicht, entschließt er sich, zurückzuschwimmen.

Mittlerweile kennt er schon mehrere Routen durch die Höhle, aber für diesen Zweck will er in die große Halle, die er am Anfang erkundet hatte. Mit dem Seil zieht er eine Spur von kurz vor dem Eingang bis zu ihr und lässt dort das Knäuel auf den Boden sinken.

Anschließend sucht er sich eine ruhige Ecke und legt sich dorthin, um zu entspannen, aber auch, um zu warten. Warten auf das, was kommt.

Dieses Mal dauert die Fahrt noch länger als beim letzten Mal, denn die Drei haben zu den Zelten und der restlichen Campingausrüstung ein paar zusätzliche Tauchflaschen eingepackt. So können sie mehrere Tage am Stück dortbleiben und in der Höhle weiterkommen, ohne extra zum Befüllen der Flaschen zurückfahren zu müssen.

Am Ende haben sie so viel Ausrüstung zusammen, dass ein Anhänger nötig ist, um sie zu transportieren. Mit diesem kommen sie aber nur quälend langsam durch den Dschungel und müssen teilweise sogar aussteigen und mit anschieben, damit sie über die Hügel auf den unebenen Straßen aus Dreck kommen.

»Ich finde, wir sollten erst tauchen und später das Camp aufbauen. Wir sind früh hier und haben noch genug Tageslicht übrig. Nicht, dass wir später zu erschöpft zum Tauchen sind.« Luna ist kaum zu halten. Sie will unbedingt zurück ins Wasser. Ein Teil von ihr ist neugierig zu erfahren, ob die Leine noch in der Höhle ist, oder ob sie erneut von jemandem entwendet wurde.

»Da bin ich ganz bei Luna. Die Zelte bauen sich quasi von selbst auf und die Flaschen können wir vom Anhänger nehmen, wenn wir sie brauchen. Was sagst du dazu, Alex?«

Der mustert die beiden Mädels skeptisch. Sie sind früh dran. Es ist erst 10 Uhr und wenn sie sich jetzt fertigmachen, könnten sie um 11 Uhr im Wasser sein und gegen 16 Uhr mit dem Aufbau des Camps anfangen. Dann wären sie genau zum Abendessen fertig.

»Klingt nach einem Plan. Lasst uns das Equipment checken und abseilen«, sagt Alex. Sie sind heilfroh, als sie bei der Ankunft feststellen, dass die beiden Seile noch immer am Baum hängen. Die Hoffnung steigt, dass auch die Orientierungshilfe in der Höhle noch da ist. Alex befestigt ihre Ausrüstung am Lastseil. Die Sneakers neben dem Baum bemerkt er dabei nicht. Sie sind alle zu sehr damit beschäftigt, schnell ins Wasser zu kommen. Es ist unendlich heiß in den Anzügen und eng in der Kletterausrüstung.

Das ist der schlimmste Teil dieses Abenteuers. Deshalb hält Alex das Briefing auch recht kurz, überwacht die notwendigen Checks und will loslegen. »Lasst uns hoffen, dass die Leine da ist, aber wenn nicht, werde ich heute keine Zeit verschwenden wie gestern. Dann verlege ich direkt neu und wir schauen, wo der Rest hin ist.« Alle nicken und es geht unter Wasser.

*Das kann doch nicht wahr sein!*

Luna zieht die Augenbrauen so weit zusammen, dass etwas Wasser in die Maske eindringt. Obwohl sie durch das Mundstück nicht reden kann, grummelt sie vor sich hin, während sie das Wasser aus der Maske bläst. Alex muss schon wieder neu verlegen.

Gut, dass sie heute hier zelten und die Scherzkekse damit wahrscheinlich direkt zur Rede stellen können, falls sie noch einmal auftauchen. Mittlerweile geht das Installieren der Schnur zum Glück sehr schnell, da Alex die Verbindungspunkte ziemlich gut kennt. Sie müssten jetzt schon fast an dem Seitenarm sein, in den sie eigentlich hineinwollten, wenn alles in der Höhle geblieben wäre. Schade, Luna hätte den Seitenarm gerne erkundet. Plötzlich wird sie aus ihren Gedanken gerissen.

*Stau? Wieso ist hier Stau?*

Es ist noch ein ziemliches Stück bis zu dem Punkt, an dem sie am Tag zuvor kehrtmachen mussten. Alex umkreist etwas mit seiner Hauptlampe. Etwas, das am Boden liegt. Es ist genug Platz, sodass alle es sehen können, aber Luna kann es nicht erkennen. Es sieht aus wie zusammengeknüllter Müll. Sie schwimmt näher ran, um es genauer sehen zu können.

*Die Leine!*

Dort liegt sie, zusammengerollt wie ein Katzenspielzeug. Sie liegt schon fast mehr in dem Seitenarm, an dem sie gerade angekommen sind, als in der Hauptpassage. Alex fragt mit ein paar Handzeichen, ob sie dem Seitengang folgen sollen. Julia willigt sofort ein, aber Luna überlegt noch.

*Wie ist die hier hingekommen? Und dann noch so zusammengeknüllt. Das ist doch nicht von allein oder durch eine Strömung passiert. Aber was soll´s schon gewesen sein? Ein See- oder Höhlenungeheuer? So ein Quatsch. Also ja!*

Luna gibt ebenfalls das Okay-Zeichen und Alex beginnt in den Seitenarm zu schwimmen.

Erst ging Ian davon aus, das Herzklopfen käme von irgendwelchen Tieren in der Nähe der Höhle. Er ist mittlerweile so lange hier, dass ein neuer Tag angebrochen sein muss. Beinahe spielt er schon mit dem Gedanken, die Höhle und damit seine Falle zu verlassen. Jetzt aber hört er dieses unglaublich störende Atemgeräusch.

Luft, die durch Schläuche gezogen wird und dabei fast schon ein Pfeifen erzeugt. Ein überraschend lautes Blubbern im Wasser. Diese Geräusche lassen ihn doch noch in seiner Position verharren. Die Stille ist vorüber.

Er kann hören, wie sich die Luftblasen einen Weg nach oben bahnen. Durch die Höhle. Durch die kleinsten Felsvorsprünge. Es klingt fast, als würde ein Zug über den Dschungel drüber rollen und das gesamte Gestein zum Beben bringen.

Dass Luft so viel Lärm verursachen kann, war ihm bis dahin gar nicht bewusst. Durch den Lärm kann er nicht ausmachen, wie viele es sind. Aber es müssen mindestens zwei Taucher sein, die langsam auf ihn zukommen. Jetzt ist der Moment gekommen. Er kann sich seine Höhle zurückholen.

*Ein kleiner Taucherunfall und die Einheimischen werden an alte Maya-Flüche glauben und keinen mehr hier reinlassen. Mal abgesehen von dem schlechten Marketing für die Region. Perfekt! Kommt ruhig etwas näher.*

Zum ersten Mal seit Ewigkeiten hat das Töten einen tieferen Sinn. Zumindest für ihn.

Alex kann seinen Augen kaum trauen. Der Gang ist atemberaubend schön. Stalaktiten und Stalagmiten, die Tausende von Jahren alt sein müssen. So etwas hat er sonst nur in trockenen Schauhöhlen gesehen. Hier durchzuschweben wie ein Astronaut, ist einer der Gründe, warum er Höhlentauchen betreibt.

Ein Gefühl von Unendlichkeit durchströmt ihn. Er schaut in jeden Winkel und kann sehen, dass die Lichter von Julia und Luna es ihm gleichtun. Sie schwimmen ganz langsam, um ja nichts zu verpassen. Plötzlich hält er inne.

*Lass das bitte nicht wahr sein.*

Alex lenkt sein Licht zurück. Ihm läuft trotz des warmen Wassers ein eiskalter Schauer über den Rücken. Er kann spüren, wie sich die Haare auf seinen Armen und in seinem Nacken aufstellen. Hat er da eben die Beine eines leblosen Körpers gesehen? Durch die vielen Säulen an Kalksteinformationen gibt es immer wieder sich verändernde Schatten. Aber hinter den beiden großen Stalagmiten, auf die er gerade geleuchtet hatte, lag etwas, das aussah wie ein menschliches Bein in grauen Shorts.

Der Lichtstrahl trifft auf den Kalkstein und etwas aufgewirbeltes Sediment. Er hätte schwören können, dass dort eben jemand gelegen hat.

*Was hat den Dreck aufgewirbelt? Aber niemand in einer Shorts hätte hier hinkommen und ohne Flossen und Tauchgerät so tief in die Höhle eindringen können. Wahrscheinlich war es nur ein Schatten, du Dummkopf.*

Alex versucht, seine beschleunigte Atmung herunterzufahren und sein Herz zu beruhigen. Er will wirklich nicht auf eine Leiche treffen, aber dass ein Schatten ihn derart erschreckt, hätte er auch nicht gedacht. Seine Begleiterinnen fragen schon mittels Lichtscheins, mit dem sie einen Kreis formen, ob alles okay ist. Er setzt an, das Signal zu erwidern, da hört er in seinem Nacken einen lauten Knall.

*Ein Notsignal!*

Luna kann sehen, dass bei Alex etwas nicht stimmt. Er wirft seinen Lichtstrahl hin und her und es ist laut, viel zu laut. Eine Fontäne an Luftblasen steigt über ihm in Richtung Decke. Julia ist näher dran und schwimmt sofort zu Alex, um ihn zu unterstützen.

Natürlich kennen sie alle die Notfallmaßnahmen und verschließen die Flasche, aus der Luft entweicht. Dann wechselt er auf die zweite Flasche, die er dabeihat. So haben sie es alle gelernt und deshalb bleiben auch alle relativ entspannt. Alarmiert, aber kontrolliert.

Julia und Alex sind sich nun einander zugewandt und handeln nach Protokoll. Luna schwimmt etwas näher ran, um im Team zu bleiben und um ihnen mehr Licht zum Arbeiten zu geben. Dabei leuchtet sie mit der Lampe zwischen Julia und Alex. Der Strahl trifft auf ein Gesicht.

Luna nimmt einen gepressten Atemzug und lässt vor Schreck die Lampe fallen.

*Da war ein Mann! Nein, Quatsch, konzentrier dich! Heb die Lampe auf, hier schwimmt kein Mann ohne Tauchermaske durch die Gänge.*

Sie ist dabei, sich nach unten zu manövrieren, um die Lampe wieder aufzuheben, als sie plötzlich durch das Wasser und die Atemregler Geschrei hört.

Es ist ein quietschender, gurgelnder Ton. Lärm und Chaos brechen aus. Während Luna versucht, ihre Lampe vom Boden zu nehmen, trifft sie etwas hart am Kopf. Vor ihren Augen wird alles schwarz.

# Kapitel 4

»Du hast sie alle umgebracht? O Mann, das hätte ich mir gerne angesehen! Das muss das erste Mal seit 200 Jahren sein, dass du jemanden aus reinem Selbstnutz tötest, also … Wenn man Hunger nicht dazu zählt.« Die Begeisterung in Godrics Stimme und das Funkeln in seinen Augen machen Ian rasend. Doch er nimmt all seine Kraft zusammen, um es nicht zu zeigen.

»Jetzt hör auf! Ich bin nicht stolz drauf. Wie hätte ich sonst verhindern sollen, dass meine Höhle zum Taucherparadies wird? Und genau genommen habe ich sie nicht getötet, nur den Weg bereitet.« Er verzieht seinen Mundwinkel und zuckt entschuldigend mit der Schulter. »Die Tür geöffnet, wenn man so will.« Ihm ist bewusst, dass das nicht besonders überzeugend ist, doch was soll er jetzt noch tun?

»Ian, ich bitte dich! Du hast einem Taucher die Schläuche abgerissen, einem anderen den Schädel eingeschlagen und was war bei dem Dritten?«

Godrics Worte überschlagen sich. Jemand, der ihn nicht kennt, könnte denken, er sei sauer. Doch es ist pure Freude in sein Gesicht geschrieben.

*Hoffentlich denkt er jetzt nicht, ich wäre auf den Geschmack des Tötens gekommen,* denkt Ian beinahe ängstlich. Er wendet sein Gesicht von Godric ab, während er sich mit einer Hand den Nacken massiert.

»Die war schon bewusstlos, als ich mit den anderen beiden fertig war. Ich gehe davon aus, dass sie die Flaschen leer geatmet hat und dann dort ertrunken ist oder andersrum, was weiß ich.«

»Die?«

»Ja, es waren zwei Frauen und ein Kerl. Zumindest hatten zwei davon lange Haare.«

»Du hast sie einfach dort gelassen? Und was, wenn sie wieder aufgewacht ist und es rausgeschafft hat? Hat sie dich gesehen? Ist das dein Ernst?«

Godrics Freude über Ians Brutalität verwandelt sich innerhalb einer Millisekunde in Unglauben und dann in fast so etwas wie Angst. Das lässt zumindest sein Gesicht erahnen. Die zusammengezogenen Augenbrauen heben sich in Richtung Haaransatz und seine Augen werden immer größer.

Auf die Idee ist Ian gar nicht gekommen.

*Wie lange reichen denn Taucherflaschen? Kann es sein, dass sie entkommen ist? Unwahrscheinlich. Oder?*

Ians Verstand fängt an zu rasen. Fragend dreht er sich zu dem einzigen Geschöpf auf der Welt, das er um Hilfe bitten könnte.

»Glaubst du, das ist möglich? Was sollen wir tun?«

Er muss sich eingestehen, dass er jetzt für eine von Godrics Intrigen dankbar wäre.

»Lass uns zurück und nachsehen«, sagt Godric.

Ian kann sich ein Grinsen nicht verkneifen.

»Du möchtest also auch gerne mal ertrinken?«

»Nein, du Riesenbaby, wenn das jemand überlebt hat, dann ist die Polizei bald da. Wenn sie nicht schon da ist. Das heißt, du siehst nach und ich stehe Schmiere. Wenn sie alle drei da sind, kannst du ja einen Anruf absetzen, aber wenn nicht, müssen wir die Frau finden und die Erinnerung an dich löschen.«

»Die hat mir nur einmal kurz ins Gesicht geleuchtet. Das allein wird sie schon als schlimmen Traum abstempeln. Niemand wird ihr glauben, dass dort jemand ohne Tauchausrüstung drin war und Leute erschreckt hat.«

Ian hat sich von seinem ersten Schreck erholt.

*Was solls, dann ist da eben eine heil rausgekommen. Na und?*

Diese Sorge vor einer Hexenjagd findet er etwas übertrieben, aber Godric besteht darauf. Im 16ten Jahrhundert war dieser selbst in der Nähe von Nürnberg eine Weile schluderig mit seiner Beute umgegangen. Das hat eine Jagd auf angebliche Hexer ausgelöst. Damals hat der Mob noch mit Feuer gejagt und vollstreckt. Das kann tatsächlich gefährlich werden.

Heute würden die Leute eine solche Behauptung eher als Spinnerei abtun, aber das Risiko, so klein es auch sein möge, wird Godric nicht eingehen wollen.

»Alles klar. Sehen wir nach. Ich kann Nachforschungen nach einem Monster in der Höhle nicht gebrauchen.«

Ian war von Anfang an klar, dass er hierbei auf Godric zählen kann. Er ist für jeden Spaß zu haben, aber Enttarnung ist für ihn ein rotes Tuch. Darum gibt er sich auch immer so viel Mühe mit seinen Vertuschungsaktionen.

Die Opfer werden gezwungen, einen Raubmord nachzustellen, häusliche Gewalt, die aus dem Ruder geraten ist oder Ähnliches. Getrunken wird aus den Wunden. Einen Tatort mit blutleeren Leichen und zwei Vampir-Bissspuren wie im Film, gibt es bei Godric nicht. Zusammen machen sie sich auf den Weg durch den Dschungel zur Höhle.

Ihr Kopf dröhnt und es fällt ihr schwer, zu atmen. Jedes Mal wenn sie es versucht, drückt sich etwas Hartes, Flaches gegen ihre Nasenwurzel. Wie bei einer Erkältung schaltet ihr Körper direkt auf den Mund um. Ihr kommt die gummiartige Textur ins Bewusstsein, die sie zwischen den Zähnen hat. Ihre Zunge ertastet den unnatürlichen Gegenstand, während dieser sich langsam durch ihre Lippen nach draußen schummelt. Wieder atmet sie ein.

*Mein Mundstück!*

Reflexartig schlägt sie die Hand vor den Mund und fixiert so den Atemregler darin. Vor Schreck hätte sie ihn beinahe verloren. Luna kann das Kribbeln spüren, das ihr vom Nacken bis in den Steiß wandert.

*Wäre das passiert, als ich noch bewusstlos war ... Ich wäre tot ...*

Etwas in ihrem Hinterkopf drängt sie, sich umzusehen. Ihr Magen zieht sich zusammen, als wüsste er bereits mehr als sie. Sie schwebt mit leichtem Kontakt an Flossen und Knien auf dem Grund der Höhle und wirbelt dadurch schon eine Weile Sedimente auf, die ihr die Sicht nehmen. Mit gekonnten Bewegungen und einer ruhigen Atmung löst sie den Kontakt vom Boden und schwebt aus der Staubwolke.

Die Sicht wird schlagartig klarer. Als würde man aus Milch zurück in Wasser schwimmen. Das Atmen fällt ihr immer noch schwer, doch sie schiebt den Gedanken daran beiseite und folgt dem Drang in ihrem Hinterkopf, sich umzusehen. Endlich über dem Nebel schwebend, erkennt sie Julias Flossen. Sie schwimmt hin, um ihrer Freundin zu helfen, und nimmt dabei aus dem Augenwinkel die Flaschen von Alex wahr. Beide schweben reglos über dem Grund. Luna will kontrollieren, ob Julia den Atemregler noch im Mund hat und sinkt deshalb wieder in die Wolke aus brauner Milch.

Sie kann höchstens die ersten fünfzehn Zentimeter vor sich erkennen. An Julias Equipment entlang hangelt sie sich Richtung Kopf. Ihre Flaschen waren über der Wolke noch gut sichtbar.

Jetzt greift sie von dem Handrad der Flasche zur Schulter. Ihre Hand tastet zu Julias Gesicht, in der Hoffnung, das Mundstück zu erwischen. Sie hat nicht bedacht, dass der Kopf nach unten geneigt ist. Was sie fühlt, ist weich mit kleinen, harten Stücken und unnatürlich nach innen gewölbt. Ruckartig zieht sie ihre Hand zurück.

*Was zum …?*

Sie schwimmt näher ran. Nah genug, um im Schein ihrer Lampe Julias blondes Haar sehen zu können. Die rötliche Färbung schreibt Luna erst den schwebenden Sedimentteilchen zu. Doch dann stockt sie: Julias Kopf ist eingedrückt und blutet. Ihr Mund offen und leer.

Luna beginnt zu schreien und hält sich mit einer Hand am eigenen Atemgerät fest, während ihr anderer Arm beginnt zu rudern, um nicht die Position zu verlieren. Ihre Hand stößt dabei gegen etwas Großes.

*Alex! Oh Alex, bitte nicht!*

Luna kann ihren Herzschlag in den Ohren dröhnen hören. Das Luftholen fällt immer noch schwer, und dass sie an der Schwelle zum Hyperventilieren ist, hilft ihr nicht.

Sie packt zu. Sie muss wissen, ob sie wenigstens ihm noch helfen kann. Ihre Hände finden Halt in dem weichen Neopren seines Taucheranzugs. Dann zieht sie ihn aus der Wolke näher an sich ran. Betend, dass sie seinen schwarzen Atemregler gleich vor sich hat.

Stattdessen starrt sie durch den lichter werdenden Nebel plötzlich ein aufgerissenes Paar Augen an. Der Mund ist im Schmerz verzerrt. Sie spürt das Zittern in ihrem Magen, das sich vibrierend zu den Lungen hochzieht und dann ihren Hals ausfüllt, bevor die Welle des Grauens sich als entsetzlicher Schrei aus ihrem Mund löst.

Im letzten Moment denkt sie daran, mit einer Hand ihr lebenserhaltendes Gerät zu fixieren, bevor es aus dem Mund fallen kann.

Mit der anderen Hand zieht sie sich an allem, was sie fassen kann, von den leblosen Körpern weg. Sie sieht nicht, wo sie sich hinzieht, sie will einfach nur fort von dem Bild, das sich soeben in ihr Bewusstsein gebrannt hat. Sie atmet viel zu schwer und muss dabei die Luft viel zu hart aus ihrer Flasche saugen.

*Wenn ich jetzt die Kontrolle verliere, ende ich hier. Ich will nicht sterben. Beruhig dich, Luna! Verdammte Scheiße, beruhig dich!*

Luna greift nach einem Stein, um sich zu stützen. Einen Moment bleibt sie dort. Versucht, ganz bewusst zu atmen und sich zu beruhigen. Denn Panik ist der größte Feind eines Tauchers. Also zwingt sie sich, runterzukommen. Sie muss die Situation einschätzen und einen Plan machen, um lebend hier rauszukommen.

*Warum bekomme ich so schlecht Luft?*

Ihre linke Hand tastet nach dem Finimeter, das ihr den Füllstand ihrer Tauchflaschen anzeigt. Die Nadel liegt drohend auf etwas unter dreißig bar. Sie sieht die Zahl und zwingt sich, langsam und tief einzuatmen.

*Auf dieser Tiefe brauch ich ein bar pro Minute. Bis hierher schwimme ich 25 Minuten. Der Finimeter wird ungenau ab … ab … Scheiße. Ich weiß es nicht mehr! Das wird eng! Scheiße! Wo ist die Leine?*

Luna schließt ihre Augen, in denen sich Tränen sammeln. Ihre zittrige Hand hat Mühe, den Finimeter an seinem Ort an ihrer Hüfte zu verstauen. Sie atmet wieder gegen den Widerstand des Atemgerätes. Tief ein, tief aus. Jetzt muss alles ablaufen wie im Lehrbuch.

Ihr Herz hämmert gegen ihre Brust, doch das muss sie ignorieren. Sie scheint mit ihrer Lampe vor sich auf den Boden und die Wände des Ganges entlang. Ein Stoßgebet hallt in ihrem Kopf.

*Bitte! Nur ein kleines bisschen weiße Schnur! Bitte!*

Alex hat die Leine verlegt. Das heißt, wenn Luna auf der richtigen Seite ist, müsste ihre Verbindung zum Ausgang irgendwo auf dem Boden zu finden sein. Weiter mit einer Hand am Stein, strahlt Luna mit der Lampe den Boden entlang, bis plötzlich etwas kleines Weißes aus dem Staub aufblitzt. Mit Wärme um die Brust schwimmt sie darauf zu und zieht dran.

*Die Leine!*

Sie nimmt sie in die Hand und hangelt sich so schnell sie kann daran entlang. Die Euphorie, die in ihr aufsteigt, wird jäh durch die harte Arbeit gebremst, die ihr das Atmen bereitet. Je weniger Gas in der Flasche ist, desto mehr muss sie arbeiten, um es herauszuholen. Sie muss jetzt so effizient schwimmen, als würde ihr Tauchlehrer zusehen. Erneut zwingt sie sich, langsam zu machen.

*Füße zum Po ziehen, Flossen in V-Form bringen und abstoßen, gleiten. 21, 22, 23. Füße zum Po, V, stoßen, gleiten …*

Wie ein Mantra wiederholt sie es. In den Schwebephasen hangelt sie sich behutsam an der Leine entlang, damit diese nicht irgendwo vor ihr an der Last reißt. Sie weiß, dass sie so am schnellsten ist. Trotzdem kommt sie sich unendlich langsam vor und diese zwanzig Minuten, die sie braucht, bis sie am Ausgang ist, sind die längsten ihres Lebens.

*Vielleicht die letzten … Nein! Mach weiter. V, stoßen, gleiten. 21, 22, …*

Als sie das Licht am Ausgang der Höhle erblickt, kann sie ihr Glück kaum fassen. Nur noch ein paar Meter trennen sie von dem Loch in der Cenotenwand und dann wieder wenige Meter bis zur Oberfläche. Kontrolliert saugt sie schwer neues Gas aus dem Atemregler. Hält es kurz in ihren Lungen und entlässt es dann blubbernd in die Freiheit.

*Gleich bin ich da!*

Ihre Lungen verlangen nach neuem Input und sie atmet ein. Nichts. Unwillkürlich kommt ihr das Geräusch in den Sinn, das der Atemregler an Land macht, wenn eingeatmet wird, aber die Flaschen noch zu sind. Ein kurzes ›Plopp‹. Es klingt so harmlos, doch es bedeutet so viel.

Mit angehaltenem Atem würde sie dieses Stück problemlos schaffen. Es sind höchstens noch zehn Meter, bis sie mit dem Kopf durch das Wasser brechen kann. Aber sie hat keinen Atem zum Anhalten. Ihre Lungen sind leer und gieren nach Sauerstoff.

Ihr Hals beginnt rhythmisch den Atemreflex einzuleiten. Sie vergisst jede Schönschwimmregel und paddelt mit Händen und Füßen nach vorne. Ihr Rachen verkrampft sich, als müsste sie würgen und ihre Ohren beginnen zu knacken, als sie Meter um Meter aufsteigt. Sie kann schon fühlen, wie ihr Kopf immer leichter wird, und sieht tanzende Punkte vor ihren Augen. Das Einzige, was sie rettet, ist ihr Auftriebmittel. Ihre mit Luft gefüllte Schwimmblase, die sich beim Aufsteigen langsam aufbläht. Normalerweise würde sie das Gas ablassen, damit sie nicht zu schnell aufsteigt, aber jetzt geht es ihr nicht schnell genug.

Als ihr Kopf durch die Wasseroberfläche bricht, spuckt sie verzweifelt den Atemregler aus und nimmt den tiefsten Atemzug, den sie je gemacht hat. Dann legt sie sich auf den Rücken und treibt in ihrer Schwimmblase auf dem Wasser. Mit dem Blick aus der Cenote, dem Himmel und den Baumkronen entgegen, liegt sie im Wasser und weint.

»Sie ist tatsächlich weg!« Ian kann es gar nicht fassen. Die anderen beiden sind noch drin, aber die Letzte, die mit dem wilden Dutt ist verschwunden. »Na großartig!« Ian schlägt die Hände über dem Kopf zusammen. Wieder einmal völlig verdreckt und triefend nass, steht er mit Godric am Rande der Cenote.

Ein Anhänger mit allem möglichen Zeug steht noch da. Ein paar Tauchflaschen liegen neben dem Senkloch bereit und auch die Seile am Baum sind dort, wo sie waren. Doch das Klettergeschirr an einem der Seile liegt neben dem Baum und das Auto ist nicht mehr da.

Ian wollte trotz der starken Indizien selbst nachsehen und ist in die Höhle geschwommen. Doch keine Spur von der Frau.

Jetzt lehnt Godric an einem Baum und spielt mit dem abgerissenen Blatt eines Busches. Die Arbeit geht erst richtig los. Wenn sie schon bei der Polizei war, müssten sie die Frau, die Beamten und jeden, der davon Wind bekommen hat, manipulieren, meint Godric.

»Das wird mir schon wieder zu anstrengend! Am besten lassen wir die Leichen verschwinden.« Ian will doch einfach nur seine Ruhe, kann das denn so schwer sein? Und jetzt wird daraus so ein Rattenschwanz.

»Ach Ian, endlich mal richtige Action. Das hat dir doch in deinem Leben gefehlt, oder nicht? Wie ist eigentlich dein Mexikanisch?« Mit einem breiten Grinsen im Gesicht schickt er hinterher: »Ich glaube, du bekommst die Beamten nicht auf Englisch manipuliert.« Obwohl Ian sich sicher ist, dass Godric ebenfalls besorgt ist und sein Mexikanisch tadellos, scheint er es einfach nicht lassen zu können, ihn aufzuziehen. Er wird sich noch Jahrzehnte anhören können, dass er sich nach etlicher Zeit der Lethargie endlich in ein bisschen Ärger manövriert hat. Ian kann ein genervtes Stöhnen nicht unterdrücken.

Plötzlich hören sie etwas im Dschungel und halten abrupt inne. Wie zwei Raubtiere kauern sie sich hinter Bäume und Büsche, stellen die Atmung ein und werden völlig bewegungslos. Stimmen und Gestampfe dringen von etwas weiter im Dschungel bis zu ihnen durch. Die unbekannten Besucher sind noch fern, aber unmissverständlich auf dem Weg in ihre Richtung. Hauptsächlich männliche Stimmen reden durcheinander. Einige stellen auf mexikanisch Vermutungen an, ob es überhaupt einen Unfall gab und wenn ja, ob es nicht die Frau selbst gewesen ist. Eine weibliche Person und ein Mann mit fester, tiefer Stimme streiten gleichzeitig auf Englisch darüber, in welche Richtung es weitergeht.

»Ich war erst zwei Mal hier und davon musste ich einmal voller Angst und halb tot allein hier weg.« Die Frau klingt, als könnte sie ein warmes Entspannungsbad und eine erholsame Nacht gebrauchen. Aber der männliche Gesprächspartner scheint sich davon nicht beeindrucken zu lassen.

»Señora May, bitte bleiben Sie ruhig. Es ist wichtig, dass wir die Cenote finden, und dazu müssen Sie einen kühlen Kopf bewahren.«

»Ich bin ruhig! Sie glauben mir nicht, das merke ich. Ich bin doch nicht blöd! Nicht mal Rettungstaucher haben wir dabei! Was sollen wir also an dem blöden Loch?« Luna atmet hörbar aus und sagt dann: »Aber wir laufen in die richtige Richtung, hier sind meine Reifenspuren.«

»Rettungstaucher werde ich anfordern, sobald wir den Ort lokalisiert haben. Sonst wüsste ich nicht, wohin ich sie schicken soll.«

Ian kann förmlich hören, wie die Frau mit den Augen rollt, als sie sagt: »Von mir aus!«

Die leichtere Person stapft weiter geradeaus. Wenn sie den Kurs beibehält, wird sie die Wasserstelle knapp verfehlen. Eventuell hat Ian dann Zeit, schnell reinzuspringen, die Leichen rauszuholen und mit ihnen zu verschwinden? Nein, mit einer würde er es noch schaffen, aber mit zweien müsste er zweimal die Wände hochklettern, um aus der Cenote zu kommen, und das könnte knapp werden.

»Kommst du mit in die Höhle und übernimmst eine Leiche? Zu zweit können wir sie beide rausschaffen, bevor die hier eintreffen«, startet Ian noch einmal einen Vertuschungsversuch.

»Du fragst mich, ob ich mit dir ertrinken möchte? Sehr romantisch, aber ich passe. Wir könnten doch einfach diese kleine Gruppe, die da kommt, im Dschungel verscharren und vorher ein super Frühstück abgreifen?«, schlägt sein Mitbewohner vor.

Ian kann bei diesem Vorschlag nur mit der Hand sein Gesicht entlangfahren: »Du könntest auch einfach die

Atmung einstellen, das weißt du. Abgesehen davon weißt du auch, was das für ein Aufsehen erregt, eine Gruppe Cops zu verscharren!«

»Dann schlag was Besseres vor. Ich werde auf jeden Fall nicht in dieses Loch springen, mir die Klamotten komplett versauen und danach auch noch so stinken wie du jedes Mal. Wolltest du nicht, dass die Leichen gefunden werden, damit sie die Cenote für die Touristen sperren? Lass uns lieber mal sehen, was das Mädchen so erzählt.«

Stimmt. Ian will, dass die Höhle wieder zu seiner Zuflucht wird. Ohne Taucher oder sonstige Besucher. Das ist eigentlich eine perfekte Chance zu sehen, was die Überlebende noch weiß und wie die Polizisten darauf reagieren. Immerhin sind die Leute heute nicht mehr so abergläubisch wie früher.

Lunas Beine fühlen sich an, als hätte sie Zement in den Schuhen. Ihren Neoprenanzug hat sie zwar bis zur Hüfte ausgezogen und die Ärmel um sich gebunden, dennoch klebt er an ihrer feuchten Haut, genauso wie die Blätter aus dem Dschungel.

Nachdem sie mit letzter Kraft an dem Kletterseil aus der Cenote gekommen war, hat sie mit zitternden Armen den Wagen über den unbefestigten Pfad gelenkt. Sie weiß nicht, wie sie es überhaupt dort rausgeschafft hat, ohne sich mit dem Jeep um einen Baum zu wickeln. Sie hat nichts gespürt. Luna hat stur geradeaus geblickt und hätte schwören können, die ganze Fahrt über war jemand anderes in ihrem Körper. Sie saß nur in ihrem Kopf und hat durch die Augen dabei zugeschaut, wie sie jemand zur Polizeistation fuhr. Alles dahinter fühlte sich leer an.

Bei der Polizei angekommen, war sie zum Empfang gegangen. Die Hitze hat sie schwitzen lassen. Auch den Krach konnte sie hören, doch berührte er sie nicht. Neben ihr fing ein Kleinkind an zu schreien, während seine Mutter etwas meldete.

Luna starrte das Kind mit ausdruckslosen Augen an. Als es sie bemerkte, verstummte es umgehend. Seinen Blick und die Art, wie es sich stumm hinter seiner Mutter versteckte, machte Luna klar, dass sie geisteskrank aussehen musste. Sie wandte sich wieder nach vorn und erblickte einen Beamten.

»Wie kann ich ihnen helfen?«, fragte er sie.

*Helfen? Helfen. Wie kann man mir helfen? Sie sind tot! Alle beide!*

»Meine Freunde sind tot! Er hat sie ermordet!«, hat sie plötzlich aus voller Kehle geschrien.

»Bitte beruhigen Sie sich! Kommen Sie mit«, hat der Beamte gesagt und sie in einen Besprechungsraum geführt. Sie solle sich beruhigen. Das hat sie in den letzten Stunden so oft gehört. Erst hat man sie warten lassen und dann stundenlang verhört. Wie soll sie ruhig bleiben, wenn sie gerade eben in einer Höhle wach wurde, direkt neben den teilweise verstümmelten Leichen von ihren Freunden und dann gerade noch rechtzeitig merkt, dass es mit den eigenen Gasreserven eng wird, um selbst lebend rauszukommen?

Nach so was wäre ja jeder vollkommen ruhig und wüsste den Weg auf Anhieb! Nicht! Luna entkommt ein Schnauben. Jetzt stapfen sie durch den Dschungel auf der Suche nach der Cenote. Der Kommissar, der neben ihr läuft, dreht sich zu ihr um.

»Wie bitte?«

Rasch erwidert Luna: »Nichts, ich habe gar nichts gesagt.«

»Es klang kurz so. Wollen wir noch einmal über den Tathergang reden?«

*Das ist sicher eine Fangfrage.*

Luna hat das alles schon mindestens drei Mal erzählt. Aber was soll's.

»Wir waren tauchen und wurden angegriffen«, erzählt sie die Geschichte wie gewohnt.

»Von wem?«, fragt der Kommissar, als hätte Luna das nicht schon berichtet.

»Das weiß ich nicht«, beteuert sie.

Er lässt nicht locker.

»In der Polizeistation sagten Sie doch von einem Mann.«

»Ja!«, schreit Luna ihm schon fast entgegen. Langsam wird sie sauer.

»Woher wissen Sie, dass es ein Mann war? Taucher sehen doch alle gleich aus unter Wasser«, hakt er nach.

»Er …«, Luna stockt. An der Stelle war sie auch schon ein paar Mal. Dem ersten Polizisten hat sie noch wirklich erzählt, an was sie sich erinnert. Aber an einen Mann unter Wasser, ohne Tauchgerät oder Tauchmaske, in Freizeitkleidung, 200 Meter tief in einer Höhle, das hat man ihr nicht so recht glauben können.

»Er hatte männliche Gesichtszüge«, beschreibt sie den Mann, ohne zu erwähnen, dass da gar keine Tauchausrüstung war. Als hätte der Kommissar ihre Gedanken gelesen, legt er direkt nach. »Und er war in Freizeitkleidung in der Höhle?«

»Nein!«, erwidert Luna, ohne zu zögern. Das wird ihr ohnehin niemand glauben.

»Das weicht etwas von ihrer ersten Aussage ab. Wie kommt das?« Er stellt die Frage wie beiläufig und sieht sich dabei im Dschungel um. Luna stolpert fast über eine Baumwurzel und kann sich gerade noch fangen. Ihre Laune wird dadurch nicht besser.

»Hören Sie, ich bin völlig durcheinander und nur knapp mit dem Leben davongekommen. Vermutlich, weil dieser Kerl dachte, ich wäre ebenfalls tot. Dass man da eventuell unter Stress und Adrenalin etwas durcheinanderbringt, erleben Sie bestimmt nicht zum ersten Mal.«

»Stopp!« Irgendwie sind sie von einer anderen Seite an die Cenote herangekommen und diese Seite fällt direkt steil vom dichten Dschungel aus mehrere Meter nach unten. Kommissar Rodríguez kann Luna noch am Arm zurückhalten, bevor sie in die Tiefe stürzt. Sie können von hier aus gut die Seile auf der anderen Seite sehen, die nach unten zum Wasser führen. Der Anhänger steht noch dort. Voll beladen mit Flaschen, Zelten und dem ganzen Campingzeug, das sie nie nutzen werden. Niemals. In Luna steigt die Trauer hoch.

Tränen kriechen unaufhaltsam über ihr Gesicht, ein Kloß in ihrem Hals wird immer dicker und hindert sie am Schlucken. Die letzten Stunden waren so anstrengend und verwirrend. Der Schock, das Adrenalin, der Ärger über die Polizei. Das alles ist auf einmal weit weg und sie kann nur noch den Schmerz über den Verlust von guten Freunden spüren. Sie kann sie beinahe noch dort stehen sehen.

Alex dabei beobachten, wie er seinen Profiknoten in die Kletterseile macht und Julia, wie sie am Auto das Equipment auslädt und ihr dabei auffordernd zuwinkt. Ein Schluchzen entkommt Luna.

»Wollen Sie sich setzen?«, fragt Kommissar Rodríguez.

»Es geht schon. Ich war nur nicht darauf vorbereitet, wie es sich anfühlt, wieder hier zu sein.« Luna versucht, sich zu sammeln, und fängt an, sich auf die andere Seite des Senklochs durchzuschlagen. Sie muss sich jetzt konzentrieren.

Es ist klar, dass die Fragerei erneut losgeht, sobald sie auf der anderen Seite sind. Der Kommissar kann sich dann ganz auf sie fokussieren, während die Polizisten mit der Beweisaufnahme beschäftigt sind.

Stunden später lassen sie den Dschungel hinter sich. Luna darf unter Polizeibewachung in ihre Ferienwohnung, um sich umzuziehen. Zwei Polizisten begleiten sie, um sicherzustellen, dass sie nichts verschwinden lassen kann. Obwohl es sie nervt, von ihnen begleitet zu werden, ist sie froh, in der Wohnung nicht allein zu sein.

Es ist unheimlich. Die Türen zu Julias und Alex' Zimmern stehen noch auf und Luna hat das dringende Bedürfnis hineinzusehen, in der Hoffnung, sie wären dort. In der Hoffnung, sie würden sich einfach nur in ihren Zimmern ausruhen. Sie hätte so gerne Alex gesehen, wie er am Laptop den nächsten Tauchgang plant, oder Julia, wie sie ihr ohnehin schon makelloses Zimmer aufräumt.

Stattdessen sind die Zimmer voll mit leblosen Gegenständen, die nie wieder von ihren Besitzern genutzt werden. Das Grauen der Stille in der Wohnung geht weiter, Zimmer für Zimmer. Unter der Dusche muss Luna das Shampoo und den Rasierer ihrer Mitbewohner anstarren. Die Zahnbürsten am Waschtisch. Alex' Kaffeebecher, der noch in der Küche steht, weil er ihn nie wegräumt. Sie ist erleichtert, als sie endlich die Ferienwohnung verlassen und zurück aufs Polizeirevier kann.

Und dass, obwohl sie ein wirklich schlechtes Gefühl hat, wenn sie an die weitere Befragung durch Kommissar

Rodríguez denkt. Er glaubt ihr nicht, das merkt sie deutlich. Immerhin sollen morgen Vormittag Taucher die Leichen bergen.

»Señora May, Ihren Pass, bitte.«

Widerwillig gibt Luna dem Kommissar ihren Pass. Man will sie nicht einsperren, aber das Land verlassen darf sie auch nicht.

Mit einer erhobenen Augenbraue fragt sie: »Wann bekomme ich den zurück?«

»Sobald die Ermittlungen abgeschlossen sind«, erwidert Rodríguez ohne ersichtliche Gefühlsregung. »Wir hätten da noch ein paar Fragen an Sie. Genauer gesagt, möchte sich mein Kollege Herr Ruiz mit Ihnen unterhalten. Er ist unser Polizeipsychologe.«

»Wie bitte?« Lunas Augen verengen sich sofort. »Ich muss mich mit keinem Psychologen unterhalten! Ich bin doch nicht verrückt! Fragen Sie mich, was Sie wollen. Das habe ich alles schon zwanzig Mal erzählt und ich kann es noch weitere zwanzig Mal erzählen.«

Mit ruhiger Stimme sagt der Kommissar: »Señora May, da Ihre momentanen Aussagen von Ihrer ersten abweichen, müssen wir feststellen, welche ihrer Angaben der Wahrheit entsprechen und welche vielleicht durch Stress beeinflusst wurden. Sie haben doch selbst gesagt und das kann man ja wirklich gut nachvollziehen, dass es für Sie eine absolute Ausnahmesituation war. Es gibt keine weiteren Reifenspuren am Tatort und eine Zustimmung zum

Tauchen wurde ausschließlich ihrer Gruppe erteilt. Darüber hinaus wurden bei dem Besitzer des Grundstücks auch keine weiteren Anfragen für eine Tauchgenehmigung gestellt.«

»Das glaub' ich ja jetzt nicht! Sie verdächtigen mich? Sie haben meine Freunde noch nicht mal geborgen und denken schon, ich war es? Ich habe Sie doch informiert, dass überhaupt etwas passiert ist«, verteidigt sich Luna.

»Ja, das war auch sehr richtig und gut von Ihnen, Señora May. Aber dennoch standen Sie zu dem Zeitpunkt unter Schock und das ist ein Zustand, der von vielen Situationen ausgelöst werden kann.« Rodríguez hat das letzte Wort. »Solange Sie kooperieren und uns unsere Arbeit machen lassen, haben Sie nichts zu befürchten, wenn Sie unschuldig sind.«

Nach dem Gespräch mit dem Psychologen ist Luna völlig am Ende. Körperlich sowie geistig. Sie hat gefühlt eine Woche nicht mehr geschlafen. Dazu erscheint immer wieder dieses Gesicht vor ihren Augen. Es ist nur eine Fratze, die in ihrem Lampenschein auftaucht und sie böse angrinst. Nur für den Bruchteil einer Sekunde, aber dennoch lange genug, um sie aus dem Konzept zu bringen.

Oft folgt direkt danach die entsetzliche Erinnerung an ihre Freunde. Julias blondes Haar, das rot leuchtet und in ihrem eigenen Blut im Wasser tanzt, während ihr Kopf so aussieht, als hätte jemand die Wölbung ihres Schädels nach innen gedrückt. Alex hingegen sieht aus, als würde er sie anflehen, ihm zu helfen, nur eben ohne Tauchermaske und Atemregler im Mund.

Der liegt mit einem Teil des Schlauches, der eigentlich zur Flasche führen müsste, am Boden neben der Maske. Es ist wie in einem Horrorfilm, nur schlimmer. Luna ist sich nicht sicher, ob sie überhaupt je wieder schlafen kann.

Das hat sie dem Polizeipsychologen etwas anders geschildert. Natürlich ist der Mann in ihrem Lichtkegel ein Taucher mit Ausrüstung und kein Mann in Freizeitkleidung, der anscheinend nicht atmen muss.

Anders war es mit dem Entdecken ihrer toten Freunde. Das konnte sie erzählen und musste sie auch. Aber mehr, als dass sie sich Zeit zum Verarbeiten nehmen und sich melden soll, sobald sie drei Nächte nicht schlafen konnte, hat der Psychologe dazu auch nicht gesagt. Bei dem Gespräch ging es wohl darum, herauszufinden, ob sie ein kranker Killer war, der sich selbst den Bullen ausgeliefert hat. Um ihr Wohlergehen ging es offensichtlich nicht.

Da sie aufgrund von Beweissicherungsmaßnahmen, wie es der unsägliche Kommissar formulierte, nicht zurück in die Ferienwohnung darf, bucht sie sich in ein Motel ein. Dort versucht Luna, sich zu beruhigen.

Etwas anderes gibt es dort auch nicht zu tun. Das Zimmer ist winzig. Ein Bett steht links an der Wand. Darüber hängt eines von diesen billigen Bildern, das so aussieht, als hätte es ein Sechsjähriger gemalt. Mit moderner Kunst kann

Luna nichts anfangen. Daneben stehen Nachttische aus demselben alten Buchenholz wie das Bett mit Schubladen, die man nur gewaltsam öffnen kann, und Nachttischlampen mit dreckigem grünem Stoff als Lampenschirm.

Wenigstens ist der Boden gefliest. Über einen Teppich wäre Luna hier ungern gelaufen. Nichts wirkt wirklich sauber. In das kleine Bad ohne Fenster geht sie gar nicht erst. Ihr Plan ist es, sich auszuruhen und am nächsten Tag darüber nachzudenken, wie es weitergehen soll. Sie hat Angst davor, die Augen zu schließen, aber sie ist so erschöpft, dass sie direkt nach dem Hinlegen einschläft.

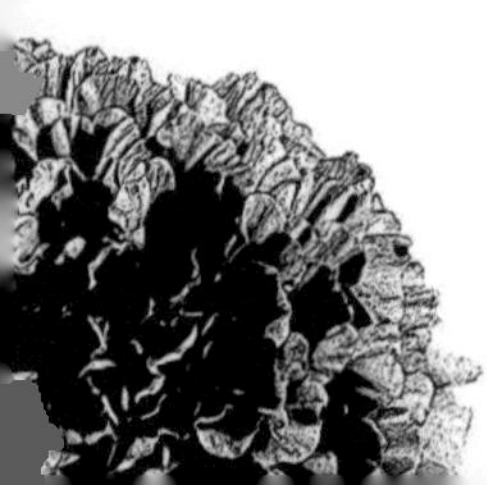

# Kapitel 5

Godric sitzt im Flur des Polizeireviers und ist zufrieden mit dem, was er hört. Schon im Dschungel war nur von einem Taucher die Rede und nicht von irgendetwas Übermenschlichem, das allem Anschein nach nicht atmen muss. Zwar hat der Kommissar etwas erwähnt, das so klang, als wäre die erste Aussage der Frau in eben diese Richtung gegangen, wiederholt hat sie das im Dschungel jedoch nicht. Er und Ian haben sich so weit in den dichten Bewuchs des tropischen Waldes zurückgezogen, dass ein menschliches Gehör sie nicht mehr wahrnehmen konnte. Sobald bei Ian die Gewissheit entstand, dass es keine Monsterjagd auf sie geben würde, sorgte er sich nur noch um seine geliebte Cenote.

»Jetzt werden noch mehr Menschen kommen und tauchen. Sie werden die Leichen bergen und wer weiß, was sie dabei in der Höhle entdecken. Dann wird es vor Höhlenforschern und Tauchern hier nur so wimmeln! Ich hätte sie direkt erledigen sollen. Was ist, wenn sie mich erkennt, wenn wir anfangen, ihr zu folgen, während die Beamten noch in der Nähe sind? Verdammt noch mal, was mach ich jetzt?«

»Beruhige dich. Das ist nicht das einzige Loch mit Wasser auf der Yucatán Halbinsel! Sie scheint ja keine Anstalten zu machen, die Wahrheit zu sagen. Wie wäre es, wenn ich ihr nachgehe und herausfinde, was sie noch so erzählt, und du findest heraus, wem das Stück Land gehört, und holst dir die exklusiven Taucherrechte? Du wirst mir gerade etwas zu hysterisch für eine Beschattung.«

Godric hat den Spott in seiner Stimme aufblühen lassen wie eine Blume im Sonnenschein. Ian murmelte als Antwort nur vor sich hin und verschwand im Dickicht Richtung Autobahn.

Das Polizeirevier befindet sich in einem flachen, einstöckigen Sandsteingebäude. Von außen sehen der beige Anstrich und die großen automatischen Glastüren sehr modern aus. Aber von innen sind immer noch alte Holzmöbel und einfache Metallstühle in den Wartebereichen. Der Boden ist mit Linoleum in schwarzgrauem Marmormuster ausgekleidet und die Wände sind in einem hellen orangeockerfarbenen Ton gehalten, der mit Kratzern durch Stuhllehnen und Klebestreifenresten gesprenkelt ist. Sie müssen von Vermisstenanzeigen und Bildern von gesuchten Straftätern stammen, die hier an die Wand geklebt wurden.

Godric braucht sich nur unauffällig in den Flur, auf einen der unbequemen und kalten Stühle, zu setzen. Von dort aus kann er durch die Bürotüren mit getöntem Glas jedes

Gespräch in jedem Zimmer hören. Als neuer Vampir war das unendlich anstrengend. Im Prinzip ist es wie in einem Hallenbad in den Sommerferien: Laut und nervig. Aber um jemanden zu belauschen, muss sich nur auf dessen Stimme konzentriert werden und schon wird diese eine Stimme die des obernervigen, kleinen Jungen, der im Hallenbad rumbrüllt. Laut und deutlich hebt sich diese Stimme von den anderen ab, als würde sie in einer schwarzweißen Welt plötzlich Farbe bekommen. Sehr praktisch, wenn erlernt wurde, wie damit umzugehen ist.

So erfährt Godric, dass der Kommissar vermutet, dass es die Frau, Luna May, selbst gewesen ist. Dass sie überhaupt Leichen finden werden, bezweifelt er noch. Daraufhin hat er sie zum Polizeipsychologen geschickt. Der Typ ist so was von unfähig und hat sich nur noch mal die Story von ihr angehört.

Ihr wirkliches Problem, dass sie die Bilder ihrer toten Freunde nicht aus dem Kopf bekommt, hat er völlig unbehandelt gelassen.

*Armes Ding, das könnte sie verrückt machen.*

Godric freut sich schon. Das alles spielt ihnen derart gut in die Karten, dass er sich keine Sorgen mehr um eine Hexenjagd macht.

Als Luna May, um ihren Pass erleichtert, zum Schlafen weggeschickt wird, folgt Godric ihr nur noch aus Neugier. Sie ist ein echtes Wrack, als sie aus der Polizeistation kommt.

Ihre Haare sind ein einziger brauner Knoten, aus dem in alle Richtungen Strähnen abstehen. Ihre Augen sind müde und strahlen eine Mischung aus Leere und Traurigkeit aus. Dass sie Wut in sich trägt, erahnt Godric nur durch die Falten in ihrer Stirnmitte. Ihr Gang ist unmotiviert und langsam. Trotzdem hat sie eine Körperhaltung, die Godric imponiert. Sie hat Stolz und Kampfgeist. Wie viele Menschen wären nach so einem Erlebnis nur ein Haufen Elend, wären vor Panik in der Höhle gestorben oder beim Rasen aus dem Dschungel vor einem Baum gelandet?

Spätestens aber bei der Polizei wären sie zusammengebrochen und hätten nur noch hysterisch geheult. Aber nicht Luna. Sie ist sogar an den Ort zurückgegangen, an dem ihr wohl bisher größter Albtraum stattgefunden haben muss. Das beeindruckt ihn.

Darum glaubt Godric auch nicht so recht, dass Luna sich einredet, einen Taucher gesehen zu haben.

*Aber wieso verschweigt sie es dann? Vermutlich, weil sie selbst weiß, wie verrückt es klingt.*

Nachdem Luna ziemlich flott in dieser Bruchbude von Motelzimmer eingeschlafen ist, entscheidet Godric, zurück zu Ian zu gehen und die nächsten Schritte des Plans umzusetzen.

In der Polizeistation hat er nicht nur Luna belauscht, sondern auch die Namen der Toten herausfinden können, und den Besitzer, dem das Land mit dem Senkloch gehört.

Aber bevor er Ian die Kontaktdaten gibt, ist dieser ihm definitiv noch eine kleine Jagd schuldig. Die Nacht ist gerade erst angebrochen und er hat wegen diesem Drama den ganzen Tag damit verbracht, zu beobachten und zu lauschen. Das war anstrengend und schreit nach einem Festmahl als Belohnung.

Godric macht sich direkt auf in Richtung Villa. Er freut sich jedes Mal darauf, dorthin zurückzukehren. Die Innenausstattung des Drogenbosses trifft genau seinen Geschmack und auch den der Mädels.

Ian steht am Fenster des Zigarrenzimmers, das sich an der Front der Villa befindet. Hier fühlt er sich am wohlsten. Darum wählt er schon, seitdem das Haus gebaut wurde, das Schlafzimmer direkt daneben aus.

Das Zigarrenzimmer stammt noch aus der Kolonialzeit und hat daher besonderen Charme. Die Möbel sind antik und sehr rustikal. Dunkles, verrauchtes Holz und leicht verlebte Echtledersessel.

Das einzig Moderne in diesem Raum ist ein Humidor, ein Behälter, in dem Zigarren ihr Aroma behalten. Jetzt war er allerdings zu nervös, um zu rauchen. Er steht an dem bodentiefen Sprossenfenster, seit er in die Villa zurückgekommen ist, und malt sich Szenarien aus, von dem, was Godric ihm berichten würde.

»Sie ist also nicht verängstigt? Du bist dir sicher, dass sie sich an mich erinnert, aber die Wahrheit quasi verdrängt? Wir könnten sie ja trotzdem manipulieren, nur zur Sicherheit.« Unruhig läuft er vor Godric auf und ab, der entspannt in einem der bequemen alten Sessel sitzt und dennoch jedes Mal die Nase rümpft, wenn er sich in dem urigen Raum umsieht.

»Ian, ich habe mich den ganzen Tag um deinen Schlamassel gekümmert, können wir uns jetzt um meinen Hunger kümmern?« Er sagt es wie ein genervter Teenager.

Ian bleibt stehen und will im ersten Impuls zu einem Protest ansetzen, doch so sehr es ihn auch wahnsinnig macht, keine Antwort zu erhalten, weiß er genau, dass Godric ihn erst mal zappeln lassen wird. Den Narzissten in seinem Mitbewohner hat er schon lange erkannt und willigt daher ein, mit ihm jagen zu gehen.

Godric hat sie geradewegs in einen Salsa Beach Club geführt, wo er wie immer Ausschau nach dem Mädchen mit dem gewissen Etwas hält. Die Tanzfläche ist voll und die Bässe eines spanischen Reggaeton-Liedes dröhnen Ian in den Ohren. Beide lehnen nebeneinander an der Bar mit einer Flasche Tulum Lager Artisanal in der Hand.

Godrics Beuteschema klingt kompliziert, ist aber sehr einfach. Er sucht nach dem ungeschliffenen Diamanten. Ein Mädel Anfang zwanzig, hübsch, aber sich dessen nicht unbedingt bewusst. Eine, die Spaß daran hat, auch mal allein zu tanzen. Sie freut sich über Aufmerksamkeit, wodurch man sie einfacher von ihrer ›Herde‹ trennen kann. Das Mädchen, das beim Tanzen die Augen schließt und nur ab und an mal verstohlen in die Menge blickt, in der Hoffnung, jemand sieht ihr zu.

Godric gibt Ian einen leichten Stoß mit dem Ellenbogen gegen seinen Arm. Der weiß sofort, wen sein Mitbewohner meint. Als hätte sie gespürt, dass ihr endlich jemand zusieht, öffnet sie die Augen, während sie weiter im Takt der Musik tanzt. Ian hat dieses Schauspiel schon oft gesehen und weiß genau, was jetzt passiert.

Die dunklen, nur leicht geschminkten Augen des Mädchens treffen auf ihrer Suche auf die leuchtend blauen Eisaugen von Godric. Ian kann sehen, wie sie anfangen zu funkeln, als sie realisiert, dass dieser große, muskulöse Mann sie betrachtet. Sie blickt in dieses unverschämt symmetrische Gesicht mit ausgeprägten Kiefermuskeln und einem kurzen dunkelblonden Drei-Tage-Bart. Ihre angehobenen Mundwinkel zaubern ihr ein freches Schmunzeln ins Gesicht. Godric geht ohne Umschweife auf sie zu, nimmt ihre Hand und fängt an, so sinnlich Salsa mit ihr zu tanzen, als hätten sie das schon hundert Mal getan.

Ian beobachtet die beiden eine Weile, ohne die Umgebung dabei zu vernachlässigen. Sollten ihre Freunde sie suchen, würde er sie abfangen und ihnen erklären, dass sie schon gegangen ist. Das ist seine einzige Aufgabe als

Wingman. Alle anderen Menschen, die sie kennen, ab jetzt und für immer von ihr fernzuhalten.

Sie tanzen noch einige Lieder miteinander und Ian sieht gleichgültig dabei zu, wie das Verlangen der Frau immer weiter anwächst. Ihre geweiteten Pupillen sind für ihn nicht zu übersehen oder die Art, wie sie sich zwischendurch kaum merklich auf ihre Unterlippe beißt. Sie sehnt sich nach einem Kuss, doch traut sie sich nicht, weiß Ian.

Er weiß auch, dass Godric diesen Moment etwas hinzieht. Er lässt sich eben gerne anhimmeln. Genervt dreht Ian sich um und bestellt noch ein Bier. Aus dem Augenwinkel sieht er, wie Godric sich endlich erbarmt, ihr Kinn sanft anhebt und sie küsst. Die Gänsehaut, die diese Berührung bei ihr auslöst, leuchtet in allen Farben, die die Barbeleuchtung hergibt.

Mit dem Rücken zur Tanzfläche und einem frischen Bier in der Hand hört Ian Godrics Stimme im Flüsterton: »Ich will mit dir an den Strand. Kommst du mit?«

Das Vorspiel ist vorbei. Godric nickt Ian zu und führt das vor Glück strahlende Mädchen in Richtung Ausgang. Ian erkennt gerade rechtzeitig, wie zwei etwa gleichaltrige Mädels versuchen, sich den Weg zu Godrics Opfer durchzuschlagen.

Er hat gehofft, dass ihm das heute erspart bleibt. Aber wann kommt es schon so, wie er es gern hätte?

»Hallo, die Damen, ihr seid mir schon von der Bar aus aufgefallen. Ihr dürft nicht gehen, ohne dass ich euch einen

Drink spendiert habe«, sagt er mit einem charmanten Lächeln.

»Geh mir aus dem Weg«, zischt ihm die Erste der beiden entgegen. Nein, heute ist es wirklich nicht, wie er es gern hätte, da hilft nur noch Manipulation.

Er packt sie an der Schulter, sieht ihr tief in die Augen und flüstert: »Ihr war schlecht. Sie schläft selig zu Hause und will, dass du deinen Spaß hast. Das hat sie dir selbst gesagt.«

»He! Finger weg von meiner Freundin!«, mischt sich die zweite Frau ein.

»Ist schon gut, Sandra. Ich habe vergessen, dass Maria mir gesagt hat, dass sie heimgehen will.« Sie dreht sich wieder zu Ian um: »Also ich hätte gerne einen Erdbeer-Mojito.«

Das Mädchen lächelt unaufhörlich und bringt kein Wort heraus. Sie nickt nur stumm und lässt sich von ihm an den Strand führen. Er weiß, dass Ian sicher stellt, dass ihnen niemand folgt, und ihm das Spiel für sich allein überlässt.

Am Strand, ein paar Meter von der letzten Bar und ihren Lichtern entfernt, dreht Godric das Mädchen noch ein paar Mal um die eigene Achse und schaut den fließenden Bewegungen ihres Kleides zu.

*Rot. Wie passend, dann sieht man das Blut nicht so schnell.*

Das Wasser hinter ihnen ist schwarz wie Tinte und der Strand liegt vollkommen im Schatten der angrenzenden Palmen. Godric führt sie an der Hand in einem eleganten Bogen vor sich. Einander zugewandt sieht er ihr einige Sekunden in die Augen und umfasst sie dann an den Rippen, um sie über sich zu heben.

Für Außenstehende und für das Mädchen selbst muss es wirken wie ein Tanz ohne Musik. Sie freut sich so sehr über den Spaß, dass sie anfängt zu kichern. Nachdem er sich ein paar Mal mit ihr dreht, lässt er sie so nah an seinem Körper hinuntergleiten, das die Reibung elektrisch wirkt wie das Fließen des Stroms zwischen zwei Hochspannungsleitungen.

Seine Hände lockern den Griff um die Rippen und gleiten langsam und zärtlich den Stoff ihres Kleides entlang. Er lehnt sich vor, um sie zu küssen und den unteren Saum des Kleides zu erreichen. Dann zieht er das Kleid nach oben und über ihren Kopf. In Unterwäsche und mit einem schüchternen Lächeln im Gesicht fängt sie unbeholfen an, die Knöpfe seines Hemdes zu öffnen.

Als sie bei seinem Hosenbund weitermachen will, nimmt Godric ihre kleine Hand, um sie zu stoppen. Es ist nicht nötig, dass sie ihn auszieht. Sie verharrt in ihren Bewegungen und blickt mit Falten über dem Nasenrücken in sein Gesicht.

»Wie heißt du?«, fragt er das Mädchen.

»Maria«, antwortet sie, kaum hörbar durch das Meeresrauschen im Hintergrund und ihren eigenen heftigen Herzschlag. Godric liebt diesen Klang.

»Hm, schöner Name. Maria. Hast du Spaß?« Er streichelt ihr mit dem Handrücken die Wange entlang, folgt dann mit dem Zeigefinger der Kinnlinie bis unters Ohr, wo er ihren rasenden Puls spüren kann.

»Ja ... sehr.« Maria bringt nicht mehr als ein Flüstern zustande, vor Erregung zitternd.

»Das freut mich, Maria. Ich möchte jetzt ebenfalls meinen Spaß und wenn du nicht schreist, verspreche ich dir, dich am Leben zu lassen.« Godric sagt es mit einer Melodie in der Stimme, die andere Männer benutzen, wenn sie eine Frau verführen wollen. Nur will er das nicht und am Leben lassen will er sie schon gar nicht.

Die Veränderung in seinem Blick spiegelt sich in Marias Gesichtsausdruck. Ihr Lächeln gefriert und ihre Augen werden so groß, dass das Licht der entfernten Bars darin glänzt. Ihre Wangen laufen rot an und sie weicht wimmernd von ihm zurück. Todesangst lässt Tränen über ihre Lippen fließen und das Wimmern wird lauter. Godric kennt diese Reaktionen des Körpers. Das steigende Rauschen des Blutes, der Geruch von frischem Schweiß und heißen Tränen. Der Geruch der Angst.

Er will, dass sie um ihr Leben rennt und vielleicht sogar ein wenig bettelt, aber Maria wirkt wie im Schock. Sie scheint gelähmt von dem plötzlichen Situationswechsel. Er gibt ihr noch einen Ansporn, loszurennen, und bleckt seine Vampirzähne. Dabei kommt er ihr wie zum Kuss entgegen und holt ein tiefes Knurren aus seiner Kehle.

Sie hat sicher versucht, nicht zu schreien, aber die Panik siegt. Sie rennt los, in die Dunkelheit hinter den Palmen. Godric ist wieder vor ihr, noch bevor sie merken kann, dass es ohnehin die falsche Richtung war.

Mit der Hand an Marias Kehle fragt Godric sich unwillkürlich, ob Luna auch hysterisch geworden wäre. Luna mit ihrem Kampfgeist. Hätte sie realisiert, dass ein Wesen wie er ihre Freunde getötet hat? Hätte sie gebettelt?

Das armselige Wimmern Marias holt ihn in die Gegenwart zurück.

*Immer noch kein Betteln. Enttäuschend!*

Er hebt sie an der Kehle hoch und drückt nur so fest zu, dass sie schlecht Luft bekommt, aber nicht erstickt. Dann fixiert er Marias Augen mit seinem bösartigsten Grinsen und geht mit ihr ins Meer.

Am nächsten Morgen findet man eine leblose Frau in Unterwäsche am Strand. In den Zeitungen steht, sie hätte sich die Pulsadern aufgeschnitten und wäre anschließend im Meer ertrunken.

# Kapitel 6

Wenn sie schon nicht wieder heimfliegen und auch nicht in ihre Ferienwohnung gehen kann, will Luna wenigstens etwas Produktives mit ihrer Zeit anfangen. Liegt sie noch länger hier in dem Zimmer und starrt vom Bett aus an die Decke, da ist sie sich ziemlich sicher, kommt ihr diese bald entgegen. Ihr Handy durfte sie behalten.

In den alten E-Mails, die Alex zur Planung geschickt hatte, sucht Luna jetzt die Adresse des Grundbesitzers raus. Ihm gehört die Cenote, in der das Unglück passiert ist, und nur er kann ihr Zutritt verschaffen. Luna will das Projekt weiterführen, wenn auch nicht sofort. Sie möchte zumindest die Zusage des Besitzers haben, damit sie dort in Zukunft wieder ihre Hobby-Forschung aufnehmen kann. Diese, beispielsweise die Kartierung der Höhle, kann Wissenschaftlern Erkenntnisse liefern, an die sie sonst nicht kommen, da diese meist keine Höhlentaucher sind. Bevor sie jedoch weiter forscht, muss sie zurück nach Europa.

Den Familien mit der Überführung helfen und sich gebührend verabschieden. Dann will sie ihre Selbstständigkeit in der IT-Beratung komplett umstellen und nur noch online arbeiten.

Das wird ihr ermöglichen, für längere Zeit nach Mexiko zu gehen und zu forschen. Nicht nur zum Kartieren, sondern auch um herauszufinden, ob es Gerüchte, Legenden, Märchen oder Spuren in der Höhle gibt. Sie hat sich den Mann nicht eingebildet und ist fest entschlossen, ihn oder es zu finden. Sie will herausfinden, was dort wirklich geschehen ist. Es war der Traum von allen und sie schuldet es ihnen die Wahrheit ans Licht zu bringen.

Javier Sánchez wohnt am Ortsrand von Puerto Aventuras, nur zehn Minuten von ihrem Motel entfernt. Sie hofft nur, dass sein Englisch besser ist als ihr Spanisch. Alex hat sich immer um das alles gekümmert – sie weiß nicht einmal, wie Señor Sánchez aussieht. Die kleine Hütte findet sie zum Glück schnell.

Es ist die Letzte vor dem dichten Dschungel. Sie fährt die Zufahrt hoch und klopft an die Tür. Ein Mann Mitte fünfzig öffnet ihr. Er hat dunkelbraune, schon fast lederne Haut. Jemand, der viel in der heißen Sonne Mexikos arbeitet. Die dicken, lockigen Haare sind pechschwarz und nur vereinzelt mit silbernen Fäden durchzogen. Er ist klein, vielleicht 1,65 Meter und es ist zu erkennen, dass er harter, körperlicher Arbeit nachgeht. Trotz seines Bauchansatzes hat er starke Arme.

»Señor Sánchez? Ich bin Luna May, eine Freundin von Alex Fortin und Julia Larson. Darf ich kurz mit Ihnen sprechen?« Luna zweifelt, ob man ihr zittriges Englisch überhaupt verstehen kann. Und was ist, wenn Señor Sánchez es gar nicht spricht?

Er schaut beim Öffnen der Tür durch verengte Augen, sobald er aber Alex' Namen hört, werden seine harten Gesichtszüge weicher und er öffnet die Tür komplett. Sein Englisch hat einen starken mexikanischen Akzent, ist aber dennoch gut verständlich.

»Señora May, eine schreckliche Tragödie! Und das auch noch auf meinem Grundstück. Es tut mir so leid um ihre Freunde. Kommen Sie doch rein. Möchten Sie etwas trinken?«

Hörbar erleichtert atmet sie aus. Dann antwortet sie mit einem Lächeln im Gesicht: »Ein Wasser wäre bei der Hitze lieb von Ihnen.« Luna geht mit Javier durch das Haus zur Rückseite, wo es eine wunderschöne, schattige Veranda gibt. Selbstgebaut aus unterschiedlich farbigen Holzdielen und mit Sitzmöbeln aus Paletten. Heutzutage würden Hipster dafür viel Geld bezahlen.

Er bietet ihr an, sich zu setzen, und sie reden über Alex und Julia. Wie nett sie gewesen sind und wie höflich sie um Zugang zu der Cenote gebeten hatten. Er wurde schon das ein oder andere Mal gefragt, ob die Höhlen auf seinem Grundstück erforscht werden dürfen, aber dann so, als müsse er die Einwilligung erteilen und das mag er gar nicht. Um die Stimmung locker zu halten, vermeidet Luna das Thema des Unglücks und dessen Details und Javier scheint es ihr gleichzutun. Über die Forschung kann sie später sprechen, was sie im Moment wirklich interessiert ist Folgendes: »Senor Sánchez, gibt es eigentlich Legenden oder Sagen, die mit den Cenoten zu tun haben?«

»Bitte nennen Sie mich doch Javier«, erwidert er lächelnd. »Was meinen Sie genau? Einige nutzten die Maya als Opferstätten. Aber viel mehr weiß ich darüber auch nicht. Ich bin nicht besonders abergläubisch.«

»Maya Legenden klingen auf jeden Fall spannend!«, erklingt eine Männerstimme hinter Luna. Sie schreckt zusammen.

»Bitte entschuldigen Sie mein Eindringen, ich habe geklopft und dann ihre Unterhaltung gehört. Ich suche Señor Javier Sánchez.« Dieser Mann kam so plötzlich um die Ecke, dass sie immer noch nicht begreift, wieso sie ihn nicht hat kommen hören. Sie dreht sich zu der Stimme um und er sieht so unglaublich gut aus, dass sie nicht weiß, wo sie hinsehen soll. Und noch etwas beschäftigt sie. Sobald sie ihn ansieht, läuft ihr ein kalter Schauer den Rücken runter. Sie kann sich aber nicht erklären, warum. Wie üblich lässt sie sich von ihrem Gefühlscocktail nichts anmerken.

»Entschuldigung. Dieses Gespräch ist privat«, sagt sie stattdessen.

»Oh, Verzeihung.« Er deutet eine Verbeugung an. »Mein Name ist Ian MacRury und ich möchte ebenfalls privat mit Señor Sánchez sprechen. Ich kann gerne zu einem anderen Zeitpunkt wiederkommen.«

Javier steht auf, um den Überraschungsgast zu begrüßen.

»Nein, nein! Señor MacRury, bitte setzen Sie sich. Señora May fragte mich soeben nach alten Legenden, aber ich kenne keine.«

»Senor Sánchez, Javier, darf ich in ein paar Tagen wiederkommen? Ich würde gerne noch in Ruhe mit Ihnen sprechen, aber es eilt nicht. Daher würde ich jetzt lieber gehen«, sagt Luna. Ihr ist der fremde Besucher nicht geheuer. So etwas hat sie noch nie gefühlt. Anziehung und Fluchtreflex zugleich. Jetzt will sie bloß weg von ihm und steht auf.

»Luna, Sie können gerne wieder zu mir kommen. Ich hoffe, ich habe Sie nicht vergrault. Das war nicht meine Absicht«, sagt Javier und ist sichtlich überfordert mit zwei unangekündigten Besuchern zugleich.

»Nein, keineswegs! Einen schönen Tag noch, Javier.« Sie lächelt ihn an, als sie ihm die Hand schüttelt. Der Fremde bekommt nur ein kurzes: »Herr MacRury«, ein kleines Kopfnicken und dann direkt die kalte Schulter.

*Das ist also Luna. Die Höhlentaucherin Luna, die ein Treffen mit dem Teufel überlebt hat.*

Jetzt versteht Ian, was Godric gemeint hat. Die Frau hat Feuer.

*Noch viel schöner ist, dass sie mich nicht erkannt hat.*

Aber zurück zum Wesentlichen. Señor Sánchez muss noch überzeugt werden, die Cenote nicht mehr erforschen zu lassen oder anderweitig zu nutzen.

»Señor Sánchez, wie schon erwähnt, bin ich Ian MacRury. Ich komme von der Staatlichen Höhlen- und Karstverwaltung und möchte mit Ihnen über die Cenote auf ihrem Grundstück sprechen. Wir haben erfahren, dass dort unangemeldete Forschungen stattfanden, bei denen es zu einem Unglück gekommen ist. Können Sie mir hierzu nähere Informationen geben?« Ian hält Javier einen gefälschten Behördenausweis hin. »Sie müssen wissen, dass wir solche unangemeldeten Forschungen in der Regel unterbinden, damit genau so etwas nicht passiert.«

Javier reagiert so, wie Ian es erwartet hat. Er setzt sich kerzengerade hin, als er das Wort ›staatlich‹ hört und die ersten kleinen Schweißperlen bilden sich auf seiner Stirn, die nicht nur von der Hitze herrühren. Das Letzte, womit Menschen zu tun haben wollen, ist, der Kontakt mit irgendwelchen Behörden.

Die Besorgnis in Javiers Stimme kann er nicht vor Ian verbergen: »Ich selbst war nicht dabei. Der junge Mann, der sich bei mir meldete, klang sehr versiert in seiner Sache und war überaus höflich. Sie wollten eine Karte des Tunnels in der Cenote anfertigen. Ich hätte mich darüber gefreut, weil ich nicht tauche und mich frage, wie es dort aussieht.

Von Ihrer Behörde habe ich bis gerade eben noch nie gehört und darum nichts angemeldet. Es tut mir sehr leid!

Ich möchte wirklich keinen Ärger. Von dem Unglück weiß ich nicht viel. Es sind zwei gestorben, nur eine hat überlebt. Die Frau, die eben gegangen ist, sie hat überlebt. Sie riefen mich einen Tag vor dem Vorfall an und vermuteten, dass jemand ohne Erlaubnis in der Cenote tauchen war und ihre Forschung sabotiert hat. Die Leinen, die sie verlegt haben, waren auf einmal weg. Aber dazu konnte ich nicht viel sagen, außer, dass nur die Drei dort hinein durften. Vielleicht fragen Sie die Frau nach Einzelheiten oder die Polizei. Sie wollen heute die Leichen aus der Cenote bergen.«

Ian muss ganz bewusst seine Gesichtsmuskeln entspannen, um ein Schmunzeln zu unterdrücken. Die Behördennummer funktioniert wirklich in jedem Land.

Die Menschen haben Angst vor Strafen und korrupten Handlungen. Und das eine sowie das andere, gibt es überall auf der Welt. In Mexiko kommt manchmal auch beides gleichzeitig vor. Dass die Behörde, die Ian nennt, wahrscheinlich gar nicht existiert, interessiert in dem Fall niemanden. Dabei hat er sich diese wirklich nur ausgedacht.

Hätte das nicht geklappt, hätte er ihn manipuliert. Aber das hätte weniger schauspielerisches Talent erfordert. Seit dieser ganze Schlamassel angefangen hat, bemerkt Ian, wie gern er sich um etwas kümmert, mit Menschen interagiert und ja, auch ab und zu schauspielert. Das hat er so lange nicht mehr getan, abgesehen von seinen Diensten als Wingman für Godric. Aber sich mit etwas zu beschäftigen, an dem ihm sogar was liegt ...

*Das grenzt an Spaß.*

So lästig, wie er es am Anfang fand, so interessant wird es gerade. Diese Luna ist sicher nicht aus Langeweile hier. Sie hat Biss. Sicher wird sie versuchen, wieder in die Cenote zu kommen, und ist deswegen zu Javier gegangen. Gut, dass er dazwischenfunken konnte.

»Das habe ich vor. Die Polizeiberichte werde ich erhalten, sobald die Ermittlungen abgeschlossen sind. Viel dringender ist allerdings, dass ich Sie aufgrund der Vorkommnisse und der nicht erfolgten Anmeldung der Forschungen darauf hinweisen muss, dass dies beim nächsten Mal mit einer hohen Geldstrafe geahndet wird. Forschungen sind nur zulässig, wenn Sie von unserer Behörde genehmigt wurden. Darüber hinaus sind nicht offiziell erforschte Bereiche für niemanden zum Tauchen freigegeben. Somit muss ich Sie bitten, in Ihrem eigenen Interesse, niemanden mehr dorthin zu lassen.« Ian ist schon dabei aufzustehen, um dem Ganzen mehr Nachdruck zu verleihen und zu zeigen, dass dies indiskutabel ist.

Señor Sánchez hat aber eine Frage: »Señor MacRury, die Dame von vorhin, Señora May, sie war bei dem Forschungsteam dabei. Sollte sie mich kontaktieren, um ihre Forschungen fortsetzen zu dürfen, kann ich sie dann an Sie weiterleiten? Ich kann mich irren, aber sie wirkte, als würde sie trotz allem gerne weitermachen.«

*Interessant, Javier hat Lunas Stärke auch entdeckt.*

Er und Godric werden sie bis zur Abreise genauer beobachten müssen. Nicht, dass sie noch auf die Idee kommt, allein in die Cenote zu gehen und dort wieder auf ihn trifft. Aber zunächst einmal muss jeder Zweifel, ob es vielleicht doch Ausnahmen für den Zugang zur Cenote gibt, aus Javier herausprogrammiert werden. Ian geht ein paar entschlossene Schritte auf den untersetzten Mann zu. Er scheint es als Drohung aufzufassen und steht sofort auf, während er gleichzeitig mit den Beinen den Stuhl hinter sich zurückschiebt. Schützend hält er einen Arm vor sein Gesicht und man sieht ihm an, dass er eher rennen als kämpfen würde.

Doch so etwas hat Ian gar nicht im Sinn. Er nimmt Javiers Arm und führt diesen langsam wieder neben seinen Körper. Dabei kommt er mit ruhigen Schritten noch etwas näher an Javier, sieht ihm tief in die Augen und beginnt zu flüstern: »Niemand betritt je wieder diese Cenote. Egal wer fragt, egal, um was es geht. Sobald die Untersuchungen der Polizei abgeschlossen sind, willst du nie wieder jemanden in der Nähe dieses Senkloches sehen.«

»Nie wieder darf dort jemand rein.« Javier wiederholt es wie in Trance und ab da ist es ein Gesetz. Sein Gesetz. Javier wird nie wieder etwas anderes wollen. Nie etwas anderes denken. Diese Cenote ist nun Sperrgebiet, außer für Ian.

# Kapitel 7

**Drei Monate später …**

Wahrscheinlich schreibt sie es falsch. Sie kann einfach nichts über eine ›Staatliche Karst- und Höhlenverwaltung‹ in Mexiko finden. Luna ist jetzt schon seit acht Tagen wieder in Puerto Aventuras.

Sie hat sich in Deutschland um alles gekümmert: ihre Freunde nach Hause gebracht und den Familien bei den Beisetzungen geholfen, ihre eigene Familie besucht und ihre IT-Beratung komplett ins Internet verlegt, ihre Wohnung vermietet und einen Verwalter beauftragt, der die Instandhaltungen und alles andere regelt.

Als Erstes war sie zu Javier gefahren. Er hat sie freundlich empfangen und Smalltalk mit ihr gehalten, aber als es endlich um seine Zustimmung für weitere Forschungen in der Cenote ging, blockte er vehement ab.

Irgendein Behördenvertreter wäre bei ihm gewesen und hätte ihn verwarnt. Niemand dürfe ohne die Genehmigung dieser Behörde in die Cenote. Nicht einmal für einen einzigen Tauchgang. Seitdem sucht Luna nach Kontakt zu dieser, aber egal, wie intensiv sie sucht und wen sie fragt, keiner kennt sie. Online findet sich auch nichts. Sie probiert verschiedene Schreibweisen: Karst- und Höhlenverwaltung Mexiko, Federal karst- and cave management, gestión de Karst y cuevas. Nichts. Schlicht, als ob es sie gar nicht gibt. Javier will ihr auch nicht weiterhelfen. Er möchte keinen Kontakt zu Behörden, egal zu welchem Zweck.

Nun ist sie wieder hier in Mexiko, im Café Bamboo und kann nichts tun. Sie kann nicht weiterforschen, nicht in der Cenote tauchen und nicht herausfinden, was wirklich mit ihren Freunden geschehen ist.

»Entschuldigung, darf ich mich zu Ihnen setzen?« Luna schreckt aus ihren deprimierenden Gedanken hoch.

»Wie bitte? Ach so, ähm … kenne ich Sie nicht?« Natürlich kennt sie ihn. Neben der Angewohnheit sie zu erschrecken, ist er der Einzige auf der Welt, der nur in ihrer Nähe sein muss, damit sich ihre Nackenhaare aufstellen.

Dabei ist er auch der Einzige, bei dem diese Gänsehaut sowohl ›Renn weg!‹ als auch ›Komm näher‹ ausdrückt. Wie kann man jemanden so anziehend finden und gleichzeitig Angst vor ihm haben? Daher fällt es ihr nicht schwer, sich an seinen Namen zu erinnern: »Ian, nicht wahr? Sie waren auf der Terrasse von Señor Sánchez, wo Sie einfach meine Unterhaltung gestört haben. Sie haben wohl ein Talent dafür, unangemeldet aufzutauchen.«

Ian lässt sich von ihrer Aussage nicht beirren. Er hat sie nun schon mehrere Tage hintereinander in diesem kleinen Lokal am Strand sitzen sehen. Während die meisten Touristen auf der Terrasse die Aussicht auf das Meer genießen und dabei einen Kaffee oder Smoothie trinken, sitzt sie immer drinnen, zwar am Fenster, dennoch ist der Blick stets stur auf den Laptop gerichtet. Wahrscheinlich ist sie nur hier wegen des guten WLANs.

Das erste Mal, als er sie hier gesehen hat, ist er beinahe vor die Laterne an der Straße vor dem Café Bamboo gelaufen. Es ist Glück, dass der Laden an Straßen- und Strandseite quasi nur aus Fenstern besteht. Somit kann er mit einem Blick durch den Raum sehen. Die pastellfarbenen Stühle und die von der Decke baumelnden bunten Lampions können ihn nicht ablenken. Seine Aufmerksamkeit lag die vergangen Tage immer auf einer Frau, die auf ihren Laptop starrte.

Er kann nicht glauben, dass sie zurück ist. Es sind erst drei Monate vergangen und er hat damit gerechnet, sie nie wieder zu sehen.

*Warum ist sie hier? Hat sie schon mit Javier gesprochen? Wird sie bald wieder abreisen, wenn sie nicht in die Höhle darf? Wie kann sie nur so ruhig dasitzen?*

Er kann riechen, wie sie vor Adrenalin förmlich zerspringt. Nur ist es in ihrem Gesicht nicht abzulesen, ob es freudige Erregung ist oder Angst. Oder ist es eine Mischung?

»Ich habe viele Talente«, entgegnet er keck und grinst dabei gerade so viel, dass seine Reißzähne nicht zu sehen sind.

Das ist auch der Grund, warum die meisten Vampire eher einen neutralen Gesichtsausdruck bevorzugen. Die Kiefermuskulatur steuert die spitzen Zähne wie bei Schlangen. Wird die Muskulatur gespannt wie zum Öffnen des Mundes bei lautem Lachen oder beim bewussten Anspannen der Kiefermuskeln zum Angriff, so werden sie sichtbar. Ian ist schon lange genug im Spiel, um damit umgehen zu können. Er wartet keine Einladung zum Hinsetzen ab und nimmt sich den Stuhl gegenüber von Luna.

»Frau May, ich weiß, wir kennen uns nicht gut, aber Javier sagte mir damals, dass Sie Überlebende des Unfalls in seiner Cenote waren und ich kann nicht aufhören, mich zu fragen, wie es ihnen geht. Wissen Sie, ich war im Krieg und habe schlimme Dinge gesehen. Es überrascht mich, Sie wieder hier anzutreffen. Ich hätte diesen Ort wohl eher gemieden.«

Luna ist immer noch ganz durcheinander. Ihre Gefühle wechseln hin und her, von Abscheu zu Neugier, von Lust zu Angst und die Erwähnung des Unfalls führt ihr wieder die Bilder ihrer toten Freunde vor Augen. Ian wirkt so jung, wahrscheinlich Mitte oder Ende zwanzig, welches Leid hat er gesehen?

»Sie waren im Krieg? In welchem denn?«, fragt sie.

»In vielen.« Nachdenklich macht er eine kurze Pause. »Jeder Tag ist ein neuer Krieg. Aber der Hauptschauplatz, auf den Sie hinauswollen, war Afghanistan.«

»Sie sehen gar nicht aus wie ein Amerikaner.« Luna schämt sich sofort, als sie das sagt. Natürlich sind nicht nur Amerikaner in den Krieg in Afghanistan verwickelt, aber sie ist auch deswegen gerne unter Wasser, weil sie sich dann vor dem Druck der Welt verstecken und solche Informationen an sich vorbeigleiten lassen kann.

»Ähm, bin ich auch nicht. Ich bin Schotte«, erwähnt Ian nicht ohne Stolz in der Stimme. »Für den Krieg habe ich mich freiwillig gemeldet. Lange Geschichte, aber eigentlich hatte ich ja nach ihrer gefragt.«

Luna wird ganz heiß vor Scham, aber als er den Unfall erneut anspricht, fasst sie sich wieder.

»Ja, stimmt. Entschuldigen Sie. Also, ich kann Ihnen kaum sagen, was passiert ist. Ich war mit zwei Freunden tauchen, sie kamen dabei ums Leben und ich wurde ohnmächtig. Zuerst hatte die Polizei ja mich im Visier. Als ob ich eigenhändig meine engsten Freunde …«

Luna stockt. Ihr Blick wandert auf ihre gefalteten Hände. Die Finger fummeln abwechselnd an ihren Nägeln und dann wieder an ihrem geflochtenen Armband herum. Sie atmet so tief ein, dass sich ihr Brustkorb hebt und versucht, weiter zu erzählen: »Die Polizei sagt, es hätte so etwas wie einen Steinschlag gegeben. Brocken hätten sich von der Decke gelöst, die meine Freundin erschlagen haben und die Ausrüstung meines Freundes zerstörten, woraufhin er ertrank. Ich kann mich daran aber nicht erinnern.«

Sie muss wieder eine kurze Pause machen, um die aufkommenden Tränen hinunterzuschlucken. Mit einem gespielten Schulterzucken fährt sie fort: »Na ja, man kam zu dem Schluss, dass ein Mensch zu solch Kraftanstrengungen unter Einfluss des Wasserdrucks gar nicht fähig wäre. Daher wohl auch die Theorie mit den fallenden Gesteinsbrocken.« Luna sieht beim Erzählen unentwegt aus dem Fenster auf das Meer. Es ist malerisch, beinahe windstill und die Oberfläche des Wassers ist so glatt wie ein Spiegel. Es wirkt, als würde sie darauf warten, dass jemand aus dem Wasser kommt.

»Frau May?«, setzt Ian an, aber Luna unterbricht ihn.

»Luna, bitte«, sagt sie.

»Sehr gerne. Luna ...«, spricht Ian weiter, »das scheint dich noch sehr zu beschäftigen. Danke, dass du das mit mir teilst. So etwas Ähnliches stand damals auch in der Zeitung. Ich habe allerdings das Gefühl, dass du von der Erklärung nicht sehr überzeugt bist.«

Luna richtet ihren Blick langsam vom Wasser ab und sieht Ian an. Er ist wirklich schön anzusehen. Dieses wilde, braune Haar und diese ausgeprägten Kiefermuskeln, die sein Gesicht so markant aussehen lassen.

*Was hat er gesagt?*, denkt Luna, die kurz abgelenkt war.

»Wie? Achso, nein, irgendwie nicht. Ich war zwar bewusstlos, aber ein Stein hätte mir mehr Kopfschmerzen verursachen müssen und dass sich überhaupt dicke Brocken lösen, ist auch eher unrealistisch. Aber gegen die Polizei hier kommt man nicht an. Ich wollte mir die Stelle in der Cenote nochmal ansehen, aber sie wurde zum Tauchen gesperrt. Lebst du hier? Kennst du eine Karst- und Höhlenverwaltung?« Eine Kellnerin kommt und Luna bestellt einen weiteren Latte Macchiato.

»Zurzeit lebe ich hier. Aber von so einer Verwaltung habe ich noch nie etwas gehört. Ich kenne mich mit diesem Thema aber auch nicht aus. Weder tauche ich, noch war ich viel in Höhlen. Bist du tatsächlich hergekommen, um wieder dorthin zu gehen, wo du den Tod gesehen hast?« Die Art, wie er die Frage stellt, lässt Luna frösteln.

*Den Tod gesehen.*

Aber er kann es nicht wissen, es unmöglich so meinen, wie sie es verstanden hat. Ja, sie hat ihn gesehen. Den Tod. Sie beschließt, das Thema zu wechseln.

»Es war vermutlich eine dumme Idee, wieder nach Mexiko zu kommen. Ich wollte mir eine Auszeit nehmen, weniger arbeiten und wenn, dann nur noch online. Außerdem wollte ich etwas über die Legenden der Maya in Zusammenhang mit den Höhlen recherchieren. Das ist wirklich spannend und es könnte mich ablenken. Ich mag eben Höhlen. Was machst du in Mexiko?«

»Maya Legenden? Hier wirst du sicher fündig. Wenn du dabei Hilfe brauchst, sag Bescheid. Mein mexikanisches Spanisch ist gar nicht so übel. Das war ein sehr angenehmes Gespräch, aber ich muss jetzt zur Arbeit. Wir sehen uns bestimmt wieder.«

Luna hat gar keine Chance, groß etwas zu erwidern. Ian ist einfach auf und davon. Zwar auf eine höfliche Art, aber dennoch plötzlich. Luna hat Bedenken, dass er sie jetzt für verrückt hält.

Wer hat schon eine Nahtoderfahrung erlebt und fährt an den Ort zurück, wo es passiert ist, um dann auch noch nach Legenden zu forschen? Na ja, sie hätte bestimmt ohnehin nie eine Chance bei ihm gehabt. Wollte sie die überhaupt? Er ist ihr trotz allem unheimlich.

*Godric!*

Luna ist so interessant für Ian, dass er das Jagen mit Godric vergessen hat. Doch wie immer findet sein alter Freund ihn. Plötzlich steht er am Strand und starrt vorwurfsvoll ins Café Bamboo. Ian braucht nur an Lunas Ohr vorbei, durch die Fensterscheibe zu blicken, und schon sieht er dort den ›Möchtegern-Touristen‹ stehen.

Sonnenbrille, Flip-Flops, Bermuda-Shorts und Hawaiihemd. Alles knallbunt und mit Blumen. Einfach grauenvoll.

In der Hoffnung, dass Godric Luna von hinten nicht erkennt, versucht er so schnell wie möglich nach draußen zu gelangen und ihn abzulenken. Denn Godric ist von ihr besessen. Er kann von kaum etwas anderem reden als von Lunas Duft und ihrer Melancholie, gepaart mit ihrem Kampfgeist. Davon, wie befriedigend es wäre, sie in seinen Bann zu ziehen und ihr Vertrauen zu gewinnen. Wie er ein paar Tage mit ihr verbringen will, bis sie anfängt, sich in ihn zu verlieben.

Dann, wenn das Vertrauen am größten wäre, würde er sich ihr offenbaren, ihr verraten, dass eine Kreatur wie er ihre Freunde getötet hat. Er will wissen, ob sie schreiend davonrennen würde, und er sie fangen müsste, oder ob sie sich ihm in grenzenloser Selbstüberschätzung entgegenstellt.

»Glaubst du, sie würde um ihr Leben betteln?«, hat er Ian mehr als einmal, während seiner Tagträume gefragt. So oder so, er will ihr das Leben aussaugen. Er würde sie genießen, sie durch sich durchfließen lassen und ihr dabei bis zum letzten Herzschlag nah sein. Er würde das Blut nicht aus einer offenen Wunde stehlen und es anschließend vertuschen, so wie bei den anderen, sondern direkt aus der Schlagader am Hals saugen.

So wie es ein Vampir von Natur aus sollte und wie Godric es am deutlichsten spüren kann. Das wild schlagende Herz und die feuchter werdende Haut. Dies ist Godrics Art von Erotik und auf eine gewisse Weise, hat er sich somit in sie verliebt. Nur weiß Ian zu gut, dass es dabei kein Happy End geben kann.

»Mit wem hast du dich da unterhalten? Etwa mit einer jungen Dame? Wer hätte das noch vor ein paar Monaten gedacht? Ian MacRury flirtet mit einer Frau.« Godric redet wie ein Teenager, der seinen Kumpel aufzieht. Ja, diese Frau, diese Begegnung, hat auch ihn verändert.

Noch nie war ihm ein ›Opfer‹ entkommen. Noch nie hat er eines ziehen lassen. Aber das in der Cenote war anders. Er hat nicht aus Hunger angegriffen, sondern aus Eigennutz. Die Schuldgefühle sind schnell verflogen, dafür hat er schon zu oft getötet. Doch bei Luna hat er die Wahl. Ja, er hat ihr aufgelauert. Sie hat es überlebt.

Nun liegt es in seinen Händen, ob sie das Leben behält, das sie sich erkämpft hat. Allein der Gedanke, dass er es ihr schenken kann, macht ihn glücklich. Es fühlt sich gut an, sie lebendig zu wissen. Wenn der Strand und die Stadt zu voll mit Menschen sind, verbringt er immer noch viele Tage in der Cenote. Er liebt diese Ruhe mehr als alles andere. Doch an den Tagen, an denen er sich erholt fühlt, nimmt er wieder am Leben teil.

Er beobachtet die Menschen hier und da und sieht ihnen beim Streiten, beim Verlieben oder einfach beim Sein zu. Manchmal spricht er mit den Leuten am Strand, die bei Dämmerung die Aussicht genießen oder mit den Einsamen, die in eben dem Café sitzen, in dem Luna gerade ist. Durch Luna fühlt er sich daran erinnert, dass es eben doch interessante Menschen gibt und so sucht er nach solchen. Die, mit denen er sich unterhält, verschont er. Haben sie ihn doch einen Moment aus seiner Eintönigkeit gerettet.

Genau aus diesem Grund muss Ian Godric von Luna fernhalten. Ian vertritt die Ansicht, dass Luna dem Tod ins Gesicht geblickt und es überlebt hat. Zumindest sollten weder er noch sein Mitbewohner ihr das Leben auf hinterhältige Weise nehmen. Der hatte vor drei Monaten das Pech, dass er ihr Zeit zum Erholen gegeben hat. Damit es hoffentlich eine größere Herausforderung, eine interessantere Jagd werden würde, als wenn er ein trauriges Mädchen einlullte. Sein Freund hat sich eine Gespielin geholt, um das Warten zu überbrücken.

Doch dann war Luna schneller abgereist als gedacht und der blutrünstige Engländer hat seine Chance verpasst. Zumindest in Mexiko.

»Ich habe nicht geflirtet. Man kann sich auch einfach mal unterhalten und jetzt lass uns gehen. Ich habe meine Sonnenbrille vergessen und die Sonne blendet.« Hat er nicht. Doch was Besseres ist ihm nicht eingefallen, um Godric vom Strand fortzubekommen. Der schüttelt grinsend den Kopf. Sich als Schussel hinzustellen, ist die beste Ausrede, denn das gefällt seinem Begleiter. Solange er ihn aufziehen kann, wird er es nicht hinterfragen. Sie gehen an der Promenade entlang und zwischen den Tischen des Außenbereichs eines Restaurants durch.

Die Menschen unterhalten sich angeregt oder genießen den Ausblick auf das Meer, ohne auch nur zu ahnen, dass zwei der gefährlichsten Raubtiere der Welt zwischen ihnen herlaufen.

Godric hält Ian eine Sonnenbrille hin. Das überrascht ihn nicht. In etwa fünf Minuten wird jemand anfangen, danach zu suchen. Es mag sein, dass sie in einer Brusttasche war oder auf einem Tisch direkt vor ihrem Besitzer gelegen hat. Die Bewegungen, die Godric macht, um solche Kleinigkeiten zu entwenden, sind viel zu schnell für das menschliche Auge und werden höchstens als Windhauch wahrgenommen.

Ian nimmt die Brille schweigend und setzt sie auf. Er hat keine Lust, sich bei Godric für irgendetwas zu bedanken. Er ist zu sehr damit beschäftigt, darüber nachzudenken, wie er ihn von Luna fernhalten kann. Am besten wäre es, wenn er das auch tun würde.

So etwas wie heute könnte jederzeit wieder passieren. Godric würde ihn suchen, ihn finden und eines Tages würde er neben Luna stehen und nichts mehr tun können, um sie zu verstecken oder Godric rechtzeitig wegzulocken.

Aber es ist schwer, sich von ihr fernzuhalten. Wenn er in ihre Nähe kommt, verströmt sie diesen Duft mit einem Hauch Todesangst. Das Aphrodisiakum für jeden Vampir. Darum mögen sie es so, wenn das Opfer wegrennen will oder Panik in ihnen hochsteigt, weil sie ein Teil ihres wahren Ichs zeigen: ihre Fangzähne.

Dieser Duft ist einfach unwiderstehlich. Gleichzeitig kann Ian eine leichte Erregung bei Luna wahrnehmen, wie bei vielen Frauen, die ihn sehen. Doch dass Angst und Erregung zeitgleich auftreten, kennt er so nicht.

Bei beidem schafft Luna es, nach außen hin nichts zu zeigen. Nichts davon. Sie wirkt aufrichtig, keck und dabei ist sie auch noch nachdenklich, fast melancholisch, so wie er selbst.

*Ist ihr die Welt und ihre Lautstärke wohl auch manchmal zu viel?*, fragt er sich.

Ein paar Mal will er sich ... nein, muss er sich noch mit ihr unterhalten. Sie ist einfach ein viel zu interessantes Wesen. Er kann Godric gegenüber ja behaupten, dass er in der Cenote wäre. Da sucht er ihn garantiert nicht.

»Hallo? Könntest du jetzt wieder mal in die Gegenwart kommen? Hast du mir überhaupt zugehört? Sie kommt.« Godric ist richtig hibbelig, läuft rückwärts vor Ian her und wartet auf eine Reaktion.

»Wer kommt? Sie? Valea?«, fragt Ian, der nicht so begeistert davon ist wie Godric. »Warum? Nach Mexiko? Woher weiß sie, dass wir hier sind, und wann genau will sie kommen?«

Seine Gedanken überschlagen sich. Das hat ihm noch gefehlt. Er sollte sich allerdings zurücknehmen. Normalerweise antwortet er mit einem eher halbherzigen ›Von mir aus‹. Normalerweise hat er aber auch nichts zu verlieren. Jetzt schon.

Als Erstes wird sie seine Cenote sehen wollen, Godric wird ihr von seinem Verlangen nach Luna erzählt haben und sobald die beiden merken, dass sie zurück in Mexiko ist, kann es nur noch bergab gehen.

»Woher wohl?« Das Fragezeichen ist in Godric Augenbrauen deutlich erkennbar. »Wir schreiben uns E-Mails. Wir sind ja schließlich nicht mehr im Mittelalter. Sie sagt, sie vermisst uns und möchte Zeit mit uns verbringen. Sie kommt nächsten Monat. Ziemlich genau in einem Monat sogar. Stell dir die tollen Jagden mit ihr vor. Wir werden so viel Spaß haben. Wie lange haben wir sie nicht gesehen?« Godric dreht sich mit tanzenden Schritten um die eigene Achse und endet kunstvoll neben Ian.

*Deine Vorfreude aufs Töten widert mich an …*

»Seit dem Zweiten Weltkrieg. In Polen«, erwidert Ian trocken. Er kämpfte für Polen, die anderen zwei für die Deutschen. Als ob der Blitzkrieg Hitlers Idee gewesen wäre. Er ist einem Abendessen mit Valea zu verdanken.

Ian hasst Valea, sogar noch mehr als Godric. Aber ohne andere Vampire würde man verrückt werden. Jeder von ihnen braucht Momente, in denen sie nicht verstecken müssen, was sie sind.

Er hat es probiert. Kurz nach der Verwandlung war er geflüchtet. Aber darüber will er jetzt nicht nachdenken. Zuerst muss er Luna aus Mexiko schaffen und dazu muss er ihr Vertrauen erlangen.

# Kapitel 8

Jetzt musst du mir aber mal erklären, wo du meine Nummer herhast«, fordert Luna. Erst hat sie sich sehr über seinen Anruf heute Morgen gefreut. Es ist schön, mit einem menschlichen Wesen zu sprechen und nicht nur mit ihrem Laptop. Doch dann ist ihr aufgefallen, dass sie Ian nie ihre Telefonnummer gegeben hat. Jetzt ist sie ein wenig misstrauisch. Trotz allem hat sie während des Telefonats ein Treffen in dem Café vereinbart, in dem sie ohnehin jeden Tag sitzt.

»Ich hab Freunde«, sagt er mit einem kurzen Lächeln. »Einen Reporter-Freund sogar. Er konnte sie schnell herausfinden, weil du in der Zeitung warst und man hier super Polizisten bestechen kann, wenn man nett ist. Ich hoffe, das war kein zu tiefer Eingriff in deine Privatsphäre. Unser Gespräch ging so abrupt zu Ende … Ich möchte es gern noch fortsetzen. Ich habe auch etwas als Entschuldigung dabei. Du recherchierst doch über Maya Legenden, oder?«

»Dann zeig mal her deine Entschuldigung, denn das war in der Tat ein großer Eingriff in meine Privatsphäre.« Luna freut sich, ihn zu sehen, aber das versucht sie mit allen

Mitteln zu unterdrücken. Nicht dass er noch denkt, sie wäre so eine, die sich jedem hübschen Kerl an den Hals schmeißt. Ein Teil von ihr würde das leider tatsächlich gerne tun.

»Also, da du Höhlen so magst … die Maya verehrten einen Gott. Chaac. Dieser war ihr Regengott. Die Sage ist etwas kompliziert. Wenn ich das richtig verstanden habe, dann ist Chaac einer und viele. So ein bisschen wie Gott auch Jesus und der Heilige Geist ist, und so weiter. Die Maya glaubten, dass er Regen und Fruchtbarkeit brachte. Fruchtbares Land und fruchtbare Frauen. Um ihm nahe zu sein und ihm zu huldigen, wurden ihm Opfer in den Höhlen dargeboten. In den Cenoten hier. Man kann Überreste von Tieren und Früchten, aber auch von Menschenopfern in ihnen finden. Einige glaubten, er würde dort leben. Ist das so eine Legende, nach der du suchst?«

Ian studiert ihren Gesichtsausdruck. Seine übernatürliche Auffassungsgabe macht es ihm möglich, jede Muskelbewegung in ihrem Gesicht wahrzunehmen. Erst hört sie ihm einfach entspannt zu, mit dem Oberkörper leicht nach vorne gebeugt. Die Arme unter dem kleinen, runden Kaffeetisch.

Es ist derselbe Platz wie gestern, am Fenster. Die Augen wirken freundlich, aber distanziert. Je weiter seine Geschichte voranschreitet, desto näher kommt sie. Zunächst neigt sie nur den Kopf – kaum wahrnehmbar. Dann legt sie die Hände wie zum Gebet auf den kleinen Tisch. Kurz darauf, zucken endlich ihre Mundwinkel, die Augen fangen an zu leuchten und sie bekommt ein Grinsen ins Gesicht gemalt.

So ehrlich, frei und ansteckend wie bei einem Kind und so wunderschön, als wäre sie aus einem Gemälde. Würde sein Herz noch schlagen, hätte es jetzt einen Freudensprung gemacht. Er verspürt den Drang, mit ihr tauchen zu gehen.

So muss sie lächeln, wenn sie dieser Beschäftigung nachgeht. Er will dieses Grinsen weiterwachsen sehen. Nein. Er will der Grund dafür sein. Aber wenn er das tut – wenn er der Grund für ihr Lächeln werden würde – wären sie verloren. Sie würde nicht mehr aus Mexiko verschwinden, sobald sie Zugang zu der Cenote bekäme, und er kann nicht mit Sicherheit sagen, was mit ihm geschieht, sollte er sie öfter so glücklich sehen.

»Ja«, seufzt Luna, »genau nach so etwas habe ich gesucht. Woher hast du das? Ich habe bei meinen Nachforschungen alles Mögliche gefunden, aber das war alles eher wie die Geschichte vom Monster von Loch Ness. Monster mit Tierkörpern, oder unheimlich große Wesen. Aber ein Gott, das könnte passen. Götter schufen die Menschen nach ihrem Ebenbild, das glaubt man doch, oder? Ja, das passt! Wie hieß der Gott nochmal?«

»Chaac, aber was meinst du mit: das passt? Ich kann dir gerade nicht folgen«, antwortet Ian und bekommt das Gefühl, dass es ein Fehler war, sie in ihrer Monstertheorie zu bestärken. Aber früher oder später hätte sie es ja doch allein herausgefunden und er braucht ihr Vertrauen, damit er sie aus Mexiko bekommt, bevor Valea anreist.

»Ach, ich habe nur laut gedacht. Ian, ich würde mich gerne bei dir bedanken. Darf ich dich heute Abend zum Abendessen einladen? Ganz ungezwungen als Dank.« Sie wird rot. Er hat verstanden, dass es nur ein Dankeschön sein soll. Aber ihr Puls geht plötzlich ganz schön schnell. Er liebt es, dabei zuzuhören und sie so aufgeregt zu sehen.

»Tut mir leid, aber heute Abend kann ich nicht.« Er sieht, wie sich ihre Mundwinkel kaum merklich nach unten ziehen, und muss ein Schmunzeln unterdrücken. Doch es ist zu gefährlich, abends mit ihr zusammen zu sein.

Obwohl Vampire sich tagsüber nicht in Särgen einschließen müssen, ist es im Dunkeln einfach natürlicher für sie, nach draußen zu gehen. Die Sinne funktionieren besser und die Sonne blendet sie nicht mehr. Darum ist es zu dieser Zeit wahrscheinlicher, auf Godric zu treffen.

»Wie wäre es morgen mit Lunch? Es gibt hier in der Gegend eine tolle Taco Bar mit vielen Gerichten zur Auswahl. Das finde ich tagsüber sehr angenehm.«

Da ist es wieder. Dieses ehrliche Schmunzeln. Auch wenn Luna versucht, es zu unterdrücken, kann sie die Freude in ihren Augen nicht vor ihm verbergen. »Ja, gern!«

Ian verabschiedet sich nach einer kurzen Runde Smalltalk und Luna versucht, mit ihren Recherchen weiterzukommen. Oft sieht sie nachts in ihren Träumen noch ihre Freunde vor sich. Die Träume beginnen in der Wolke aus Staub und egal, wie sehr sie sich dagegen wehrt, folgen kurz darauf die Bilder, die sie nie wieder loswird.

Julias zertrümmerter Schädel und Alex' tote Augen. Lange Zeit redete sie sich ein, dass es tatsächlich gelöste Steine von der Decke gewesen sein könnten. Doch was war das dann für ein Mann?

Sie weiß genau, dass er da war, aber alles andere ist verschwommen. Das Adrenalin und der Schock wirken wie zu viel Wodka. Sie bekommt einfach kein klares Bild mehr vor Augen, wenn sie an den Moment zurückdenkt, in dem sie ihn gesehen hat.

Mit den Legenden kommt sie auch nicht weiter. Überall findet sie nur Sagen von Monstern in Seen oder der Kanalisation, und von Vampiren oder Geistern. Diese sind allerdings meistens nicht wirklich in Mexiko beheimatet. Geister schon eher, doch diese Geschichte von Chaac, die passt ganz gut. Kann es wirklich sein, dass Luna einem Gott begegnet ist, der ihre Freunde als Opfergabe an sich genommen hat? Glaubt sie wirklich an so etwas Verrücktes? Das Einfachste wäre, dort tauchen zu gehen und nachzusehen. Wenn genau an der Stelle große Gesteinsbrocken liegen, dann ist vielleicht doch was an der Theorie der Polizei dran.

Aber Javier will ihr die Einwilligung nicht geben und wenn sie dort ohne Genehmigung taucht und erwischt wird, kann sie die Forschung für immer vergessen.

Sie googelt noch eine Weile vor sich hin und klappt dann den Laptop zu. Dann sieht sie aus dem Fenster auf das Meer. Dieses wunderschöne blaue Meer. Unwillkürlich muss sie ans Tauchen denken. Seit dem Unfall war sie nicht mehr unter Wasser. Nicht aus Angst, sondern weil sie einfach keine Zeit gehabt hat.

In Deutschland ist so viel zu erledigen gewesen. Sie musste dieses schreckliche Erlebnis immer wieder erzählen und hielt sich dabei zwar stets kurz, aber dennoch wollte jeder wissen, was passiert war. Nach den Beerdigungen war die Umgestaltung ihrer IT-Beratung dran. Sie hat ohnehin schon viel online gemacht, ging aber auch regelmäßig zu Kunden.

Diese musste sie informieren, dass sie das in Zukunft nicht mehr machen würde. Die Deutschen halten viel auf persönlichen Kontakt und so war das doch heikler, als sie gehofft hat. Aber die Wichtigsten blieben und sobald Luna ihre Zusagen hatte, packte sie auch schon ihre Koffer.

In Mexiko angekommen, hat sie direkt Javier aufgesucht und die Abfuhr bekommen. Seitdem hat sie nur noch recherchiert.

Daher ist Ian wirklich eine willkommene Abwechslung.

*Vielleicht frage ich ihn mal, ob er mit mir im Meer tauchen gehen will.* Sie kennt hier sonst niemanden und möchte nicht gleich einen Aufruf im Internet starten.

Aber vor allem will sie Zeit mit ihm verbringen. Sie mag das Gefühlschaos, das er in ihr auslöst. Es ist schön. Aufregend. Irgendwie herausfordernd. Diesem schönen Mann so nahe zu sein und dabei darauf zu achten, die eigenen inneren Regungen nicht zu zeigen.

Nicht den kalten Schauer, den sie spürt, sobald er denselben Raum betritt, nicht die Erregung, wenn er einem das erste Mal wieder in die Augen sieht und auch nicht die Wärme, die aufkommt, wenn sie seine Stimme hört.

So hat ihre Reise nach Mexiko doch noch etwas Gutes. Augenblicklich steigt die Vorfreude in ihr auf. Sie packt ihre Sachen zusammen und macht sich auf zu ihrer kleinen angemieteten Wohnung, um sich schon etwas zum Anziehen für den nächsten Tag rauszusuchen.

*Und*, denkt sie mit einem Lächeln im Gesicht, *wenn wir uns noch ein paar Mal so ungezwungen treffen, frage ich ihn, ob er mit mir tauchen gehen will!* Mit diesem Gedanken und einem breiten Grinsen verlässt sie das Café.

# Kapitel 9

Er öffnet die Augen und weiß im ersten Moment nicht, wo er ist. Mit einem Stirnrunzeln und leicht zusammengekniffenen Augenlidern sieht er sich um. Es ist dunkel und obwohl er nicht frieren kann, bemerkt er die Kälte, die ihn umschließt. Er nimmt keine Anzeichen von Licht wahr.

Seine zusätzlichen Sinne lassen ihn blanke Felsen und Gesteinsformationen erkennen. Zuerst hat es etwas von einer Gruft, dann aber realisiert er, dass er unter Wasser ist. Ian erkennt die Stalagmiten und Säulen aus weißem Kalkstein vor ihm und erinnert sich daran, dass er in die Höhle gegangen ist.

Er muss hier eingeschlafen sein. Sein letzter Schlaf ist Jahrzehnte her, denn er will nicht wieder und wieder von Träumen heimgesucht werden – so wie eben.

Brennende Häuser, schreiende Frauen und Kinder. Männer, die verzweifelt und chancenlos versuchen, sich zu wehren. Alles untermalt von dem metallischen und herzlosen Gelächter von Valea und Godric. Ihre Lieblingszeit ist bis heute das 14te Jahrhundert. Wenn sie könnten, würden sie immer wieder dorthin zurückkehren, weiß Ian.

Denn damals konnten sie innerhalb weniger Tage ganze Dörfer auslöschen und behaupten, dass die Pest gewütet hätte. Anschließend wurden die Häuser und Leichen verbrannt, und niemand stellte Fragen.

Zu diesem Zeitpunkt hatte Ian schon sechzig Jahre versucht ohne die beiden zu ›leben‹ und gemerkt, dass ein Leben ohne seinesgleichen eine einzige Lüge ist. Niemand war da, dem er sich anvertrauen konnte. Er vergaß, wer er war und drohte den eigenen Instinkten zu verfallen – ein wildes Tier zu werden.

Deshalb ist er doch eines Tages zurückgegangen zu dem Paar, das selbst nur knapp seine Instinkte kontrollieren kann. Er hasst es immer noch, auf sie angewiesen zu sein, aber er musste zurück. Eine Farce, wenn man bedenkt, dass er zum Vampir wurde, weil er Blut von seinem Gegner in seinen Kreislauf bekam.

Darauf hatte er keinen Einfluss gehabt und nun kann er sich noch nicht einmal frei entscheiden, mit wem er diese verdammte Ewigkeit verbringt. So viel er weiß, gibt es keine anderen Vampire. Zumindest kennt er keine und Valea hat ihnen gegenüber nie welche erwähnt oder ihnen vorgestellt.

Sie macht kein Geheimnis daraus: Es ist Godric gewesen, den sie wollte. Er war als Mensch schon blutrünstig und tötete in jeder Schlacht so viele, wie er konnte. Ritt immer ganz vorne mit und das mit einem Grinsen im Gesicht. Darum hat Ian ihn in Schottland gehasst.

Godric lernte Valea im Krieg kennen und sie versprach ihm ewiges Leben und Blut, so viel er wollte. Er willigte ein und trank von ihrem. Er wusste, was passieren würde, sollte er in einer Schlacht sterben. Dann würde er unsterblich werden.

Ian hingegen hat nur Godric töten und Schottland unabhängig sehen wollen. Danach wäre er zurück in sein Dorf gegangen. Er hat zu diesem Zeitpunkt, Ende des 13ten Jahrhunderts, schon genug vom Tod.

Valea glaubt, dass Ian bei dem tödlichen Hieb gegen Godric etwas von seinem und somit ihrem Blut abbekommen haben muss. Sie fanden ihn auf dem Schlachtfeld mit dem abgetrennten Arm eines Fremden in der Hand. Für Ian war sie zu Beginn wie eine große Schwester. Sie brachte ihnen beiden alles darüber bei, was es bedeutete, ein Vampir zu sein.

Lichtempfindlichkeit, Sehen im Dunkeln, das sensible Gehör richtig zu nutzen, Menschen zu manipulieren und die Opfer nach der Jagd verschwinden zu lassen oder zu vertuschen, dass es ein Vampirangriff war.

Godric ging wahrlich darin auf und tut das immer noch. Er liebt diesen Lebensstil, bei dem es um Tod, Töten und die Jagd geht. Und selbstverständlich liebt Godric das Monster in Valea, wie sie das Monster in ihm liebt.

Es war und ist die Hölle. Zu Beginn konnten sich Ian und Godric auch als Vampire nicht ausstehen. Godric empfand Ian als zu weinerlich und verweichlicht und Ian sah in

Godric den Psychopaten, der er schon als Mensch gewesen ist. Sie versuchten, auch als Unsterbliche, immer wieder sich gegenseitig umzubringen.

Doch Valea mochte ihre beiden neuen Begleiter und brachte ihnen daher zwar alles über Vampire bei, nur nicht wie man einen solchen tötet, oder ob es noch andere ihrer Art gab. Wie durch ein Wunder und die Erfahrungen, die Ian machte, als er allein war, wurde aus diesem Hass, nach etwa hundert Jahren, eine Hassliebe. Eine Co-Abhängigkeit, die bis heute besteht.

Um die unendlich lange Zeit, die er schon mit den beiden verbracht hat, kreisen seine Gedanken in der Höhle und am Ende kommen sie immer wieder zu einer Person zurück. Valea. Auch wenn sie oft verschwindet und ihr eigenes Ding durchzieht, kommt sie alle paar Jahrzehnte vorbei, um ›Hallo‹ zu sagen und zu sehen, womit ihre ›Jungs‹ so beschäftigt sind.

Na ja, und um es mit Godric zu treiben. Wo sie in der Zwischenzeit ist, verrät sie nie. Ausgerechnet jetzt trifft er einen Menschen, der ihn interessiert, der ihm auf gewisse Weise wichtig ist. Luna ist einfach schön, von ihrem Wesen her. Sie lenkt ihn ab wie eine weiße Narzisse auf einem Aschefeld.

*Was soll ich nur tun?*

Schon viel zu lange hat er sich seinem Schicksal ergeben, Trübsal geblasen oder Godric bei seinen Spielchen geholfen. Jetzt hat er eine sinnvolle Aufgabe, einen Grund zu existieren. Damals in der Höhle hat er es verbockt und ihren Tod in Kauf genommen. Doch jetzt erkennt er, dass sie diesen Ort genauso braucht wie er, denn sie sucht die Stille. Godric und Valea können sich jeden anderen Menschen auf der Welt nehmen, doch Luna bekommen sie nicht!

Er zieht sich über den Boden an losen Steinen entlang. Den Weg kennt er mittlerweile auswendig. Als die Felsformationen beginnen Schatten zu werfen, wächst in Ian ein unangenehmes Gefühl im Magen, das langsam seinen Hals hinaufkriecht.

*Das ist nicht gut.*

Geschockt stellt er fest, dass die Sonne schon hoch am Zenit steht. Es muss beinahe Mittag sein! Er hat noch nichts getrunken, Godric wird ihn suchen, weil er gestern Abend nicht zur Jagd da war und Luna erwartet ihn bald.

*Was für ein Schlamassel!*

»Entschuldige die Verspätung. Ich hoffe, du wartest noch nicht lange. Es gibt eine kleine Planänderung. Bitte steig doch ein!« Ian setzt ein unschlagbares Lächeln auf und versucht, seinen Hunger und seine Angst zu überspielen. Die Angst, Godric mit Luna im Schlepptau zu begegnen.

Er steht neben der Beifahrertür und hält sie für Luna geöffnet. Seine Hand wartet darauf, von ihr als Einstiegshilfe genutzt zu werden, doch Luna starrt bloß den riesigen Geländewagen an. Nachtschwarz, überdimensional große

Chromfelgen und in dieser entspannten Gegend in Puerto Aventuras irgendwie fehl am Platz. So ein Auto hätte sich Ian nicht selbst gekauft, dennoch gefällt es ihm.

Ihr Körper wendet sich leicht von dem Wagen ab und es ist offensichtlich, dass sie sich nicht sicher ist, ob sie einsteigen möchte. Mit großen Augen sieht sie Ian an: »Ist das dein Auto? Wollten wir nicht nur etwas essen?«

Ian hat das Gefühl, dass sein Ausweichplan scheitert: »Ich habe herausgefunden, dass es in der Tempelanlage Chichén Itzá Abbildungen des Gottes Chaac gibt, und dachte, du findest das vielleicht interessanter als Lunch.« Er zwinkert ihr zu. Sie schenkt ihm ihr unglaublich süßes, unschuldiges Lächeln und steigt doch noch ein.

Ian wartet, bis Luna sich angeschnallt hat, und fährt los. Er trägt ein naturbelassenes Leinenhemd, an dem die ersten drei Knöpfe offen und die Ärmel bis zum Ellenbogen hochgekrempelt sind. Dazu eine kurze Jeans und weiße Sneakers. Luna hat ein Kleid an. Es ist in verschiedenen Blautönen gehalten mit breiten Spaghettiträgern und bis zur Taille figurbetont, danach geht es in einen weiten bodenlangen Rock über. Die langen Haare liegen offen um ihre Schultern.

Ihm ist nicht entgangen, dass sie heute zum ersten Mal etwas mit Ihren Augen gemacht hat. Er kennt sich nicht mit Schminke aus, doch ihre Wimpern sind präsenter als sonst und rahmen ihre braunen Augen ein. Ihm wird bewusst, wie schön er sie findet. Sie anzusehen, fühlt sich an wie der erste warme Tag im Frühling. Sie ist zart, frisch und gibt ihm Hoffnung. Dazu riecht sie auch noch gut. Neben dem Neuwagenduft mischt sich eine Welle von Kokosnuss und Vanille. So nah wie im Auto, waren sich die beiden vorher noch nie.

»Ich muss einfach nochmal fragen. Ist das wirklich dein Auto?« Sie dreht sich dabei um und er beobachtet, wie sie den Wagen mustert. Der Innenraum des Mercedes G63 AMG ist schlichter, als man es bei einem 799 PS-starken Geländewagen erwartet. Die Fenster sind alle getönt.

»Gefällt er dir etwa nicht?« Ian muss lachen und dreht sich von Luna weg, damit sie die Spitzen seiner Reißzähne nicht sieht, die sich unaufhaltsam in die Freiheit kämpfen. »Nein, das Auto gehört einem Freund. Ich habe kein eigenes, zumindest nicht in Mexiko.«

Genau genommen, gehört er dem Drogenboss Pedro, bei dem sich Ian und Godric eingenistet haben. Er ist von Godric manipuliert worden und nun sind sie seine besten Freunde, Ehrengäste sozusagen, und werden von niemandem belästigt. Sie wohnen wie Könige in seiner riesigen Villa in Tulum, fahren seine Autos und werden auch sein Geld erben.

Er wird vermutlich vor ihrer Abreise einen mysteriösen Tod sterben, damit sie beide danach etwas Bargeld und Nahrung haben. Oder es geschieht ein fingierter Mord durch ein Bandenmitglied. Godric hat sich noch nicht festgelegt.

Klar war nur, dass er sterben muss. Denn wenn sie das nächste Mal, in etwa 50 Jahren wiederkommen würden, lebt er ohnehin nicht mehr. Nachforschungen darüber, wo sein Geld geblieben ist, und wer die Leute gewesen sind, von denen alle sagen, sie hätten in seiner Villa gelebt, brauchen sie auch nicht.

»Doch, also nein, aber doch. Von außen ist er so protzig mit den Chromfelgen und riesig. Aber von innen finde ich ihn unheimlich schön. Warum sind die Türen so schwer?« Jetzt ist es Luna, die sich von Ian wegdreht, doch er hat schon längst bemerkt, wie sich ihre Wangen immer mehr ins Rötliche färben.

*Bitte hör auf, so süß zu sein.* »Das liegt wohl an der Panzerung und den schusssicheren Fenstern. Mein Freund hat spezielle Fahrzeugwünsche. Hast du die Tempelruinen schon mal besucht?«, fragt Ian und lenkt so von seiner ungewöhnlichen ›Freundschaft‹ ab.

»Nein, irgendwie habe ich es noch nicht geschafft. Ich muss zu meiner Schande gestehen, dass ich in Mexiko tatsächlich immer nur in einer Cenote, in einem Restaurant oder in meinem Bett bin. Aber ich habe es mir vorgenommen. Das ist eine wirklich tolle Idee von dir. Was hast du herausgefunden über den Regengott und diese Tempel?«

Eigentlich hat er gar nichts herausgefunden. Ihm ist der Gott bereits seit 200 Jahren bekannt. Ein Bauer hat damals einen Obstschrein an seinem Feldrand aufgebaut und Ian war neugierig, was es damit auf sich hat. Dennoch brachte der Schrein dem Bauern kein Glück, aber gegen Vampire sollte er ja auch nicht helfen. Ian hat erst vor ihrem letzten Treffen im Café recherchiert und ist dabei auf Chichén Itzá und die Darstellungen gestoßen.

»Ich bin auch kein Experte, aber in Chichén Itzá gibt es einen Tempel mit den Abbildungen von Chaac und in der dortigen Cenote wurden ihm Opfer dargeboten«, erklärt er.

Während der restlichen halben Stunde im Auto reden und lachen sie gemeinsam und Ian realisiert mehr und mehr, dass er ihrem Charme erliegt. Er würde die Welt anhalten, solange es sie zum Lachen bringt.

Gleichzeitig ist ihm schmerzlich bewusst, dass er in Chichén Itzá unbedingt etwas trinken muss. Seine Kehle brennt und er merkt, wie er unruhig wird. Er darf das nicht unbeachtet lassen, sonst droht er die Kontrolle zu verlieren, sobald er auch nur leicht gereizt wird.

In Chichén Itzá angekommen, besorgt er die Tickets. Für ihn und seine Begleitung sind diese kostenlos, immerhin ist es schon fast 15 Uhr und die Ruinen sind offiziell nur bis 17 Uhr geöffnet. Eventuell hat es auch etwas mit Ians tiefem Blick und Geflüster an die Kassiererin zu tun, aber Luna bekommt von alldem nichts mit. Mit einer schützenden Hand über den Augen bewundert sie die gewaltigen, uralten Mauerwerke von Weitem.

Ian nutzt die Chance und verschwindet in die Männertoilette. Zum Glück ist dort schon jemand, der ganz den

Anschein macht, als würde er gerne etwas Blut spenden. Ian sieht ihm in die Augen und flüstert ihm zu, dass er jetzt etwas aus seiner Hand trinken wird und sein freundlicher Blutspender danach beim Verlassen der Toilette stolpert und auf den Händen landet. Dabei wird er sich die Verletzung an der Innenfläche zuziehen.

Der Besucher mit Hornbrille und Spiegelreflex-Kamera nickt nur stumm und hält Ian die Hand hin. Ian beißt hinein und saugt sofort los. Es ist ein bisschen, wie seinen Partner mit Eiswürfeln zu verführen. Zunächst legt sich das Blut so kühl auf die brennende Speiseröhre, dass es eine Gänsehaut auslöst, aber dann wird es ein wunderschönes und erregendes Gefühl und man will unbedingt mehr davon haben. Ian muss sich mit aller Kraft zusammenreißen, um rechtzeitig aufzuhören. Er will keinen Tumult um einen Toten, jetzt wo er mit Luna hier ist. Ian bedankt sich nebensächlich, zupft seine Kleidung zurecht und blickt noch einmal prüfend in den Spiegel. Da hört er auch schon das dumpfe Geräusch eines Sturzes und eine Frau, die besorgt fragt, ob alles in Ordnung sei. Beim Verlassen der Toilette hilft Ian dem gestürzten Mann auf und geht dann direkt auf Luna zu, die draußen auf ihn wartet.

»Das war lieb von dir! Der arme Mann sah schon ganz blass aus. Bestimmt liegt es an der Hitze«, merkt Luna an. »Hast du da Blut an deinem Hemd?« In der Tat. Ian hat am unteren Rand seines Leinen-Hemdes einen kleinen Blutstropfen abbekommen. Wie ungeschickt.

»Das muss passiert sein, als ich dem Mann aufgeholfen habe«, schauspielert er. »Der hat sich die Hand bei dem Sturz aufgeschürft. Seine Kamera hat es wohl auch nicht unbeschadet überstanden. Ich hoffe, der Fleck geht wieder raus.«

Kurz darauf trickst Ian erneut, um sich einer Gruppe englischsprachiger Touristen anzuschließen, die in den sogenannten ›Alten Teil‹ der Tempelanlage geht.

Der Guide erzählt allerhand von den Kriegern der Maya und einem bestimmten Ballspiel, für welches ein riesiges Spielfeld angelegt wurde. Das gesamte Areal ist gigantisch.

Die Tour dauert schon eine Stunde, als sie endlich an dem Gebäude ankommen, von dem Ian weiß, das Luna darauf gewartet hat. Es wird ›Die Kirche‹ genannt. Ein quadratisches Bauwerk mit einem großen Innenraum. Von außen immer noch reich verziert. Viel besser erhalten, als die anderen Tempel.

Die Sonne brennt ungebremst auf die Touristen nieder. Ian stellt sich hinter Luna, damit sein Schatten ihr etwas Schutz bietet. Dabei muss er dem Drang widerstehen, ihren Arm zu berühren.

»In den Ecken sehen wir das Gesicht des Regengottes Chaac dargestellt. Dabei können wir sehr deutlich seine Hakennase erkennen, die exakt im Winkel der Gebäudeecken hervorstehen.« Der Guide zeigt mit seinem aufgeklappten Sonnenschirmchen in Richtung der oberen, rechten Ecke des Gebäudes.

Luna starrt die Maske an, als würde sie jeden Moment lebendig werden. Ian kann ihr Profil sehen, während sie seitlich nach oben sieht. Verträumt beobachtet er das Glitzern in ihren Augen und die winzigen Grübchen, die das Grinsen in ihr Gesicht malt.

Plötzlich verschwindet all das ohne Vorwarnung. Ihre Gesichtszüge werden ausdruckslos und sie dreht sich wieder nach vorn mit dem Blick vor sich auf den Boden.

*Was hat sie?*

Luna wischt sich mit dem Handrücken den Schweiß von der Stirn und fächert sich mit der anderen Luft ins Gesicht. Just in dem Moment, als Ian endlich ihren Arm berühren will, um zu fragen, ob es ihr gut geht, dreht sie sich zu ihm um.

»Was ist los? Gefällt es dir nicht?«, fragt er.

»Doch, schon. Aber ich denke, ich bin eine Träumerin und irgendwie bin ich gerade aufgewacht. Mir ist zu heiß. Ich will hier weg. Ich hoffe, du bist mir deswegen nicht böse«, sagt Luna.

Ihr Blick wandert unruhig zwischen der Reisegruppe, den Gebäuden und der Richtung, in dem die Parkplätze liegen hin und her. Dabei zieht sie die Mundwinkel zusammen und fummelt, wie immer, wenn sie nervös ist, an ihren Fingernägeln.

So muss er auch aussehen, wenn er wieder genug von allem hat. In den Momenten, in denen er einfach nur wegwill. In kühles Wasser und in absolute Stille eintauchen.

»Verstehe. Ich kenne dieses Gefühl. Wenn du mir erlaubst, würde ich dich noch an einen weiteren Ort führen. Wenn es dir dort nicht besser geht, verspreche ich dir, dich wieder nach Hause zu fahren. Einverstanden?«

Luna zögert kurz. Er schenkt ihr ein dezentes Lächeln, um seine guten Absichten zu untermauern.

»Na gut, einverstanden«, sagt Luna schließlich. Was auch immer sie so plötzlich bedrückt, hat ihrem Gesicht das Strahlen geraubt. Das wird er nicht einfach so hinnehmen. Er nimmt sie bei der Hand und muss aufpassen, dass er sich nicht von ihrer weichen, warmen Haut ablenken lässt. Ian führt sie zwischen den Touristengruppen durch, zurück auf den Parkplatz.

Es ist schon länger her, dass er an diesem Ort unweit der Ruinen gewesen ist und er hofft, dass er ihn wiederfindet. Sein Ziel ist eine kleine Cenote, nur etwa eine halbe Stunde von der Tempelanlage entfernt. Zumindest mit einem Geländewagen durch den Dschungel. Vor 50 Jahren ist er gerne hingegangen, wenn ihm alles zu viel wurde.

Damals hat er nicht daran gedacht, sich zu ertränken oder zu schauen, was es unter der Wasseroberfläche zu entdecken gibt. Es war nie jemand dort und das Wasser war klar und sauber. Dort wird Luna sich abkühlen können, wenn sie will. Außerdem wird der bloße Anblick dieser Oase im Dschungel bestimmt ihre Laune heben.

Luna ist wie in Trance. Sie starrt aus dem Fenster, regt sich nicht. Ian will sie nicht bedrängen und konzentriert sich voll auf den Weg vor ihm. Er spricht während der Fahrt kein Wort.

»Wir sind da! Kommst du mit?« Ian hat ihre Tür geöffnet und hält ihr eine Hand hin, um ihr beim Aussteigen zu helfen.

Sie sieht ihn an, als hätte sie gar nicht gemerkt, dass der Wagen stehengeblieben oder dass Ian ausgestiegen ist. Sie sind noch immer mitten im Dschungel, doch vor ihnen scheint ein Stück des Bodens zu fehlen. Hohe Bäume und Farne umgeben sie, und Schlingpflanzen kriechen über den Boden die Stämme hoch und das Senkloch hinunter.

Dann sieht sie hinein. Ian folgt ihrem Blick hinab in ein kristallklares Wasserbecken. Sie können bis auf den Grund sehen. Er steht die ganze Zeit neben ihr, beobachtet sie, studiert ihre Körperhaltung und ihr Gesicht. Er weiß, dass sie irgendwie in ein Loch in ihrer Seele gefallen ist und hofft, dass er sie hier wieder hinauslocken kann.

Aber selbst direkt vor der Cenote ist es unmöglich, zu sagen, ob sich etwas geändert hat. Sie steht nur da und starrt ins Wasser. Nach einer gefühlten Ewigkeit des Dastehens und Starrens dreht sie sich langsam zu ihm um.

»Bist du oft hier? Es ist wunderschön.« Sie sagt es immer noch wie in einer leichten Trance, so als hätte sie Angst, zarte schlafende Feen zu wecken.

»Das war ich mal. Wenn ich allein sein wollte. Es ist toll hier und es ist nie jemand da. Gefällt es dir oder möchtest du gehen?« Er will sie berühren, sie trösten. Aber er traut sich nicht und er weiß auch nicht, ob es gut für sie wäre, wenn er es täte.

»Ich möchte bleiben. Ich möchte mich an den Rand setzen und die Füße baumeln lassen. Machst du mit?«

Ian nickt ihr aufmunternd zu. Beide setzen sich an den Rand der Cenote, lassen die Füße über den Rand hängen und legen sich auf den kühlen Waldboden umringt von schattenspendenden Bäumen.

Sie liegen eine Weile auf der mit Wurzeln durchdrungenen Erde und sagen kein Wort. Die kleinen Farne kitzeln seine Haut. Er kann das Gluckern des Wassers unter ihnen hören und das Rauschen der Bäume im Wind über ihnen. Ian hört auch, dass sie heimlich von kleinen Klammeraffen beobachtet werden, doch er stört sich nicht daran.

Eine leichte Berührung entreißt ihm die Aufmerksamkeit, die er seinem Gehör schenkt und lässt ihn stocksteif werden. Erneut darf er ihre weiche Haut spüren. Sie strahlt eine angenehme Wärme aus und ist sanft. Sie hat ihren Unterarm näher an seinen gebracht und heimlich, schüchtern, aber bestimmt, seine Hand genommen. Hätte er ein schlagendes Herz, würde es jetzt so schnell schlagen, dass es bersten müsste.

Es ist schwer zu sagen, wie lange es gedauert hat, aber nach einer ganzen Weile setzt sich Luna auf und beugt sich zu Ian rüber, mit einem frechen verschmitzten Lächeln im Gesicht.

*Will sie mich etwa küssen?*

Sein Lächeln wird von Überforderung abgelöst. Doch Luna stoppt kurz, bevor sich ihre Nasen berühren.

»Lust schwimmen zu gehen?« Schon steht sie da und zieht ihr Kleid aus.

Luna scheint sich erholt zu haben. Ohne eine Antwort abzuwarten, springt sie in Unterwäsche ins Wasser. Ian guckt noch etwas verdutzt hinterher und steht dann auf.

»Wie gedenkst du da wieder rauszukommen?« Das Grinsen, das er im Gesicht hat, ist schon fast zu groß, um die Reißzähne noch hinter den Lippen zu halten, aber er kann nicht anders und sie ist weit genug entfernt, um es nicht sehen zu können. Er nimmt eine dicke Schlingpflanze und wirft sie hinunter. Dann werden sie wohl nachher beide klettern müssen. Ian zieht sein Hemd und die Jeans aus und legt sie ordentlich gefaltet auf die Sneakers, dann geht er drei große Schritte zurück, holt tief Luft und rennt los.

Sie sind völlig dreckig. Dreckig und nass und überaus glücklich. Wie kleine Kinder haben sie sich benommen und sich gegenseitig nass gespritzt, geredet und sich treiben lassen. Beim Hinausklettern haben sie sich mit Schlamm und Blättern eingedeckt. Nun ist es schon über die Dämmerung hinaus und obwohl Ian dieses drohende, ungute Gefühl hat, will er die Zeit mit Luna einfach genießen und sich nicht von seinem Glück ablenken lassen.

Auf der Rückfahrt kann er den Drang allerdings nicht mehr unterdrücken. Er muss herausfinden, was Luna bei den Ruinen so bedrückt hat: »Magst du mir sagen, was vorhin mit dir los war?«

Lunas Lächeln vergeht und sie dreht sich zum Fenster. Ian bereut es augenblicklich, gefragt zu haben, aber nach einer Weile antwortet sie doch: »Mir ist bewusst geworden, dass ich einem Geist hinterherjage. Weißt du, der Unfall meiner Freunde ... Das klingt jetzt verrückt, aber ich bilde mir ein, ich hätte dort einen Mann gesehen. Keinen Taucher, einfach einen Mann und der hat ihnen das angetan. Ich bin wieder zurück hierher, weil ich herausfinden wollte, was wirklich geschehen ist. Wer oder was das war. Aber ich denke, ich habe mir im Adrenalinrausch einfach etwas eingebildet. Götter und Monster und Vampire und Geister, das ist doch alles Quatsch. Ich werde morgen nach Flügen zurück nach Deutschland schauen. Ich hatte einen wunderschönen Tag und danke dir dafür. Aber bevor ich fahre – würdest du mit mir tauchen gehen?«

Luna wird wieder ein bisschen rot.

»Luna, ähm, ich ... ich kann nicht tauchen. Also, ich habe das noch nie gemacht. Wie funktioniert das?« Ians Gedanken überschlagen sich förmlich.

*Sie geht! Das ist toll, oder? Ist das toll?*

Ja, es ist gut für sie, aber er will nicht, dass sie geht. Tauchen? Was ist, wenn er vergisst zu atmen? Würde sie es merken? Ist das eine gute Idee?

»Ganz ruhig!« Luna lacht laut auf. Seine Nervosität scheint ihr zu gefallen. »Das nennt man Schnuppertauchen. Ein Tauchlehrer könnte dir alles erklären und dich mitnehmen. Wir würden nicht tief tauchen und du müsstest dich quasi um nichts kümmern. Ich tauche dann einfach mit euch mit. Ganz unkompliziert. Und weil das oft morgens angeboten wird, könnten wir danach noch in die Taco Bar. Ich würde nach einem Flug für den Tag darauf gucken.« Lunas Grinsen kann gar nicht größer werden und ihre ganze Aura zeigt Ian, dass es nun unmöglich ist ›Nein‹ zu sagen. Also tut er das auch nicht.

»Wann?«

»Ich werde mich in den Tauchschulen schlaumachen und sage dir dann spätestens morgen Abend Bescheid. Okay?«, schlägt Luna vor. Ian nickt.

Sie beugt sich vor und gibt ihm zum Abschied einen Kuss auf die Wange. Ian gefriert in seinen Bewegungen. Sie ist ihm so nah, dass er ihre Schlagader hinter dem Ohr rauschen hören kann. Ihr Duft umgibt ihn wie eine Nebelwolke und augenblicklich fängt sein Hals an zu brennen. Er hat viel zu wenig zu sich genommen, um jetzt ihrer Nähe so ausgesetzt zu sein.

Sie entfernt sich, bevor er sich wegdrehen muss, um seine Reißzähne zu verbergen. Sie ist so euphorisch, dass sie aus dem Auto tanzt, ohne sich nochmal groß umzudrehen.

Ian dankt wieder einmal dem Universum. Dieses Mal dafür, dass er Luna gerade nicht umgebracht hat.

Dann nimmt er sich vor, definitiv mehr als genug zu essen, bevor sie tauchen gehen.

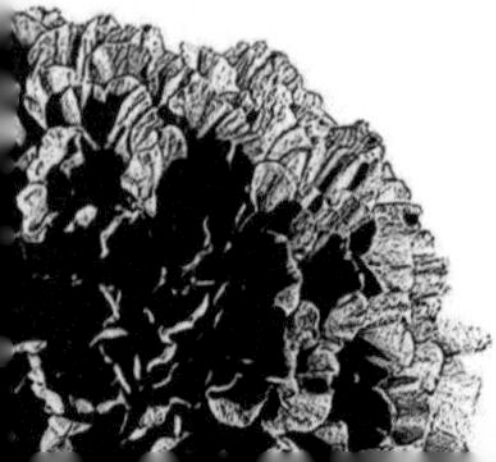

# Kapitel 10

Wie ein Teenager hat Luna noch bis spät in die Nacht im Bett gelegen und über den Tag nachgedacht. Dabei hat sie vor sich hin gegrinst. So ein unglaublich toller Mann und er hatte mit ihr den Tag verbracht! Und stark war er auch noch, er hat sie fast mühelos aus der Cenote gehoben.

Ihre Sorge, die Schlingpflanze würde sie nicht tragen, war unbegründet. Ian kam daran schließlich auch hoch. Und wie unverschämt gut sein Körper in Form war. Als sie wieder aus dem Wasser an Land kamen, war er zwar dreckig von der Erde, an der sie sich hochziehen mussten, aber das machte ihn nur noch heißer. Er sah aus wie die Achillesstatue, die sie im Achilleion auf Korfu gesehen hatte.

Ein athletischer, starker Körper mit ausgeprägten Muskeln, ohne aufgepumpt auszusehen. Anders als die meisten Männer, die sie in ihrem Fitnessstudio gesehen hat. Und Manieren hatte er auch noch. Nicht ein einziges Mal hat sie das Gefühl gehabt, er würde sie unangebracht ansehen. Dabei hat sie nicht mehr als marineblaue Unterwäsche getragen.

Irgendwann war sie aber doch eingeschlafen und an diesem sonnigen Morgen supermotiviert aufgewacht.

Jetzt sitzt sie vor ihrem Laptop und gleicht die Heimflüge mit den Terminen für das Schnuppertauchen bei den verschiedenen Tauchschulen im Ort ab. Sie telefoniert mit einer, die seriös wirkt und nur wenige hundert Meter vom Café Bamboo entfernt ist.

Da der April zur Nebensaison gehört, gehen die Boote nur ab mindestens drei zahlenden Tauchern raus. Ansonsten wird das Schnuppern im Pool angeboten. Luna reserviert das Boot für den nächsten Morgen und verspricht, noch einen Teilnehmer aufzutreiben.

*Das kann ja nicht so schwer sein.*

Anschließend geht sie zum Strand, um ein Eis zu essen und Ian anzurufen. Sie möchte ihm gleich von dem Termin erzählen.

*Vielleicht kennt er ja jemanden, der noch mitmachen will.*

Es war eine gute Idee, an den Strand zu gehen. Ihre kleine Ferienwohnung erinnert sie unwillkürlich an das Hotelzimmer, in das sie gestopft wurde, nachdem der Unfall passiert ist.

Karg, lieblos dekoriert und irgendwie muffig. Aber leider genau das Richtige für den kleinen Geldbeutel. Sie bestellt im Bamboo eine Kugel Schokolade und eine Kugel Nuss und setzt sich an einen leeren Tisch direkt am Strand. Nachdem sie ihren Laptop darauf platziert hat, ruft sie Ian an.

»Wir treffen uns dann um 8:45 Uhr. Bring Badesachen mit, ganz normal, als würdest du zum Strand gehen. Also Badehose und ein Handtuch. Den Rest bekommst du dort. Ach, und kennst du eventuell noch jemanden, der mitkommen würde? Sie wollen nur ab mindestens drei Personen mit dem Boot rausfahren.«

Luna tut ganz cool am Telefon, obwohl sie dabei auf ihrem Stuhl hin und her rutscht. Ian versichert, dass sie bestimmt auch nur zu zweit rausfahren können und dass sie sich darüber keine Sorgen machen soll.

*Wie kann er nur immer so ruhig bleiben?*

Ihr Herz macht schon einen riesigen Hüpfer, wenn er nur das Telefon abnimmt und ›Hallo‹ sagt. Aber gut, sie will es so und nun bekommt sie es auch. Abgesehen davon wird sie bald abreisen und wer weiß, ob sie ihn dann überhaupt jemals wieder sieht.

Daher nimmt sie sich vor, egal wie nervös er sie macht, jeden Moment davon zu genießen. Kopfschüttelnd und vor sich hin grinsend, geht sie wieder ihrer eigentlichen Aufgabe nach. Eine Flugvergleichseite zeigt ihr die besten Optionen für übermorgen an.

*Das ist so unwirklich.*

Sie ist erst vor zwei Wochen hier angekommen und doch spürt sie genau, dass es das Beste ist, nach Hause zu gehen.

»Entschuldigen Sie! Ist hier noch ein Platz frei? Ich reise allein und habe gesehen, dass sie eine Webseite auf Deutsch auf dem Laptop geöffnet haben. Wenn es Sie nicht stört, würde ich gerne ein paar Worte mit Ihnen wechseln.« Luna starrt den unbekannten Mann kurz an. In ihrem Leben hat sie sich noch nicht viel mit wirklich einschüchternd gutaussehenden Männern unterhalten und plötzlich taucht auch noch ein Zweiter auf, innerhalb weniger Tage. Hätte dieser Typ längere Haare und einen längeren Bart, würde er sofort als Chris Hemsworth in den Thor-Filmen durchgehen. Abgesehen von dem Teil, in dem er sich gehen lässt.

Zumindest ist er genauso blond wie der Schauspieler und hat mindestens so blaue Augen, wenn nicht sogar noch intensivere. Vom Körperbau ähnelt er schon eher den Kerlen aus ihrem Fitnessstudio. Die Sorte, die vor dem Spiegel ihre eigenen großen Muskeln bewundert. Seine Oberarme passen kaum in das Hawaiihemd und direkt am Saum seiner Shorts kann man bei jeder noch so kleinen Bewegung die klare Abgrenzung der Oberschenkelmuskeln beobachten. Aber sein Gesicht wirkt sehr offen, freundlich und einladend. Warum also nicht?

»Ja, natürlich. Höre ich da einen leichten Akzent?«, fragt Luna. Sie ist auch schon allein gereist und hat sich darüber gefreut, wenn sie mit anderen Reisenden Geschichten oder Tipps austauschen konnte.

»Tatsächlich? Ich komme aus England, hatte aber gehofft, das ein wenig verstecken zu können. Ich war mir nicht sicher, ob ich Sie ansprechen soll, da Sie mit dem Laptop beschäftigt sind, aber an den anderen Tischen sitzen nur Pärchen«, erwidert der Unbekannte.

Luna schaut sich unwillkürlich um.

»Das ist mir noch gar nicht aufgefallen. Ich schaue gerade nach meinem Heimflug, aber das eilt nicht. Ich finde eine kleine Unterhaltung mit Alleinreisenden immer sehr nett.«

»Oh, Sie reisen schon ab? Da habe ich wohl Pech. Ich hatte gehofft, jemanden zu finden, mit dem ich Ausflüge unternehmen könnte, um Spritkosten zu sparen.«

Der Mann lacht, als er das sagt und legt zwinkernd nach: »Das war ein halber Spaß. Aber wenn Sie schon am Ende ihres Urlaubs sind, können Sie mir sicher etwas empfehlen, oder?«

Luna schämt sich schon fast etwas. »Um ehrlich zu sein, habe ich nicht viel gemacht. Ich tauche normalerweise in den Cenoten, wenn ich hier bin, aber die, in die ich möchte, ist momentan gesperrt. Ich war allerdings in der Tempelanlage Chichén Itzá. Sehr empfehlenswert. Die Anlage ist super groß und wunderschön.«

»Sie sind Taucherin? Wie interessant. Das würde ich auch gerne einmal machen, traue mich aber nicht recht. Das muss sehr spannend sein, in eine völlig andere Welt abzutauchen!«

Luna unterhält sich noch eine Weile mit dem Fremden. Es dauert nicht lange, um ihn zu überzeugen, mit zum Schnuppertauchen zu kommen. Rick meint, er wäre zwar ziemlich nervös, aber er wäre dabei. Wer hätte das gedacht? Erst ging sie davon aus, sie wäre auf der Suche nach Chaac hier und plötzlich findet sie Achilles und Thor.

*Immerhin sind das alles irgendwie Götter.*

Der Gedanke lässt sie laut auflachen und die anderen Gäste im Bamboo sehen sie verwundert an. Aber das kann ihr die gute Laune nicht nehmen. Nichts kann ihr die heute nehmen!

»Da kommt er ja«, sagt Luna und gibt dem Neuankömmling ein Handzeichen, damit er sie wahrnimmt.

Ian hat schon die ganze Zeit so ein wirklich, wirklich schlechtes Gefühl. Gleich vom ersten Moment an, wo Luna ihm das erste Mal von der zufälligen Begegnung mit ›Rick‹ erzählt hat. Sie stehen am Strand vor der Tauchschule und warten auf den ominösen Fremden.

Jetzt sieht er ihn, wie er locker auf sie beide zukommt, in seinen unsäglichen Bermudashorts und Flip-Flops.

»Ian, das ist Rick«, singt Luna voller Vorfreude in der Stimme.

»Godric«, presst Ian zwischen den Zähnen hervor.

»Ihr kennt euch?« Lunas Blick fällt von einem Anwesenden zum anderen. Godric nimmt Lunas Hand und deutet einen Kuss auf ihren Handrücken an. Dann dreht er sich halb zu Ian und haut ihm kumpelhaft auf die Schulter.

»Ach, Ian! Ja, das ist mein Mitbewohner. Deswegen bist du in letzter Zeit so selten zu Hause! Hättest mir doch erzählen können, dass du jemanden kennengelernt hast.«

Godric lässt sich wirklich nichts anmerken. Ein unschuldiger englischer Tourist.

Jetzt ist die Katze also aus dem Sack. Wie lange weiß er wohl schon, dass Luna wieder in Mexiko ist und wie lange, dass sie sich mit ihm trifft? Morgen geht Lunas Flug nach Hause. 24 Stunden noch, dann wäre sie, zumindest für eine Weile, in Sicherheit.

Während Ian fieberhaft versucht herauszufinden, wie er Godric loswerden kann, steht dieser da und macht ernsthaft Smalltalk mit Luna. Wie schön Mexiko doch sei und wie schade es ist, dass sie schon abreist. Luna erwähnt die geschlossene Cenote und dass sie die Behörde nicht ausfindig machen kann.

»Darum geht es dir? Das ist doch kein Problem! Die Sperrung kann man sicher aufheben, nicht wahr, Ian?«, fordert Godric ihn auf, an dem Gespräch teilzunehmen.

»Ich kenne dort niemanden und ich denke, du auch nicht«, antwortet er. Ian bekommt beim Sprechen kaum die Zähne auseinander vor Wut.

Wie kann Godric es wagen, seine morbiden Spielchen direkt vor ihm zu treiben? Ian hat ihm von Anfang an, also vor Monaten, gesagt, dass er Luna in Ruhe lassen soll.

*Mit diesem Schachzug kannst du nicht gewinnen*, denkt Ian. Godric war schon immer der Stärkere und er hat Valea auf seiner Seite.

Doch Luna kann nicht in die Cenote, denn eine Manipulation kann nicht durch einen anderen Vampir aufgehoben werden, außer durch den, der sie verursacht hat oder ...

»Aber klar«, wirft ihm Godric entgegen, »du kennst sie auch! Luna, wenn wir zurück sind, das verspreche ich dir, dann rufe ich unsere gute Freundin Valli an und sie wird das für dich regeln. Bleibst du dann noch eine Woche länger?«

Wenn das überhaupt möglich ist, spannt Ian sich noch mehr an. Sein schlimmster Albtraum wird wahr und spielt sich auch noch direkt vor seinen Augen ab. Der einzige, der seine Manipulation aufheben kann, ist der Vampir, der ihn geschaffen hat oder in derselben Blutlinie über ihm steht.

*Valea.*

Bevor er Godric an die Gurgel springen kann, kommt allerdings der Tauchlehrer um die Ecke. Nachdem dieser sich vorstellt, gehen alle zusammen in die Tauchschule und suchen die passende Ausrüstung heraus.

Daraufhin gibt es ein bisschen Theorie, gefolgt von einer kurzen Wissensabfrage über die Funktionalitäten der Tarierweste und was mit Gasen unter Druck geschieht. Anschließend geht es direkt zum Pool.

Ian kann aus dem Augenwinkel sehen, wie Luna Godric und ihn vom Beckenrand beobachtet. Es ist ziemlich offensichtlich, dass sie verwundert über Ians ernsten Gesichtsausdruck ist. Jedes Mal wenn sie ihn ansieht, ziehen sich ihre Augenbrauen zusammen und wenn sie

Godric ansieht, lächelt sie, weil sie auf seinen gespielten Enthusiasmus reinfällt.

Doch Ian kennt ihn gut genug, um zu wissen, dass er sich höchstwahrscheinlich eher über Ians Ärger freut, als über das Erlebnis unter Wasser zu atmen. Er hat Luna sogar zwischendurch zugezwinkert.

*Dieser Bastard!*

Die Vorbereitung im Pool dauert eine halbe Stunde und die Anspannung bei Ian lässt nicht nach. Er starrt immer wieder zu Godric hinüber und wird dabei immer offensichtlicher gereizt und verschlossen. Der Tauchlehrer bekommt davon nichts mit, zumindest sagt er nichts dazu. Das Programm wird wie beschrieben durchgeführt.

Nach den Übungen im Pool beladen alle gemeinsam das Boot mit dem Tauchequipment und den Tauchflaschen.

Luna ist dabei zum Glück abgelenkt und fängt an, sich intensiv über die zwei bevorstehenden Tauchgänge mit dem Tauchlehrer zu unterhalten. Daher bemerken weder sie noch der Lehrer wie Ian und Godric die Tauchflaschen eher wie kleine Trinkfläschchen auf die Schulter legen und nicht wie unhandliche 15 Kilogramm Alu Klötze.

Sie bemerken auch nicht, wie Ian Godric mit gefletschten Zähnen anraunzt: »Was machst du hier? Hab deinen Spaß woanders! Ich will, dass du sie in Ruhe lässt. Sofort.« Godric schreitet weiter ruhig und mit einem Lächeln den Bootsanleger entlang. Ihr Boot ist das einzige, das noch da ist. Die meisten anderen sind schon am Morgen aufs Meer gefahren und der Rest ist über die Nebensaison eingelagert oder in der Werkstatt.

Ian fühlt sich von Godrics fehlender Reaktion weiter provoziert. Er knurrt. Ein kehliger, bedrohlicher Laut. So tief und unterschwellig, dass die beiden vor ihnen es nicht hören können. Godric bemerkt die Drohgebärde sehr wohl und lächelt dezent.

Ian ist seine Provokationen leid. Es wird langsam Zeit, ihm klarzumachen, dass seine Passivität und Unterwürfigkeit jetzt vorbei sind. Er denkt noch über seinen nächsten Schritt nach, um Godric loszuwerden, und schaut nach vorn, ob sich die beiden vor ihnen umdrehen, da spürt er den Druck von Godrics Hand auf seiner Schulter. Der Steg ist nicht besonders breit und Ian hat weder Reaktionszeit noch Platz übrig, um dem Schubser etwas entgegenzusetzen.

Ian fällt völlig unerwartet, mitsamt Tauchflasche ins kristallklare Wasser. Seine Füße haben noch nicht ganz den Boden berührt, da schießt er auch schon hoch und will sich Godric schnappen. Gerade noch rechtzeitig sieht er, wie der Tauchlehrer und Luna auf ihn zugerannt kommen. Statt Godric, greift er sich in letzter Sekunde die Kante des Stegs und hält sich daran fest. Die Flasche, die er als Waffe in seiner anderen Hand umklammert hält, reicht er jetzt gesittet an den Tauchlehrer und zieht sich dann selbstständig wieder nach oben.

Luna versucht, mit einer Hand ihr Lachen zu verstecken, und fragt ihn, was passiert ist.

»Nichts, ich bin bloß ausgerutscht. Hab wohl etwas zu weit aufs Meer geschaut.« Was Besseres ist ihm auf die Schnelle nicht eingefallen. Er sieht ihr an, dass sie das nicht ganz glaubt. Zum Glück belässt sie es aber dabei und der Ausflug kann normal weitergehen.

Die zwei Tauchgänge verlaufen ohne weiteren Zwischenfall. Wäre Godric nicht hier, würde er das Tauchen richtig genießen.

Die Wärme, die Vielfalt an Fischen und Korallen, die Farben und das Spiel der Sonne mit dem Wasser, die durch die Bewegung der Oberfläche weiße Wellen aus Licht über das Riff tanzen lässt, sind wunderschön.

Ian scheint ein wahres Naturtalent zu sein und bewegt sich mühelos. Godric hingegen kämpft mit der Tarierung und der Balance unter Wasser und muss immer wieder vom Tauchlehrer davor bewahrt werden, ins bodenlose Nichts neben dem Riff zu sinken.

Zurück an Bord des kleinen Bootes ist die Stimmung zwischen ihm und Godric zwar immer noch angespannt, aber sie versuchen, sich nichts anmerken zu lassen. Zusammen mit dem Lehrer und Luna tauscht sich die ganze Gruppe euphorisch über die Freuden des Tauchens aus. Ian erwähnt sogar, dass er sich für das Höhlentauchen interessiert.

Luna schaut mit zusammen gepressten Lippen und einem Leuchten in den Augen vom Boot ins Wasser. Sie sitzt auf der Kante des kleinen Bugs und scheint ihr Gesicht verbergen zu wollen. Doch Ian sieht sie und kennt sie mittlerweile. Er weiß, dass sie sich über seine Aussage freut.

*Sie mag mich, doch will sie es nicht zeigen. Wir sind uns viel zu ähnlich.*

Das ist schlau von beiden. Wenn auch unbewusst von Luna. Denn Ian weiß, dass Godric sie beide beobachtet.

Nachdem das Boot wieder am Hafen angekommen ist und sich alle von dem Tauchlehrer verabschieden, geht auch Godric. Er verspricht, sich bei Luna zu melden, sobald er die Erlaubnis für sie erwirkt hat, noch einmal in der Höhle tauchen zu dürfen. Lunas Gesicht beginnt zu leuchten vor Freude. Sie umarmt Godric und verabschiedet sich von ihm.

Ian bleibt die ganze Zeit etwas abseits stehen und durchbohrt Godric mit einem Blick, der klar macht, dass ihre Freundschaft ein Ende gefunden hat. Er wird nicht zulassen, dass er Luna jemals wieder so nah wie heute kommt. Erst als Godric schon fast außer Sichtweite ist, dreht er sich zu ihr um: »Luna, du musst vorsichtig sein mit Godric. Bitte.«

»Wem?« Luna macht eine Pause. »Ach, Rick! Was meinst du? Er will mir ja nur einen Gefallen tun. Was soll da schon passieren? Obwohl es schon komisch ist, dass er mir erst gesagt hat, er wäre Alleinreisender und jetzt ist er dein Mitbewohner.«

»Da hast du's schon. Bitte trau ihm nicht. Triff dich nicht allein mit ihm und am besten wäre es, wenn du deinen gebuchten Flug morgen nimmst.« Er kann seine Sorgen nicht verbergen. Seine Stirn wirft schon Falten und seine Augenbrauen berühren sich beinahe.

Luna dreht sich ein wenig von ihm weg. Nicht so, als würde sie sich bedroht fühlen, aber Ian spürt eine kleine Distanz, die vorher so nicht da war.

»Ian, das ist alles sehr lieb von dir, aber ich habe es die letzten 26 Jahre ohne deine Fürsorge geschafft und werde es auch weiterhin schaffen. Aber sollte ich in die Höhle dürfen, wäre es schön, wenn du mich begleiten würdest. Als Oberflächensupport, wenn man so will. Mach dir nicht so viele Sorgen um mich.« Sie zwinkert ihm zu, nimmt seine Hand und geht mit ihm vom Strand in Richtung Straße. An seinem Auto angekommen, fragt Ian, ob er sie nach Hause bringen darf.

»Ich hatte eigentlich gehofft, dass wir noch zum Lunch in die Taco Bar gehen. Nach dem Tauchen bin ich immer so hungrig. Du nicht?« Lunas Enttäuschung zu hören ist beinahe genauso schlimm wie der Moment zuvor, in dem sie sich weggedreht hat. Doch es geht nicht anders.

»Tut mir wirklich leid, Luna. Ich würde gerne, aber mir ist für den Nachmittag noch etwas dazwischengekommen. Wenn du willst, hole ich dich zum Abendessen und für ein paar Cocktails ab. Falls du das noch möchtest. Immerhin ist das ja wahrscheinlich dein letzter Abend hier.« Ian ist sich sicher, bei dem letzten Satz so etwas wie Trotz in Lunas Augen aufblitzen zu sehen, aber noch hat sie keine klare Zusage zum Tauchen in der Cenote. Solange das der Fall ist, kann er sie vielleicht noch überzeugen, morgen abzureisen. Obwohl sein totes Herz das eigentlich nicht will.

»Ich erwarte dich heute Abend um 20 Uhr. Den Rest werden wir sehen. Ich hole mir noch ein Eis und spaziere nach Hause. Bis später«, sagt Luna und dreht sich um. Doch da sie immer noch seine Hand hält, zieht Ian sie sanft zurück und gibt ihr einen Kuss auf ebendiese. Dabei sieht er ihr tief in die Augen und flüstert kaum hörbar: »Bis später.«

Erst als sie um die Ecke gebogen ist, hört er auf ihr nachzusehen und steigt ins Auto. Er hat viel zu erledigen. Als erstes muss er sich stärken. Und zwar genug, um es mit Godric aufzunehmen und anschließend den Abend mit Luna zu verbringen, ohne wieder hungrig zu werden.

# Kapitel 11

Schon vor der wunderschönen Villa, die am Steilhang vor Klippen gebaut wurde, kann er hören, dass Godric mit jemandem telefoniert. Er bleibt vor der Eingangstür des schneeweißen Gebäudes stehen und lauscht.

»Wenn du willst, könntest du die Manipulation des Besitzers aufheben, aber zum Spaß haben, ist das gar nicht nötig. Ich habe ihr gegenüber einfach behauptet, dass sie nächste Woche rein darf. Sie bleibt also definitiv hier«, sagt Godric und macht eine Pause, während die Person am anderen Ende der Leitung spricht.

Ian kann die Worte nicht verstehen, aber die Stimme ist weiblich.

»Ach, du kennst ihn doch. Alles, was uns wirklich viel Spaß macht, stößt ihn ab. Ich denke, er glaubt, sich zu verlieben. Aber machen wir uns nichts vor, das kann nicht funktionieren. Wieso dem dann nicht ein Ende machen, bevor seine Hoffnungen zu groß werden?«

*Dieses Arschloch! Das kann ja nur Valea sein, mit der er da redet.*

Sein Schädel dröhnt, als ihm das Blut in den Kopf schießt. Er stößt die Eingangstür so heftig auf, dass das Türblatt aus der oberen Angel gehoben wird und nur noch halb im Rahmen hängt.

Ian interessiert die Zerstörung wenig. Er ist in Millisekunden die marmorne Treppe hinauf, an der Galerie entlang, vorbei an seinem eigenen Zimmer und zur Rechten durch die Tür ins Zigarrenzimmer. Sein Lieblingsraum. Das war eiskalte Berechnung von Godric. Ian sieht die Silhouette vor dem beinahe bodentiefen, rechteckigen Sprossenfenster. Godric steht dort und schaut beim Telefonieren in die Weite.

Diese Tatsache macht Ian nur noch wütender. Er hat ihn kommen sehen. Er hat ohne Zweifel die Eingangstür aus der Angel springen hören und doch steht er hier, mit dem Rücken zum Zimmereingang und telefoniert unbehelligt weiter.

Ian rennt los, Godric ist zwar im Begriff, sich umzudrehen, scheint aber lediglich mit einem harmlosen Körpertreffer zu rechnen, nicht aber damit, aus dem Fenster gestoßen zu werden. Sein Gesichtsausdruck fließt von selbstsicherem Egoismus zu wahrem Erstaunen über zu Verärgerung. Ian beobachtet das Schauspiel in seinem Gesicht, während er ihm von der Kante des zerbrochenen Fensters aus, beim Fallen zusieht. Kurz bevor er den Boden erreicht, springt Ian hinterher, um auf seinem Brustkorb zu landen. Godric ist schneller und rollt sich aus der Landebahn. Ian landet lediglich auf dem Telefon und durchbricht den Asphalt der Einfahrt.

Die darunter liegende knochentrockene Erde verursacht dabei eine riesige Staubwolke. Kurz verliert er Godric aus den Augen, der nutzt den Moment und schlägt Ian nieder. Er kommt so schnell in den Staub, wie er wieder daraus verschwindet. Der Einschlag von Ians Oberkörper auf der trockenen Einfahrt vor der Villa verursacht neue Risse und eine erneute Staubwolke.

»Wirklich, Ian? Geht das nun wieder los? Haben wir das nicht schon Jahrzehnte, ach was, Jahrhunderte lang durch? Du kannst nicht gewinnen! Und das alles nur für ein Mädchen. Denkst du wirklich, du bist verliebt? Du kannst nicht lieben, mein Freund, du bist tot! Es wird Zeit, dass du diesen Umstand nach 700 Jahren mal akzeptierst! Du kannst sie nicht lebend haben, denn ich will sie! Ich will sie in den letzten Momenten ihres Lebens in den Armen halten.« Ian nutzt Godrics provozierendes Gerede, um ihn zu orten, und greift an.

Er reißt ihn mit sich in den runden Brunnen, der in der Zufahrt steht. Sie fallen durch die steinerne Fontäne und landen dahinter im Wasser. Ein undurchdringliches Raufen und Kämpfen folgt. Blut spritzt und für eine kurze Zeit kann man die beiden nicht auseinanderhalten. Dann gewinnt Godric die Oberhand, indem er Ian im Brunnen unter Wasser drückt.

»Du ertrinkst doch so gerne, vielleicht sollte ich dir im Wasser den Kopf abreißen, dann bist du fast so gestorben, wie du es gerne wolltest!«

Mit den Händen an seinem Hals erkennt er deutlich den Triumph in Godrics Gesicht. Doch so einfach wird er nicht aufgeben. Ian bekommt in der Zeit, in der er redet, einen großen Brocken des Marmors zu fassen, aus dem die Fontäne gehauen ist und schmettert ihn mit voller Wucht gegen Godrics Schulter.

Der Marmorblock bricht, zusammen mit Godrics Knochen, in tausend kleine Teile. Der Griff um Ians Hals lässt nach. Er nutzt die Gelegenheit und umklammert mit beiden Händen den linken Arm seines Gegenübers an der verletzten Schulter, stützt sich mit den Beinen gegen seinen gekrümmten Oberkörper und reißt den Arm vom Torso.

Godric schreit auf vor Schmerz. Sein Blick folgt seinem Arm, den Ian mit voller Kraft in Richtung Klippen schleudert. Sein Mitbewohner stolpert seinem Arm hinterher, fällt der Länge nach in die, mit Staub bedeckte, zerstörte Einfahrt und wird bewusstlos.

»Pünktlich wie ein Uhrwerk!«, lacht Luna, als sie in sein Auto einsteigt. Ian kann die Freude über das Wiedersehen in ihrer Stimme hören. Es klingt so süß, dass er für einen Moment vergisst, dass nicht ihre Stimme die Wärme in seinen Körper gebracht hat, sondern das Blut, das nach einer widerlichen Jagd im Rotlichtviertel durch ihn strömt. Er hat für einen Moment völlig die Kontrolle verloren.

Nachdem er Godric bewusstlos im Brunnen liegen ließ und seinen Arm dem Meer übergeben hat, war er wie von Sinnen in das Viertel gerannt und hat dort mindestens vier Menschen das Leben genommen.

Er weiß nicht mehr, wie er wieder zurück zur Villa kam. Nach einer ausgiebigen Dusche und gehüllt in frische Klamotten fühlte er sich wie neugeboren. Als Ian sich aufmachte, um Luna abzuholen, hat Godric immer noch vor dem Brunnen gelegen.

Das kümmert ihn aber herzlich wenig. Ian hat einen Plan und jetzt, wo sein Widersacher wahrscheinlich erst mal ein paar Tage mit der Suche nach seinem Arm beschäftigt sein wird, hat er auch genug Zeit, diesen auszuführen.

»Hast du von mir etwas Anderes erwartet?« Ian kann sich ein Augenzwinkern nicht verkneifen. »Wollen wir direkt zur Taco Bar?«

»Ja! Ich verhungere!« Dann entsteht eine kurze Pause. Das ›Uhm‹, das ihr entkommt, warnt Ian schon mal, dass da wohl etwas folgt, bei dem Luna nicht so recht zu wissen scheint, wie sie es ansprechen soll. »Also ... hast du schon mit Rick geredet?«

»Nur flüchtig. Der hat gerade alle Hände voll zu tun. Wieso?« Etwas in seinem Hinterkopf ruft ihm das Telefonat wieder ins Gedächtnis, das Godric mit Valea geführt hat. Er kann sich nicht richtig daran erinnern.

»Rick hat mich heute Mittag noch mal angerufen und gesagt, dass ich nächste Woche schon in der Cenote tauchen kann. Ich darf wohl nur einmal rein, aber das reicht mir ja. Darum hab ich meinen Flug bis auf Ende nächster Woche verschoben. Einen genauen Tag ist er mir schuldig geblieben. Ich hoffe, du weißt mehr.«

Luna schaut, während sie spricht, stur geradeaus auf die Straße. Sie scheint zu befürchten, dass Ian verärgert oder enttäuscht darüber reagieren könnte, dass sie wieder mit Godric gesprochen hat. Ian macht sich einen kleinen Spaß daraus und wartet ab, bis sie sich wieder zu ihm umdreht.

Als es endlich so weit ist, freut er sich noch mehr als sonst, denn er kann die positive Überraschung in ihrem Gesicht sehen. Darüber, dass er lächelt. Kein dezentes Schmunzeln, sondern ein voll ausgewachsenes Lächeln, das in der nächsten Sekunde ein Lachen ausstoßen könnte. Ein Lächeln, das schon einen Tick zu breit ist.

Luna scheint etwas zu entdecken, das ungewöhnlich ist und rückt näher an ihn heran. In dem Moment besinnt sich Ian wieder und schließt den Mund.

»Hab ich was im Gesicht?«, fragt er Luna immer noch schmunzelnd.

»Nein, nein, ich glaube, Licht und Schatten haben mir einen Streich gespielt. Das sah gerade aus, als hättest du Vampirzähne!« Sie fängt bei den Worten selbst an zu lachen.

»Und dann sitzt du immer noch so entspannt auf deinem Sitz?« Ian setzt an, Luna gespielt bedrohlich anzugucken, dann lächelt er wieder und sagt: »Ich freue mich allerdings so, weil ich eine Überraschung für dich habe. Ich wollte es erst später erzählen, aber da du jetzt schon davon angefangen hast und wir gleich Cocktails trinken wollen – du kannst morgen Vormittag in die Cenote, wenn du willst!«

Dieses Mal konzentriert er sich wieder, damit sein Grinsen nicht zu viel Zahn entblößt. Gut, dass die Menschen heute nicht mehr so abergläubisch sind wie früher. Da ist ein Patzer nicht so tragisch. Luna hingegen grinst von einem Ohr zum anderen und rutscht ganz aufgeregt auf ihrem Sitz hin und her.

In dem Moment, wo Ian das Parken vollendet und den Schaltknauf auf ›P‹ setzt, fällt sie ihm um den Hals. Ihre Haut riecht nach Sonne und Kokos und ihr Haar nach Orchideen. Er hätte ewig in ihrer Duftwolke schweben können. Er genießt die Wärme, die ihm die Umarmung gibt, und der Blutrausch, in dem er zuvor gebadet hat, gibt ihm nun die Disziplin, sein Verlangen nach ihr zu unterdrücken. Es wäre ihm unmöglich zu sagen, wann er das letzte Mal so von einem Menschen umarmt wurde.

Nach etwas, das sich zeitgleich wie eine Ewigkeit und nur nach einer Sekunde anfühlt, löst sie sich von ihm und sagt ihm mit gerötetem Gesicht und einem unverkennbaren Verlangen in der Stimme: »Ich habe wirklich Hunger.« Dann beißt sie sich kurz auf die Unterlippe und steigt aus.

Er bleibt noch kurz im Auto sitzen, um den angenehmen Schock ihres offensichtlichen Flirtens zu überwinden.

*Diese Frau macht mich noch wahnsinnig*, ist sein einziger Gedanke. Dann steigt auch er aus.

Das Restaurant ist schon etwas in die Jahre gekommen. Es sind typisch mexikanische Accessoires in jeder Ecke, die Tische und Stühle sind aus Holz und das Licht ist sehr dezent gehalten.

Sie bestellen überbackene Nachos mit Käse, Jalapeños und Hackfleisch. Dazu Guacamole, Chilisauce und Sour Cream. Aber das Essen interessiert Luna gar nicht. Sie hat bestimmt schon seit fünf Minuten einen Nacho mit Käse und Guacamole zwischen ihren Fingern. Die Soße läuft schon bald ihre Hand runter.

Sie kann nicht aufhören, über die Neuigkeiten zu reden: »Also, wann kann ich morgen rein? Kommt noch jemand mit? Wie habt ihr das bloß angestellt? Weiß die Polizei davon? Ich habe gar keinen Mietwagen, der groß genug ist, um das Equipment dahin zu bringen! Ich muss mir noch Flaschen ausleihen!«

»Luna, ganz ruhig. Ich komme mit und deine Ausrüstung passt bestimmt in den Mercedes. Wir fahren in aller Frühe los. Aber für morgen Abend würde ich gerne Flüge für uns beide nach Deutschland buchen, wenn das für dich okay ist. Ich …« Ian wird von Luna unterbrochen.

»Du kommst mit nach Deutschland?!« Sie hört augenblicklich auf, sich zu bewegen. Ein krasser Unterschied zu ihrer nervösen Hibbeligkeit noch vor wenigen Sekunden. Ein winziges Stück Tomate tropft mit einem protestierenden Schmatzen zusammen mit dem Rest der Guacamole von Lunas Hand auf ihren Teller.

*So muss ich im Auto ausgesehen haben.*

Ian setzt neu an: »Ja, also, wie ich versuchte, zu erklären, ich habe da einen Kunden und könnte direkt los. Mich hält hier nichts mehr und Godric, also Rick, geht mir auch ziemlich auf die Nerven. Der Kunde ist in Köln. Wir fliegen aber dorthin, wo es für dich am besten ist. Wenn du deinen Pass dabei hast, können wir gleich hier buchen.« Um das Ganze noch zu verdeutlichen, nimmt er direkt sein Telefon aus der Jacke, die hinter ihm am Stuhl hängt.

»Du fliegst nach Köln? Ehrlich? Was für ein Zufall! Düsseldorf wäre für mich schon besser, aber Köln würde auch gehen. Nur morgen Abend kann ich nicht. Ich sollte am besten 24 Stunden zwischen Tauchen und Fliegen haben. Die Details dazu erspare ich dir, aber so ist es gängige Praxis. Wenn ich wirklich morgen in die Cenote kann, dann könnten wir übermorgen abreisen«, sagt Luna und bemerkt jetzt erst, dass ihr die Soße vom Handballen getropft ist. Endlich nimmt sie den Nacho in den Mund und muss somit erst mal Ian sprechen lassen. Der hat schon die Buchungsseite auf dem Handy geöffnet und sucht nach einem Flug.

»Das passt sogar noch besser, am Dienstag gibt es einen nach Düsseldorf, wie du vorgeschlagen hast. Abflug wäre um 12:24 Uhr. Dann passt das mit den 24 Stunden Pause zwischen Tauchen und Fliegen.«

»Pferwpfet!«, stammelt Luna, zwar mit der Hand vor dem Mund, aber dem Mund voller Nachos.

»Willst du wirklich nichts? Ich komme mir komisch vor, alleine zu essen.« Luna reicht ihm einen Nacho mit Käse und Sour Cream.

Er findet die Geste wirklich süß, muss aber dankend ablehnen: »Nein, danke. Wirklich lieb von dir, aber ich habe allerhand Allergien und esse quasi nur, was ich selbst zubereitet habe. Genieß es. Es freut mich, dass es dir hier gefällt.«

»Oh, das ist ja doof. Welche Allergien hast du denn?«, fragt Luna ihn mit offener Neugierde.

»Kurz gesagt habe ich eine Unverträglichkeit gegen ätherische Öle. Bei manchen ist es schlimmer, bei anderen weniger schlimm. Aber wenn in dem Essen zum Beispiel Rosmarin, Lavendel oder Knoblauch drin ist, ist es wirklich unangenehm für mich. Aber lass uns lieber über was Angenehmes reden. Wann soll ich dich morgen früh abholen?«, sagt er und lenkt damit das Gesprächsthema wieder auf sie.

Nach dem Essen bringt er Luna zurück zu ihrer Unterkunft, dort packen sie gemeinsam die Ausrüstung in den Geländewagen und Ian verspricht, noch die benötigten Tauchflaschen zu besorgen, damit sie pünktlich um 7 Uhr losfahren können. Mit diesem Versprechen verabschieden sie sich und Ian fährt an den Stadtrand, Richtung Dschungel.

Luna will in die Cenote, um sich zu überzeugen, dass der Polizeibericht stimmt und sie sich alles andere durch den Schlag auf den Kopf eingebildet hat. Ian hat vor, alles so aussehen zu lassen. Er muss lediglich ein oder zwei schwere Gesteinsbrocken an der richtigen Stelle platzieren.

Dazu muss er aber in die Höhle. Er wird heute keine Zeit haben, die Stille zu genießen. Es besteht zwar kein Zweifel, dass Godric mit seinem Arm beschäftigt ist, aber es ist immer besser, sicherzugehen. Ganz bestimmt will er den Arm wieder haben.

Er wird auch wieder anwachsen, vorausgesetzt, er findet ihn im Meer vor den Klippen. Er wird durch den Schmerz geschwächt sein und das Jagen mit nur einem Arm bei Tageslicht ist wirklich keine gute Idee. Ian geht eher davon aus, dass Godric es zunächst im Meer versucht hat und erst jetzt, bei Dämmerung, jagen geht. Die Suche nach dem Arm und die anschließende Erholung dauern hoffentlich lange. So lange, bis er und Luna im Flieger sitzen.

Nachdem seine Arbeit in der Cenote getan ist, fährt er zur Villa in der Hoffnung, Godric dort nicht anzutreffen. Sein Hass ist während des Abends mit Luna verflogen, aber er ist immer noch angespannt und will diesen letzten Besuch dort so kurz wie möglich halten. Bloß schnell die Habseligkeiten zusammensuchen und wieder weg.

Die Zufahrt sieht furchtbar aus. Der Brunnen ist in Trümmern. Die Teile liegen bis auf die Fahrbahn vor dem

Haus, sodass Ian gezwungen ist, abseits zu halten. Das Wasser ist blutrot.

Godric muss sehr geschwächt sein nach so einem Blutverlust. Eine getrocknete Blutspur führt vom Boden vor dem Brunnen zur Klippe. Er hat also keine Zeit verloren und direkt nach seinem Arm gesucht. Aber es gibt auch eine frische, nasse Spur von den Klippen zurück zur Villa. Er könnte ihn also schon gefunden oder entschieden haben, dass er eine Pause braucht. Die Antwort findet Ian auf den ersten Treppenstufen im Eingang.

Godric sieht furchtbar aus. Seine zerrissenen Klamotten sind triefend nass und überall sind Blutflecken und Dreck. Er ist kreidebleich vom hohen Blutverlust und lehnt wie ein nasser Sack mit der rechten Seite am Geländer.

Wo der linke Arm normalerweise ist, hat Godric eine klaffende, fleischige Wunde. Seine Augen flattern kurz auf, als er Ians Schritte wahrnimmt. Sein Gesicht formt eine Grimasse, die Schmerz und Ironie darstellt. Leise fängt er an zu grummeln.

»Der Sieger kommt zurück, um zu sehen, wie sich sein Gegner die Wunden leckt? Ich habe so eine Brutalität bei dir noch nie erlebt. Glückwunsch! Die Leidenschaft ist in dein Leben zurückgekehrt, wie ich spüren durfte. Und jetzt?«

»Und jetzt«, fängt Ian an, »werde ich dich verlassen. Ich erwarte, dass du mich in Ruhe lässt und ich dich nie wiedersehen muss. Das nächste Mal, dass du mir oder mir nahestehenden Personen drohst, werden es nicht Arm und Wasser, sondern Kopf und Feuer sein.«

»Ohne mich wirst du einsam sein, du wirst sehen. Du hast es doch schon erlebt.«

Ian fängt an zu lachen: »Godric, du klingst wie der berühmte Lestat. Lass gut sein. Wir hätten uns schon vor Jahrhunderten trennen sollen. Ich hole meine Sachen und hoffe, ich sehe dich dann nie wieder. Lebewohl!«

»Dabei sehe ich Brad Pitt doch viel ähnlicher als Tom Cruise!« Ian ignoriert die spöttische Antwort.

In einem Wimpernschlag ist er in seinem Zimmer. Dort packt er ein paar seiner Lieblingsklamotten, Bargeld und seine verschiedenen Ausweise und Reisepässe ein und verschwindet, ohne nochmal bei Godric Halt zu machen.

# Kapitel 12

Sie ist nur etwa eine Stunde im Wasser gewesen. Seit sie zurück ist, hüllt sie sich in ungewöhnliche Stille, in Gedanken versunken und irgendwie abwesend.

Ian sieht ihr zu, wie sie sich umzieht und zwei orangene Cempasuchil aus dem Auto nimmt. Ganz vorsichtig, wie kleine Babys, trägt sie die Blumen an den Rand der Cenote. Dort hält sie kurz inne und berührt sanft, beinah zärtlich die kleinen Blütenblätter. Ian kennt die traditionellen mexikanischen Totenblumen.

Am Totentag, dem ›Día de los Muertos‹, hängen sie überall. Sie haben etwas Tröstliches. Sind süß und bauschig mit ihren vielen Blättchen und so fröhlich in diesem knalligen Orange.

Nach einer Weile wirft Luna die Blumen, eine nach der anderen, in die Cenote hinein und schaut ihnen bei ihrem Tanz auf dem stillen Wasser zu. Sie hat Glück, schon welche bekommen zu haben, denn die Blütezeit beginnt eigentlich erst im Mai. Ian gibt Luna Raum und wartet geduldig am Auto, wo er das Equipment ordentlich im Kofferraum verstaut, während Luna Abschied von der Cenote und ihren Freunden nimmt. Auf der Fahrt in den Dschungel hat sie ihm erklärt, dass sie sich hier von ihnen verabschieden will und dafür die Blumen mitgenommen hat. Ihre Freunde liegen zwar nicht hier, Luna hätte jedoch das Gefühl, ihnen hier näher zu sein, als zu Hause vor ihren Gräbern.

»Was hast du gefunden?«, fragt er leise, während sie den Dschungel mit dem Mercedes langsam hinter sich lassen. Ian hält ihr Schweigen nicht mehr aus. Er will die Stille durchbrechen.

Obwohl er nicht wirklich mit ihr über die Cenote reden möchte, so muss er doch das Naheliegendste fragen, dass jemand fragen würde, der die Wahrheit nicht kennt. Luna schaut aus dem Fenster, ehe sie ihren Kopf senkt und auf die Hände in ihrem Schoß blickt.

»Es ist wahr. Es liegen zwei große Steinbrocken auf dem Boden, dort wo der Unfall passiert ist. Ich hätte schwören können, dass die Version der Polizei nicht stimmen kann. Jetzt muss ich mich an den Gedanken gewöhnen, dass ich mir wohl alles eingebildet habe.«

»Das tut mir leid, Luna. Es scheint dich nicht beruhigt zu haben, wieder reingegangen zu sein.« Ian kann den Schmerz in seinem Gesicht kaum verbergen. Der Gedanke, dass er ihr dieses Leid angetan hat und nun schuld daran ist, dass sie sich so schlecht fühlt, lässt ihn sich selbst verachten. Wie egoistisch war er in diesem Moment in der Cenote gewesen.

Hätte er sich nicht einfach in eine Ecke verkriechen und die Taucher vorbeiziehen lassen können? Ihm wird schlecht bei dem Gedanken, dass er beinahe ihren Tod herbeigeführt hätte, dass sie wegen ihm qualvoll hätte ertrinken können. Andererseits hätte er sie nie kennengelernt, wären die Dinge anders verlaufen.

Ian würde sie in diesem Moment gerne fest in den Arm nehmen, aber beim Autofahren kann er lediglich nach ihrer Hand greifen und sie liebevoll drücken.

»Weißt du«, beginnt er ganz sanft, »in Extremsituationen kann der Verstand einem manchmal Streiche spielen. Ich glaube dir, dass du das gesehen hast, was du mir im Café Bamboo erzählt hast. Vielleicht war es aber ein Schutzmechanismus, der dir etwas vorgegaukelt hat. Solltest du wieder darüber reden wollen, bin ich immer für dich da. Ich möchte nicht, dass du dich damit allein fühlst.«

Er drückt noch einmal ihre Hand und sie dreht sich endlich zu ihm um. Tränen glitzern noch in ihren Augen, doch ein Lächeln kehrt in ihr Gesicht zurück.

Kein strahlendes, ansteckendes wie sonst, sondern ein bodenständiges und warmes, das in Ian ein Gefühl weckt, als wäre er zuhause angekommen. Sie vertraut ihm und obwohl er sein schlechtes Gewissen nicht ganz verdrängen kann, lächelt er zurück und genießt den Anblick. Dass sie ihm vertraut, ist alles, was er zu hoffen gewagt hat.

Sie fahren eine Weile schweigend weiter, bis Luna etwas eingefallen zu sein scheint.

»Es ist schade, dass ich Rick nicht Danke sagen konnte. Bist du sicher, dass es ihm gut geht? Ich kann ihn seit gestern nicht mehr erreichen. Als wäre das Handy tot. Sollen wir ihm noch etwas bringen, bevor wir morgen abreisen?«

Ian muss sich im ersten Moment beherrschen, damit sich seine Mundwinkel und Augenbrauen nicht zu einer Fratze verziehen. Er schafft es, einen halbwegs gleichgültigen Tonfall zu erzeugen.

»Nein, wirklich. Es geht ihm schon ganz gut. Er hat wohl gestern beim Schwimmen zu viel Meerwasser geschluckt. Du packst gleich in Ruhe deine Sachen und ich werde nochmal nach ihm sehen. Ich könnte uns nachher etwas vom Take-Away besorgen, wenn du möchtest?«

»Das ist eine gute Idee! Dann kann ich mich noch zu Hause ausruhen. Morgen wird ein langer Tag. Danke.« Ian bringt sie zu ihrer Unterkunft, nimmt ihre Hand, die er die ganze Fahrt über gehalten hat, und verabschiedet sich mit einem Kuss auf ihren Handrücken. Er hat nicht die Absicht, nochmal nach Godric zu sehen. Er muss sich stärken, um den langen Flug und die Fahrt davor und danach zu überstehen, ohne Luna in Gefahr zu bringen.

Nachdem er sich gestärkt und allerlei Besorgungen in Angriff genommen hat, nimmt Ian sich etwas Zeit, um darüber nachzudenken, wie es weitergehen soll. Er ist für den ganzen Schlamassel, in dem Luna steckt, verantwortlich und hat sich geschworen, sie vor Godric zu schützen. Denn, nur weil sie aus Mexiko entkommen werden, heißt das noch lange nicht, dass sie in Deutschland sicher vor ihm sein wird.

Bedeutet das aber, dass er eine Rolle in ihrem Leben spielen soll – wenn sie das denn wünscht? Hat er das überhaupt verdient? Wie soll sein Leben mit ihr aussehen?

*Ich werde nicht älter. Ich arbeite nicht. Ich esse nicht.*

Wie lange könnte er so etwas in einer romantischen Beziehung geheim halten? Sicher ist er in den vergangenen Jahrhunderten mal schwach geworden und einer Frau körperlich näher gekommen.

Doch oft übermannte es ihn und am Ende waren sie blutleer. Abgesehen davon sind die Orte, an denen sie jagen nicht gerade die, an denen man tiefgründige Menschen kennenlernt. Etwas Langfristiges ist also neu für ihn. Ein schwaches, schmerzverzerrtes Stöhnen reißt ihn aus seinen Gedanken.

*Ach ja, da war ja was. Jemand erwacht wohl aus der Bewusstlosigkeit.*

Ian ist schon fast genervt davon, dass dieses widerliche Geschöpf von Mensch ihn beim Nachdenken stört. Zum Verschwinden aus Mexiko gehört es nämlich auch, die Spuren zu verwischen. Die Besorgung, die er zuvor gemacht hat, liegt im Kofferraum: Der Drogenboss Pedro, der sie freundlicherweise, ganz uneigennützig bei ihnen wohnen lässt.

Wie ursprünglich von Godric und ihm geplant, hat er sich von dem Gastgeber noch etwas Geld überweisen und in bar auszahlen lassen, um ihn anschließend im Dschungel zu entsorgen.

Letzteres ist er gerade im Begriff zu tun. Eine Vorsichtsmaßnahme, damit er nicht anfängt, nach seinem Geld zu suchen.

»Qué demonios!! Lass mich hier raus, pendejo!! Meine Leute und ich werden dafür sorgen, dass du das bereuen wirst! Hijo de puta!«, strömt ein Gefluche auf Englisch und Mexikanisch aus dem Kofferraum.

Es dauert nicht lange, da folgen Tritte gegen die Heckscheibe. Das macht dem gepanzerten Fahrzeug jedoch wenig aus. Das Geschrei allerdings kann Ian gar nicht leiden.

Schade, dass Godric ihn nicht so manipuliert hat, dass er sich gegen eine Entführung nicht wehrt. Leider kann er das jetzt nicht mehr anpassen, da Pedro schon unter einem anderen Einfluss steht. Aber mit Gewalt lassen sich eben doch manche Probleme lösen. Sie sind zwar noch nicht ganz am Ziel, aber Ian hat genug. Er hält am Wegesrand, der in den Dschungel hineinführt und dreht sich mit dem Oberkörper nach hinten in Richtung Kofferraum.

»Cállate, Cabrón!! Du schreist wie ein kleines Mädchen, davon bekomme ich noch Kopfschmerzen. Ohnmächtig warst du mir lieber.« Mit diesen Worten steigt Ian aus und ist noch bevor die Tür zufällt hinter dem Wagen.

Die Kofferraumklappe öffnet sich wie eine Tür, von links nach rechts. Als Ian sie öffnet, springt ihm der Drogenboss entgegen, in dem Versuch ihn zu würgen. Ian packt ihn noch in seinem Sprung, mühelos und unbeeindruckt an der Kehle und schmettert ihn wie eine Puppe mit einer gezielten Bewegung zurück auf den Kofferraumboden.

Diese einfache Bewegung ist so gewaltig, dass das Aufsetzen des Rumpfes auf dem Untergrund dem armen Kerl das Rückgrat bricht. Wie bei einem Strohhalm, der in der Mitte einknickt, wenn man ihn zu sehr unter Druck setzt.

Der Schmerz ist noch nicht im Gehirn des Drogenbosses angekommen, als sich sein Unterkörper entleert. Die Beine hängen schlaff aus dem Auto und die Pisse tropft ihm von den Schuhen.

Ian hält ihm den Mund zu, damit er nicht schreien kann und reißt ihm dann mit seinen Zähnen die Schlagader am Hals auf.

Besudelt mit Unrat und blutleer, hebt er ihn wieder an der Kehle an und wirft ihn tiefer in den Kofferraum.

Anschließend holt Ian seine Wechselklamotten vom Rücksitz, schmeißt das blutgetränkte Hemd und seine Hose in den Wagen und steckt ihn in Brand. Während Ian zusieht, wie die Flammen Besitz von dem Auto nehmen, fällt ihm langsam auf, wie sehr sie sich vom Himmel abheben. Es ist dunkel geworden, während er Pedro aufgespürt, seine Gang zerlegt hat und hierhergefahren ist.

Die Polizei wird sich über das Gemetzel im Unterschlupf bei der Mohnplantage wahrscheinlich nicht so sehr freuen, wie sie eigentlich sollte. Der Anblick ist wirklich nicht besonders schön. Nun ist es aber Zeit, Luna etwas zu essen zu bringen und beim Packen zu helfen. Er läuft los und ist schneller zu Fuß beim Take-Away-Sushi als mit dem Auto. Mit frisch gemachten California Rolls und Gyoza macht er sich gemütlich auf den Weg zu Lunas Apartment.

»Ich habe das Auto gar nicht gehört«, sagt Luna, während sie strahlend die Tür öffnet.

»Das habe ich meinem Bekannten wiedergegeben. Zum Flughafen werde ich uns ein Taxi rufen. Hast du alles gepackt?« Ian sieht auf das Chaos in dem kleinen Einzimmerappartment. Es hat eher etwas von einem Hotelzimmer als von einer Wohnung.

»Komm doch rein«, sagt Luna und versteckt sich dabei halb hinter der Tür, um Ian Platz zu schaffen. Ein schmaler Gang führt vom Eingang zu einem Raum. Rechts vom Eingang ist eine kleine Nische in der Wand. Dort hängt eine Kleiderstange und am Boden darunter liegen die verpackten Tauchsachen in einer gigantischen Tasche.

*Die ist so groß, dass man locker die Leiche eines erwachsenen Mannes darin unterbringen könnte.*

Kopfschüttelnd wirft er diesen unfreiwilligen Gedanken wieder fort. Er hat definitiv zu viel Zeit mit Godric verbracht.

Dem Gang folgend, läuft man auf die aufgeklappte Schlafcouch zu, die momentan nicht nur von dem Bettzeug, sondern auch von allerhand Kleidungsstücken belagert ist.

Davor ist links an der Wand eine kleine Küchenzeile mit einem Esstisch mit Platz für zwei. Gerade jedoch belegt von einem Laptop und unzähligen Papieren, Reiseunterlagen, Kosmetik, einem Föhn und Gott weiß was noch so alles. Das Kopfende des Raumes bildet ein großes Fenster mit einer Tür, die zur Terrasse führt. Durch das aufgeklappte Bett ist diese allerdings nur durch einen leichten Slalom zu erreichen. Was in diesem Raum jedoch nur er wahrnehmen kann, ist der Geruch. Ihr Geruch. Süß wie eine Blume im Morgentau. Das warme Aroma der Sonne haftet noch an ihr und der sinnliche Duft ihrer Weiblichkeit liegt in der Luft. Wie immer, wenn er in ihrer Nähe ist, wird ihr Puls etwas schneller.

Diese Situation, mit ihm alleine in dieser kleinen Wohnung zu sein, und das neben dem chaotischen Bett, scheint sie unterbewusst zu erregen. Zumindest merkt man es ihr äußerlich nicht an. Ian hingegen kann es sehr genau wahrnehmen und muss sich zusammenreißen, um seine Reißzähne verborgen zu halten. Diese Kombination riecht wie das Verführerischste und Erregendste, das ihm in den letzten Jahrhunderten begegnet ist.

Erregt zu sein, ist ein Trieb und Triebe lassen nicht gerade das Beste in ihm zum Vorschein kommen.

»Ähm, ja, also … ich bin noch dabei.«

Luna wird rot. Ian muss anfangen zu lachen.

»Ja, ich sehe schon. Wie wäre es denn, wenn du jetzt alles, was auf dem Bett liegt, in deinen Koffer packst und ich alles, was auf dem Tisch liegt, in diesen Rucksack.« Ian hebt einen Rucksack von einem der Küchenstühle und hält ihn hoch. Luna nickt verschämt.

»Kannst du mir dann bitte den Koffer geben? Der liegt unter dem Tisch.« Er hebt ihn über das Bett und legt ihn aufgeklappt an das Fußende, wo sich der Haufen an Kleidung langsam ausdünnt.

Ian fängt sofort an, die Papiere zu sortieren. Er muss sich konzentrieren, um seinem Verlangen nach ihrem Körper zu widerstehen. Jahrhunderte war das Einzige, das unkontrolliert und ungefragt in ihm hochkam, der Hunger. Das, und der Drang, dieser Welt und ihren Belästigungen durch Lärm und Gestank zu entkommen. Jetzt spürt er etwas, das er beinahe schon vergessen hat. Lust.

Darum konzentriert er sich jetzt auf etwas ganz Anderes. Ordnung.

*Alles, was wir für den Flug benötigen, kommt hier in die Klarsichtfolie.*

Die hat er unter dem Laptop gefunden.

*Der Laptop kommt in das vorgesehene Fach im Rucksack, die Papiere dazu.*

Es gleicht einem meditierenden Gesang in seinem Kopf, bei dem er sich selbst erzählt, was er wo verstaut.

*Duschgel und Shampoo, das muss in den Koffer.*

Ian dreht sich zu Luna um, die gerade ein T-Shirt ausschlägt, damit sie es besser falten kann. Der Windhauch, mit all seinen Gerüchen nach Luna, trifft Ian völlig unvorbereitet. Ein unterdrücktes Knurren entkommt seiner Kehle und er muss sich schlagartig umdrehen, um den Reflex für die Fangzähne unter Kontrolle zu bekommen. Luna schnappt erschrocken nach Luft.

»Hast du das gehört?«

Ruckartig dreht sie sich um und verschließt die Terrassentür. Von Ians Reaktion hat sie anscheinend nichts mitbekommen.

Der bekommt sein Gesicht wieder unter Kontrolle, räuspert sich und dreht sich langsam in Lunas Richtung.

»Entschuldige, ich hatte etwas im Hals und musste ein bisschen grummeln, um es loszuwerden.«

»Sowas habe ich ja noch nie gehört. Das klang wirklich bedrohlich.« Luna fasst sich mit einer Hand an die Brust und scheint den Schreck mit einem Kopfschütteln loswerden zu wollen.

Ian merkt deutlich, wie sich jeder Muskel in seinem Körper anspannt. Ihr aufgewirbelter Duft regnet immer noch langsam auf ihn nieder und braucht viel zu lange, um sich zu verflüchtigen. Als er sieht, wie Luna nach dem nächsten T-Shirt greift und im Begriff ist, denselben Duftwirbel noch einmal zu produzieren, ist er plötzlich viel zu schnell neben ihr und hält ihr die Kosmetikartikel hin. Luna reagiert auf die Schnelligkeit gar nicht.

Sie scheint viel zu sehr mit sich selbst und dem Falten der Wäsche beschäftigt zu sein. Selbst als er schon neben ihr steht und ihre Haare sich leicht in dem Wind seiner Bewegung wiegen, sieht sie ihn nicht an. Er weiß, warum. Er spürt, warum. Sie will ihn genauso sehr wie er sie.

»Die müssen in den Koffer.« Seine Stimme klingt rau und tief. Er hält ihr die zwei Verpackungen vor die Brust und wartet darauf, dass sie sich zu ihm umdreht.

Als sie ihn endlich ansieht, kann er hören, wie ihr Herz beinahe unmerklich stockt und dann das Blut durch die Adern pumpt, als wäre sie auf der Flucht. Sie hat eine leichte Röte im Gesicht. Ihr Blick, zuerst schüchtern und unsicher, bekommt den Ausdruck von Lust und wirkt dabei sogar ein klein bisschen frech. Wie um sich zurückzuhalten, beißt sie sich sanft auf die Unterlippe.

Sein Blick ist wie der eines Wolfes, fixierend, durchdringend und durch nichts abzulenken. Der Ausdruck in seinem Gesicht lässt keinen Zweifel. Er will sie. Doch das letzte bisschen Vernunft in seinem Hinterkopf hindert ihn daran, den ersten Schritt zu tun.

*Kann ich das? Kann ich sie haben, ohne ihr weh zu tun?*

Luna stellt sich auf Zehenspitzen und küsst ihn, nicht verstohlen und unschuldig, sondern fordernd und voller Leidenschaft. Stocksteif zögert Ian für eine Millisekunde, dann fasst er mit einer Hand in ihre Haare, mit der anderen ihren Rücken und drückt sie näher an sich. Erneut entkommt ein Knurren seiner Kehle.

Er weiß, dass Luna das wohlige Vibrieren in ihrem Rachen, den Hals hinunter, bis in ihren Bauch spüren kann. Doch anstatt sie zu erschrecken, macht das Geräusch und das Gefühl sie nur noch mehr an, denn sie drückt sich gegen ihn. Lässt ihn spüren, wie sehr sie ihn will.

Er fühlt, wie ihre Hände seinen Körper erkunden. Sie gleitet mit ihren Fingerspitzen unter sein Hemd, streichelt die Rippen entlang, hinauf zu seinen Schulterblättern und den Muskeln dazwischen. Arbeitet sich dann wieder nach unten und beginnt den Stoff hochzuziehen.

Gegen großen Widerstand kämpfend, hört Ian auf sie zu küssen und flüstert ihr zu: »Vertraust du mir?«

Atemlos antwortet sie: »Ich will dich.«

Bei diesem Satz merkt Ian den winzigen Hauch von Angst in ihrem Geruch. Zusammen mit ihrem Verlangen ist es dieselbe Mischung wie bei ihrem ersten Treffen im Café.

*Dein Körper will, dass du rennst, doch du willst bei mir sein.*

Ian muss es aber genau wissen. »Sag, dass du mir vertraust.«

Er braucht es, er muss es wissen. Würde sie wegrennen – jetzt in diesem Augenblick, wo der Duft ihrer Erregung den ganzen Raum erfüllt und er ihr so nah ist, dass er das Pulsieren ihrer Schlagader an ihrem Hals sehen, das Rauschen ihres rasenden Blutes in ihren Adern hören kann – er würde seinen Trieben nicht widerstehen können. Zu lange hat er gefühllos getötet und sich einfach der Natur hingegeben. Sie wäre tot, bevor er es bereuen könnte. Er muss wissen, dass sie ihm vertraut.

»Ich vertraue dir«, haucht sie ihm zu und küsst seinen Hals. Ian nimmt den Raffhalter aus Stoff vom Gardinenschal neben der Terrassentür hinter sich und verbindet Luna damit die Augen. Sie zuckt kurz, kaum merklich, doch lässt es widerstandslos geschehen.

Luna versucht, sich auf ihre anderen Sinne zu konzentrieren. Die ganze Zeit hat sie schon die aufkommende Panik bekämpfen müssen. Doch die Art, wie ihre Haut heiß wird und das Ziehen in ihrem Bauch, machen es ihr unmöglich, nicht bei diesem Mann zu bleiben. Das Adrenalin in ihrem Körper schreit, dass sie rennen soll und sie hat ein Rauschen im Kopf, das sie high macht.

Ihr Körper will die Flucht, doch sie bleibt standhaft und weigert sich, dem Impuls zu folgen. Sie bleibt, wo sie ist, und genießt das Gefühlschaos. Sie fühlt sich wie ein neuer Mensch. Mutig. Zu allem bereit.

Sie will ihn nicht, obwohl er ihr Angst macht, sondern weil er ihr Angst macht und sie sich gleichzeitig absolut sicher bei ihm fühlt.

Mit ihren Händen hält sie sich an seinem Oberkörper fest. Sie kann spüren, wie seine Muskeln sich bei seinen Bewegungen anspannen und wieder lockern. Sie fühlt, wie seine Hände den Knoten in der Augenbinde machen. Langsam und zärtlich, als würde er befürchten, ihre Haare darin einzufangen. Und sie riecht wieder diesen männlichen Duft nach warmem Holz und Feuer.

Als er fertig damit ist, ihr die Augen zu verbinden, streift er ihre Strähnen hinter die Schultern. Dabei zeichnen seine Fingerspitzen über ihre Haut. Die Berührung läuft Luna eiskalt den Körper hinunter und sammelt sich elektrisierend in ihrem Unterleib.

Ihre Hände streicheln seine Arme entlang. Sie fühlen sich rau und fest an. Die kleinen Härchen an seinem Unterarm stellen sich auf. Sie kann spüren, wie er sich beherrscht, wie jede seiner Bewegungen bewusst geschieht. Seine Finger gleiten wieder nach vorn, ihren Hals hinab und die Schlüsselbeine entlang, bis eine Hand über ihre Rippen zum Rücken wandert, während die andere flach zwischen ihren Brüsten verweilt. Ihr Oberkörper ist zwischen seinen Berührungen gefangen. Ihr Herzschlag pocht gegen seine Hand.

Ian stoppt. Er genießt das Pulsieren in ihrem Körper. Die Bewegung des Brustkorbes, wie er sich hebt und senkt. Die zitternde Erregung, die er vernimmt, jedes Mal, wenn Luna ausatmet. Er badet in diesen für ihn seltenen Eindrücken und sammelt sich für das, was ihm bevorsteht. Er will sie zum Erbeben bringen, ihr zeigen, wie gut er ihr tut. Gleichzeitig hat er Angst, sie mit seinen Fängen oder seiner Kraft zu verletzen. Zum Aufhören ist es jetzt aber zu spät. Seine Finger gleiten ihren Körper hinab bis zum Saum ihres T-Shirts und ziehen es nach oben. Jeder einzelne Duftpartikel, der den ganzen Tag unter diesem Stoff gefangen war, breitet sich um Luna und Ian aus wie eine Blume in der Blüte. Ian saugt die Duftstoffe durch seine Nasenlöcher ein, als wäre er zum allerersten Mal im Stande zu riechen. Seine Reißzähne sind nun selbst bei geschlossenem Mund gut sichtbar. Die Muskeln am Gaumen ziehen sich zusammen und drängen ihn zum Angriff.

Er will sie schmecken. Geführt von Ians starken Händen, lehnt Luna sich zurück und lässt sich sanft von ihm auf das Bett legen. Ian stützt sich neben ihrem Kopf auf der Matratze ab und küsst sie an der Kehle. Seine Zunge fährt von dort zur Drosselgrube zwischen den Schlüsselbeinen, während seine Hand ihren BH löst. Lunas Gänsehaut intensiviert sich weiter und ein leiser Ausdruck der Erregung entkommt ihren leicht geöffneten Lippen.

Sie fängt an, mit seiner Lockenmähne zu spielen. Er kostet ihre zusammengezogenen Brustwarzen, bevor er sich weiter, quälend langsam, zu ihrem Hosensaum vortastet. Die nächsten Stunden existiert er nur für sie.

Ian sitzt auf der Terrasse. Das alte Holz des Stuhls kratzt an seinen Ellenbogen, aber er beachtet dieses Gefühl nicht.

Er ist hier, seit Luna eingeschlafen ist, und denkt nach. Momente der Nacht flackern vor seinen Augen auf wie der Flashback nach einem Drogenrausch. In gewisser Weise ist die Erfahrung für ihn vergleichbar damit.

Jetzt beobachtet er, wie die Sterne am Himmel langsam vorbeiziehen und schließlich verblassen. Das Dunkelblau zieht sich zunehmend zurück und färbt sich unaufhaltsam heller, bis die Zikaden beginnen zu zirpen. Der Anfang eines neuen Tages. Der Anfang eines neuen Lebens.

Doch die vergehende Zeit hilft ihm nicht. So sehr er versucht, vernünftig darüber nachzudenken, so sehr kommt doch immer wieder sein sturer, egoistischer Charakter durch. Er will Luna und jetzt hat er sie.

Nicht nur der Zuneigung wegen, sondern weil er sie braucht. Sie gibt seinem Leben wieder einen Sinn, eine Aufgabe. Neuen Schwung und Hoffnung.

Er wird sie beschützen bis zu ihrem letzten Tag. Wie es weitergehen soll, wird sich zeigen. Eines Tages muss er ihr vielleicht sagen, was er ist, aber nie, was er getan hat. Ein Geräusch reißt ihn aus seiner Gedankenspirale.

Stoff wird zusammengeschoben und es ertönt ein langgezogener, quäkender Ton wie bei Kleinkindern kurz bevor sie weinen, gefolgt von einem sehr erleichterten, tiefen Ausatmen.

Ian fasst den Entschluss, ab jetzt jeden Moment zu genießen, und macht sich auf, um die erwachte Luna zu begrüßen.

Sie liegt noch im Bett, mit nichts an, außer dem Laken und einer leichten Röte auf den Wangen.

»Guten Morgen.«

»Guten Morgen, Liebes«, begrüßt er sie, »möchtest du einen Kaffee?«

»Nein, Danke. Ich trinke keinen Kaffee. Darum ist auch keiner hier. Aber ein Wasser nehme ich gerne. Du wirst dir einen am Flughafen holen müssen. Tut mir leid.«

»Das macht nichts.« Ian holt, immer noch oberkörperfrei, zwei Gläser aus dem Hängeschrank und kann dabei förmlich Lunas Blicke auf seinem Rücken spüren.

»Ich trinke auch keinen Kaffee, aber diese Tatsache ist ja doch eher selten. Wie geht es dir?« Nachdem er Lunas Höhepunkt in der Nacht gekostet hat, hat es ihn übermannt und er ist etwas grober geworden. Jetzt kann er den Gedanken nicht ertragen, dass er ihr womöglich weh getan haben könnte.

Luna wird knallrot im Gesicht.

*Wie süß sie aussieht, wenn sie so schüchtern ist.*

»Mir geht es gut. Ich rechne fest mit etwas Muskelkater, sobald ich aufgestanden bin, aber ansonsten fühle ich mich gut. Sehr gut. Und du?«

Er füllt das zweite Glas halbvoll und dreht den Wasserhahn zu. Dann macht er die drei Schritte zurück Richtung Bett und reicht eines Luna.

»Ich fühle mich auch sehr gut.« Er lächelt sie an und trinkt einen Schluck.

»Gut«, erwidert Luna etwas wortkarg und trinkt ihr Glas in einem Zug leer. Dann herrscht Stille. Es scheint, als könnten beide den Elefanten im Raum sehen, aber keiner will derjenige sein, der zuerst sein Herz bloßlegt.

Ian weiß nicht, was er sagen soll.

*Hallo, ich bin Ian. Ich find dich toll und übrigens bin ich ein Vampir. Nein, das ist eine schlechte Idee.*

Also durchbricht er die Stille mit einem anderen Thema.

»Sind die Koffer eigentlich fertig? Wir werden in einer halben Stunde abgeholt.«

»In einer halben Stunde? Oh Mist! Ich muss noch duschen! Kannst du nachsehen? Stopf einfach alles rein, was du findest!« Luna springt auf, eingewickelt in das Laken, das sie bis ins Bad hinter sich herzieht.

Ian beobachtet das Schauspiel und sein Lächeln erhellt dabei den ganzen Raum. War es das, was er all die langen Jahre gebraucht hätte? Jemanden an seiner Seite, der einfach etwas Licht in sein Dunkel bringt? Er inhaliert wieder ihren Duft, den sie im ganzen Zimmer verteilt hat, als sie ins Bad ging. Seine Reißzähne machen sich bemerkbar, aber er schenkt dem keine Beachtung, sondern genießt den Moment.

Die ganze Taxifahrt über sprechen die beiden kaum miteinander. Ian nimmt Lunas Hand und spielt mit ihren Fingern. Sie scheint es zwar zu genießen, wird aber so nervös, dass sie anfängt, ununterbrochen zu reden und ihm von Düsseldorf zu erzählen. Er ist noch nie dort gewesen und würde sich gerne von ihr die Kasematten und den Rheinturm zeigen lassen.

»Gerne. Der Rheinturm ist nachts wunderschön beleuchtet. Dafür habe ich es bis heute nicht geschafft, alle Stufen im Kölner Dom hochzugehen. Die Aussicht ist bestimmt fantastisch!« Ihre Begeisterung stockt kurz. »Das heißt, wenn du möchtest, dass ich dich dort besuche.« Unsicher blickt sie aus dem Fenster des Taxis. Doch mittlerweile kennt Ian dieses Verhalten von ihr.

Es dauert kaum ein Augenblick, da führt er seine Hand zu ihrem Kinn und dreht sie zurück, sodass sie ihn ansehen muss. Anschließend beugt er sich vor und küsst sie. Sinnlich, langsam und auf eine Art, die sich anfühlt, als berührten sich die Lippen kaum und gleichzeitig, als würden ihre Seelen sich umschließen.

Noch immer mit ihrem Kinn in seiner Hand sieht er ihr tief in die Augen und fragt: »Hast du wirklich daran gezweifelt, dass ich mir je wieder etwas ohne dich ansehen möchte, Liebes?«

Er kann beobachten, wie sich ihre Pupillen weiten. Die sonst eher walnussfarbene Iris wirkt durch das große Schwarz nun eher karamellbraun. Dann sieht er, wie sich ihre Augen schließen und sie ihn zur Antwort wieder küsst.

»Ich störe Sie ja nur ungern, aber wir sind da. Abflughalle 3 Cancún Airport«, unterbricht der Taxifahrer den romantischen Moment und steigt anschließend schon mal aus, um zum Kofferraum zu gehen. Die beiden Fahrgäste schmunzeln verstohlen und steigen dann ebenfalls aus. Während Ian dem Fahrer hilft, die Koffer aus dem Kofferraum zu holen, legt Luna ihren Rucksack an. Er kann hören, wie ein paar Schritte von ihnen entfernt jemand mit Absätzen einen Becher Kaffee fallen lässt.

Als er sich umdreht, um nachzusehen, was los ist, ist Luna schon dabei, der Frau ihre Hilfe anzubieten. Ian kann sie im letzten Moment zurückhalten und schiebt sie hinter sich

»Leya? Das kann nicht sein!«, sagt die Frau in Lunas Richtung, allerdings mehr zu sich selbst als zu Luna. Sie sieht sie dabei durchdringend an. Ian entkommt ein drohendes Knurren. Dabei fixiert er die Frau mit einem unverkennbar feindseligen Blick. Aus dem Augenwinkel sieht er Lunas erhobene Augenbraue. Obwohl sie Fragen haben muss, bleibt sie erst mal ruhig hinter ihm.

»Valea, wenn du ihr auch nur ein Haar krümmst, dann …«

Ian wird hart von Valea unterbrochen: »Spar dir deine Drohungen, Ian. Der Plan hat sich soeben geändert. Ihr wird niemand etwas tun. Wo ist Godric? Ich kann ihn seit ein paar Tagen nicht erreichen. Wir müssen ihn holen, er muss mitkommen.« Zielsicher und selbstbewusst geht sie auf ihn zu. Ian rührt sich keinen Millimeter und baut sich möglichst groß vor Luna auf, als wolle er sie hinter sich verstecken.

»Möchtest du dich nicht um deine Freundin kümmern, sie sieht aus, als würde sie gleich losrennen und wir wollen doch keine Szene am Flughafen, oder? Steigt ein und sag dem Fahrer, wo er Godric findet.« Mit diesen Worten steigt Valea selbst ins Taxi und wartet.

Sie ist der älteste Vampir, der auf der Welt sein Unwesen treibt. Vielleicht auch, weil er sonst keine anderen Vampire kennt. Sie ist schneller als Ian, stärker als Ian. Godric behauptet, sie praktiziere eine Art schwarze Magie. Sie soll jemanden mit einem einfachen Fingerschnippen in Flammen aufgehen lassen können.

Einiges mag wohl erfunden oder übertrieben sein, aber da es Vampire gibt, will Ian lieber die Möglichkeit offenlassen, dass Valea ihn auch mit ihrem Gedanken verbrennen lassen kann.

Er bemerkt, dass Luna anfängt, ihren Arm aus seiner Umklammerung lösen zu wollen. Mit großen Augen starrt sie ihm ins Gesicht.

»Ian, was soll das? Lass mich los! Wir müssen zum Flieger. Die Frau ist doch verrückt! Kennst du die etwa?«

Ian hält ihren Arm erbarmungslos im Griff. Ihre aufgerissenen Augen und der offene Mund, mit dem sie ihn anfleht, sie loszulassen, versetzen ihm einen Stich. Er sucht fieberhaft nach einer Lösung, aber er muss mit Valea gehen und Luna leider auch.

»Bitte Luna, vertrau mir, wir müssen mit ihr mit. Ich werde dich beschützen.«

Er fleht sie an. Er will sie nicht manipulieren, aber wenn sie nicht freiwillig einsteigt, bleibt ihm keine Wahl.

»Ian, lass mich los oder ich schreie«, ist ihre harte Antwort und das Zeichen für ihn, dass er es tun muss. Es bleibt nichts anderes übrig.

Er zieht sie gegen ihren Willen ganz nah an sich ran, sieht ihr tief und traurig in ihre wunderschönen, warmen Augen, die ihm bis vor einem Moment noch Vertrauen geschenkt haben und flüstert ihr zärtlich zu: »Du wirst mir jetzt weiterhin vertrauen, steig in dieses Auto und verhalte dich unauffällig. Ab jetzt tust du alles, was ich dir sage, bis ich es zurücknehme und dann wirst du dich an nichts davon erinnern.« Ian lässt sie los.

Luna geht direkt zum Taxi und setzt sich neben Valea auf die Rückbank. Er selbst sammelt sich noch kurz.

Hätte er ein schlagendes Herz, wäre es jetzt gebrochen. Aber Valea soll davon so wenig wie möglich mitbekommen. Er konzentriert sich daher auf die Hitze, die seinen Hals hochsteigt und die angespannten Muskeln über seinen Rippen.

Dann steigt er auf der Beifahrerseite in das Taxi ein.

»Nach Tulum!«

# Kapitel 13

Es klingt, als würde jemand mit Rollschuhen über Betonplatten fahren. Auf gewisse Art ist es ein beruhigendes, rhythmisches Geräusch, von dem sie mittlerweile nicht mehr weiß, wie lange sie es schon hört. Sie weiß aber, dass sie eine Weile in diesem pompösen Gebäude mit der völlig zerstörten Zufahrt verbracht hat.

Rick ist auch da gewesen und sah ganz krank aus. Aschfahl und zerlumpt. Die Frau mit dem kupferfarbenen Haar und Augen in der Farbe von Smaragden, die beinahe funkeln vor Intensität, war auch dort. Sie schleppte immer wieder fremde Leute an, die in Ricks Zimmer verschwanden.

Ian ist die ganze Zeit in ihrer Nähe gewesen, entschuldigte sich unentwegt und redete von Dingen, die sie nicht verstand. Dass er sie retten wolle und es nicht aufgeben werde, sie dort rauszuholen. Dass er wirklich versucht hätte, rechtzeitig mit ihr abzureisen und, dass er nicht zulassen werde, dass jemand ihr wehtut.

Irgendwann stiegen sie dann alle in ein Flugzeug, aber niemand sagte ihr, wohin. Da das ein Traum ist, schert sie sich nicht besonders darum.

Ian ist bei ihr und hilft ihr wie ein Gentleman. Er stützte sie, als sie Stufen in den Privatjet nahm oder hielt ihr die Tür auf, in der Villa, im Auto und im Zugabteil. Er ist so fürsorglich, ein wundervoller Mann. Nach dem langen Flug saßen sie alle zusammen in einem Zug. Sie hört noch das Geklapper der Schienen, spürt aber schon, wie ihre Augenlider leichter werden und wie Ian ihre Hand drückt. Sie will ihm alles über ihren komischen Traum erzählen. Eine Reise ins Nirgendwo mit lauter Fremden.

Dann öffnet sie ihre Augen und schaut durch ein Fenster auf eine vorbeirauschende Landschaft aus Wiesen und Feldern. Augenblicklich lässt sie Ians Hand los und springt auf.

»Wo sind wir? O mein Gott, das war kein Traum! Sag mir sofort, was hier los ist!«

»Beruhige dich und setz dich hin«, sagt Ian fast ein wenig erschrocken. Dann lehnt er sich in seinem Sitz zurück und nimmt wieder ihre Hand, denn sie hat widerstandslos getan, was er sagt, ohne dass sie es wollte. Nach außen ist sie entspannt, doch innerlich kann sie es nicht fassen.

*Was ist hier los? Ich will nicht sitzen! Wo sind wir, zum Teufel? Das kann doch nicht wirklich passieren. Ich will nicht sitzen, verdammt!*

Sie kann das sanfte, beruhigende Gefühl von Ians Daumen spüren, der ihren Handrücken streichelt. Sie sieht hin und doch ist es nicht sie, die dort hinsieht. Eine Gefangene in ihrem eigenen Körper.

Es ist wie in einem ferngesteuerten Auto. Sie kann sich von innen alles ansehen und wahrnehmen, doch alle äußeren Funktionen sind abgeschaltet. Sie kann schreien und auf die Hupe drücken, versuchen um sich zu treten. Doch egal wie laut es im Inneren ist, nach außen dringt davon nichts.

Da ihr nach einer Weile des unfreiwilligen, stummen Protests keine andere Wahl bleibt, als ihre Situation für den Moment zu akzeptieren, sieht sie sich um.

Sie selbst sitzt direkt am Fenster. Neben ihr ist Ian und daneben ein leerer Sitzplatz. Dieser grenzt an eine klappernde Wand samt Abteiltür. Ihnen gegenüber befinden sich lediglich zwei Stühle. Sie liegen versetzt zu den Plätzen auf ihrer Seite, sodass sie zum Glück genug Abstand zu Ricks Knien hat.

Der sieht sie so widerlich grinsend an, als habe er höchstpersönlich ihr die Drogen verabreicht, die sie so bewegungsunfähig machen. Nun scheint er ganz viel Freude daran zu haben, sie leiden zu sehen. Wieder wünscht sie sich, sie könnte treten oder wenigstens spucken.

Mit ein wenig Abstand zu der von Rick steht die letzte Sitzgelegenheit, auf dem die Frau mit den kupferfarbenen Haaren Platz genommen hat. Sie starrt sie mit zusammengekniffenen Augenbrauen an.

*Was ist denn ihr Problem?*

Den Gedanken noch nicht ganz zu Ende gedacht, bemerkt Luna, wie die Brauen der Frau sich erstaunt anheben und sie große Augen bekommt. Luna hat schon beinahe den Eindruck, sie hätte ihren Gedanken gehört.

*So ein Quatsch, Luna! Das geht nicht*, schimpft sie mit sich selbst und beobachtet, wie der Rotschopf schließlich wenig interessiert an der ganzen Situation, in einem Modemagazin blättert.

Erneut steigt es wie Galle in Luna hoch, sie will sie anschreien und eine Erklärung für das alles einfordern, doch sie kann fühlen, wie ihr Gesicht vollkommen neutral bleibt.

Ihr Blick fällt auf dem Weg Richtung Fenster wieder auf Rick. Sein Grinsen ist immer noch da und sie könnte schwören, dass seine Augen förmlich funkeln vor Belustigung, sie so hilflos zu sehen.

»Lass es sein«, zischt Ian.

Luna glaubt nicht, dass er von ihrem inneren Zwiespalt etwas mitbekommt. Dennoch scheint er den Blick von Godric nicht zu mögen. Dessen Fokus löst sich von Luna und geht auf Ian über. Die Belustigung in den Augen bleibt, aber es ist deutlich zu erkennen, wie sich seine Augenbrauen zusammenziehen und Falten über seinem Nasenrücken entstehen.

»Würdest du jetzt bitte mal erklären, was das alles hier soll? Und vor allem, warum er unbedingt mit musste?«, verlangt Ian zu erfahren und seine Stimme trieft förmlich vor Missbilligung.

Die Angesprochene sieht nicht einmal von ihrem Magazin hoch.

»Er musste mit, um mir den Rücken zu stärken. Du bist nur hier, weil sie dich mag, und ich möchte, dass sie sich wohlfühlt, also nerv mich nicht. Alles andere erfahrt ihr früh genug.«

»Damit sie sich wohlfühlt?« Jetzt scheint Godric auch verwirrt. »Wen kümmert das? Sie ist doch manipuliert. Die bekommt nicht mal mit, ob er da ist oder nicht.«

»Seit wann habe ich euch beiden den Eindruck vermittelt, dass ihr mit mir diskutieren könnt?« Sie senkt ihre Zeitschrift und sieht die Zwei nacheinander mit ihren grünen Smaragdaugen an.

»Stellt mich noch einmal infrage und ich helfe euch beim Aussteigen«, droht sie den Männern.

*Halluziniere ich jetzt auch noch oder haben ihre Augen gerade geleuchtet? Also weiß nur diese Frau so richtig, was hier los ist? Ganz, ganz toll.*

Valea sieht ihr unvermittelt in die Augen und Lunas Gedanken sind auf der Stelle stumm. Die Fahrt geht weiter. Alle vier schweigen sich an.

Ian denkt über einen Ausweg nach, aber ohne zu wissen, wohin die Reise geht, kommt er damit nicht wirklich vorwärts. Natürlich ist ihm bewusst, dass sie im Flughafen Bukarest Henri Coandă gelandet und somit in Rumänien sind. Der Zug fährt von dort nach Brasov.

Der Landschaft neben den Schienen zufolge könnte das Ziel in den Bergen liegen. Ian war noch nie zuvor in diesem Land und hat keine Ahnung, was das alles zu bedeuten hat. Die immer hügelreichere Gegend vor dem Fenster fliegt vorbei und geht in ein enges Tal mit einem Fluss über.

Der Zug scheint immer mehr Probleme zu haben, den stetig größer werdenden Berg hinaufzufahren. Als das Tal schließlich zur Schlucht wird, rechnet er jeder Zeit damit, dass sie rückwärts zurückrollen würden. Die Vegetation ist wild und lieblich. Die ersten Blüten bringen farbige Tupfer in die Landschaft und kündigen den nahenden Sommer an. Romantische alte Brücken überqueren den Fluss im Tal. Auf den Berggipfeln, die neben ihnen in die Höhe ragen, liegt noch Schnee, der beeindruckend zeigt, wie hoch diese Berge sind. Er öffnet die Landkarte auf seinem Smartphone und lässt sich orten.

»Siebenbürgen, oder auch Transsilvanien. Wir werden in Sinaia aussteigen«, sagt Valea, die vor ihm steht und ihm seine Jacke hinhält. »Den Rest erzähle ich euch in der Kutsche.« Nach diesen Worten dreht sie sich um und geht durch die Schiebetür des Abteils Richtung Ausgang. Ian nimmt seine Jacke und folgt ihr mit Luna an der Hand.

»Hat sie Kutsche gesagt?«, fragt Godric ungläubig, während er den anderen dreien hinterherläuft.

Sie verlassen den Bahnhof und laufen nach links auf einen kleinen Parkplatz zu. Zur Erleichterung Valeas Gefolgschaft, schließt sie einen alten Aro M461 auf. Der Geländewagen einer rumänischen Marke aus den Sowjetzeiten der Sechzigerjahre ist typisch militärgrün. Eine beige Plane überzieht die Pritschen auf der Ladefläche, auf denen die Soldaten früher Platz hatten.

»Shotgun!« Mit den Fingern schon Richtung Türgriff, steuert Godric auf die Beifahrertür zu.

»Nichts da! Luna kommt zu mir und ihr beide könnt es euch hinten bequem machen.« Valea hält Luna die Tür auf und bietet ihr die Hand, um ihr das Einsteigen in den hohen Wagen zu erleichtern.

Ian knirscht mit den Zähnen. Es kann nicht gesund sein, so viel Wut ständig zu unterdrücken. Auch wenn er nichts gegen die Sitzordnung tun kann, will er Luna wenigstens hineinhelfen. Er wirft Valea einen misstrauischen Blick zu und hebt dabei Luna die erste Stufe hinauf, so dass sie bequem in die Fahrerkabine einsteigen kann. Widerwillig dreht er sich anschließend um und läuft zum Ende des Wagens. Dort steigt er auf die Pritsche, wo Godric ihn schon erwartet. Er nimmt gegenüber von ihm Platz. »Schöner Arm, ist der neu?«

»Lach nur! Wenn ich mit dir fertig bin, wirst du nicht in der Lage sein, deine Gliedmaßen wieder aufzusammeln.« Godrics Gesicht wirkt belustigt, doch der tiefe, bittere Tonfall zeugt von verletztem Stolz und brennender Wut.

»Ruhe dahinten! Ihr nervt und ich habe keine Lust darauf, dass ihr mich in der Burg bloßstellt.« Valeas Stimme ist gefasst und bestimmend und lässt keinen Spielraum für Diskussionen. »Sobald wir dort sind, habt ihr euch zu benehmen, als wärt ihr zivilisiert. Es gibt keine Kämpfe, die Bediensteten sind weder zu bedrohen noch zu verzehren. Nicht einmal ein bisschen! Wenn ihr euch daran haltet, könnt ihr miteinander tun und lassen, was ihr wollt, sobald ihr wieder entlassen seid.«

*Mit wem redet sie denn da? Ich denke nicht, dass die auf der Ladefläche sie hören können. Das Auto ist ja nicht gerade leise. Mir war von Anfang an klar, dass sie verrückt ist.*

Die Erkenntnis schenkt Luna allerdings wenig Trost. Ihre Ohren bekommen von dem Gespräch auf der Ladefläche nichts mit. Sie kann sich noch immer nicht nach freiem Willen rühren und geht langsam davon aus, dass die Drogen, die ihr verabreicht worden sind, einen dauerhaften Effekt haben. Sie kann nichts anderes tun, als die Landschaft zu betrachten und zu warten, auf das, was da eben kommen mag. Nach etwa anderthalb Stunden mühsamer Fahrt durch den dichten Wald, kommen sie an einer Burgruine vorbei, in dessen Richtung Valea einbiegt.

Sie ist imposant und wirkt riesig zwischen den Bäumen. Sie ähnelt den Landesburgen in Westfalen, die Luna als Kind besichtigt hat. Sie sieht ebenso zerfallen und verlassen aus wie die in ihrer Heimat.

*Was sollen wir hier?*

Wilder Wein rankt sich die Mauern empor und die Fenster sind lange schon ohne Glas. Auf dem Dach des Haupthauses wächst ein Baum dem Himmel entgegen und auf dem Hof sieht man, dass Gras die Pflastersteine in Besitz genommen und die einstige Ordnung der Wege durchbrochen hat. Valea hält in einer Ecke des ehemaligen Vorplatzes und weist alle an, auszusteigen. Während Ian und Luna die Ruinen betrachten, kommt Godric dazu.

»Bist du dir sicher, dass es hier noch Bedienstete gibt?«, fragt Godric an Valea gewandt. Sie geht nicht darauf ein, sondern dreht sich vor die Drei, öffnet die Hand flach vor ihrem Mund und haucht ihnen entgegen. Ihre Augen leuchten dabei auf wie die Polarlichter, die Luna vor Jahren in Island bewundern durfte.

*Wow, das ist wunderschön!*

Wenn auch Valeas Augen sie gerade vor Faszination und Unglauben gefesselt haben, so kann sie ihren eigenen jetzt noch weniger trauen.

Eben standen sie vor einer märchenhaften Ruine und plötzlich steht die Burg dort, als wäre sie gestern erst erbaut worden.

»Moment, wie hast du das gemacht?«, fragt Ian und wirkt beunruhigt. Luna hätte mit den Augen gerollt, wenn sie könnte.

*Na, gefällt dir das nicht, wenn jemand in deinem Kopf herumpfuscht? Das kenne ich!*, denkt sie gehässig.

»Zauberei, Ian. Wir sind hier gerne unter uns und somit können die Burg, so wie sie ist, nur diejenigen sehen, bei denen wir es wollen«, sagt Valea. Ein Hauch eines Lächelns umgibt ihre Lippen. »Kommt mit. Ich möchte unbedingt, dass Erik Luna heute noch kennenlernt, denn nach Sonnenuntergang wird er beschäftigt sein.«

Am Ende des, mit einem Mal, modern wirkenden und mit einer Vielzahl von verschiedenen Geländewagen zugeparkten Parkplatzes, heißt ein mit weißen Rosen bewachsener, steinerner Torbogen, die Besucher willkommen. Hinter der Ringmauer kann man durch den Bogen schneeweiße Kiesel auf den Wegen erkennen. Leuchtend grüne Hecken mit weißen und violetten Blüten des Edelflieders strahlen den vieren entgegen.

In den Fenstern des zweistöckigen Haupthauses und des vierstöckigen Wohnturmes umrahmen cremefarbene Vorhänge das schwarze Innere. Verschiedene Gruppen von ›Menschen‹ gehen im Hofgarten spazieren und genießen die Sonne auf diesem kühlen Berg.

Gärtner kümmern sich um die Zierpflanzen. Erst jetzt, wo Luna hinter der Mauer auf den weißen Kies tritt, bemerkt sie, dass neben dem Wohnturm der Boden verschwunden zu sein scheint. Das ganze Anwesen steht direkt an einer Steilwand. Mit einer unglaublichen Aussicht auf das Tal, durch das sie mit dem Zug gefahren sind.

Ein Mann in sehr vornehmer Kleidung kommt ihnen entgegen. Er trägt einen schwarzen Anzug inklusive Weste, ein cremefarbenes Einstecktuch in der Brusttasche und moderne Lackschuhe.

»Madam Valea, ich habe Sie so schnell nicht wieder zurückerwartet! War Ihre Reise nicht wie erhofft?«

»Nein, Adrian, besser. Bring mich sofort zu Erik.« Valea nickt ihm freundlich zu. Es ist klar zu erkennen, dass Adrian einer der erwähnten Bediensteten sein muss.

Er wartet auf Valea, deutet eine Verbeugung an und geht dann voraus zurück zur Burg. In jeder Ecke der zwei großen Gebäude sind kleine Türmchen angebracht, sie verleihen dem Ganzen eine märchenartige Optik.

Luna fragt sich, was sich wohl in diesen befindet. Über eine dreistufige halbkreisförmige Treppe erreicht man den Haupteingang. Eine moderne nussbaumfarbene Holztür, an welcher ein Messingtürklopfer in Form eines Ringes aus gedrehtem Tau angebracht ist.

Im Inneren führen zwei Flure jeweils nach Westen und Osten zu Türen, während es geradeaus in einen riesigen Raum, inklusive gigantischem entzündetem Kamin, geht. Die Wand vor Kopf mit der Feuerstelle ist zu beiden Seiten mit Spiegeln ausgekleidet. Fenster gibt es hier nicht.

»Bitte führe unsere beiden Gäste in die freien Gemächer im Wohnturm. Godric kommt bei mir unter. Ich möchte, dass sie sich wohlfühlen. Ich werde direkt zu Erik gehen. Wo denkst du, kann ich ihn finden?«

Sofort bemerkt Luna, wie wohl sich Valea hier fühlen muss. Sie ist plötzlich freundlich und lächelt viel.

»Gerne, Madam. Sie sollten ihn in seinem Kaminzimmer finden», antwortet Adrian und dreht sich zu den Neuankömmlingen um.

»Die Dame, die Herren, wenn ich bitten darf, zum Wohnturm mit den schönsten Unterkünften geht es hier entlang.« Mit einer leichten Verbeugung öffnet sich sein Arm in Richtung Westen. Ian nimmt Luna an die Hand und zusammen mit Godric folgen sie Adrian.

# Kapitel 14

Valea ist noch nicht ganz durch die Tür, da kann sie schon Eriks Stimme vernehmen.

*Du bist bereits wieder zurück? Macht es dir keinen Spaß mehr, Zeit mit deinem Lustknaben zu verbringen?*

Diese Bemerkung von Erik lässt sie die Augen verdrehen.

*Nenn ihn nicht so! Ich hatte gar keine Gelegenheit dazu, Spaß mit ihm zu haben. Ich habe jemand ganz Besonderes getroffen. Oder vielmehr, die beiden haben das, doch sie wissen es noch nicht.*

Valea ist gespannt auf seine Reaktion. Würde er das in Luna sehen, was sie sah?

*Nun mach es nicht so spannend, Valea. Wen hast du so Besonderes getroffen?*

Erik schaut weiter auf das Kaminfeuer und regt nicht einen Muskel. Er wirkt wie von den Flammen hypnotisiert. Valea schreitet langsam auf die Sessel zu, die von ihr weg in Richtung Kamin aufgestellt sind.

*Ich habe eine gefunden. Du musst sie sehen, sie sieht beinahe aus wie Leya.*

Valea hat die Sitzmöbel noch nicht ganz erreicht, da springt Erik auf und ist in weniger als einem Augenzwinkern vor ihr, um sie an den Schultern zu packen.

»Bist du dir sicher? Kann es denn wahr sein?« Seine Stimme laut ausgesprochen zu hören, anstatt in ihren Gedanken, wirkt für sie, als würde er schreien. Doch seine Stimme ist voller Freude. Nur in seinen Augen liegen noch Zweifel und die Angst vor Enttäuschung.

Um ihrer Aussage mehr Nachdruck zu verleihen, spricht sie es ebenfalls laut aus: »Es ist wahr. Ich habe sie gesehen und ich habe sie mitgebracht.«

»Du hast was?! Warum? Wie soll ich ihr das alles erklären? Warum hast du es nicht gemacht wie früher?« Jetzt schreit er tatsächlich, lässt von ihr ab und geht Richtung Fenster, um in die Schlucht hinauszublicken.

»Erik, die zwei hatten sie. Es war eine Frage der Zeit, bis sie es erfährt, und das, entweder an ihrem Todestag oder ihrer Wiedergeburt. Ich dachte, dass lieber du entscheiden möchtest, wann es sein soll.« Valea bleibt, wo sie ist, und wartet eine Reaktion ab.

Erik nimmt sich Zeit zum Nachdenken. Die Landschaft, die er betrachtet, liegt weit unter der Burg. Die Schatten, die sich durch das Tal ziehen, sind schon länger geworden.

Die Sonne fängt an, sich auf ihren Schlaf vorzubereiten und dem Mond Platz zu schaffen. Bald würden die dunklen Flecken auf der Erde von rotem Licht umrahmt werden, bis sie in etwa eineinhalb Stunden ganz verschwunden sind und es Nacht wird. Valea kennt diese Aussicht genauso gut wie ihr eigenes Spiegelbild und sie weiß auch, dass, wenn er mit Luna reden will, dies am besten noch vor der Jagd geschehen sollte.

»Warum hast du die Stirling Jungs mitgebracht?«

»Godric sieht sie als Beute und Ian verhalf ihr zur Flucht. Ich musste beide mitnehmen, um die Kontrolle zu behalten. Sie sind eine Gefahr für sie und ich denke, wir sollten sie bei uns wissen, bis klar ist, wie es weitergeht«, erklärt Valea.

»Wenn das so ist, sollten wir tatsächlich alle drei unter die Lupe nehmen.« Er dreht sich zu Valea. »Ich danke dir. Bitte die Frau gleich zu mir. Ich muss sie sehen.« Er setzt sich in seinen Sessel und sieht den Flammen beim Tanzen zu.

Richtig begeistert ist Luna nicht davon, jetzt allein mit diesem Erik in einem Zimmer zu sein. Aber langsam hat sie sich daran gewöhnt, dass ihr Körper nicht mehr ihr gehört und protestieren kann sie auch nicht.

Sie nimmt wahr, dass Ian sie widerwillig anweist, mitzugehen und auch, dass er irgendwie dazu gezwungen zu sein scheint. Dennoch versteht sie nicht warum. Was bringt ihn dazu, dieser Frau so hörig zu sein, dass er ungewollt eine halbe Weltreise unternimmt?

Nachdem Valea an der Tür zu Lunas Zimmer geklopft hat, kam Ian direkt aus seinem, welches gegenüber liegt. Sie setzte Ian kurz darüber in Kenntnis, dass Luna nun zu

Erik soll, aber dieser dachte gar nicht daran, Luna alleine gehen zu lassen. Darum sind jetzt alle drei auf dem Weg durch die Burg zu diesem Erik.

Lunas Zimmer ist im vorderen Teil des Wohnturms, direkt an der Schlucht. Der Ausblick ist wunderschön und schwindelerregend zugleich, denn es geht steil nach unten, wenn man aus dem Fenster sieht. Von Lunas Raum aus gehen sie nach rechts und folgen dem Gang, bis sie am Ende in einen Flur kommen, der sich nach beiden Seiten ausstreckt. Dort sind Türen in runden Wänden.

*Das müssen die Eingänge zu den Türmen sein*, denkt Luna. Wie enttäuschend zu erfahren, dass diese lediglich Treppenhäuser sind. Die kleine Gruppe geht zwei Etagen tiefer und hält vor der rechten von zwei Türen. Valea klopft und ohne eine hörbare Reaktion von innen öffnet sie die Tür. Dann macht sie Luna Platz zum Eintreten. Ian setzt an, mit ihr mitzugehen, doch Valea versperrt ihm mit ihrem Arm den Eintritt.

»Danke, dass du Luna begleitet hast, Ian. Doch dieses Treffen ist nicht für dich bestimmt. In unserem Haus brauchen wir keine Aufpasser. Du bekommst sie noch vor Sonnenuntergang heil wieder.« Luna hört zunächst nur die Stimme, die zu einem Mann gehört, der gemütlich in einem Sessel sitzt.

Sie betritt das Zimmer und hinter ihr fällt die Tür ins Schloss. Langsam beginnt sie sich umzusehen. Der Raum scheint extra für solche Treffen und Unterhaltungen eingerichtet worden zu sein. Ein Feuer brennt im Kamin und zwei antik wirkende Sessel stehen davor, getrennt von einem runden kleinen Kaffeetisch, auf dem eine Tasse mit dampfendem Tee bereitsteht.

Erik erhebt sich und kommt ihr entgegen. Er ist ein wenig kleiner als Ian, aber immer noch größer als sie. Seine hellbraunen, fast schon blonden Haare sind zurückgekämmt und sehr ordentlich. Leuchtende, saphirblaue Augen blicken sie freudestrahlend an. Sie wirken so unnatürlich und wunderschön wie die von Valea. Mit einer ausgestreckten Hand begrüßt Erik seinen Gast.

»Willkommen Luna. Ich hoffe, du hattest eine angenehme Reise. Ich kann es gar nicht erwarten, dich kennenzulernen.« Er ist wirklich aufrichtig freundlich, doch als er näherkommt, wirkt er zunächst etwas verwirrt. Dann scheint er des Rätsels Lösung gefunden zu haben. »Natürlich, du bist noch nicht wieder du selbst. Setzt dich, das haben wir gleich.«

Sie setzt sich in einen der Sessel und Erik nimmt auf dem anderen zu ihrer Linken Platz. Ihr zugewandt flüstert er: »Du bist frei.«

Augenblicklich fängt Luna an zu lachen. Es klingt gemein, verbittert und fast ein wenig, als hätte sie den Verstand verloren. Nur einen Bruchteil einer Sekunde später springt sie erschrocken auf und hält sich den Mund zu. Sie braucht einen Moment, um zu begreifen, was gerade geschehen ist.

Sie hat die Gewalt über ihren Körper wieder zurück. Die Freude hält nicht besonders lange, denn die Wut rollt wie eine Lawine einfach über sie hinweg und begräbt sie unter sich.

»Was ist das hier für eine Scheiße? Ich werde entführt, mit Drogen vollgepumpt und jetzt soll ich hier mit dir freundlich Tee trinken? Geht's noch? Mir fallen gar nicht genug Schimpfworte ein, um zu beschreiben, wie abgefuckt das Ganze hier ist! Was willst du von mir?!«

Luna steht vor dem sitzenden Erik, der mit großen Augen dem Spektakel vor sich zusieht. Es macht sie rasend. Er sieht sie an wie ein Kind, das gerade einen Regenwurm durchtrennt hat und begeistert ist, dass beide Seiten weiterzucken.

*Diese Reaktion ist mal was Neues. Sie scheint sich zu erinnern,* vernimmt Luna eine Stimme, als wäre sie in ihrem Kopf.

»Wer hat das gesagt?« Sie dreht sich geschockt um. Beim Betreten des Zimmers hat sie niemand anderen gesehen. Auch jetzt findet sie niemanden außer Erik hier drin. »Ich wusste, ich würde bleibende Schäden davon behalten. Was habt ihr bloß mit mir gemacht?« Luna setzt sich wieder hin. Die Hände im Gesicht verborgen. Sie will nicht weinen, doch sie steht kurz davor. Das ist zu viel. Jetzt kann sie sich zwar bewegen, hat aber Stimmen in ihrem Kopf, die nicht ihre Eigenen sind.

»Du hast das gehört? Du kannst die Gedanken empfangen? Das ist wirklich faszinierend.« Erik lehnt sich vor und berührt ihren Arm, als würde er sie ermutigen, ihn wieder anzusehen. »Bitte, gib mir die Chance, dir etwas zu erzählen. Es wird dir sicher viele Fragen beantworten. Du hast keine Schäden erlitten und dir wird hier auch kein Leid widerfahren. Ich möchte dir eine Geschichte erzählen und nach einer kurzen Bedenkzeit, wirst du wieder frei sein, alle deine Entscheidungen selbst zu treffen. Schenkst du mir also bitte ein paar Momente deiner Aufmerksamkeit?«

Sie sieht ihn an, lässt es zu, dass er ihre Hand hält, und bleibt still. Die Wärme des Kamins tut ihr gut. Es ist beruhigend, dem Knistern zu lauschen.

*Was soll's? Ich habe eh keine andere Wahl.*

Luna atmet tief ein und dreht sich zu Erik um, der ihr schon zunickt, als hätte er gehört, was sie denkt. Sie hat nichts gesagt, als er mit: »Schön. Danke«, antwortet.

»Ich muss dich noch bitten, unvoreingenommen zuzuhören. Einiges wird komisch klingen oder gar erfunden. Hör einfach zu, würdest du das tun?« Luna nickt und sieht erneut in die Flammen. Wenn es das ist, was sie tun muss, um hier wegzukönnen, dann ist sie mehr als bereit, seine Gute-Nacht-Geschichte anzuhören.

»Wie du in den letzten Tagen leider erfahren musstest, gibt es mehr Magie auf der Welt, als den Menschen bekannt ist. Du wurdest mittels Gedankenkontrolle manipuliert. Normalerweise erinnern sich Menschen nicht daran. Da du aber gerade aufgesprungen bist und von Entführung gesprochen hast, ist das bei dir wohl anders.«

»Pff, kann man wohl sagen«, unterbricht Luna ihn. Die Worte triefen nur so vor Sarkasmus.

Erik lässt sich dadurch aber nicht ablenken und fährt fort.

»Das ist höchst ungewöhnlich und verstärkt daher meine Vermutung, dass du Familie bist.«

»Wie bitte? Wie kommst du denn darauf? Ich denke, ich kenne meine Familie ganz gut, danke!« Luna ist dieses Gerede jetzt schon zu blöd.

»Am Ende der Geschichte wirst du wissen, wie ich darauf komme und Zeit haben, darüber nachzudenken. Als ich noch sterblich war, hatte ich eine Frau und Kinder. Unser Leben war sehr einfach, aus heutigen Gesichtspunkten. Es verlangte viel harte, körperliche Arbeit, aber es war schön und harmonisch.«

»Sterblich? Wie alt, glaubst du denn zu sein?« Luna kann ihre Kommentare nicht lassen.

Erik bleibt weiter entspannt. »Wie alt? Wie alt ist die Zeit oder die Liebe oder der Hass? In Zahlen oder Worten lässt sich das nicht ausdrücken. Ich bin so alt, dass die Zeit mein Vater sein könnte und Eltern lassen ihre Kinder nicht sterben. Aber hör mir zu und du wirst die Möglichkeit erhalten zu verstehen. Heute weiß ich, wir lebten auf einer Insel im hohen Norden. Sie war nicht zu bewirtschaften und daher waren wir Männer oft draußen, auf den rauen Felsen vor den Klippen, und jagten Robben und Füchse.

Die Frauen hielten die Häuser in Ordnung, die durch die starken Winde oft erneuert werden mussten. Die

Kinder sammelten Kräuter, Moose und Flechten oder spielten im Dorf. Der Gedanke an diese Zeiten erinnert mich daran, wie es war, diese Wärme im Herzen zu spüren. So wie ich sie nun spüre, wenn ich dich sehe. Aber ich schweife ab. Nun, es kam der Tag, da kamen zwei Schiffe. Damals erschraken wir vor den großen Holzungeheuern, die auf dem Wasser schwebten und auf unsere Insel zukamen. Die Schiffe machten einen Bogen und verschwanden aus unserer Sicht hinter den Klippen.

Wir alle waren überzeugt, dass ein Seeungeheuer nicht an Land kommen kann. Wir glaubten an den Geist der Natur, der alles im Gleichgewicht hält. Unsere Welt war eine Insel aus Stein, Gras und Wind, inmitten von Wasser. Mehr kannten wir nicht. Was wir nahmen, versuchten wir zurückzugeben und so war es klar, dass unsere Insel uns vor diesen Ungeheuern beschützen würde. Doch wir lagen falsch. Einen Tag später, als wir Männer an den Klippen Vögel jagten, hörten wir Schreie aus unserem Dorf. Viele Schreie. Schreie, wie wir sie nicht kannten. Es waren keine Freudenschreie oder Kinder, die spielten, es waren auch keine Schreie einer werdenden Mutter.

Es waren Schreie aus der Hölle. Schreie, die keine Hoffnung mehr bargen, keinen Mut in sich trugen. Es war nur Angst und Entsetzen darin.

Wir rannten von den Klippen in Richtung des Dorfes und sahen Fremde mit glänzenden Stöcken, die auf unsere Frauen und Kinder niedergingen und sofort das Blut aus ihnen zogen. Der alles bejahende Lebenssaft, der die Seele eines jeden Lebewesens beinhaltet. Sie ergossen es über unseren Dorfboden und wir hatten nichts, das wir ihnen entgegensetzen konnten.

Noch nie zuvor wurden wir angegriffen oder führten Krieg. Wir hatten keine Waffen.

Bevor wir im Dorf ankamen, waren die Fremden wieder fort. Wir rannten, so schnell wir konnten. Im Dorf rutschten wir in dem Blut unserer Liebsten aus und krochen zu denen, die wir erreichen konnten. Schrien, trösteten, weinten …

… und wir hassten. Zum ersten Mal in unserem Leben verspürten wir Hass. So tief und zerfressend, dass wir nur noch an Rache dachten. Wir hatten keine Schwerter und Äxte, so wie sie, doch wir wurden getrieben von dem Gefühl in unseren Körpern. Das Gefühl einer enger werdenden Macht, die sich um uns zog und uns antrieb, die Angreifer leiden zu sehen. Wir wollten ihre Schreie hören, wollten die Qualen in ihren Augen sehen, die nun in uns selbst tobten.

Wir warteten, bis es Nacht war und nutzten die Zeit, um unsere Hirten- und Wanderstöcke anzuspitzen. Wir nahmen so viele Wurfsteine mit, wie wir konnten und machten uns auf. Sie schliefen in Zelten hinter den Dünen. Betäubt von ihrem Alkohol und erschöpft, vom Vergewaltigen und Abschlachten unserer Frauen. Friedlich, denn was hatten diese dummen Bauern ihnen schon entgegenzusetzen?

Wir griffen an und rammten ihnen unsere spitzen Stäbe direkt ins Herz, in den Bauch oder in die Augen. Es war uns egal, solange die Stäbe nur tief in ihren Leibern steckten. Andere erschlugen wir mit den Wurfsteinen oder was wir eben finden konnten.

Einige wachten auf und es entstanden Kämpfe. Ich war im Rausch. Wir alle waren im Rausch. Ich wollte das Blut, das sie meiner Frau genommen hatten zurück, und trank das jener, die ich getötet hatte.

Ich hasste, ich tötete und ich trank und mit jedem Mal wurde ich stärker. Griffen sie mich mit ihren Messern und Äxten an, brach ich ihnen die Arme und riss ihnen mit den Zähnen die Kehle auf. Ich war besudelt mit Blut und im Wahn nicht fähig, aufzuhören.

Als die Sonne wieder aufging, standen nur noch wenige von uns, aber die Fremden in den Dünen waren tot. Wir feierten keinen Sieg. Wir jubelten nicht. Wir sahen uns an, als wären nun auch wir Fremde. Erschöpft und doch voller Kräfte. Die Sonne brannte ungewöhnlich stark und wir eilten zurück ins Dorf. Es war ein furchtbarer Anblick bei Sonnenschein. Alles war rot und die Leichen am Boden waren schier unzählbar. Bei unserer Ankunft spähte eine einzelne Frau aus einem Haus. Ich erkannte Valea, die beste Freundin meiner Gemahlin, sofort.

Als ich sie fragte ›Wo sind Leya und die Kinder?‹, fiel ihr Blick auf den Boden vor unserem Haus. Sie lagen dort. Im Dreck. Sie waren kaum zu identifizieren.

Lehm und Blut bedeckten ihre Kleider, ihre Haare, ihre Haut. Sie lagen dort wie ein undefinierbarer Klumpen. Leya schien sich noch über zwei unserer Kinder geworfen zu haben, doch jetzt regte sich nichts mehr. Sie haben sie abgeschlachtet. Alles war verloren. Ich konnte es mir nicht genauer ansehen. Nachdem ich mich übergeben habe, half ich den anderen, die Leichen wegzubringen. Um meine eigene Familie konnte ich mich nicht selbst kümmern. Ich war nicht in der Lage, die Liebe meines Lebens und unsere wunderschönen Kinder so zu sehen. Geschweige denn, anzufassen. Wir hatten nicht alle Leichen finden können, auch die unseres ältesten Sohnes nicht.

Wir brannten das Dorf nieder und gingen zurück zu den Klippen. Jeder dort hatte alles verloren. Der Hass war nur noch unterschwellig im hinteren Teil unserer Rachen zu spüren. Wie das Pochen einer Entzündung. Viel schlimmer war die Trauer, die sich lähmend über unsere Herzen legte.

Wir wollten zu unseren Familien zurück und uns mit der Natur vereinen. Dieses Gefühl war nicht auszuhalten. Es drängte uns, dem Ganzen ein Ende zu setzen. Wie es Tradition war, vermischten wir das Blut des Opfers, das wir darboten und tranken es. Dieses Mal war es kein einzelnes Opfer, sondern wir boten uns alle dar.

Wir schlitzten unsere Handflächen auf und ließen das Blut in die Holzschüssel fließen. Dann reichten wir die Schüssel rum. Der Rest wurde dem Wind, dem Meer und den Inseln übergeben. Unsere letzten Momente verbrachten wir an den Klippen und sahen der Sonne zu, wie sie im Ozean unterging. Mit dem letzten Sonnenstrahl nahmen wir uns an den Händen. Valea und ich und die beiden Gefährten, die den Kampf zusammen mit mir überstanden hatten. Dann ließen wir uns fallen.«

»Das wäre ein schöner Kinofilm. Aber wenn das wahr wäre, würdest du wohl kaum hier sitzen und Valea hätte mich nicht entführt. Abgesehen davon klingt das ganz nach einer Eroberung der Wikinger in Nordeuropa. Ich denke nicht, dass ihr die hättet besiegen können. Darüber hinaus, wärst du dann wirklich fast so alt wie die Zeit«, spottet Luna.

»Du bist so ungeduldig. Es war irgendwann zwischen 874 und 930 und es waren tatsächlich Wikinger aus Norwegen. Meine Heimatinsel ist eine der vorgelagerten Inseln vor Island. Welche kann ich heute gar nicht mehr sagen. Willst du gar nicht wissen, wie es weiterging?«

»Aha. Ich gehe davon aus, dass ihr untergegangen und gestorben seid«, erwidert Luna, wenig amüsiert.

»Ja und Nein«, antwortet Erik, seine Geschichte fortsetzend. »Wir sind untergegangen und gestorben. Und doch sind wir nicht tot. Wir vier kamen auf dem Strand an Land, an dem zuvor die Fremden ankamen. Es war Nacht und dennoch taghell. Es war still und wir konnten dennoch das Trommeln von Herzschlägen hören. Schwach und doch ganz klar. Wir waren alle vier wieder dort und ohne es zu merken, folgten wir dem Duft des vielen Blutes.

Jeder von uns fand noch lebende, schwer verwundete Fremde von der Schlacht in der Nacht zuvor. Ohne darüber nachzudenken, ohne sich bewusst zu sein, was wir taten, knieten wir uns neben die Sterbenden. Angezogen von den rhythmischen Geräuschen, die das Herz und das Rauschen des Blutes in den Adern verursachte. Wie hypnotisiert folgten wir diesem Klang, bis wir es an den Lippen spüren konnten. Das Klopfen.

Es fühlte sich an, als wollte es in uns hinein, wir öffneten die Münder und vereinten das Trommeln mit dem Rauschen unseres eigenen Blutes. Wir tranken, bis nicht ein einziger Tropfen mehr herauszusaugen war. So wurde ich zum Vampir. Durch Blutrausch und Hass.«

Er macht eine lange Pause und beobachtet Luna. Die allerdings sitzt recht unberührt da. Die Hände vor der Brust verschränkt, in den alten Ohrensessel zurückgelehnt, die Beine überschlagen, die Augen hart und kalt.

*Sie ist echt taff, die Kleine,* hört sie Erik sagen. Dass sein Mund sich nicht bewegt, schiebt sie als Einbildung auf ihre eigene Erschöpfung.

»Nenn mich nicht so«, raunt Luna in einem recht herablassenden Ton. »Du willst mir also erzählen, dass du Dracula von einer Insel bist. Also ein uralter Vampir? Anschließend bist du, wahrscheinlich auf dem Rücken eines Drachen, von dort fortgeflogen. Mit Valea natürlich.«

»Nein, Drachen gibt es nicht. Wir nahmen eines der Schiffe. Das andere war schon weg, aber wir kümmerten uns wenig darum. Dabei war es so ein wichtiges Detail. Zumindest für mich. Mit Glück und Wind kamen wir völlig ausgehungert auf dem nordischen Festland an. Ein treuer Freund wurde auf der Fahrt wegen des Hungers wahnsinnig und sprang in die See.

Wir anderen konnten uns irgendwie beherrschen. Das Schiff lief Tage später auf einer Sandbank an einem Strand auf, weil keiner von uns Ahnung von Schifffahrt hatte. Unseren Hunger stillten wir anschließend nachts in den engen Gassen des nächsten Hafens.

Dort hörten wir die Menschen bei der Arbeit am Kai und auf den Märkten davon reden, dass eine Truppe ihrer Leute auf einer Insel überfallen wurde. Nur drei Normannen hatten überlebt und brachten eine Inselfrau und zwei Kinder mit. Ich folgte den Gerüchten zu der Hütte, in der die Sklaven gehalten wurden und sah, dass eines dieser Kinder mein ältester Sohn war. Valea hielt mich im letzten Moment zurück, sonst hätte ich mich ihm gezeigt.

Doch sie hatte recht. Wir waren Monster. Nachts saugten wir Menschen wie ihn blutleer. Ich hätte ihn in Gefahr gebracht. Daher beobachtete ich ihn lange, aber unsere Ungeschicklichkeit mit der neuen Blutgier zwang uns zum Weiterziehen. Sowohl Valea als auch ich kamen immer wieder zurück.

Wir behielten ihn und seine Nachkommen im Auge. Erst die großen Weltkriege und die Schnelllebigkeit des 20ten und 21ten Jahrhunderts wurden so unübersichtlich, dass ich die Spur verlor. Zum Glück hat sie dich erkannt. Deine Augenfarbe ist dunkler und du bist etwas größer als sie, aber sonst siehst du aus wie Leya. Meine wunderschöne Frau.«

»Du denkst also ernsthaft, du bist Dracula und ich bin die Wiedergeburt deiner Frau?« Luna weicht Erik instinktiv aus. Sie hat sofort Horrorvorstellungen von einer Zwangsheirat mit diesem Irren. Diese Geschichte gefällt ihr gar nicht.

»Wie unhöflich von mir. Ich bin nicht Dracula.« Er lacht kurz auf. »Du hast es sicher schon von den anderen gehört, aber mein Name ist Erik Ingólfsson. Über Dracula können wir uns später unterhalten. Der bin ich nicht, aber er ist ein feiner Kerl. Und ja, ich denke, du bist Blut von meinem Blut. Nicht meine auferstandene Frau oder sowas, sondern mein Nachkomme. Ich könnte es überprüfen, aber dazu kommen wir zu einem späteren Zeitpunkt und nur, falls du mir Glauben schenkst. Hast du noch nie etwas erlebt, was dir einen Hauch vom Glauben an Vampire oder Monster oder Geister gegeben hat? Hattest du noch nie eine Begegnung mit dem Tod? Abgesehen von Valea und ihren Freunden?«

Luna stockt der Atem: *Begegnung mit dem Tod*. Das hat sie nun schon mehrfach gehört. Von Ian oder von Rick.

*Oder haben beide es gesagt?*

Unwillkürlich kommen ihr die Bilder von dem Vorfall in der Höhle wieder in den Sinn.

*Gibt es solche Geschöpfe? Ist es wirklich möglich? Habe ich mir den Mann in der Höhle doch nicht eingebildet?*

Lunas Gedanken kreisen so schnell, dass dieser Keim Hoffnung schon fast wieder Feuer fängt. Ihre Gesichtszüge entgleisen und Erik schaut dem Spiel der Muskeln in ihrem Gesicht zu.

»Wie ich sehe, weißt du bereits. Du musst nur noch glauben.« Seine Worte sind wie eine Melodie im Wind. Sie kann sie fast auf der Haut spüren. Und sie weiß, dass sie es weiß. Aber sie kann es nicht glauben.

*Oder? Kann ich so etwas glauben?*

»Also ich glaube, das ist genug für heute. Geh zurück zu Valea und den anderen. Frag sie, was du wissen willst. Wir treffen uns morgen wieder. Ich freue mich schon darauf, Luna.« Mit diesen Worten steht er auf, elegant und gewandt, wie ein Schatten. Er hält ihr die Hand hin, um ihr aus dem Ohrensessel zu helfen, doch sie denkt nicht daran, ihm entgegen zu kommen oder ihm zu gestatten, sie anzufassen.

»Danke, ich schaffe es noch alleine aus einem Sessel. Bis morgen.« Sie klingt so ärgerlich, wie sie sich fühlt. Erst erzählt er ihr ein unendlich langes Märchen, dann verwirrt er sie und jetzt schmeißt er sie einfach raus.

*Was denkt er eigentlich, wer er ist? … Ein uralter Vampir … Kann es sowas geben?*, diskutiert Luna mit sich selbst, während sie auf dem Weg in ihr Zimmer ist.

# Kapitel 15

Valea deutet mit der rechten Hand in Richtung einer Tür auf der anderen Seite des Flures. Ian nimmt die Geste zur Kenntnis und öffnet sie. Dahinter ist eine Art Bibliothek mit alten dunkelbraunen Bücherregalen an den Seitenwänden.

In der Mitte des Zimmers steht ein niedriger, länglicher Tisch mit jeweils einem Zweisitzer links und rechts, und Sessel an beiden Kopfenden. Hinter den Couchmöbeln befinden sich hüfthohe Anrichten, auf denen sich Zigarren, ein paar Kristallflaschen gefüllt mit einer roten Substanz und passende Gläser aneinanderreihen. Godric, der es sich bereits bequem gemacht hat, greift nach einer Flasche und gießt sich etwas von der Flüssigkeit ein.

»Darf ich annehmen, dass das Blut ist?«, fragt er und lächelt Valea entgegen.

»Darfst du. Es ist Blut versetzt mit EDTA, um die Gerinnung zu verhindern, und etwas Whiskey ist auch drin. Also Vorsicht. Ich weiß ja nicht, wie lange du schon keinen Alkohol mehr getrunken hast.«

Valea findet selbst, das sie angespannt und spießig klingt. Sie weiß, dass beide ungehalten sind, da sie die letzten 700

Jahre nicht erwähnt hat, dass es diesen Ort oder andere Vampire auf der Welt gibt.

Ian stößt genervt Luft aus, als er Godric sieht, nimmt dann aber wortlos gegenüber von ihm auf der Couch Platz. Valea positioniert sich zwischen den beiden auf dem Sessel, der mit dem Rücken zur Tür steht.

»Ich hatte keinen Alkohol mehr, seit ich das Mädel in dem Salsa Club mit an den Strand genommen habe. Erinnerst du dich, Ian? Das waren noch schöne Zeiten mit dir.« Er prostet Ian zu und nimmt einen Schluck aus dem Glas. Der durchbohrt ihn mit seinem Blick und sagt kein Wort.

»Okay, ihr zwei. Ich denke, ich bin euch eine kleine Erklärung schuldig.« Valea richtet ihre Aufmerksamkeit abwechselnd auf die Männer im Zimmer. Doch während Godric sie amüsiert und neugierig ansieht, ist Ian immer noch auf sein Gegenüber fixiert und hat sichtlich Mühe, nicht anzugreifen.

»Ian, es reicht! Sieh mich gefälligst an, wenn ich mit dir rede«, fordert Valea ihn auf.

»Erzähl deinen Stuss deinem Liebling da. Mich interessiert nur, was mit Luna ist.« Widerwillig nimmt er seinen Blick von Godric und wendet sich Valea zu. Der Ausdruck in seinem Gesicht verändert sich keinen Millimeter.

»Was Luna angeht, kann ich es kurz machen. Sie ist aller Voraussicht nach Eriks Nachfahrin und er will sie kennenlernen. Alles Weitere dazu kann dir nur er selbst beantworten.« Valea setzt an, weiter zu erzählen, aber Godric kommt ihr zuvor.

»Sie ist was? Der Erik, von dem du mir erzählt hast? Der genauso alt und mächtig ist wie du?« Schallendes Gelächter folgt, bevor er weiterreden kann. »O Mann Ian, da hast du dir ja eine Geliebte ausgesucht. Kein Wunder, dass ich sie auch heiß finde. Vielleicht können wir ja mal teilen? Was meinst du?«

Ian springt auf und mit erhobenen Armen auf Godric zu. Valea braucht nur eine Armbewegung, um ihn aufzuhalten – als würde sie eine Fliege zu Boden schlagen. Ian wird so heftig zurück auf die Couch befördert, dass diese mitsamt dem dahinter liegenden Schrank weggedrückt wird.

»Ruhe jetzt! Diese Sticheleien ermüden mich«, befiehlt Valea.

»Du bist doch nur enttäuscht, dass Godric jetzt nicht mehr dich allein anhimmelt.« Ian funkelt sie an. Er spielt mit dem Feuer. Es hat bisher immer gut harmoniert zwischen den dreien. Klar liebt sie Godric und sein grausames Wesen, doch auch Ian war in ihren Augen ihre Schöpfung und sie hat immer versucht, gut zu ihm zu sein. Doch dass Godric jetzt dermaßen auf Luna fixiert ist und Ian anscheinend ebenso, nervt sie mehr, als sie jemals zugeben würde. Er sollte sich also langsam zügeln, wenn er die nächsten Tage noch erleben will. Ihre grünen Augen beginnen zu glitzern wie kleine Smaragde.

Ian läuft rot an. Er fängt förmlich an zu dampfen.

*Das war`s jetzt. Ich habe es zu weit getrieben. Luna …*

»Blegh.« Valea schüttelt sich, als sie seine Gedanken hört und das Leuchten lässt nach. »Wenn ich den Namen jetzt noch einmal in diesem Raum hören muss, werden eure Köpfe explodieren. Verstanden?«

Ian, dessen Muskeln durch die Erleichterung der nachlassenden Hitze wieder erschlaffen, stützt sich nach vorne auf seine Beine und nickt stumm. Godric, dem der Mund vor Begeisterung des Spektakels weit offen steht, starrt Ian neugierig an und nickt ebenfalls.

»Na endlich. Ich würde gerne damit anfangen, euch zu erklären, wo wir hier sind. Castelul Umbrelor ist eine Zufluchtsstätte für Vampire, die einen Neustart brauchen. Alle integrierten Vampire müssen in regelmäßigen Abständen ihr Leben neu erfinden. Sobald man merkt, dass sie nicht altern, wird es Zeit zu gehen. Das ist heute viel schwerer als früher. Damals zog man ein paar Städte weiter und keiner kannte einen, keiner hatte den Namen schon mal gehört … aber das kennt ihr ja. Heute gibt es Facebook, Google und Co. Man gibt den Namen ein und wenn man nicht aufgepasst hat, kommt sofort ein Bild von einem auf den Bildschirm, mit Datum und Ort und allem, was die Leute wissen wollen. Die Integrierten kommen also hierher. Meistens nachdem sie ihren Tod vorgetäuscht haben. Wir haben ein paar Internet-Cracks in unseren Reihen. Sie helfen, die ungewollten Rattenschwänze zu löschen, die man hinter sich hergezogen hat, und verhelfen einem zu einer neuen Identität. Neuer Name, neue Familiengeschichte, wenn man will, auch einen Beruf.

Einige schmieden in der Zeit Pläne, wie sie Politik oder Wirtschaft beeinflussen wollen. Andere sind gute Wissenschaftler und tüfteln an innovativen Ideen, die sie an die Universitäten bringen. Die Nächsten sind eher normal geblieben. Paare, die einfach irgendwo neu anfangen werden. Ich habe euch nie von diesem Ort erzählt, weil ihr ihn nicht gebraucht habt. Ihr habt es geschafft, auf altmodische Art in der Neuzeit weiterzuleben. Ihr wart unauffällig und strategisch erfolgreich.

Jedes Mal, wenn ich euch besucht habe, war es wie eine Reise in die Vergangenheit. Wisst ihr, es gibt wenige Vampire, die es so lange ausgehalten haben wie wir.«

»Ich wollte sterben! Und du hast mich nicht gelassen«, brüllt Ian ihr empört entgegen.

Das ist eine Einladung für Godric, sich einzumischen. »Lass uns in den Wald gehen und ich erfülle dir endlich diesen Wunsch.« Valea und Ian ignorieren ihn, jedoch nicht ohne, dass sie ihm einen genervten Blick zuwirft.

»Ja, Ian, du sagtest das … oft, und doch hast du immer neue Sachen ausprobiert, um dich umzubringen, obwohl du weißt, dass es nicht funktionieren wird. Du hast Neugier in dir. Einen kleinen Entdeckergeist, der nur von jemandem geweckt werden musste. Ich beobachtete dich die letzten Jahrzehnte sehr genau.

Denn es hätte schnell umschlagen können. Aber ich war froh, dass ich recht behielt. Zumindest solange ihr zwei euch verstanden habt und ich noch nicht wusste, dass es Luna sein würde, die dir Lebenswillen schenkt. Ihr beide habt die ganze Zeit wirklich gut zusammen funktioniert und uns nie Ärger gemacht. Anders als die Vampire, die nicht mit der Unendlichkeit klarkommen. Sie wissen nach einigen Jahrzehnten oder Jahrhunderten nichts mehr mit sich anzufangen. Sie waren unkreativ oder einfach müde davon, sich neu zu erfinden.

Manche wollten den Fortschritt nicht hinnehmen oder hatten ihre Begleiter verloren und wollten nicht mehr ohne sie sein. Traurige Vampire, wie du Ian, sind kein Problem. Vampire, die dem Wahn verfallen oder zu aggressiv werden durch ihre Unzufriedenheit, erlösen wir. Auch heute wollen wir keine Aufmerksamkeit um uns haben, genauso wenig wie damals im Mittelalter.«

Nach Verständnis in den Gesichtern der beiden Männer suchend, die sie schon so lange kennt, macht Valea eine Pause. Ian ist in Gedanken versunken.

*Luna.*

Valea verzieht unmerklich den Mundwinkel, als sie den Namen doch schon wieder hört und lenkt ihre Aufmerksamkeit mehr auf Godric. Dieser ist gerade dabei, eine Zigarre mit einer Guillotine anzuschneiden, um sie anschließend zu rauchen. Er steckt sie an und pafft zwei, drei Mal, ehe er sich zurücklehnt und den Blick erwidert.

»Das heißt, du warst immer nur bei uns, wenn du sehen wolltest, ob Ian Blödsinn anstellt. Du hast uns nichts von diesem Ort erzählt, damit er nicht auf dumme Gedanken kommt und am Ende bekommt, was er will? Jetzt fühle ich mich doch glatt etwas von dir benutzt.« Wieder nimmt er einen Zug von der Zigarre und bläst einen Ring in Richtung Ian.

»Ja und Nein. Ich kam, um nach dem Rechten zu sehen, und weil die meisten hier nicht mehr klassisch jagen. Sie manipulieren, nehmen unauffällig, was sie brauchen und gehen ohne zu töten. Man könnte sagen, die Leute hier sind alle spießig. Ich komme also auch, weil ich mit dir am allermeisten Spaß habe, mein Lieber. Und ich habe dich sehr, sehr gerne benutzt.« Ihre Augen funkeln bei diesen Worten und Godric lehnt den Kopf nach hinten, schließt die Augen und genießt, was immer er in seinen Gedanken zu sehen oder zu fühlen bekommt.

»Oh bitte, nehmt euch ein Zimmer! Ich habe genug gehört. Viel Spaß euch!« Ian ist noch nicht ganz an der Tür, da entkommt Valea schon das Knurren der Erregung. Godric wartet ebenso wenig.

Er steht auf, legt seine Zigarre im Aschenbecher ab und stellt sich vor Valea. Sie steht ebenfalls auf und versucht, ihn drohend anzusehen. Sie kann dies zwar ohne Frage sehr gut, doch in diesem Spiel will sie es gar nicht. Sie weiß, dass Godric es ohne ihre Zauberkräfte niemals ernst nehmen würde.

Er lächelt sie mit dem überheblichen Lächeln eines Raubtiers an und packt sie an der Kehle. Valea entkommt nur ein ersticktes Geräusch der Erregung, bevor Godric sie heftig küsst und sie mit einer Drehung auf die Couch wirft.

Nur für sich denkt sie: *Endlich. Das hier kannst du mit der kleinen Luna nicht machen. Das machst du nur mit mir!*

# Kapitel 16

In Gedanken versunken, öffnet Luna die Tür zu ihrem Zimmer. Die Geschichte und die Behauptungen über Vampire hallen noch in ihrem Kopf nach. In den Gängen ist es düster und nur gedämpfte Lichtstrahlen der Wandspots erhellen die steinernen Mauern.

Sobald sie jedoch ihre Tür öffnet, sieht sie an der Wand zu ihrer Linken die cremefarbenen Schals, die um die drei Fenster hängen. Blumen mit weißen und lilafarbenen Blüten der Edelfliederhecken aus dem Garten stehen auf den Fensterbänken.

Hängepflanzen fließen die Mauern zwischen den atemberaubenden Aussichten hinunter. Diese enden in einem runden Standerker, in welchem sich ein Kamin befindet.

Das Türmchen in der äußeren Ecke des Wohnturmes ist kein Treppenturm, wie die anderen, sondern ein Kaminschacht.

Erst als Luna, mit der noch offenen Tür in der Hand, den Raum betritt, sieht sie Ian auf ihrem Bett sitzen.

Er will sie nicht erschrecken und regt sich deshalb nicht, als er sie kommen hört. Nun steht er auf, während er zu ihr spricht: »Ich habe mir Sorgen gemacht und musste hier auf dich warten. Wie geht es dir? Was wollte dieser Erik von dir? O Gott, Luna, es hat sich angefühlt wie eine Ewigkeit, hier zu sitzen, ohne zu wissen, wie es dir geht.«

Er kommt auf sie zu und will sie in den Arm nehmen, doch sie stößt ihn weg. Damit hat er nicht gerechnet, denn er hat ihre Manipulation noch nicht aufgehoben.

»Was ist los? Wieso tust du das?«

»Wieso ich das tue? Willst du mich verarschen? Du hast mich entführt und mir was weiß ich für Drogen gegeben! Jetzt willst du, dass ich dich in den Arm nehme? Ich habe Neuigkeiten für dich! Ich bin wieder selbst Herrin meiner Bewegungen, du Arschloch! Und jetzt verschwinde aus meinem Zimmer!« Ihre Stimme ist mit Sicherheit, auch für nicht Vampir-Ohren, bis auf den Hof zu hören.

»Ich … Luna … Ich …«, Ian weiß nicht, wo er ansetzen soll. Wie soll er ihr erklären, was passiert ist. Warum er tun musste, was er getan hat, obwohl er es nicht wollte. Valea oder Erik müssen die Manipulation aufgehoben haben. Aber wieso?

*Kann Erik das überhaupt? Er ist nicht in meiner Blutlinie. Warum ist ihr bewusst, dass sie manipuliert wurde?*

»Moment. Du kannst dich erinnern?«

»Enttäuscht dich das jetzt? War die Wirkung der Drogen anders gedacht?« Tränen steigen in ihre Augen.

»Ich habe dir vertraut, du mieser Penner. Jemand Fremdes wie Erik, musste mir helfen, damit ich mich wieder frei bewegen kann.« Ihre Hand spannt sich an. Dann holt sie Schwung. Während sie einen großen Schritt auf Ian zumacht, geht ihr rechter Arm erst etwas zurück. Sie übernimmt das Momentum aus den Beinen, um mit der Faust in einem sauberen Haken nach vorne zu schnellen.

Ian packt den Arm am Handgelenk und ist innerhalb einer Millisekunde so nah an ihrem Gesicht, dass er die Wärme ihres hasserfüllten Atems auf seiner Wange spüren kann.

Er ist direkt vor diesen drohenden, nach unten gezogenen Augenbrauen, den tief dunkelbraunen, fixierenden Augen und dem zusammengepressten Mund. Es lässt sich lediglich erahnen, wie angespannt ihre Kiefermuskeln jetzt sein müssen. Ian bleibt so, bis er beobachten kann, wie ihr Gehirn ihr die Veränderung meldet. Ihr mitteilt, dass er sich viel zu schnell bewegt und nun die Oberhand gewonnen hat.

Die Augenbrauen verlassen ihre drohende Haltung und erheben sich so hoch, wie die Muskeln es zulassen. Ihre Augen weiten sich, sodass das Braun darin heller zu werden scheint, eine kleine Träne entkommt ihrem Augenwinkel und ihr Mund öffnet sich zu einem leichten ›Oh‹. Dann ist die Zeitlupe vorbei und Ian bewegt sich wieder genauso schnell wie die Welt um ihn herum. Luna macht einen Schritt nach hinten und stolpert über ihre eigenen

Beine. Ian fängt sie mit einer Hand an der Hüfte auf. Die andere hält weiterhin ihr Handgelenk fest. Sein Gesicht immer noch ganz nah an ihrem spricht er mit einem leisen Knurren in seiner Stimme: »Diesen Kampf kannst du nicht gewinnen.«

Ihre Pupillen weiten sich noch ein bisschen mehr und sie wendet sich von ihm ab, doch er hat schon längst bemerkt, was sie versucht zu verstecken. Egal wie sauer sie auf ihn zu sein scheint, sie ist erregt und Ian hat selbst einige Mühe, seine Zähne unter Kontrolle zu behalten.

*Dieser Duft!*

Sie riecht süßer als die frischen Blumen in diesem Zimmer. Sie riecht nach Salz. Nach den Mineralien in ihrem Schweiß, den sie nun vor Anstrengung durch den Hass und die Angst produziert und nach dem süßsauren Geruch ihrer Erregung, dessen Geschmack er von ihrer gemeinsamen Nacht immer noch lebhaft auf der Zunge hat. Er reißt sich zusammen und führt sie an die Sitzgelegenheit, neben der Tür.

»Setzt dich. Ich will mit dir reden. Ich will mich entschuldigen und ich will, dass du mir, verdammt nochmal die Chance gibst, mich zu erklären.«

Ihre Stimmbänder sind von dem Geschrei so gespannt, dass sie schon Angst hatte, sie würden durchreißen. Noch vor wenigen Stunden hätte sie nichts mehr gewollt, als seine starken Arme um sich zu spüren.

Doch jetzt macht sein bloßer Anblick sie so rasend, dass sie ihn am liebsten in Stücke reißen würde. Wäre sie dazu in der Lage, würde sie ihm zuerst die Beine brechen. So richtig laut soll es knacken. Dann müsste er dort verweilen, wo sie ihn hinsetzt. So wie er es mit ihr gemacht hat. Und dann …

Unwillkürlich kommt ihr die Nacht mit ihm in den Sinn. Die Erinnerung daran, wie sie ihn berührt hat, drängt sich auf, während er jetzt vor ihr steht. Das Vibrieren seiner Stimme, das sie spürt, als er sie festhält und ihr ins Ohr knurrt, geht ihr den Hals entlang über ihre Brustwarzen zum Bauchnabel und von dort direkt in ihren Schritt.

Die Gänsehaut ist wie eine La-Ola-Welle für den Feind. Sie will ihn hassen und kämpft gegen den Drang, ihn genau jetzt küssen zu wollen.

In ihrem inneren Zwiespalt spannt sie ihren ganzen Körper an und schaut zur Seite, in der Hoffnung, dass er die Erregung nicht bemerkt, die er gerade ausgelöst hat. Nachdem sie eher unsanft auf den, zum Glück, gepolsterten Stuhl geplumpst ist, setzt sie an zu protestieren. Dann hält sie sich jedoch zurück.

Dieses Gefühlschaos ist sehr anstrengend und sie merkt, wie ihr Körper immer mehr Energie benötigt, um die Spannung der Muskeln aufrechtzuerhalten. Der Seufzer, den sie ausstößt, während sie den Widerstand aufgibt und sich gegen die Rückenlehne stützt, fühlt sich an, als hätte sie ein Kettenhemd fallen lassen.

»Bitte sehr! Ich habe ja anscheinend eh keine andere Wahl. Sag, was du sagen willst und dann verschwinde!« Trotzig und keck sitzt sie auf ihrem Stuhl und funkelt ihn mit ihren dunklen Augen an.

»Zuerst möchte ich, dass du weißt, dass das alles hier nicht meine Idee ist. Ich wollte Mexiko so schnell wie möglich mit dir verlassen, um all dem hier zuvorzukommen. Ich bin auf deiner Seite und tue, was ich kann, um dich zu beschützen. Auch möchte ich betonen, dass dir niemand Drogen verabreicht hat.«

Während er mit ihr spricht, setzt Ian sich auf die Bettkante gegenüber von Luna. Diese schnalzt verächtlich und weicht seinem Blick aus.

»Es ist schwer zu erklären, aber ich hatte keine andere Wahl, als Valeas Anweisungen zu befolgen. Sie ist sehr gefährlich. Für uns alle. Was ich mit dir gemacht habe, ist eine Art Hypnose. Wir nennen es Manipulation. Normalerweise können sich die Personen, die manipuliert werden, nicht mehr daran erinnern, dass das mit ihnen geschehen ist oder daran, was in der Zwischenzeit passiert ist. Aber ich habe schon im Zug, als du aufgeschreckt bist, bemerkt, dass etwas bei dir anders zu sein scheint.«

»Normalerweise? Wie oft machst du das denn mit Menschen? Und wie hast du das bitte angestellt?« Sie ist nicht zufrieden mit dem, was sie hört.

Es erklärt rein gar nichts. Genauso wie bei Erik.

»Wir ... Ich habe ein Talent dafür. Es gibt ein paar ... Personen mit dieser Fähigkeit.« Er stockt beim Sprechen. Offensichtlich ist er nicht sicher, was er ihr preisgeben soll.

»Ein paar Personen? Oder Vampire, ja? Kommst du mir jetzt auch mit diesem Quatsch?« Für den Bruchteil einer Sekunde sieht Ian völlig entsetzt aus. Er fängt sich zwar schnell wieder, doch Luna kann nicht anders, als zu glauben, sie hätte sein dunkelstes Geheimnis gelüftet.

*Sind hier alle verrückt?*

Ian nimmt sich etwas Zeit, bevor er fragt: »Was hat Erik dir erzählt?« Der Ärger in seiner Stimme macht sich durch ein unterschwelliges Knurren beim Sprechen bemerkbar und er fängt an, auf dem Bett vor und zurück zu wackeln. Kurz darauf steht er auf und läuft zwischen ihr und dem Bett auf und ab.

*Er sieht aus wie ein unruhiges Raubtier in einem Käfig,* denkt Luna erschrocken.

Es wirkt, als wäre er dabei, die Fassung zu verlieren, als sie anfängt zu sprechen: »Er behauptet, er wäre ein Vampir. Der Erste sogar und er denkt, dass ich seine Nachfahrin bin.« Mehr sagt sie nicht. Sie beobachtet seine energischen Bewegungen, bis er plötzlich stehen bleibt

»Er behauptet ... Und was will er von dir?« Ein Klopfen an der Tür reißt die beiden aus ihrer Unterhaltung.

»Nein!«, ruft Ian unmissverständlich. Gerade als er ansetzt, auf Luna zuzugehen und ihr mehr Fragen zu stellen, geht die Tür auf. Beide drehen sich zu ihr um. Luna, die hinter dem Türblatt sitzt, kann nicht erkennen, wer dort steht, doch Ian befindet sich vor der Tür. Sein ganzer Körper spannt sich an und die Wildheit, die Luna eben schon beobachten konnte, ist wieder da.

»Ich sagte Nein! Was willst du? Verschwinde!«

»Mir ist egal, was du sagst. Valea und Erik wollen mit uns auf die Jagd. Ich könnte auf dich verzichten.« Luna erkennt die Stimme sofort und kann Ians Körperhaltung nachvollziehen.

»Bis später, Kleines«, schiebt Godric nach. Dann kann sie hören, wie seine Schritte langsam in den Treppenturm verschwinden. Ian steht immer noch vor der offenen Tür und starrt ihm reglos hinterher.

»Die Jagd?« Luna versucht, ihn wieder in die Gegenwart zu ziehen und gleichzeitig herauszufinden, was das für eine Jagd sein soll. Ian löst sich erst aus seiner angespannten Starre, als er Lunas Stimme wahrnimmt.

»Ja, ich muss los. Darf ich später wiederkommen?«, fragt Ian.

»Ich kann dich davon wohl kaum abhalten.«

Luna macht die zwei Schritte Richtung Türblatt und versteckt sich halb hinter ihm. Ian sieht sie mit einem traurigen Lächeln an und verlässt das Zimmer. Sie schließt die Tür, löscht das Licht und geht zum Fenster.

Ihre Augen gewöhnen sich recht schnell an die Dunkelheit. Das schwache Mondlicht hilft ihr dabei, die Schatten zu beobachten, die die Burg verlassen und durch den Torbogen in den schwarzen Wald verschwinden.

›*Kinder der Nacht*‹, kommt Luna in den Sinn … *Vampire! Was soll ich damit jetzt bloß anfangen?*

Draußen laufen vier weitere Schatten auf den Hof. Eine sieht zu ihr auf und sie meint, Ians Augen wie Katzenaugen das Mondlicht reflektieren zu sehen. Erschrocken zieht sie tief Luft ein und geht ein paar Schritte vom Fenster weg.

*Und wenn es nun doch wahr ist? Was wäre, wenn es wirklich wahr ist?*

Sie hat jetzt schon unnatürliches Knurren gehört und offensichtlich entweder starke Drogen intus, die sie halluzinieren lassen, oder tatsächlich Valeas leuchtende Augen und anschließend eine verzauberte Burg gesehen.

Das Bett hier fühlt sich immerhin ziemlich echt an. Niemals würde sie aus diesem dunklen Wald alleine rausfinden. Und wenn es wahr ist, dass Godric sie umbringen will? Dann wäre das wie eine Einladung, dort hinaus zu rennen.

*Abhauen kommt dann wohl nicht in Frage,* stellt sie fest. Mit diesen Gedanken dreht sie sich um und kriecht ins Bett. Es ist riesig und hoch. Genug Platz für vier Personen ihrer Statur. Die Decke und die Kissen sind federweich. Sie kuschelt sich so tief darin ein, dass sie von außen nicht mehr zu sehen ist.

Dabei kreisen ihre Gedanken weiter um die Frage, ob es möglich ist, dass solche Geschöpfe existieren. Und wenn es das ist, könnte es dann auch sein, dass sie sich den Mann in der Höhle damals nicht eingebildet hat?

In Siebenbürgen gibt es noch sehr viel Natur und Wälder. Erik erklärt Ian und Godric, dass es immer noch Brauch sei, in dieser Gegend bei Nacht zu jagen. Es ist kein Gesetz, doch viele Menschen hier wären noch sehr abergläubisch und sich bei Tag an einem Opfer zu nähren, konnte schnell zu einer Hexenjagd führen – selbst im 21ten Jahrhundert. Daher teilen sich die Vampire auf.

Manche zieht es für einen Tag in etwas weiter entfernte Städten wie Bukarest oder Râmnicu Vâlcea, die für einen der ihren zu Fuß in etwa eineinhalb Stunden zu erreichen sind.

Dort laben sie sich an mehreren Menschen und kehren so gut genährt wieder zurück, dass sie es ein paar Tage ohne Jagd aushalten. Andere sehen sie als Abwechslung und gehen täglich. Dann in nähere Städte wie Sinaia oder die Gegend um Bran, wo sich viele Touristen tummeln, um Draculas Schloss zu besuchen.

An einer Lichtung im Wald, noch nicht weit von der Burg entfernt, hält Erik an und spricht zu seinen zwei Gästen: »Bisher habe ich es versäumt, euch willkommen zu heißen. Valea hat ja mittlerweile erzählt, wozu wir diesen Ort errichtet haben und dass unsere oberste Regel der Waffenstillstand ist. Dazu gehören auch alle Menschen auf dem Anwesen. Einen ganz besonderen habt ihr selbst mitgebracht. Luna ist von meinem Blut und somit von großem Interesse für mich. Ich möchte, dass ihr wisst, dass ich beabsichtige, ihr alles über Vampire zu erzählen und ihr die Wahl zu lassen, wie sie weiterhin in dieser Welt zurechtkommen möchte. Daher bitte ich euch, auch dich, Valea, euer wahres Ich nicht mehr vor ihr zu verbergen und ihr zu antworten, sollte sie Fragen bezüglich unseres Lebensstils haben.«

»Das heißt, sie steht nun unter deinem Schutz?« Godric ist sichtlich genervt und enttäuscht, dass er seine Chance vertan hat.

»Ja, solange sie hier verweilt. Wenn sie die Burg verlässt, tut sie das nach ihrem eigenen Ermessen. Es wäre illusorisch zu versuchen, sie vor allen Gefahren der Welt zu beschützen. Ich würde dir dennoch nicht raten, sie allzu offensichtlich anzugreifen, Godric. Auch ich kann zuweilen rachsüchtig sein.«

Eriks Warnung an Godric bleibt nicht ungehört, dennoch kann Ian in seinen Augen sehen, dass er diese nicht als Anlass sieht, aufzugeben. Wenn er sich genug Zeit nimmt und Spuren verwischt, würde er sicher irgendwann seine Chance erhalten. Das gefällt Ian gar nicht.

»Und nun teilen wir uns auf, vier von uns in der gleichen Gegend, wären doch etwas zu viel des Guten. Ich schlage vor, Ian kommt mit mir und Godric geht mit dir.«

Ian sieht Valea an und erhascht ein kurzes Schmunzeln in ihren Mundwinkeln. Er weiß, wie lange sie sich schon danach gesehnt hat, mit Godric zu jagen.

»Wollen wir?« Mit einem Zwinkern beugt dieser sich vor und geht in Startposition für einen Sprint. Valea tut es ihm nach und antwortet mit: »Wer zuerst da ist, darf aussuchen!« Dann sprintet sie los.

»Du weißt, dass er sie jagen wird, richtig?«, fragt Ian und sieht den beiden besorgt nach. Er versteht nicht, wie Erik Luna derart zum Freiwild machen kann. »Ich weiß. Doch ich kann sie nicht ewig in der Burg einsperren und ich kann sie auch nicht einfach gegen ihren Willen verwandeln, obwohl ich es tun werde, sobald sie mich darum bittet. Sollte das je geschehen. Allerdings hörte ich, sie hätte schon einen Beschützer.« Die Hände hinter dem Rücken verschränkt, dreht sich Erik zu Ian und sieht ihn erwartungsvoll an.

»Was? Das ist dein Plan? Dass ich sie vor Godric und Valea schützen soll? Wie stellst du dir das vor? Valea ist der älteste Vampir, den ich kenne. Zumindest, bis ich dir begegnet bin. Ich habe keine Chance gegen sie. Aber du schon.«

»Valea ist zusammen mit mir zum Vampir geworden und daher kenne ich ihre Fähigkeiten sehr genau, aber sie hat eigentlich nur Interesse an Luna wegen Godric. Ich habe ihre Schwärmerei für ihn noch nie verstanden, aber die Dinge sind eben, wie sie sind. Sie hat Leya in Luna erkannt. Sie weiß, wie wichtig Luna mir dadurch geworden ist. Ich hoffe immer noch, dass ich Godric durch sie von Luna abbringen kann. Und jetzt, da du wohl mit Luna ziehen wirst, ist er allein. Er könnte hier mit Valea einen Neustart wagen.«

»Erik, ich glaube, du unterschätzt das alles. Godric ist erstens erpicht darauf, seine kürzlich errungene Niederlage gegen mich umzukehren, und zweitens will er Luna haben. Damit meine ich nicht, dass er sie einfach töten möchte. Er will sie besitzen, er will sie vereinnahmen. Sobald er die Chance bekommt, wird er jeden, den sie liebt, auslöschen und sicherstellen, dass sie es jedes Mal mitbekommt. Er wird sie so weit in den Wahnsinn treiben, dass sie sich den Tod wünscht. Sie hat ihm zu oft gezeigt, dass sie nicht so leicht einzuschüchtern ist. Das reizt ihn im Moment mehr, als alles, was Valea zu bieten hat.«

»Ich denke, du unterschätzt sie in diesem Punkt und das ändert nichts an der Tatsache, dass ich ihr vertraue, dass sie Luna nichts tun wird. Lass uns los, solange es noch dunkel ist.« Ohne eine Antwort abzuwarten, läuft Erik vor. Ian versteht ihn nicht.

*Wie kann ein so mächtiger und alter Vampir nur so dumm sein? Es geht jetzt schließlich sogar um seine Familie.*

Ohne seine Hilfe sind sie verloren.

»Wie wäre es mit der da?« Godric nickt in Richtung einer kleinen Frau etwa Mitte zwanzig, die sich von ihrem Lebensgefährten in allen möglichen Posen vor dem Schloss Bran fotografieren lässt.

»Die? Was stimmt denn nicht mit den unzähligen alleinreisenden Rucksacktouristen und Vampir-Anbetern, die die letzten 30 Minuten durch das Tor gegangen sind? Einige davon würden vermutlich sogar aus freien Stücken mitkommen. Wieso also gerade dieses Pärchen?« Valea ist genervt. Viele gute Kandidaten für einen einfachen Happen sind an ihnen vorbeigezogen, doch Godric scheint auf der Suche nach etwas ganz Bestimmtem zu sein. Das ist sonst nie so schwierig mit ihm.

»Sie sieht ein bisschen aus wie Luna. Das gefällt mir. Du kannst den Kerl für dich allein haben, was sagst du?«, fragt Godric, der nur Augen für das Mädchen hat, das sich immer noch fotografieren lässt. Er bemerkt die Wut nicht, die sich auf Valeas Gesicht zeigt. Sie kocht, doch er sieht weiterhin zum Pärchen und geht ohne ein weiteres Wort auf sie zu.

»Entschuldigung, soll ich ein Foto von euch beiden machen?« Der junge Mann und seine Freundin freuen sich und halten ihm das Smartphone hin.

»Das ist sehr lieb von Ihnen! Könnten Sie dabei etwas in die Knie gehen? Dann wirken meine Beine länger!«

Die Frau fängt sofort an zu posieren und ihren Begleiter auszurichten. Plötzlich stockt sie in ihren Bewegungen und bekommt große Augen. Ihr Mund öffnet sich, aber es entkommt nur ein ersticktes Keuchen. Es dauert nicht lange, da merkt auch ihr Freund, dass etwas nicht stimmt. Die Hände, die ihn gerade noch in Position brachten, krallen sich nun krampfhaft durch die Jacke in seine Arme. Sie packt so fest zu, dass ihre Knöchel weiß hervortreten. Flehentlich sieht sie ihn an. In dem Weiß ihrer Augen platzen immer mehr Adern und Blut sammelt sich darin.

Die Panik in ihrem Blick ist nicht zu übersehen. Obwohl es aussieht, als würde sie schreien, kommt kein Laut aus ihrem weit aufgerissenen Mund. Sie klammert sich verzweifelt an ihren Freund, der an ihrer statt anfängt zu schreien, als könnte er ihren Schmerz spüren. Sie sinkt langsam zu Boden auf die Knie. Schließlich lässt sie los, ihre Augen rollen in die Augenhöhlen und nur das blutunterlaufene Weiß bleibt zurück.

In dieser letzten Pose kippt sie vor ihren Partner, seitlich auf den steinernen Boden des Schlosseingangs. Die umstehenden Schaulustigen, die sich durch den Schrei des Freundes versammelt haben, schrecken zurück und stoßen ihrerseits erschreckte Laute aus. Die Frau starrt sie mit toten Augen und einem aufgerissenen Mund an, während sie leblos auf dem Boden liegt.

In dem ganzen Getümmel ist Godric Richtung Valea gegangen. Sie sieht ihn genau in dem Augenblick, wo er das letzte Glimmen ihrer giftgrünen Augen erspähen kann. Er packt sie am Oberarm und zieht sie fort vom Eingang des Schlosses.

»Was soll das? Wenn das ein Wettbewerb sein soll, spielst du unfair!«, beschwert er sich bei ihr.

Sie lässt sich nichts anmerken und kann die Hitze in ihrem Hals, die nach Galle schmeckt, auch durch ihr kleines Kunststück nur bedingt zurückdrängen. Noch nie hat sie so etwas gefühlt. Aber Godric hat auch nie so sehr von jemand anderem geschwärmt als von ihr selbst.

»Ich mochte sie nicht. Ich denke, ich wähle lieber aus.« Mit diesen Worten befreit sie ihren Arm aus seinem Griff und läuft auf eine Gaststätte zu, die zu einem angrenzenden Motel gehört.

»Hier kann man sie direkt mit auf ihr eigenes Zimmer nehmen. Komm schon«, sagt Valea. Ohne sich nach ihm umzudrehen, betritt sie die Kneipe. Sie weiß, er wird ihr folgen, so wie er es immer getan hat.

# Kapitel 17

Luna ist früh aufgewacht. Sie hat zwar tief und fest geschlafen, doch die Gedanken an Vampire verfolgten sie im Schlaf. Sie träumte von dem Unglück in der Höhle, aber auch davon, wie Ian als Untoter mit Reißzähnen Auto fährt und sich dabei ganz banal mit ihr unterhält.

Das war alles viel zu skurril, um wahr zu sein. Als es dann anfing, draußen langsam heller zu werden, ist sie aufgestanden, hat sich frische Sachen angezogen und ist rausgegangen. Jetzt steht sie an der Mauer, die vor dem Abgrund im Hof errichtet worden war. Sie geht Luna gerade mal bis zum Bauchnabel. Immer noch ein Leichtes darüber zu fallen, wenn man selbst oder jemand mit bösen Absichten das will.

Der Ausblick ist atemberaubend. Die Sonne steigt langsam auf. Hinter dem Wald auf der anderen Seite des Hofes, aus dem sie bei der Ankunft kamen.

Der Sonnenaufgang zieht lange Schatten über das Tal, auf das sie hinabsieht. Alles ist ruhig und friedlich um sie herum.

*Sobald die Sonne über die Baumwipfel scheint, könnte ich versuchen, meinen eigenen Schatten im Tal wiederzufinden.*

Ein Geräusch reißt sie aus ihren Gedanken. Kleine Kieselsteine werden verschoben und klacken aneinander. Sie dreht sich um und schreckt hoch. Godric steht direkt hinter ihr. Viel zu nah für ihren Geschmack. Er hat wieder dieses widerliche, höhnische Lächeln im Gesicht, an das sie sich noch aus dem Zug erinnert.

»Wa… wa… was willst du?« Es dauert einen Moment, bis sie ihren Mut wiederfindet. »Schon mal davon gehört, dass es unhöflich ist, sich an Leute ranzuschleichen?« Luna versucht, möglichst cool dabei zu wirken, aber die Art, wie sie sich an der Mauer festhält, verrät, wie unwohl sie sich in diesem Moment fühlt.

»Ganz ruhig, Kleines. Ich tu dir nichts. Jedenfalls nicht auf diesem Anwesen. Erik hat mir erzählt, dass er dir unser Geheimnis anvertraut hat. Ich möchte dir unsere Art gerne etwas näherbringen.«

Obwohl es kaum möglich ist, rückt er noch ein Stück auf und streicht beim letzten Satz mit seinem Handrücken über ihre weiche Wange. Luna kann ihren Herzschlag bis in ihren Hals spüren.

*Bleib cool, er wird mir hier nichts tun. Bleib cool ... Wieso sieht er mich dann so an, als würde er mich gleich vergewaltigen oder aufschlitzen?*

Sie versucht, ihren Kopf nach hinten von ihm wegzubewegen, und merkt dabei, wie ihr Oberkörper anfängt, langsam über die Mauer zu ragen. Sie steht buchstäblich mit dem Rücken zur viel zu niedrigen Wand.

Entweder sie lässt ihn tun, was er will oder sie muss sich hinabstürzen.

Sein Blick dring in sie hinein, er ist ihr so nah, dass es ihr unmöglich ist, woanders hinzusehen als in sein Gesicht. In seine tiefblauen Augen. Er ist so groß und breit, dass er sie förmlich mit seiner Präsenz umschlingt.

Sein Atem riecht metallisch – wie Rost. Ihr wird schlecht von dem Geruch. Sie versucht, sich nichts anmerken zu lassen, seinem Blick standzuhalten und sich innerlich vorzubereiten, auf was auch immer Godric mit ihr vorhat. Er scheint dieses Spiel zu genießen. Plötzlich hört Luna ein Knurren. Ein tiefes Grummeln, das direkt aus seiner Kehle kommt.

Sie kennt dieses Geräusch nur zu gut. Und obwohl sie es besser wissen sollte, bekommt sie eine Gänsehaut der Erregung am ganzen Körper.

»Hmm, werden da Erinnerungen wach? Knurrt Ian oft für dich, Kleines? Du bist ja richtig ungezogen. Ein Vampir-Groupie. Ich kann riechen, wie geil dich das macht. Vielleicht sollten wir …«

»Erik will sie sehen.« Valeas Stimme klingt alles andere als erfreut und doch ist Luna noch nie so froh gewesen, sie zu hören. Sie kommt mit großen, bestimmten Schritten auf sie beide zu und wirkt nicht, als würde sie sich irgendetwas entgegensetzen lassen. Godric ignoriert sie.

Mit gefletschten Zähnen und einem anhaltenden Vibrieren in der Stimme flüstert er in Lunas Ohr: »Bald.«

Dann lässt er von ihr ab und stellt sich Valea entgegen. Mit einem: »Guten Morgen« geht er an ihr vorbei, als wäre nichts geschehen. Sie sieht ihm hinterher, dreht die offene Hand vor ihrem Gesicht und schließt sie ganz sanft, als hätte sie einen Schmetterling gefangen. Godric gefriert augenblicklich in seinen Bewegungen und verharrt still an Ort und Stelle.

Luna erkennt, dass das grüne Schimmern, das von Valeas Hand reflektiert wird, von dem Leuchten ihrer Augen herrührt. So wie in dem Moment, als sie ihnen die Burg sichtbar machte. Zitternd bleibt sie an der Mauer stehen. Als Valea bei ihr angekommen ist, sieht Luna einen Anflug von Verachtung in ihrem Blick.

Keiner spricht ein Wort. Luna ist das alles so leid. Vampire oder nicht. Sie will es eigentlich gar nicht mehr wissen. Sie will nach Hause und wieder ihr normales, durchschnittlich lebensgefährliches Leben führen. Doch es gibt kein Entkommen und auch keine Widerworte und so geht sie, wie von Valea befohlen, noch immer zitternd zurück in die Burg.

Valea sieht ihr hinterher, bis sie außer Hörweite ist, dann lehnt sie sich neben den erstarrten Godric an die Wand. Sie winkelt ein Bein an und stemmt den Fuß gegen die Mauer, während sie ihre Hände mit durchgestreckten

Armen auf dieser abstützt. Ein leichtes Schmunzeln stiehlt sich in ihr Gesicht und sie legt den Kopf schief.

»Mein lieber Godric, ich befürchte, du vergisst die Regeln hier. Wenn jemand anderes als ich das eben gesehen hat oder du sie gebissen hättest, könnte dein netter Besuch in meinem Zuhause sehr schnell zu Ende gehen.« Dann löst sie sich von der Wand und stellt sich vor Godric. Dieser ist so starr, dass selbst sein Blick weiterhin unbeirrt in Richtung des Burgeingangs gerichtet ist.

Seine Arme sind neben seinem Körper, in der Bewegung eines gemütlichen Ganges, gefangen. Sein rechter Fuß berührt nur noch mit dem vordersten Teil des Schuhs den Boden.

Sie bleibt vor ihm stehen und verharrt einen Moment. Die Sonne kommt hinter den Baumwipfeln hervor und lässt das Haar neben ihrem Gesicht kupfern leuchten. Sie blickt auf seine Hände, damit er nicht sieht, wie sich Tränen in ihren Augen sammeln.

*Nur ein bisschen mehr Gewalt und du hättest dein Todesurteil gefällt. Ich brauche dich.*

»Bitte, lass wenigstens hier von ihr ab. Du spielst mit deinem Leben.« Dann nimmt sie seine Hände in ihre.

In der Sekunde, wo sie sich berühren, vollendet Godric seinen unterbrochenen Schritt. Er bleibt stehen und sieht auf sie hinunter. Da er weiter keine Regung zeigt, sieht Valea hoffnungsvoll zu ihm auf. Eine Träne rollt ihr über die Wange, als ihre Blicke sich treffen.

Sein Gesicht ist hart und die Nasenflügel geweitet, die Augenbrauen berühren sich beinahe über dem Nasenrücken und seine Kiefer mahlen in einem pochenden Rhythmus. Die Morgenröte färbt sein Haar rotblond und verursacht die Illusion, dass er in Flammen steht. Seine Reißzähne sind nicht zu übersehen.

»Mach das nie wieder!« Mit einem Ruck löst er seine Hände aus Valeas zärtlicher Berührung und stößt sie beinahe um, als er seinen Weg Richtung Burg wieder aufnimmt. Geschockt bleibt Valea stehen, wo sie ist.

*Hat er das gerade wirklich getan?*

Ist sie zu weit gegangen oder ist es eher seine Schwärmerei für Luna, die zu weit geht? So langsam fängt dieses Mädchen an, ihre Beziehung zu belasten. Ihre seit Jahrhunderten perfekte, gewalttätige, harmonische Beziehung. Und das gefällt Valea gar nicht.

»Schön, dich wiederzusehen.« Erik breitet seine Arme zu einer Umarmung aus, doch als er Luna sieht, wie sie stur und völlig verschüchtert zu Boden schaut, lässt er sie wieder sinken. »Möchtest du darüber reden?«

*Ich möchte nach Hause und mir nichts mehr davon anhören müssen!*

Luna dreht sich zum Sessel, in dem sie auch gestern gesessen hat, ohne Erik auch nur anzusehen.

*Das verstehe ich! Aber mir ist wichtig, dass du verstehst, was du für Möglichkeiten hast und wie die Welt um dich herum wirklich ist.*

Er sieht sie beinahe väterlich an und wartet auf eine Antwort. Luna bleibt auf der Stelle stehen und starrt ihn erschrocken an.

*Kann er meine Gedanken lesen?*

*Das kann ich.*

*Kann ich seine Gedanken hören?*

*Vermutlich. Aber nur, wenn ich will, dass du sie hörst.*

»Heilige Scheiße!« Luna macht einen Satz rückwärts Richtung Tür.

Erik fängt lauthals an zu lachen. Dabei macht er keine Anstalten, seine erscheinenden Reißzähne zu verbergen, und hält sich den Bauch wie ein Greis im Körper eines jungen Mannes.

»Bitte«, setzt Erik an, muss dann aber eine Pause machen, um Luft zu holen. Das Lachen hat ihm kurz den Atem geraubt. »Bleib.«

Luna hebt die Hände schützend vor sich und läuft ganz langsam in Richtung Sessel.

»Ich bleibe. So bescheuert es auch ist, fühle ich mich momentan bei dir am sichersten.«

»So? Das freut mich zu hören. Dennoch möchte ich wissen, woher das kommt?« Erik ist sichtlich erfreut über dieses Geständnis. Er schreitet um seinen Sessel herum und setzt sich hin, ohne sie aus den Augen zu lassen.

»Nun, der Mann, dem ich vertraute, gestand mir, mich manipuliert zu haben. Seiner Meinung nach zu meinem Besten. Dennoch habe ich nicht darum gebeten, hier zu sein und eine Gefangene in meinem eigenen Körper, wollte ich schon gar nicht sein. Rick oder Godric oder wie auch immer … der in Mexiko noch ein ganz normaler Kerl zu sein schien, hat mich gerade eben tatsächlich offen bedroht und …«

»Oh, bedauerlich«, wirft Erik nachdenklich ein.

»Ja, bedauerlich, und Valea wird auch immer feindseliger. Weder spricht sie mit mir, noch sieht sie mich an. Wenn überhaupt hat sie einen angewiderten Gesichtsausdruck. Abgesehen davon hat sie Godric irgendwie verzaubert.

Du hast mir wenigstens meinen freien Willen wiedergegeben und, auch wenn deine Geschichte ungewöhnlich und absolut erfunden klingt, befürchte ich, dass ich sie langsam anfange zu glauben.« Er sieht ihr an, dass sie sich sträubt, es zuzugeben. Aber sie glaubt ihm. Sie fummelt an ihren Händen herum und verliert ihren Blick im Feuer des Kamins.

»Es ist schön und es ist warm. Das ist ein Gefühl, das meinesgleichen nur in wenigen Momenten spüren kann. Wir sind nicht von innen heraus warm wie du. Dieses Gefühl der Wärme haben wir nur nach dem Essen, an einem Kamin wie diesem oder, wenn wir in der Sonne sind.«

»Dann friert ihr immer? Das ist ja fast noch schlimmer als das Blut trinken. Ihr trinkt doch Blut?«

*Habe ich das gerade wirklich gefragt?*

Luna schaut vom Feuer auf und sieht Erik entschuldigend an.

Der erwidert ihren Blick erneut beinahe väterlich.

»Ich denke, diese Frage ist absolut nachvollziehbar. Der Reihe nach: Zunächst einmal, dass wir uns über Gedanken verständigen können, ist für mich ein eindeutiger Beweis, dass du mit mir verwandt bist. Nur Urvampire können das, und auch nur wir können erweiterte Gedankenkontrolle und Telekinese ausüben. Das, was du bei Valea und Godric eben gesehen hast. Manche würden es auch plump zaubern nennen.« Luna starrt ihn mit großen Augen an und lässt ihn weiterreden.

»Nein, uns ist nicht immer kalt. Es ist mehr eine stetige Neutralität. Schwer in Worte zu fassen, aber man friert eigentlich nie. Es ist wie eine Taubheit und dennoch kannst du den Wind spüren und das Prickeln, wenn du Eis berührst, doch es ist nicht kalt. Es tut mir leid, ich befürchte, ich kann es anders nicht beschreiben.«

»Ich denke, ich bekomme eine Idee davon, was du meinst. Und das ... andere?«

»Das andere stimmt. Wir stärken uns durch das Blut Lebender.« Er kann beobachten, wie es ihr schwerer fällt, ihm ins Gesicht zu sehen, bis sie schließlich den Mund leicht verzieht und mit dem Blick auf ihre Hände leise weiterspricht: »Das bedeutet, du und alle anderen hier, geht jede Nacht raus und tötet Menschen.« Es ist keine Frage an Erik, sondern eher eine Feststellung für sich selbst. Dieser will die Aussage allerdings nicht so stehen lassen.

»Ganz so simpel ist auch das nicht. Erstens sind nicht alle hier Vampire. Zum Beispiel hast du sicher schon Adrian kennengelernt. Er ist ein Mensch und freiwillig hier. Aber ja, einige von uns töten wahrscheinlich öfter als sie müssen. Doch es gibt auch viele, die das nicht tun. Sie haben Verbündete. Sterbliche, die gewillt ihr Blut geben. Andere, und ich weiß, das wird dir jetzt nicht gefallen, aber andere manipulieren Menschen. Dann nehmen sie nur ein bisschen und ziehen weiter, ohne dass diese überhaupt wissen, was passiert ist.

Bis auf eine kleine Wunde und eventuell etwas Schwäche bleibt nichts zurück. Auch müssen wir nicht jede Nacht raus. Mal abgesehen davon, dass wir nicht an die Dunkelheit gebunden sind, wie du wohl schon gemerkt hast, können wir uns ordentlich stärken und dann durchaus etwas länger aushalten. Doch das erfordert Übung und Disziplin. Weißt du, das Schönste am Vampirsein ist, dass du sein kannst, wer immer du sein möchtest. Du hast die Ewigkeit und eine schnelle Auffassungsgabe. Wenn man dann noch seine Triebe unter Kontrolle halten kann, ist alles möglich.«

Luna sieht Erik mit erhobener Augenbraue an: »Das klingt wie ein Verkaufsgespräch. Was willst du eigentlich von mir? Es geht doch nicht darum, mir deine Lebensgeschichte zu erzählen, oder?«

Erik steht auf und geht zum Fenster. Der Morgen ist noch früh. Die Sonne schaut erst halb über den Baumwipfeln des Waldes hervor. Nur die Mauer, an die Luna vor kurzem noch gedrängt wurde, bekommt schon die ersten Strahlen ab. Er fängt an, träumerisch zu sinnieren: »Diese Burg, meine und Valeas Burg, ist wunderschön geraten und solange ich hier wohne, war es immer ruhig. Die Regel, dass hier Waffenstillstand herrscht und auch keine Menschen angegriffen werden dürfen, wurde eingehalten. Dies ist meine stille Zuflucht nach mehreren Leben voller Gewalt. Doch durch eure Ankunft kam Unruhe herein. Ich kann spüren, dass wir nun auf einem Pulverfass sitzen.«

Er atmet tief ein, bevor er weiterspricht: »Um auf deine letzte Frage einzugehen: Nein, Luna. Es geht nicht darum, dir meine Lebensgeschichte zu erzählen. Du bist hier, weil du eben den Vampiren begegnet bist, die es nie gelernt haben, ihre Triebe vollends zu kontrollieren.«

»Wie bitte?«

»Du musst mittlerweile bemerkt haben, dass sowohl Godric als auch Ian Untote sind. Sie könnten zwar unterschiedlicher nicht sein, doch das haben sie gemeinsam. Das und ein gewisses … Interesse an dir.«

Luna schreckt kurz in ihrem Sessel auf und hält sich dabei instinktiv den Mund zu. Doch es hilft nicht viel.

*O Gott, ich habe mit einem Vampir geschlafen!*

Eriks Kopf, der gerade noch den Blick unter sich in den Hof gerichtet hat, schaut nun kerzengerade in die Leere seiner Reflexion im Glas. Der Gesichtsausdruck Lunas, den er erblickt, als er sich nach rechts Richtung Kamin dreht, lässt keinen Zweifel daran, dass sie es verbergen wollte. Luna geht sofort ein Licht auf. Vor Schreck und Erkenntnis weiten sich ihre Augen und die Augenbrauen heben sich in ihre Stirn. Das ›Ups‹ in ihrem Gesicht ist so offensichtlich, dass es keinen Unterschied mehr macht, dass das Wort selbst durch ihre Hand verborgen bleibt.

»Wir müssen dringend daran arbeiten, dass du nicht jeden Gedanken gleich in den Raum schmeißt. Aber zurück zum eigentlichen Thema. Ich habe es in der Vergangenheit bevorzugt, meine sterbliche Verwandtschaft aus der Ferne zu beobachten und mich an ihren Erfolgen zu erfreuen. Manchmal habe ich auch etwas nachgeholfen. Das geschah aus einer guten Portion Neugier, aber auch, weil ich so den Bezug zu den Menschen nicht verloren habe. Hätte ich die Wahl gehabt, hätte ich es auch mit dir so gehandhabt.«

»Warum bin ich dann hier?«

»Weil du in Gefahr warst und tatsächlich auch immer noch bist. Du hast einen Vampir, der offensichtlich romantische Gefühle für dich hegt und einen, der dich als besondere Beute ansieht. Und wahrscheinlich hat sich das bei Godric noch verstärkt, als er herausfand, dass Ian dich mag. Ich weiß, dass Godric und Valea sich immer zusammengetan haben, um in ihren Augen besondere Menschen zu jagen. Hätte sie nicht die Ähnlichkeit zu Leya an dir erkannt oder es ignoriert, wärst du wahrscheinlich nicht mehr imstande, eine Unterhaltung wie diese zu führen.

Godric und Valea zelebrieren ihre Triebe, das Jagen und die Fleischeslust. Für sie ist es wohl eher sowas wie Urlaub, wenn sie zu ihm fährt, denn mit mir oder anderen Vampiren, die hierherkommen, kann sie das nicht.

Die, die herkommen, haben sich in der Menschenwelt integriert und lange daran gearbeitet, ihren Trieben nicht mehr ergeben zu sein. Doch Valea genießt es von Zeit zu Zeit immer noch und braucht dafür unbedingt Godric. Und Godric … er kann sich selbst hier schwer beherrschen. Doch er weiß, dass er bei einem Verstoß mit seinem eigenen Leben bezahlen muss.

Das hilft wohl, die Ruhe zu wahren. Wenn du es so betrachtest, hat Valea dir das Leben gerettet. Sie hat dich zu mir gebracht, weil du hier in Sicherheit bist und weil sie genau weiß, wie sehr ich dich kennenlernen will. Du siehst also, in diesem Moment geht es weniger darum, dir meine Lebensgeschichte zu erzählen, als eher dir zu ermöglichen, deine eigene noch schreiben zu können.«

Das ist wie so einiges in den letzten Tagen, ziemlich schwer zu verdauen. Sie hat sich in ein blutsaugendes, mordendes Monster verliebt. Ein weiteres hat sich in den Kopf gesetzt, dass es lustig wäre, sie zu töten und das dritte Monster im Bunde, das ihr das Leben gerettet hat, scheint nun leider immer eifersüchtiger zu werden. Sicher ist sie also nur hier auf der Burg.

»Das sind ja tolle Aussichten. Ich kann doch nicht den Rest meines Lebens hier verbringen. Mal abgesehen davon, dass meine Eltern vermutlich schon denken, dass ich tot bin und meine Kunden sind sicher bereits alle abgewandert. Bei dem schlechten Service, den ich in letzter Zeit liefere.«

Unruhig lehnt Luna sich nach vorn, um ihre Unterarme auf den Knien abzustützen. Sie hat wieder dieses Gefühl, rennen zu müssen. Nicht von Adrenalin gepusht, sondern von einer inneren Unruhe. Ihr Bein fängt an zu wippen. Sie lehnt sich wieder zurück und versucht, es mit den Händen ruhigzustellen. Doch es hilft nicht. Dem Impuls folgend steht sie auf. Sie geht um ihren Sessel herum und läuft im Raum, vor Erik, hin und her.

»Mach dir keine Sorgen um deine Familie, sie geht davon aus, dass du dir eine tropische Krankheit eingefangen hast und in Mexiko im Krankenhaus liegst. Was deine Arbeit angeht … Ich bin sicher, dass du einen Neustart schaffen würdest, wenn du das willst.«

»Soll ich jetzt den Rest meines Lebens auf dieser Burg vor dem Computer sitzen und IT-Probleme lösen? Immerhin müsste ich schon irgendwann wieder arbeiten oder wie soll das alles funktionieren? Tolle Aussichten. Ich bin ja dankbar, dass du und Valea mir das Leben gerettet habt, aber was soll ich jetzt damit anfangen?«

Luna kann keinen klaren Gedanken fassen. Sie will ihre Möglichkeiten durchgehen, aber so sehr sie es auch versucht, sie kann den Strudel, der sich in ihrem Kopf gebildet hat, nicht dazu bringen, anzuhalten.

Ihre Schritte werden immer energischer und klingen wie dumpfe Schläge auf den harten Steinboden. Ihr Atem beschleunigt sich, ohne dass sie es bemerkt. Sie hält sich den Kopf, in der Hoffnung, die Gedanken darin anhalten, festhalten zu können. Doch egal wie fest sie ihre Schläfen auch zusammenpresst, es hilft nicht.

Langsam sammeln sich schwarze Punkte vor ihren Augen, ihre Schläfen pochen in ihren Händen und ihre Beine versagen ihren Dienst. Sie ist im Begriff einer Panikattacke zu erliegen und die Beherrschung zu verlieren. Das Hyperventilieren beschleunigt den Kontrollverlust. Sie bemerkt nicht mal mehr, dass Erik sich ihr nähert. Sie hat ihn vergessen. Sie ist allein im Chaos ihres Gedankenstrudels, ohne dabei denken zu können.

Er packt sie an den Schultern und sieht ihr direkt ins Gesicht: »Luna, folge meiner Stimme. Ich bin hier. Ich halte dich. Es ist nicht alles verloren. Hör auf mich, es gibt noch Hoffnung.« Schwach sieht sie zu ihm hoch. Ein Hoffnungsschimmer glänzt in ihren müden Augen.

*Ich muss nicht sterben oder auf ewig hier gefangen sein? Nicht sterben? Ich will nicht sterben*, denkt Luna.

*Nein, Luna. Das musst du nicht. Wenn du willst, kannst du ewig leben.*

Eriks Stimme in ihrem Kopf bringt das Fass zum Überlaufen. Ihr Körper wird schlaff und um sie wird es dunkel.

# Kapitel 18

Das Gespräch mit Erik vor der Jagd lässt Ian nicht los. Er würde Luna nicht aktiv helfen. Was denkt er sich bloß dabei? Das ist ihr Todesurteil! Hätte Valea nicht ihre Urvampir-Kräfte, wäre es noch etwas anderes. Aber gegen diese Hexe hat er keine Chance. Der Einzige, der mit ihr auf einer Stufe steht, ist Erik.

*Dieser verdammte, alte Ignorant!*

Mitten im Gedanken schreckt er hoch. Da sind Schritte im Treppenturm vor Lunas Zimmertür.

Schon seit etwa einer Stunde wartet Ian in ihrem Zimmer auf sie. Er wollte sie ausschlafen lassen, bevor er versuchen konnte, sie mit weiteren Entschuldigungen von seinen guten Absichten zu überzeugen.

Doch Luna war leider nicht da gewesen. Er war gerade dabei, das Zimmer zu verlassen, um sie zu suchen, da kam Valea herein. Sie suchte ebenfalls nach Luna, hatte aber genug Verstand, um einfach mal aus dem Fenster zu sehen, was Ian ihr gleichtat.

»Godric! Du solltest deinen Schoßhund besser an die Leine nehmen, sonst wird er noch überfahren!«, sagte er.

Seine Fäuste wurden so schwer wie Ambosse neben seinem Körper. Am liebsten wäre er direkt durch das Fenster auf den Vampir gesprungen wie in Mexiko. Er würde ihn wohl erst mehr oder weniger zivilisiert in den Wald schleifen müssen, um ihn ungestraft angreifen zu können.

*Deine Zeit ist um, alter Freund.*

»O nein, das ist sie nicht. Setz dich aufs Bett!« Ian war im Begriff, an Valea vorbei in den Treppenturm zu stürmen, doch ihr Befehl war unüberwindbar und sein Körper setzte sich aufs Bett, ohne dass er es beeinflussen konnte.

»Du weißt, dass das alles hier böse enden wird? Und das nur, weil du Godric nicht unter Kontrolle bringen kannst oder willst!« Wie eine leblose Puppe saß Ian steif auf dem Bettrand, doch seinen zornigen Blick konnte der Zauber nicht aufhalten.

»Ian, der Einzige, für den das alles böse enden wird, bist du! Es muss mir nicht gefallen, dass er sie haben will. Aber ich würde ihn eher verlieren, wenn ich ihm eine so wichtige Jagd untersage, als wenn ich einfach abwarte, bis diese vorbei ist.

Deine Luna wird nicht ewig auf dieser Burg bleiben und solltest du dann wirklich mit ihr gehen und dich Godric in den Weg stellen, wird er euch beide vernichten. Du warst schon immer schwächer als er und wirst es immer sein. Dein Glück in Mexiko wird sich nicht wiederholen. Jetzt warte hier, bis sie wiederkommt. Ich schicke sie erst zu Erik.«

»Ich töte euch beide«, knurrte er ihr hinterher, während diese bereits durch die Tür verschwand.

»Viel Glück!« Sie sagte es, als hätte Ian ihr eröffnet, er versuche, fliegen zu lernen – wissend, dass es eine leere Drohung war. Ian sah ihr dabei zu, wie sie die Tür hinter sich schloss und wartete. Was anderes konnte er nicht tun. Warten und darüber nachdenken, was er unternehmen könnte, um Luna doch noch heil hier rauszubekommen.

Nach einer ganzen Weile hört er jetzt die Schritte im Treppenhaus. Sie klingen komisch. Schwer und beinahe zögerlich.

*Das ist nicht Luna!*

Seine Muskeln spannen sich an. Wenn das Godric ist, wird er sich jetzt nicht beherrschen können.

*Komm schon rein, du Mistkerl! Ich reiß dir noch einen Arm aus.*

Die Tür öffnet sich und mit ihr, der Zauber, der ihn auf die Bettkante verbannt hat. Ian springt auf – einem schwebenden paar Beine entgegen.

Kurze Beine. Lunas Beine. Unter den Knien ist eine Hand und bald darauf kommt auch die Schulter dazu, durch die Tür.

Ian besinnt sich und öffnet sie etwas weiter, um zu helfen und um zu sehen, was hier los ist.

»Was ist passiert? Was hast du mit ihr gemacht?«, fragt Ian. Erik wirkt fast etwas beschämt. Seine Lippen sind zusammengepresst und sein Blick haftet auf Lunas Kopf. Sehr vorsichtig bringt er ihren Körper durch die Tür, absolut darauf bedacht, dass sie sich nicht stößt.

»Ihr geht's gut. Ich denke, ich habe sie etwas überfordert und sie wurde ohnmächtig. Die Begegnung mit Godric vor unserem Treffen hat dabei wohl auch nicht geholfen.«

»Hab ich meinen Namen gehört?«, tönt eine bekannte Stimme aus dem Treppenhaus hinter Erik.

Der ist blitzschnell mit Luna am Bett und legt sie dort sanft ab, während sich Ian vor der Tür aufbaut, um Godric den Weg zu versperren.

»Du! Du hast hier nichts zu suchen! Verschwinde!«, knurrt Ian in seine Richtung.

»Ihr seid ja anscheinend alle hier. Ich habe gehört, dass Erik eine leblose Frau durch die Flure trägt. Gerüchte gehen hier schnell um und ich muss mich doch vergewissern, dass es meiner Kleinen gut geht«, erklärt Godric mit einem Lächeln.

»Sie ist nicht deine Kleine! Verschwinde endlich!« Ians Geduldsfaden ist kurz davor zu reißen.

Erik sieht von der anderen Seite des Raumes zu, wie sich die Körperhaltung beider Männer verändert. Er kann erkennen, wie sich Ians Schultern vor Anspannung heben und wie bei Godric die Adern am Hals sichtbar werden.

*Sie werden sich jeden Moment anspringen.*

»Ihr beide solltet die Burg verlassen, bevor einer von euch etwas Dummes tut. Luna braucht jetzt Ruhe und keinen Kampf in ihrem Zimmer.«

Ian antwortet, fixiert dabei aber weiter Godric: »Ja, das glaube ich auch. Du solltest vielleicht auch aufhören, ihr deine Märchen zu erzählen, Erik. Was soll das bringen? Dieser Schwachkopf hier …« Er nickt Godric abwertend zu. »… wird so oder so versuchen, sie umzubringen, ob sie weiß, dass er ein Vampir ist oder nicht, tut da nichts zur Sache.«

Godric fängt an zu lachen, laut und schadenfroh.

»Lustig, dass gerade du vom Märchenerzählen redest, Ian!«

Ian wird bleich. »Was willst du damit sagen?«

»Hast du ihr etwa die Wahrheit gesagt? Ich wette, das hast du nicht. Du wirst sie früher oder später sowieso verlieren. Überlass sie doch einfach gleich mir oder vielleicht unterhalte ich mich mal mit ihr, wenn sie wieder wach ist«, sagt Godric mit glänzenden Augen.

»Das wirst du nicht tun!«

»Stop!«, befiehlt Erik und streckt im gleichen Moment seine Hand aus. Seine leuchtend blauen Augen bohren sich beinahe in die beiden Streithähne an der Tür. Sowohl Godrics als auch Ians Bewegungen erstarren augenblicklich. Von Ian sieht er nur die geballten Fäuste, die jeden Moment nach vorne schnellen können. Sein rechtes Bein ist gerade dabei, etwas nach hinten zu gehen, um bei den Schlägen mehr Stabilität im Stand zu haben. Erik kann Godric hingegen direkt ins Gesicht sehen.

Er hat seine Reißzähne mit einem bösartigen Grinsen aus ihrem Versteck geholt und freut sich offensichtlich über den bevorstehenden Kampf. Er ist im Begriff eine etwas geduckte Haltung anzunehmen und sieht so aus, als würde er Ian anspringen. Erik hat genug gesehen.

»Es reicht! Obwohl ihr beide euch nicht besonders gut beherrschen könnt, muss einer von euch gehen. Ich bin es leid! Godric, du hast zehn Minuten, um die Burg zu verlassen. Du darfst Valea informieren und dann will ich dich hier nicht mehr sehen! Ohne deine Drohungen den beiden gegenüber wird hier endlich wieder Ruhe einkehren«, sagt Erik und schiebt dann hinterher: »Geh!«

Es ist einfach ein Wort. Weder ist es besonders betont, noch besonders laut und doch fängt Godric sofort, beinahe rückwärts an, aus dem Türrahmen in den Turm zu gehen. Er gibt keinen Ton von sich. Er geht einfach. Eriks Augen hören auf zu leuchten.

»Nun zu dir Ian …«

»Ian?« Lunas Stimme klingt verschlafen, ein wenig verwirrt und lässt Erik sofort verstummen. Mit einem Fingerschnippen lässt er Ian aus seiner Starre.

Der verschwendet keine Sekunde, um zu Luna ans Bett zu kommen. Nun stehen sie beide dort nebeneinander und sehen Luna aufmunternd an.

»Ich bin hier«, flüstert er ihr entgegen.

»Kannst du bei mir bleiben? Bitte?«, fragt Luna. Erik kann sehen, wie Ians Augenbrauen für eine Millisekunde nach oben schrecken. Das hat er wohl nicht erwartet. Aber die Art, wie er ihre Hand nimmt, zeigt, dass sie das nicht nochmal fragen muss.

»Sicher. Immer. Ich glaube, es wird Zeit, dass du uns auch etwas Ruhe gönnst, Erik.« Erschöpft sieht Ian ihn an. Der sieht die Dankbarkeit in Ians Augen, dafür, dass er Godric weggeschickt hat. Aber sie wissen beide, dass dies nur eine Atempause ist. Erik nickt Ian zu und sieht dann zu Luna.

*Es tut mir leid, dass du ohnmächtig geworden bist. Ich wollte dir nichts Böses.*

*Ich weiß. Ist schon gut. Aber ich brauche jetzt einen Freund,* antwortet sie ihm.

*Ist er das denn?*

*Ich denke nach allem, was ich jetzt weiß, ist er das immer gewesen. Er hat mir das Leben gerettet. Ich sollte ihm noch eine Chance geben.*

»Komm zu mir, wenn du so weit bist. Ich werde nicht mehr nach dir rufen lassen«, sagt Erik schließlich laut. Sie nickt ihm zu und er verlässt den Raum.

Luna sieht Ian mit einem schwachen Lächeln an.

»Hi«, sagt sie.

»Hi«, antwortet Ian. Es entsteht eine kurze Pause, in der sich beide genau beobachten. Ian sitzt an der Bettkante und streichelt sanft über ihre Hand. Sie sieht ihm dabei zu.

»Möchtest du reden?«, durchbricht er schließlich die Stille.

»Ich weiß es nicht. Erik hat mir schon wieder so viele verwirrende Dinge erzählt.«

»War was Interessantes dabei?«

»Du bist ein Vampir?«

»Oh! … Also …«, stammelt Ian. Er lässt ihre Hand los und steht auf. Ihm ist, als müsste er schnell weg. Eine innere Unruhe will ihn antreiben, den Raum zu verlassen – die Burg, am besten das Land.

Er hat schon lange keine Fluchtreflexe mehr in sich aufkommen gespürt. Doch er bleibt standhaft. Er stellt sich gerade hin, die Arme an den Körper gelehnt und sieht ihr direkt in die Augen.

»Ja, bin ich. Ich hatte vor, es dir irgendwann zu sagen, wenn wir uns besser kennen würden. Aber jetzt ist es wohl raus.« Sein Blick gleitet, aus Furcht vor ihrer Reaktion, Richtung Boden: »Hast du jetzt Angst vor mir?«

»Ich weiß nicht. Vor dir irgendwie nicht. Aber vor anderen schon«, antwortet Luna.

»Hier wird dir niemand etwas tun. Ich töte jeden, der es versucht.«

»Wie soll ich denn bloß wieder hier rauskommen?«

»Ich kann seit langem über nichts Anderes nachdenken als das, Luna. Ich werde einen Weg finden. Die Einzige, die mir Sorgen macht, ist Valea. Mit Godric werde ich fertig und abgesehen davon, wurde er gerade von Erik aus der Burg geschmissen. Das ist doch schon mal etwas.«

»Wann hat er das denn gemacht?«

»Gerade eben, du hast es knapp verpasst.«

»Das ist wirklich schon mal etwas.« Lunas Augen fangen an zu leuchten, als ein Funken Hoffnung in ihr entsteht. Endlich hat sie wieder ein Lächeln im Gesicht.

»Erik hatte einen Vorschlag, wie ich endgültig aus dieser Situation entkommen könnte. Aber ich weiß nicht, was ich davon halten soll«, gesteht sie Ian.

»Er hatte einen Vorschlag? Der wäre?«, hakt er neugierig nach.

»Mich zum Vampir machen.«

Ian setzt sich wieder auf die Bettkante, sieht sie an und greift ihre Hand: »Dich … wie denkst du darüber?«

»Ich weiß es nicht. Ich hatte vorhin einen kleinen Nervenzusammenbruch und kann erst jetzt anfangen, darüber nachzudenken. Der Gedanke allein fühlt sich irgendwie unecht an. Wie soll ich so etwas entscheiden? Woher soll ich wissen, wie es wäre, ein Vampir zu sein? Als Teenie habe ich mir diese ganzen Serien und Filme angesehen. Erst vor kurzem habe ich ein Buch gelesen, in dem Vampire vorkamen. Jedes Mal fragt man sich doch, was wäre, könnte man selbst einer werden. Hättest du mich nach so einem romantischen Film gefragt, hätte ich sofort ›Ja‹ gesagt. Aber jetzt, hier, im echten Leben – ich weiß es nicht.«

Sie stoppt kurz und sieht Ian entschlossen an.

»Ich will mein Leben zurück und wenn das die einzige Möglichkeit ist, sollte ich ernsthaft versuchen herauszufinden, was das überhaupt bedeuten würde. Wie ist es für dich? Wie alt bist du?«

»Ich? Ja, also, ich bin jetzt etwas über 700 Jahre alt. Ich habe aufgehört, sie zu zählen.«

Er kratzt sich verlegen am Hinterkopf. Es fühlt sich komisch an, darüber zu reden. Er ist ja auch nicht gerade der Vorzeige-Vampir. Aber genau in diesem Moment ist er plötzlich sehr stolz darauf, es doch so lange geschafft zu haben.

»Oh wow! Das ist unglaublich! Was du alles gesehen haben musst! Warst du mal berühmt? Welches war deine Lieblingszeit? Wie viele Abschlüsse hast du?«

»Luna, ganz ruhig. Es war für mich keine schöne Reise durch die Zeit.« Das gibt ihrer Begeisterung einen unerwarteten Dämpfer.

»Warum?«

»Ich habe mich nie dazu entschieden, ein Vampir zu werden, und konnte mich nicht richtig mit der Ewigkeit anfreunden. Ich habe mein Leben nicht so genutzt, wie ich es vielleicht hätte sollen«, gesteht Ian mit gedämpfter Stimme.

»Bereust du das heute?«

»Ich bereue vieles, was ich getan habe, aber ich kann es nicht rückgängig machen. Erst du lässt mich hoffen, meinem Leben doch noch einen Sinn zu geben. Ich fühle mich wohl in deiner Nähe.«

»Ich fühle mich auch wohl in deiner Nähe.« Sie drückt seine Hand. »Jetzt jedenfalls – da ich weiß, wieso du mich manipuliert hast und das alles. Erik erklärte mir vieles. Aber wie meinst du das, du hast dich nicht dafür entschieden?«

»Jetzt bist du aber neugierig geworden.«

»Das kann man wohl sagen. Magst du dich zu mir legen, damit ich mich ankuscheln kann? Die Geschichte ist bestimmt genauso lang wie die, die Erik von sich gibt.«

Ian wird stocksteif.

*Hat sie das gerade wirklich gesagt?*

Ein Blick in ihr wunderschönes, einladendes Gesicht genügt und er fängt an, seine Schuhe auszuziehen. Sie lächelt ihn so warm an, dass er dahinschmelzen könnte. Seine größte Angst war es, dass sie ihn nie wieder so ansieht, wie sie es gerade tut. Jetzt weiß sie, was er ist und möchte ihn dennoch bei sich haben. Mit so einer Wendung hat er niemals gerechnet. Er deckt sich zu und hebt seinen Arm. Luna legt ihren Kopf darunter auf seine Brust und umarmt seinen Bauch.

»Okay, jetzt kannst du loslegen und wenn es gruselig wird, halte ich mich einfach an dir fest.«

»Ich wünschte, wir könnten ewig so liegen.«

»Mal sehen, wie lange deine Geschichte dauert«, neckt sie ihn. Sie lässt einfach nicht locker.

»Na gut, na gut. Anscheinend komme ich wirklich nicht drum herum, dir alles zu erzählen.« Er genießt für einen Moment ihre Wärme und die Tatsache, dass sie ihm nach langer Zeit endlich wieder freiwillig so nah ist. Dann räuspert er sich, atmet tief ein und legt los.

»Ich wusste nichts von Vampiren. Ich hätte es ohnehin nicht geglaubt. Wie die meisten Männer, die in den schottischen Highlands lebten, war auch ich ein Bauer. Wir waren sechs Geschwister, ich war der älteste Sohn, aber das viertgeborene Kind. Meine zwei älteren Schwestern konnten dank Penny-Hochzeiten verheiratet werden. Dabei beteiligen sich die Gäste an der Hochzeit, mittels Hilfe bei den Vorbereitungen oder kleinen Gaben. Wir hatten nicht das Geld, alles selbst auszurichten. Danach waren erst mal die Kinder der anderen Familien dran, bei denen sich auch alle im Dorf beteiligten. Mein Bruder und ich arbeiteten auf dem Feld, bauten Gerste an oder kümmerten uns um die Ochsen. Unsere kleine Schwester half im Haus.«

»Fehlt da nicht eine?«

»Ja, Edith starb. Ich weiß nicht, woran. Sie wurde immer schwächer und schlief am Ende einfach ein.«

»Das tut mir leid.«

»Schon gut, das ist so lange her, dass ich mir fast nicht sicher bin, ob es überhaupt je passiert ist und damals war der Tod allgemein öfter und früher zu Besuch als heute. Meine Eltern starben auch früh. Meine Mutter starb im Kindbett. Ich denke, es war ihre elfte Schwangerschaft und ihr Körper machte nicht mehr mit. Mein Vater ging kurz darauf. Ohne sie war er nicht mehr derselbe. Ich habe mich also mit zwanzig Jahren um den Hof gekümmert und war oft unterwegs, um die Ernte zu verkaufen.

Ein paar Jahre nachdem meine Eltern gestorben waren, fingen die Unruhen an. England führte Krieg mit Frankreich und überall wurden Soldaten angeworben. Uns im Dorf war daran aber wenig gelegen. Ich hatte noch nie gekämpft und die anderen in der Gemeinschaft sagten, man sollte sich da nicht einmischen. Schottland war unabhängig und hatte damit nichts zu tun. Dachten wir jedenfalls.

Irgendwann setzte der englische König Eduard I. unseren König John Balliol ab, obwohl er ihm zuvor selbst diese Position verliehen hatte. Die Einmischung von England machte allen Angst und wir hielten es nicht länger aus, untätig zu sein.

Laut den Geschichtsbüchern muss ich um 1296 in den Unabhängigkeitskrieg gegen England eingetreten sein. Damals waren mir die Jahreszahlen egal und im Laufe der vielen Jahre ist einiges verschwommen. Jedenfalls zog ich in den Krieg, Jonathan kam mit und Vika blieb auf dem Hof.«

»1296? Das ist absolut unvorstellbar.«

»Ja, das glaube ich dir. Hoffentlich bin ich dir jetzt nicht zu alt.«

»Du bist ein Idiot«, prustet Luna lachend raus. »Jetzt erzähl weiter.«

»Zu Befehl, Mylady. Wir kämpften in Berwick und Dunbar und verloren bitterlich. Die Engländer hatten einfach mehr Kampferfahrung. Aber wir lernten dazu. Also die von uns, die überlebten und entkamen. Meinen Bruder habe ich seit Berwick nicht wiedergesehen. Ich denke, dass er dort gefallen ist. Wen ich dafür aber seit Berwick viel zu oft gesehen habe, ist Godric.«

»Nein! Godric? Hat er dich zum Vampir gemacht?« Luna springt beinahe aus dem Bett, als er das sagt. Sie sitzt nun kerzengerade vor ihm und starrt ihn ungläubig an.

»Na ja, ja und nein.« Ian kratzt sich wieder am Hinterkopf und sieht zur Seite. Seine Geschichte zu erzählen, ist ihm viel unangenehmer, als er gedacht hatte.

Sie haben seinen Körper verändert, sind darin eingedrungen und haben ihn weder gefragt noch vorgewarnt. Zur Krönung dessen hat es auch noch jemand vollzogen, den er hasste!

»Godric war damals schon sowas wie mein Endgegner. Ich verabscheute ihn. Er tanzte auf dem Schlachtfeld, als wäre er mit dem Teufel verheiratet. Er liebte es, wie das Blut um ihn spritzte und wie die Körperteile nach seinen Schwerthieben nur so davonflogen. Er tötete nicht einfach nur, nein, er wollte alle um sich herum leiden sehen.

Ich hatte mir bei der ersten Schlacht in Berwick schon geschworen, dass ich ihn töten werde. Bei meiner dritten in Stirling Bridge hatte ich dann endlich meine Chance. Ich hatte gesehen, wie er kämpfte. Ich wusste, er würde nicht auf mein Herz oder meinen Kopf zielen.

Nein, er würde versuchen, mir die Arme abzuhacken. Er würde sein Schwert in die Höhe schwingen, um die Schultern zu treffen. Und ich duckte mich, als er ausholte, und schlitzte ihm den Wanst auf.

Durch die Wucht meines Schlages fing ich an, mich zu drehen. Der Schlamm und das ganze Blut ließen mich rutschen und ich entblößte meinen Rücken. Godric hatte schon ausgeholt, als ich ihn traf, und musste in seinen letzten Minuten nichts weiter tun, als sein Schwert auf mich niedersausen zu lassen.

Ich fiel vorwärts in den Dreck und Godric fiel, taumelnd von seinem Schlag und den schwindenden Kräften auf mich drauf.«

»Du bist gestorben?« Sie hält sich unbewusst an der Decke fest und zieht sie etwas näher an sich. Ian hebt bei Lunas Reaktion eine Augenbraue und legt beruhigend eine Hand auf das Deckenknäul ihrer Umklammerung.

»Luna, um ein Vampir zu werden, musst du sterben. Das ist selbst in den kitschigsten Vampirfilmen so.«

»Ja, stimmt. Aber du fängst ja auch nicht Feuer, wenn du in die Sonne gehst.« Luna scheint die Stimmung wieder etwas auflockern zu wollen und fängt an, herumzualbern.

Mit einer übertrieben hohen Stimme ahmt sie eine naive, verzweifelte Frau nach.

»Woher soll ich wissen, was wahr ist und was nicht?« Dann führt sie ihre Hand an die Stirn, legt den Kopf nach hinten und verschließt theatralisch ihre Augen, als würde sie ohnmächtig. Ian sieht sich das Schauspiel geduldig und tatsächlich auch ein wenig belustigt an.

»Schön, dass du deinen Humor wieder hast und das ausgerechnet, wo ich dir von meinem Tod erzähle.« Mit einem Kopfschütteln fragt er, ob er fortfahren soll und Luna nickt fröhlich.

»Als ich aufwachte, wollte ein Leichenfledderer meine Sachen und meine Zähne einsammeln. Ich hatte erst keine Ahnung, was passiert war, dann fanden mich Valea und Godric. Der wollte mich umbringen, wusste aber nicht wie, und Valea wollte mich behalten und verriet uns daher nicht, auf welche Weise man einen Vampir töten kann. Wir haben uns deshalb früher oft gegenseitig umgebracht, ohne zu sterben. Es war mühselig. Godric ließ es sich nie nehmen, mich immerzu daran zu erinnern, dass ich nur nicht tot bin, weil er vorher Valeas Blut gekostet hatte und er nach seinem Tod leider mit seiner Wunde auf meiner gelandet war. So hat sich unseres vermischt. O Mann ... das ist selbst heute ekelhaft und erniedrigend, wenn ich daran denke.«

»Leider ja«, gibt Luna mit zusammengepressten Lippen und einem wenig entschuldigenden Schulterzucken zu.

Als wolle sie das unangenehme Thema beenden, beginnt sie beruhigend seinen Arm zu streicheln und fragt: »Sind deine Zähne wieder nachgewachsen?«

»Was?«, fragt Ian.

»Der Leichenfledderer, er hat sie dir doch abgenommen?«

»Nein.«

»Nein?«

»Nein …« Ian schweigt und schaut auf die Bettdecke vor sich.

»Oh!«

»Ja.«

»Wie? Also ich meine, wie war es? Wusstest du, was du tust?«

»So genau willst du das alles wissen, ja?«

»Ja, Ian. Ich muss.«

»Na gut. Du hast ja recht. Ich wusste nicht, was ich tue. Nachdem ich wach war, hatte ich …

ein Verlangen, man könnte plump sagen, ich hatte Durst. Das trifft es aber nicht ganz. Dennoch ist es, glaube ich, der einfachste Vergleich. Ich wurde also wach und hatte unfassbaren Durst. Der Typ kam mir immer näher und als sein Gesicht über meinem war, bin ich wie im Rausch an seinen Hals gesprungen und hab ihn … na ja, ausgesaugt. Als er blutleer war, ist er einfach zu Boden gefallen und ich stand auf dem Schlachtfeld, ohne bewusst aufgestanden zu sein.«

»Und dann kam Valea?«

»Nicht ganz. Dann war da noch einer, der wohl mit dem ersten zusammengearbeitet hat.«

»Oh!«

»Ja. Bei ihm auch ›Oh‹.«

»Wann hast du es unter Kontrolle bekommen?«

»Habe ich das?« Er lehnt sich nach vorne und sieht sie mit einer Mischung aus Bedrohung und Verlangen an. Sie legt ihm ihren Zeigefinger auf die Lippen und flüstert ihm mit ihrer verführerischsten Stimme zu: »Netter Versuch, Romeo. Aber ich habe noch Fragen.«

»Okay, du darfst noch eine Frage stellen. Danach gehen wir im Garten spazieren und du isst etwas. Du kannst nicht immer nur in dieser Burg hocken und dich von alten Knackern vollquatschen lassen«, beschließt Ian.

»Ich ... was? Du redest da wirklich nicht gern drüber, oder?«, fragt Luna.

»Nein, wirklich nicht. Aber wenn ich dir damit helfen kann, werde ich dir jede Frage beantworten, die du hast. Versprochen. Nur nicht alle auf einmal. Und jetzt stell deine Frage und dann raus aus den Federn.«

»Warum ist Godric noch als Mensch in die Schlacht gezogen? Er hatte das Blut von Valea schon im Körper, war aber kein Vampir, als ihr gekämpft habt. Habe ich das richtig verstanden?«

»Ja, sie haben sich in Frankreich während der Angriffe von England kennengelernt und Valea fand, dass sie zusammenpassen. Sie hat ihn in ihr Geheimnis eingeweiht. Wenn ich es richtig in Erinnerung habe, war es eine Art Ego-Ding. Godric wollte die Kraft und die Unsterblichkeit, aber er wollte zeigen, wie viele er als Mensch schon abschlachten konnte, um sie zu beeindrucken. Sie hat ihm vor jedem Kampf von ihrem Blut zu trinken gegeben, quasi als Absicherung und als ich ihn getötet habe, wurde er untot. Der feige Penner.« Luna klettert auf seinen Schoß, umfasst sein Gesicht und küsst ihn auf die Stirn.

»Danke, dass du mir das alles erzählst.« Ian umschlingt ihren Oberkörper, küsst sie ungestüm und hungrig nach mehr. Er zieht sie fest an sich und atmet ihren Duft tief ein. Davon wird er nie genug bekommen. Luna fängt an, sich rhythmisch auf seinem Schoss zu bewegen und erwidert die Gier nach ihm in ihrem Kuss.

Atemlos pausiert sie das Knutschen mit einem: »Ich will nie wieder damit aufhören.« Ian bestätigt ihre Aussage mit einem, von kehligem Grummeln begleiteten: »Mhhmm …« Er küsst sie noch einmal, packt sie an ihrem Po und steht mit ihr aus dem Bett auf.

»So sehr ich das hier gerne ausweiten würde, weiß ich genau, dass du mich nur ablenken willst. Aber jetzt gehen wir dir was zu essen holen und dann spazieren, Mylady.«

»Mmuuuaaa, gemein!« Sie wirft ihren Kopf in den Nacken und lässt sich mit einer gespielt, beleidigten Miene an Ians Körper entlang auf den Boden geleiten. Dann ziehen beide ihre Schuhe an.

# Kapitel 19

Valea ist gerade dabei, die Treppen zum Spiegelsaal hochzusteigen, als sie unverkennbar Godrics Gedanken hört.

*Integriert, pah! Wenn ich zu lange bleibe, erfahre ich noch, dass es Vegetarier-Vampire gibt oder sie daran arbeiten, dass sie in der Sonne glitzern können.*

Danach spuckt er offensichtlich auf den weißen Kies im Vorhof und geht weiter Richtung Parkplatz. Besser, sie geht ihm aus dem Weg. Er soll sich erst mal beruhigen, jetzt wäre jedes Wort verschwendeter Atem. Kopfschüttelnd betritt sie ihr Zimmer, um sich dort etwas auszuruhen. Zuerst fällt ihr nicht viel auf. Doch als sie vor dem Bett steht und gerade dabei ist, ihre Schuhe auszuziehen, bemerkt sie die Schublade an Godrics Nachttisch. Sie ist nicht ganz zu und sieht auf den ersten Blick leer aus. Sie zieht sie ganz auf und starrt hinein. Nichts. Sie hat keinen Inhalt mehr. Seine Ausweise und sein Bargeld, alles weg.

*Er würde doch nicht gehen, ohne sich zu verabschieden. Wir hatten doch noch gar keine Zeit für uns! Das kann nicht sein.*

Ohne weiteres Zögern rennt Valea aus der Burg, durch den Hof und in den Wald.

Sein Duft wird zwar schon schwächer, doch noch kann sie ihn aufspüren. Sie läuft bis zur Lichtung, wo Erik sie vor kurzem zur Jagd aufgeteilt hat. Dann sieht sie sein dunkelblondes Haar und ein weißes T-Shirt zwischen den Bäumen. In wenigen Sekunden steht sie direkt vor ihm.

»Wo willst du hin?«, fragt sie in einem Ton, der sich anhört, als hätte er um Erlaubnis fragen müssen.

»Weg«, erwidert Godric gleichgültig.

»Was ist passiert? Du hast doch nicht …« Valeas Miene wirkt erschrocken und zugleich hoffnungsvoll. Sollte er sie getötet haben, müssten sie fliehen, aber ihr Verlangen nach seiner Nähe würde sich endlich erfüllen.

»Nein, dann würde ich jetzt wohl nicht mehr hier stehen. Erik hat mich als Unruhestifter rausgeworfen. Tatsächlich bin ich auch ganz froh drum. Dieser ganze Verein hier widert mich an!« Sie bemerkt, dass er Mühe hat, sie anzusehen, während er mit ihr redet.

Wieso tut er jetzt so, als wäre nie etwas zwischen ihnen gewesen?

»Verdammt Valea, wir sind zusammen in den Krieg gezogen oder haben welche angezettelt. Nur, um noch mehr morden zu können. Und jetzt sitzt du hier in dieser dämlichen Burg und lässt dir vorschreiben, was, wen und wann du bedrohen darfst? Als eine der mächtigsten Vampire überhaupt?« Godric redet sich so in Rage, dass seine Zähne sichtbar werden.

*Zweifelt er etwa an mir?*

»Du musst ja auch nicht hier sein. Wo gehst du hin? Ich komme mit dir! Lass mich nur ein paar Sachen holen.« Sie berührt seinen Arm und sieht ihn aufmunternd an. Er ist ihr Link zur Außenwelt. Ohne ihn ist sie allein. Ein schwarzer Fleck in einer weißen Welt.

*Ich könnte mit ihm mitgehen. Jetzt gleich.*

Das Ziehen im Bauch wird beinahe unerträglich. Zur Hölle mit all dem guten Benehmen! Sie will bei ihm sein und ihm sagen, was sie fühlt. Jetzt sofort! Doch etwas in seinem Gesicht lässt sie stocken. Godric ignoriert ihre Hand an seinem Arm und macht seinem Ärger Luft.

»Was willst du eigentlich von mir? Jahrhunderte hatten wir unseren Spaß, aber nur, wenn du gerade Lust dazu hattest. Ansonsten bist du verschwunden und hast nie ein Wort darüber verloren, wohin. Das war mir auch nicht wichtig. Ich dachte ja, ich kenne dich. Hast mich mit Ian allein gelassen, bis ich mich mit ihm abgefunden hatte. Weißt du was? Ich hatte teilweise sogar eine echt gute Zeit mit ihm. Ihr seid alle solche Heuchler!

Du willst nicht dein Leben mit mir verbringen, aber ich darf keine andere begehren. Willst mit mir im Blutrausch Menschen jagen und trinkst danach hier Tee mit abgespreiztem kleinem Finger. Ian wollte Luna umbringen. Ihre Freunde hat er alle abgeschlachtet und doch darf ich sie nicht haben. Jetzt ist sie seine heilige Mutter Teresa, deren Leben keiner nehmen darf, weil er es verkackt hat. Ihr beide hättet einander wirklich verdient!«

»Ich musste Erik helfen. Ich musste in der Burg helfen und ich musste …«

»Was? Andere Vampire bestrafen, wenn sie unartig waren? Ian davor beschützen, sich endlich ein Ende zu setzen? Du hast mich 700 Jahre lang mit diesem jämmerlichen Idioten allein gelassen! 700! Warum?!«

»Ich musste Dinge erledigen und wollte nicht, dass du allein warst. Ohne Ian ... du hättest verrückt werden können. Versteh mich doch! Jetzt weißt du doch alles. Lass mich mit dir gehen. Was willst du schon mit deiner Zeit anfangen, so allein?« Sie bemerkt das leichte Zittern in ihrer Stimme. Ihr Ego meldet sich.

*Muss ich ihn wirklich anbetteln, bei mir zu bleiben?*

»Ich hole mir Luna! Vielleicht hat sie ja auch Lust, ihr Leben mit weniger Heuchlern zu verbringen und wenn nicht, ist es eben kurz.«

»Luna?! Statt mir? Wirklich? Und wie willst du das nun anstellen? Im Wald warten, bis sie sich entscheidet, ihren Unterschlupf zu verlassen?«

»Ich habe Zeit und sollte mir vielleicht ein neues Leben aufbauen. Das hast du hier doch immer so schön für andere getan.«

Hundert Mal hat sie seine narzisstische Ader schon gesehen. Hunderte Male wurde sie durch seine Brutalität und die Vorfreude auf das anschließende Blutbad erregt. Dass sie einmal der Gegner sein würde, dem er seine Provokationen an den Kopf wirft, hätte sie nie vermutet.

Verzweiflung macht sich in Valea breit und sie versucht beschwichtigend ihn wieder auf ihre Seite zu locken.

»Ich kann dir helfen und wenn du sie erledigt hast, komme ich dich besuchen, sobald Gras über die Sache gewachsen ist. Ein Leben ohne mich wird doch furchtbar langweilig für dich.«

Sie versucht, ihre Gefühle mit Arroganz zu überspielen, und macht einen Schritt auf ihn zu. Niemals kann er es wirklich ernst meinen, sie zu verschmähen. Doch er weicht zurück.

»Ich brauche dich und deine giftigen Katzenaugen nicht. Geh zu einem deiner anderen dummen Toyboys. Ich bin fertig mit dir.« Daraufhin verschwindet er im Wald.

Ihr erster Impuls ist, ihm zu folgen. Ihn weiter anzuflehen, sie mitzunehmen. Ihm zu sagen, dass sie ihn braucht.

*Ich liebe dich!*

Doch dann besinnt sie sich und ihr Stolz übernimmt das Ruder. Sie ist noch nie einem Mann hinterhergerannt. Wenn genug Zeit vergangen ist, wird er sich nach ihr verzehren und wenn es ein ganzes Leben dauert. Sie kann warten. Sie hat die Zeit auf ihrer Seite und sobald das leidige Thema Luna von der Welt ist, wird er ohnehin zurück zu ihr finden.

Vielleicht kann sie ja einen Weg finden, die Sache zu beschleunigen. So lange wird sie sich die Zeit anders vertreiben.

Valea rennt mit Leichtigkeit durch den Wald, den Berg hinab und über die Felder, ohne gesehen zu werden. Die Dämmerung hat schon ganze Arbeit geleistet und bietet ihr immer mehr Schatten. Ihr Ziel kennt sie genau. Es gibt nur einen Ort, an dem sie sich beinahe so wohlfühlt wie in der Burg. Ein Ort, an dem man sie niemals verschmähen würde.

Ein kleiner Bauernhof. Mit seinen Ställen sieht er beinahe so aus, wie das Dorf, in dem sie großgeworden ist. Das Dorf, in dem sich vor so vielen Jahrhunderten, in nur zwei Tagen ihr ganzes Leben verändert hat. Als Mensch war sie schwach. Ein angreifbares Wesen, das sich nicht zu wehren wusste. Der beste Beweis dieser Hilflosigkeit war der Moment, als Fremde sie vergewaltigten, ihre Kinder zusehen ließen und ihnen dann die Kehlen aufschlitzten.

Sie haben sie dort liegen lassen. Sie ausgelacht, als sie bald erstickte vor Schreien, in dem Versuch, zu ihren toten Kindern zu gelangen. Sie wollte nicht mehr leben und der Vorschlag von Erik, sich selbst zu opfern, war das Einzige, das sie für vernünftig hielt. In dieser Welt wollte sie damals nicht mehr sein. Wie süß war die Erfahrung, an diesem Strand wieder aufzuwachen.

Stärker denn je. Schier unbesiegbar. Die Männer im Sand, die noch lebten, fühlten sich an wie die Puppen aus getrocknetem Gras, die sie ihren Kindern immer gemacht hatte. Und ihre Arme und Beine brachen auch genauso leicht. Nie wieder würde sie sich schwach fühlen, schwor sie sich damals. Bis zu diesem winzigen Moment, indem sie ihre Liebe gestehen wollte, hatte sie das auch nicht. Es wurde Zeit, sich davon abzulenken!

Von der Burg aus muss sie nur etwa eine halbe Stunde nach Westen laufen, bis sie zum See Râuşor kommt. Von dort aus folgt sie dem See nach Norden, dann dem Fluss Târgului, der diesen speist und an der folgenden Flussgabelung schließlich Bătrâna, dem Fluss, der seine Quelle in der Nähe des Bătrâna-Gipfels hat. Es ist eine felsige und schroffe Gegend, aber mit genug Grün, um Gebirgsziegen zu züchten.

Der Mann, den sie dort aufsucht, heißt Petre. Wie sie weiß, lebt er dort schon sein ganzes Leben lang. Er hat die Ziegenfarm von seinen Eltern übernommen, als sie gestorben sind. Er ist ihr einziges Kind. Ein sehr einfacher Mensch, der nichts anderes kennt.

Eines Nachts, vor zehn Jahren, schlief er zur Strafe mit den Ziegen auf dem Feld. Wie ein Engel kam sie mit ihren roten Haaren und der weißen Haut auf ihn zu. Leichtfüßig, als würde sie schweben und fragte ihn, ob er mit seinen gerade mal siebzehn Jahren bereit für die aufregendste Nacht seines Lebens wäre. Das Einzige, was er ihr damals zu zahlen hatte, war etwas seines Blutes. Seit zehn Jahren kommt Valea nun zu ihm. Immer nur nach ihrem Belieben. Mal wöchentlich, mal bleibt sie ein halbes Jahr weg. Doch sie kommt immer wieder und sie kommt immer in der Nacht.

Sie weiß, dass er nie eine andere Frau getroffen hat. Immer nur sie. Nach ein paar Jahren hat sie ihm alles erzählt.

Was sie ist, wen sie liebt, was sie opfert, um den Frieden zu wahren. Sie wissen beide, dass sie ihn nur benutzt, um sich abzulenken und dass er hofft, eines Tages mehr zu sein als nur ein Zeitvertreib. Mehr sein will, als nur ein guter Freund.

»Ich hätte dir nie solche furchtbaren Dinge an den Kopf geworfen. Er hat dich nicht verdient und steht weit unter dir. Lass mich mit dir in die Welt hinausgehen und wir schaffen unser eigenes Paradies.« Sie liegen auf den Fellen in der Stube. Es ist ein kleiner Raum, wie es auf den alten Höfen immer der Fall ist. Nur hier und in der Küche hat Petre einen Holzofen. Der Rest des Hauses ist kalt, als die Nacht hereinbricht.

Höchstens die Wände, an denen das Ofenrohr angebracht ist, bekommen noch Hitze ab. Eine lebende Frau hätte sich wohl schon längst über diese mittelalterlichen Zustände beschwert, doch Valea genießt es sogar. Sie hat ihm erzählt, dass sie so lebte, bevor sie das wurde, was sie jetzt ist.

»Mein lieber Petre, das weiß ich doch.«

»Gut, und wenn ich dir das nochmal ein Jahrzehnt zeigen muss, damit du es endlich siehst. Ich gebe nicht auf«, versichert er ihr.

»Das hoffe ich doch sehr. Und jetzt halte den Mund und küss mich.«

# Kapitel 20

**Zwei Wochen später …**

Schmecken dir die gefüllten Weinblätter? Die sehen echt gut aus. Aber muss die Tabascosauce sein? Du machst die ja mittlerweile überall drauf. Das übertüncht doch den Geschmack von allem.« Ein bisschen neidisch wirkt Ian ja schon, dass sie die tollsten Gerichte Rumäniens aufgetischt bekommt und er selbst hin und wieder in die Dörfer gehen und sich mühevoll, unauffällig und mit Manipulation ein paar Tropfen besorgen muss.

Sie sind jetzt schon drei Wochen auf dieser Burg. Zwei ist es her, dass Godric gegangen ist, und seitdem haben sie nichts mehr von ihm gehört. Das interessiert aber niemanden, außer Valea, die seit seiner Abreise launischer ist als sonst. Da sie sich aber zur Angewohnheit gemacht hat, oft fort zu sein, stört das nicht besonders.

»Ja, Tabasco übertüncht so einiges«, sagt Luna und versucht dabei, ein Lächeln zu unterdrücken. »Das gibt jedem Essen einen besonderen Kick und abgesehen davon hält es mich warm bei dem ständigen Wind hier. Aber du weichst mir schon wieder aus.«

»Weil ich das Thema nicht mag und du weißt das. Jeder auf der Welt bereut mal Dinge. Ich hab dir gesagt, dass ich versuchte, nur den Kaffeesatz der Menschheit als Nahrung zu nehmen und dass ich mich umbringen wollte. Einfach weil ich mit Godric leben musste.«

»Na komm, das stimmt so nicht.«

»Ja, okay. Es liegt daran, dass mir einfach lange alles egal war. Du weißt nicht, wie laut diese Welt sein kann und wie ekelerregend die Menschen darin. Aber es gibt nur eine Sache, die ich wirklich von Herzen bereue.«

»Aha! Raus damit!«

»Ich möchte lieber nicht, Luna.«

»Raus damit! Du hast es versprochen, wenn ich brav esse und spazieren gehe, beantwortest du mir alle Fragen und wenn du es nicht tust …« Sie lehnt sich vor und er kommt ihr entgegen. »… spielen wir ganz lange nicht mehr verstecken miteinander.«

Mit einer erhobenen Augenbraue und einem triumphierenden Lächeln lehnt sie sich wieder zurück. Dann nimmt sie etwas von der zerfallenen Weinblattroulade auf ihren Löffel, streift die überschüssige Soße am Tellerrand ab und steckt sich das Essen übertrieben langsam in den Mund.

»Das wirst du bereuen. Heute noch«, grummelt Ian, gespielt bedrohlich. Dann lehnt auch er sich wieder zurück und sammelt sich. »Nun gut, ich sagte ja schon, dass die Welt zu laut ist. Ich habe mir einen abgelegenen Ort gesucht, um meine Ruhe zu haben. Als mich dort mal jemand gestört hat, habe ich ihn umgebracht. Es war egoistisch und selbstsüchtig von mir und hatte nichts damit zu tun, mich zu ernähren. Könnte ich es rückgängig machen, würde ich es sofort tun. Das war's.«

Er rattert es so schnell runter, dass Luna nicht wirklich den Worten folgt, sondern der Tatsache, dass er es ihr erzählt. Er hat Vertrauen zu ihr und sie für ihn Verständnis entwickelt. Dass er es ihr erzählt, bedeutet ihr mehr, als was er erzählt.

Beide schwiegen für einen Moment und Luna macht sich dran, den Rest ihrer Mahlzeit zu essen. Die Sonne scheint auf die Picknickbänke vor dem Anbau, in dem die Bediensteten leben und kochen. Es ist ein kleines Haus, das direkt an die Burg angebaut ist und auf der anderen Seite an die Ringmauer angrenzt.

Der Frühling geht langsam in den Sommer über. Die weißen Rosen ranken sich bereits die Mauer hoch und schlängeln sich romantisch um den Torbogen, der schräg hinter Ian liegt. Die Sonne scheint warm auf Lunas Wangen. Doch der kalte Wind auf dem Berg, der die Schlucht hochkriecht, verlangt immer noch, dass sie Jacken anziehen, wenn sie rausgehen. Luna ist mittlerweile sogar gerne hier. Ohne ›Menschen‹, die sie aktiv töten wollen, ist es auf der Burg sehr friedlich.

Sie kann Ian ungestört lieben und kann sich nach allem was war eine Zukunft mit ihm vorstellen. Ob auf Dauer oder auf Zeit, ist noch offen.

Auch genießt sie mittlerweile die Unterhaltungen mit Erik, der ihr ausschweifend berichtet, was ihre Vorfahren so alles getan haben. Doch nicht nur das, er kann es ihr sogar zeigen. Wenn sie sich in eine Art Meditation begibt, was am Anfang unmöglich für sie schien, kann sie durch Hautkontakt seine Erinnerungen sehen. Das ist allerdings ab und an etwas holprig, denn es schleichen sich unbeabsichtigte Szenen dazwischen, die oft blutig sind oder ihn mit Leya zeigen, als sie noch glücklich waren.

Manchmal verwechselt er sie danach mit seiner Frau. Mehrfach schon hat er sie in solchen Momenten gefragt, ob sie nicht mit ihm zurück will zu dieser kleinen Insel. Nur sie beide. Doch dann besinnt er sich wieder und entschuldigt sich jedes Mal verschämt. Am Anfang war das schrecklich, aber so langsam kommt sie damit klar.

»Danke, dass du mir davon erzählt hast.« Sie nimmt Ians Hand, die auf dem Tisch liegt, und drückt sie leicht. Sie bekommt das Bedürfnis, ihm zu sagen, dass sie ihn liebt. Doch hier, im Asyl auf der Burg, erscheint ihr das nicht richtig. Daher schweigt sie und genießt einfach den Anblick seines Gesichts. Nach einer Weile legt er seine zweite Hand auf ihre und fragt: »Möchtest du heute noch etwas Besonderes machen?«

»Ich will gleich eben bei den IT-Jungs vorbeischauen und nachsehen ob ich eine Nachricht von zu Hause habe. Danach könnten wir mal in das Spa, von dem Erik mir erzählt hat. In dem Teil der Burg war ich noch nicht.«

»Du willst mich doch nur nackt sehen«, sagt Ian.

»Immer!«

Sie stehen auf und küssen sich. Dann bringt Luna ihren Teller und das Besteck zurück in die Küche in den Anbau. Als sie wieder aus dem Gebäude rauskommt, nimmt Ian sie plötzlich wie einen Sack Kartoffeln über die Schulter. Als wäre sie ein Tischtuch, trägt er sie locker über den Hof und zum Burgeingang.

Luna zappelt und protestiert, streckt ihre Arme nach unten aus und schlägt Ian auf seine Pobacken. Er hält sie lediglich an der Innenseite ihres außenliegenden Oberschenkels. Mehr braucht er nicht, um sie an Ort und Stelle auf seiner Schulter zu halten.

»Ich habe dir gesagt, dass du es bereuen wirst, mir mit Sexentzug zu drohen! Und jetzt benimm dich lieber.« Beim letzten Satz streicht er mit seinem Zeigefinger die Naht im Schritt von Lunas Jeans nach.

Luna zuckt kurz bei der unerwarteten Berührung und beißt sich, mit einem breiten Grinsen, vor Vorfreude auf die Unterlippe.

Es dämmert schon fast, bis Luna endlich unten bei den ITlern ankommt, den Nerds in der Vampir-Version. Im Keller, weil es dort so schön kühl ist für die Server. Alles blinkt und summt. Allerdings hinter dicken Glasscheiben. Die Computer und die Arbeitsbereiche sind wie ein U angeordnet. Neben dem Glas ist der Schreibtisch von Jonas.

Er sitzt wie die anderen vor drei Bildschirmen und tackert auf die Tastatur vor sich. Aber immerhin grüßt er Luna jedes Mal, wenn sie runterkommt. Auch, wenn er dabei nicht von seinen Monitoren wegguckt. Vor Kopf sind zwei weitere solcher Arbeitsplätze eingerichtet, aber dort sitzt selten jemand. Rechts daneben sind ebenfalls zwei, aber die Namen der beiden, die dort arbeiten oder spielen, kennt sie nicht.

Sie sind eigentlich immer mit Kopfhörern vor den Bildschirmen und bekommen nichts um sich herum mit. Mehr als Bildschirmlicht gibt es hier unten nicht. Laut Erik programmieren hier manche Spiele, andere pfuschen in Politik und Wirtschaft herum.

Das hier sind die echten Spione. Es ist faszinierend zu wissen, dass die ganze Welt praktisch von diesem kalten Keller aus gelenkt werden kann. Aber sie ist nur hier, um Zugang zu ihren Nachrichten zu erhalten. Seit Erik und sie ein Vertrauensverhältnis aufgebaut haben, hat er ihr Kontakt zu der Außenwelt ermöglicht.

Da es oben auf dem Berg keinen Empfang für Mobiltelefone oder Mobile Daten gibt, muss man sich an einen Computer setzen, der über Kabel mit dem Internet verbunden ist. Einmal am Tag versucht sie hierher zu kommen. Aber Ian ist in letzter Zeit immer besser darin geworden, sie abzulenken.

*Und ich lasse mich nur zu gerne von ihm ablenken.*

Kopfschüttelnd gibt sie ihr E-Mail-Passwort ein.

*O Mann, was ist denn hier los? Ich war doch gestern Vormittag erst drin!*

15 Mails aus dem E-Mail-Verteiler vom Tauchverein, der wohl eine Reise mit seinen Mitgliedern plant, zwei uninteressante Newsletter, die sie langsam mal abbestellen sollte, eine E-Mail von ihrer Mutter, Werbung von einer Fluggesellschaft und dann noch eine.

Sie kennt den Absender nicht, aber der Name lässt nichts Gutes erahnen. Sie ignoriert alle anderen Mails und klickt auf die von ›Rick Hunter‹. Nur die ersten zwei Worte zu lesen reicht aus, um ihr eine Gänsehaut zu verpassen.

`Von: Rick Hunter`
`An: Luna May`

`Hallo Kleines,`

`mittlerweile nenne ich mich offiziell Rick. Es kommt besser bei den Maedels an als Godric. Findest du nicht?`

`Ich musste viel an dich denken in den vergangenen zwei Wochen. Bestimmt haben Erik und Ian dir neue Geschichten erzaehlt. Ich wuerde dir auch gerne eine erzaehlen. Es waere natuerlich viel schoener, sie dir persoenlich zu ueberbringen.`

Wie gerne wuerde ich jetzt bei dir sein und deine Reaktionen beobachten. Die feinen Haerchen, die sich in deinem Nacken und auf deinen Armen aufstellen, wenn du anfaengst zu begreifen. Die Reaktion deiner Pupillen, die sich weiten und deine Augen dann so dunkel erscheinen lassen. Der liebliche Klang deines Herzens, wie es so wild schlaegt, als wollte es aus deinem Brustkorb ausbrechen. Dein Geruch ...
Ich schweife ab.

Da ich sie dir nicht selbst erzaehlen kann und es sowieso besser ist, wenn dir jemand die Geschichte erzaehlt, der dabei war; frag unseren geliebten Ian doch mal, wann er dich zum ersten Mal gesehen hat.

Ich freue mich, von dir zu hoeren!

Kuss,
dein Rick

Ihr schießen Tränen in die Augen beim Lesen. Er wird sie nicht in Ruhe lassen, niemals! Wie konnte sie so dumm sein und sich hier amüsieren, ja sogar wohlfühlen, wenn er da draußen nur darauf wartete weiter Spielchen mit ihr zu spielen?

Ihr entkommt ein lautes Schluchzen und sie hält sich die Hand vor den Mund.

*Ist es so kalt hier unten oder bilde ich mir das plötzlich ein?*

»Luna? Alles in Ordnung? Was ist denn passiert?« Jonas ist in seinem Stuhl zu ihr rüber gerollt. Er ist der Einzige, der ohne Kopfhörer an seinem Platz sitzt und ihr Schluchzen bemerkt hat. »Schlechte Nachrichten?«

»Ja. Kannst du diese Nachricht zurückverfolgen? Kannst du feststellen, von wo aus er sie verschickt hat?« Tränen strömen ihr Gesicht hinunter, aber dennoch will sie sich nicht geschlagen geben. Wenn sie herausfindet, wo er ist, kann sie vielleicht zusammen mit Ian einen Plan machen, um ihn endlich loszuwerden.

»Godric?« Jonas sieht sie mitleidig an. »Ich weiß, was er durchmacht. Tut mir leid, dass es dich erwischt hat!«

»Wie bitte? Was er durchmacht?«

»Na ja«, fängt er an rumzudrucksen, schiebt sie beiseite und tippt Befehle in die Tastatur, »ich glaube, wir alle hier haben uns schon einmal auf einen Menschen eingeschossen. Nicht im romantischen Sinne. Aber weißt du, bei einem Vampir, der nie versucht hat, sich zu zügeln, übernehmen eben die Triebe. Du hast ihn irgendwie getriggert. Jetzt kann er an nichts anderes mehr denken, als daran, dich in seine Fänge zu bekommen. Das ist ganz schön belastend.«

»Oh.« Sie unterbricht sich selbst durch ein erneutes Schluchzen. »Der Arme! Vielleicht sollte ich ihm entgegenkommen und es einfacher für ihn machen?«

Jonas atmet tief aus. »Das meinte ich doch gar nicht so. Aber wir sind eben keine Menschen. Auch wenn Ian dich gern hat und dir hier keiner etwas tut, musst du dennoch verstehen, dass wir anders sind.«

»Moment, ist dir sowas etwa auch schon einmal passiert?«

Erst lacht er: »Einmal?« Doch das bereut er sofort wieder. »Ich meine: Ja. Aber da bin ich nicht stolz drauf und es passiert mir auch nie wieder. Daran habe ich hart gearbeitet. Was hast du erwartet? Erzählen die da oben dir immer nur, wie schön die Blumen duften, wenn man geschärfte Sinne hat?«

»Ich …«

»Hab ihn! Deuschland. Seine IP ist mit einem Server in Düsseldorf verbunden.«

»Scheiße!« Luna springt auf und rennt aus dem Keller, ohne ein weiteres Wort zu verlieren. Sie realisiert gar nicht, wie sie die Treppe hoch eilt, die zu dem großen Spiegelsaal führt. Sie kann sich nur auf dieses drückende Gefühl unter ihren Rippen und in ihrem Hals konzentrieren.

Vor ihren Augen sieht sie ihre Familie, ihre Eltern und ihre Schwester, wie sie am Flughafen gestanden und ihr nochmal gewunken haben, bevor sie im Gewusel des Securitybereiches verschwunden war. Das war das letzte Mal, dass sie sie gesehen hat.

Während sie versucht, immer schneller zu rennen, laufen ihr die Tränen langsam die Wange entlang Richtung Ohr.

Sie steuert vom Spiegelsaal direkt auf die schwere Eichentür zu.

Sie muss hier raus. Es ist zu eng um ihre Brust, ihr ist schlecht, sie braucht Luft. Sie muss atmen. Sie rammt die Tür mit ihrer ganzen Kraft, um sie aufzustoßen.

Den stechenden Schmerz in ihrer linken Schulter ignoriert sie. Die Tränen in ihren Augen rauben ihr die Sicht und sie stolpert beinahe die drei Stufen vor dem Eingang hinunter.

Blind vor Wut und Tränen rennt sie weiter. Sie kann die Mauer erahnen, aber es ist ihr egal, wo sie ist. Sie will einfach nur weiterlaufen und dem wilden Wind entgegengehen, der ihre Lungen zu füllen versucht.

Viel eher als sie erwartet hat, stößt etwas Hartes gegen ihre Füße, dann ihre Knie. Zuletzt fühlt sie den unnachgiebigen Stein gegen ihre Hüftknochen prallen.

Ihr Oberkörper beugt sich über die Mauer und sie schreit aus voller Kehle. In letzter Minute finden ihre Hände den inneren Rand und krallen sich daran fest. Der Schwung ist so heftig, dass ihre Füße den Halt verlieren und sie kurz über dem Abgrund schwebt.

Sie schreit weiter, so laut und so kraftvoll, wie sie kann, bis ihre Lungen leer sind und ihre Kehle brennt. Die Tränen trocknen im starken Wind und zeichnen glänzende Rinnsale in ihr Gesicht. Plötzlich packt sie jemand an den Oberarmen und reißt sie zurück. Ian drückt sie so fest an sich, wie er kann, ohne ihr weh zu tun.

»Shhh …« Ganz leise versucht er, sie zu beruhigen, hält sie umarmt und streichelt mit einer Hand sanft ihr Haar. Als hätte er Angst, dass sie zu Staub zerfällt, wenn er zu fest zudrückt.

»Ich dachte, ich hätte dich verloren. Am Fenster sah es so aus, als würdest du springen. Ich bin so schnell gerannt, wie ich konnte. Bitte tu das nie wieder. Egal, was es ist, wir schaffen das. Zusammen.«

»Das schaffen wir nicht. Das können wir nicht schaffen. Er gewinnt.«

»Wer gewinnt? Was ist los?«, fragt Erik, der mit Valea und einigen anderen durch das Geschrei aufgeschreckt wurde und nach draußen geeilt ist.

»Das versuche ich gerade herauszufinden. Luna?« Ian nimmt ihr Kinn und bringt sie dazu, ihn anzusehen. »Bitte erzähle uns, was los ist.«

»Du!« Sie reißt sich los und läuft auf Erik zu, als hätte sie ein Messer in der Hand. »Du hast ihn weggeschickt und jetzt ist er bei meiner Familie! Und du.« Sie macht einen Schritt zur Seite und wiederholt ihre Drohgebärde an Valea gerichtet.

»Du hast ihn zu diesem Monster gemacht! Und beide sitzt ihr hier und seht euch das Ganze an, als wäre es eine schlechte Soap Opera! Ohne Ian hätte ich schon längst den Verstand verloren!«

»Luna, jetzt beruhige dich doch.« Erik hebt verteidigend die Hände, während Valea sich das Spektakel tatsächlich mit verschränkten Armen und einem Lächeln voller Genugtuung ansieht, ohne ein Wort zu sagen.

»Woher weißt du, dass er deine Familie bedroht?«, fragt Erik.

»Er hat mir eine E-Mail geschrieben. Aus Düsseldorf.«

»Und was steht drin?« Erik macht einen Schritt auf sie zu und streichelt ihr über den Arm, während Ian sich hinter sie stellt und ihr eine stützende Hand um die Hüfte legt. Ein starker Windstoß kommt über die Mauer. Luna dreht sich zu Ian, schließt die Augen und sortiert sich kurz.

Dann flüstert sie: »Ian?«

»Ja?«

»Was ist mit Ian?«, fragt Erik neugierig.

»Godric will, dass ich dich frage, wo du mich zum ersten Mal gesehen hast. Er behauptet, es wäre eine tolle Geschichte.« Ian stoppt seine Berührung und geht einen Schritt zur Seite.

»Und?«, wendet sich Erik an Ian. »Wann hast du sie zum ersten Mal gesehen?« Nun sehen ihn alle an. Erik mit seinem väterlichen, besorgten Blick, Luna mit ihrem Tränen unterlaufenen Gesicht und Valea, die so aussieht, als würde sie sich jeden Moment eine Tüte Popcorn bringen lassen. Luna sieht, wie er kurz wütend Valea fixiert, doch dann besinnt er sich sogleich und wendet sich direkt an Luna.

»Das möchte ich dir lieber unter vier Augen erklären. Es hat mit dem zu tun, worüber wir heute Morgen gesprochen haben. Das ist nicht so einfach.« Lunas Augen suchen sein Gesicht nach einer Erklärung ab, das mulmige Gefühl in ihrem Bauch von gerade kehrt wieder zurück und sie hält die Spannung bald nicht mehr aus.

»Was ist denn los?«

*Nun sag schon, dass du sie umbringen wolltest, du Feigling.*

Valeas Gedanken zwingen sich ungefragt in Lunas Kopf. Luna und Erik drehen sich zu Valea um. Während Erik verärgert und genervt wirkt, schaut Luna sie an, als hätte sie einen Geist gesehen.

Sie macht einen zögerlichen Schritt auf Valea zu: »Das ist nicht wahr! Nimm das zurück!«

»Sieh an, was unsere kleine Luna für ein Kunststück kann. Ich habe mir schon im Zug gedacht, dass du das kannst. Tut mir leid für dich und dein zartes Herz, aber es ist wahr. Frag ihn.«

»Was ist hier los? Was hast du gehört? Worüber redet ihr?«, fragt Ian.

Er kann nicht verstehen, was vor sich geht. Er ist der Einzige unter diesen vieren, der Gedanken nicht hören kann.

Luna blickt ihn wieder an. Sie nimmt seine Hände und fleht: »Sie sagt, du wolltest mich töten. Sie lügt. Sie wollen dich von mir trennen. Sie ist nur so wütend, weil sie von Godric sitzen gelassen wurde! Sie lügt! Sag mir, dass sie lügt!« Er weicht ihrem Blick für einen Moment aus, bevor er flehend in ihre unendlich traurigen Augen sieht.

»Bitte Luna, lass uns das woanders besprechen. Das ist nicht so einfach zu erklären.«

Sie nimmt eine Hand an ihr Herz, ihre Haare kleben an den frischen Tränen in ihrem Gesicht. Ohne darüber nachzudenken, fängt sie langsam an, rückwärts von ihm wegzugehen.

»Du … du … nein. Du warst es, der mich und meine Freunde in der Cenote angegriffen hat!« Sie dreht sich um und rennt zurück in Richtung Burg.

Ian will ihr hinterher, doch Erik versperrt ihm den Weg.

»Lass ihr Zeit, das Ganze zu verdauen. Sie hat viel über uns gelernt in den letzten Wochen, vielleicht kannst du es ihr nach einer Weile erklären.«

»War doch klar, dass das irgendwann passiert.« Valea strahlt ihn triumphierend an.

»Ich bring dich um, du Miststück!« Entgegen seinen Erwartungen schafft er es, ihr einen Faustschlag zu verpassen. Ihr Kopf dreht sich seitlich nach unten und verweilt dort einen Moment.

Er ist gerade lang genug, damit Ian realisieren kann, was er da getan hat. Seine Augen weiten sich, während er begreift – ein Angriff auf dem Grundstück der Burg. Wie soll er jetzt noch mit Luna reden? Valeas Kopf dreht sich ganz langsam zurück.

Durch die Haare, die ihr Gesicht verbergen, kann man schon den grünen Schein ihrer Augen sehen. Als sie Ian wieder direkt anblickt, sieht er ein bisschen Blut, das sich in dem Riss in ihren lächelnden Lippen sammelt.

»Genug! Valea, bitte verschwinde jetzt.« Erik packt Ian am Arm und blickt sichtlich enttäuscht von ihm zu ihr. Diese leckt sich das Blut von der Lippe und sagt: »Vielleicht kannst du sie ja zurückerobern, wenn du ihre Familie rettest, du Held!«

Dann dreht sie sich um und geht Richtung Torbogen in die beginnende Nacht. Erik hält ihn weiterhin am Arm fest und sieht ihn eindringlich an.

»Wenn du ihr jetzt hinterhergehst, stirbst du auf jeden Fall. Sie jagt am liebsten in der Gegend um Bran. Ich empfehle dir, ihr auszuweichen, zurück nach Bukarest zu gehen und von dort nach Deutschland zu reisen. Sollte das dein Wunsch sein.«

»Wieso schickst du nicht sie weg? Sie treibt ein ebenso falsches Spiel wie Godric. Hilf uns! Hör auf, hier herumzusitzen wie ein nichtsnutziger König und hilf Luna!«

»Ich kenne Valea seit über 1.000 Jahren. Denkst du nicht, dass ich weiß, dass sie falsch spielt? Doch das tun wir alle mal, aus den unterschiedlichsten Gründen. Nicht wahr, Ian?«

Jemand klopft an ihre Tür. Die Tür, die Ian immer genommen hat, weil sie im Flur liegt, der ihre Zimmer trennt.

»Geh weg!« Lunas Stimme ist vom Schreien und vom Weinen ganz heiser. Dann packt sie weiter ihre Tasche. Ein paar Teile Unterwäsche und T-Shirts, viel mehr wird sie nicht brauchen.

»Er ist schon weg. Darf ich eintreten?«, fragt Erik durch die geschlossene Tür.

*Er ist weg?* »Komm rein!«

»Danke. Hast du es nicht gesehen? Er hat Valea angegriffen und daraufhin musste ich ihn wegschicken. Was machst du da?« Verwirrt sieht Erik auf die Reisetasche.

»Ich packe. Ich muss zu meiner Familie. Ist Valea schlimm verletzt?«

»Nein. Aber ihre Lippe hat geblutet.«

»Das muss ein schöner Anblick gewesen sein! Aber ich habe jetzt keine Zeit für sowas. Ich muss zu meiner Familie.« Sie wiederholt den letzten Satz wie in Trance.

»Luna, das überlebst du nicht!«

»Ich weiß. Aber ich kann auch nicht hier sitzen und auf ihre Todesanzeigen warten oder auf mehr Post von Godric! Und da du mir nicht helfen willst, muss ich es allein tun.«

»Ich kann eben nicht hergehen, eine Burg für Neutralität gründen und gleichzeitig anfangen, draußen Menschen zu beschützen, oder zu rächen. Wo ist da das Ende und wo der Anfang? Das musst du doch verstehen! Außerdem kümmert sich schon jemand um deine Familie.

Ian ist gerade aufgebrochen.«

»Ian! Will er sie jetzt auch umbringen?«

»Traust du ihm das zu?«

»Ich weiß es nicht! Ich weiß gar nichts mehr!« Sie stützt sich auf dem Bett neben der Reisetasche ab und schließt für einen Moment die Augen. Die vergangenen zwei Wochen mit ihm waren so wunderschön gewesen. Sie hätte niemals damit gerechnet, so schnell zurück in den früheren Albtraum zu fallen.

Das ist ihr Fehler. Sie hat Godric beinahe vergessen. Jetzt holt dieser Umstand sie ein. Erik geht zu ihr hin und nimmt ihre Hände in seine. Ihr Puls wird langsamer und sie beruhigt sich wieder. Ihr wird warm ums Herz und ein Gefühl von Sicherheit und Vertrauen umhüllt sie.

»Das ist Schummeln, was du machst«, sagt sie mit einem Lächeln, dankbar für die Atempause, die Erik ihr mit seinem kleinen Trick und den leuchtenden Augen ermöglicht hat. »Was soll ich deiner Meinung nach jetzt tun?«

»Komm mit mir. Iss etwas und dann üben wir weiter an der Kontrolle der Gedanken.«

»Was soll das noch bringen?«

»Ach komm schon. Erstens macht es Spaß und dir entwischen immer noch regelmäßig Gedanken, die ich teilweise noch zwei Etagen tiefer hören kann.« Luna wird rot, als er das sagt und gleichzeitig tieftraurig, denn der Grund dafür, dass sie solche Gedanken hatte, ist nun weg. Er scheint ihre Stimmungsschwankung zu bemerken, denn er spricht weiter: »Und du weißt, sollte etwas passieren oder solltest du dich entscheiden zu einem Vampir zu werden, bist du bestens auf deine Fähigkeiten vorbereitet.«

»Woher soll ich wissen, ob ich ein Vampir werden will? Das Leben hier auf der Burg lässt es ja nicht zu, dass ich sehe, wie es ist, einer zu sein! Ich muss mich jetzt wirklich eher um meine Familie kümmern.«

»Jetzt ignoriere mal die Neuigkeiten von gerade und besinn dich auf die letzten Tage. Glaubst du wirklich, Ian würde dich und deine Familie im Stich lassen? Glaubst du wirklich, nach allem, was er dir erzählt hat, dass er damit leben könnte, dir nicht zu helfen?«

»Nein, das glaube ich nicht. Er hat heute Morgen von einem Angriff geredet. Davon, dass er es bereut und ich war so froh, dass er mir das anvertraut, das ich nicht richtig zugehört habe. Aber der Ort der Stille, von dem er sprach … Er hat meine Freunde ermordet. Ich weiß nicht, wie ich das verarbeiten soll … ich will etwas tun!« Luna blickt traurig und hilfesuchend zu Erik.

»Dann trainier mit mir und sei für alle Eventualitäten vorbereitet«, sagt er mit Nachdruck in der Stimme.

Luna atmet tief ein und noch tiefer aus.

*Er hat ja recht.*

Das ist das Beste, was sie machen kann.

Vertrauen und trainieren. Dann ist sie, was immer auch passieren mag, vorbereitet. Zur perfekten Vorbereitung ist ihr aber eine wichtige Zutat ausgegangen.

Mit einem schwachen Lächeln bemerkt sie: »Jetzt, wo du es sagst, mein Spezial-Tabasco ist aufgebraucht. Ich denke, ein warmes Chili würde zu dem kalten Wind da draußen passen. Danach üben wir. Alles ist besser, als herumzusitzen und über meine Situation nachzudenken. Ian mag mich belogen haben, aber niemals traue ich ihm zu, meiner Familie etwas zu tun. Ich bin sicher, er wird mir helfen, wenn er kann und wenn nicht, bin ich eh verloren.«

»Das klingt doch schon besser. Irgendwie.« Erik bietet ihr seinen Arm an und sie hakt sich bei ihm unter. Mit einem Augenzwinkern flüstert er ihr zu: »Dann wollen wir mal dein Tabasco wieder etwas aufpeppen.«

# Kapitel 21

Es ist nun drei Tage her, seit Ian gegangen ist. Luna bekommt jedoch Updates von Jonas und so weiß sie, wo er sich aufhält. Zuletzt checkte Ian im Hyatt in Düsseldorf ein und fragte Jonas nach der Adresse ihrer Eltern. Seitdem ist Funkstille.

Denn obwohl Jonas Ians Handy orten kann, möchte er Luna – so seine Aussage – nicht mit zu vielen Informationen wahnsinnig machen. Er versprach Luna jedoch, ihr zu erzählen, wenn Ian zu lange Zeit an einem Standort bleibt oder Düsseldorf verlassen sollte. Somit bleibt Luna nichts anderes übrig, als zu warten, mit Erik zu üben und die Abwesenheit von Valea zu genießen. Die ist weiterhin seltener auf der Burg als sonst.

Erik meint, sie ginge dann zu einem Freund, doch eigentlich interessiert das Luna herzlich wenig. Solange sie immer mal wieder in der Burg ist, kann sie nicht zu weit weg oder sogar in einem anderen Land sein und das ist alles, was ihr an Valea wichtig ist.

Das ermöglicht ihr, sich nicht noch mehr Sorgen um ihre Familie machen zu müssen und sich besser auf ihr Training mit Erik einzulassen. Mittlerweile kann sie fühlen, was

Erik fühlt, während er mit ihr seine Erinnerungen teilt. Sie kann das Brennen in ihrer Kehle spüren oder den Geschmack von Blut schmecken, wenn er sich daran erinnert. Hören, wie ein Herzschlag klingt und erleben, wie das Rauschen des Blutes in den Adern ein immer größeres Verlangen auslöst.

Sie kann aber auch fühlen, wie es ist, wenn er seine Kräfte einsetzt. Wie ihn Energie durchströmt, sobald er sich auf ein Gefühl oder einen Gedanken fokussiert. Das müssen die Momente sein, in denen seine Augen leuchten. Das Gefühl der Energie ist unbeschreiblich.

Erik kann ihr allerdings nicht erklären, warum er und Valea dieses Talent haben, die anderen Vampire aber nicht. Seine Theorie ist, dass es daran liegt, dass sie durch starke Emotionen und den Blutrausch zu Vampiren wurden, während die anderen nur ein wenig Blut von ihren Schöpfern bekommen und kaum mehr Gefühle vor der Verwandlung haben, als die Aufregung.

Um zu lernen, wie sie ihre Gedanken von anderen abschotten kann, muss sie versuchen, ihre Gedanken mit Erik zu teilen. Erinnerungen. Genauso, wie er es bei ihr macht. Das ist die Aufgabe, an der sie beide gerade arbeiten. Es soll ein starker Gedanke sein. Etwas sehr Emotionales.

Starke Emotionen sind wie Katapulte, sie suchen sich ihren eigenen Weg, solange sie stark genug sind. Luna will Erik zeigen, was in der Cenote passiert ist, um dann mit ihm aus Sicht eines Vampirs darüber reden zu können.

Er hat sie mehrfach gewarnt, dass negative Erinnerungen sehr kräftezehrend sein können, aber das hält sie nicht davon ab zu üben. Eine ruhige und angenehme Atmosphäre ist dafür unerlässlich, darum gehen sie dafür in den Keller.

Gleich rechts, vom IT-Raum abgehend, gibt es noch eine weitere Tür. Dahinter liegt das, was Erik den Spa-Bereich nennt. Tatsächlich ist es ein Bereich der völligen Ruhe. Es gibt verschiedene kleine Räume, in die nicht mehr als zwei Personen passen. Teilweise sogar nur eine.

Es gibt Liegen mit Massagefunktion und Zimmer, die lediglich mit dicken Teppichen und Sitzkissen ausgestattet sind. Kleine Tischbrunnen können für ein angenehmes Plätschern im Hintergrund aktiviert und Öle in Schalen mit Kerzen erwärmt werden. Es sind Orte, um sich selbst zu finden. Ruhe zu haben, zu meditieren oder zu lesen.

*So einen Ort hat Ian all die Zeit gesucht.*

Sofort überkommt sie das schlechte Gewissen, weil sie hier in Ruhe mit Erik meditiert, während Ian versucht, ihre Familie zu retten. In einer Großstadt voller Lärm. Sie ist es ihm irgendwie schuldig, zumindest zu versuchen, ihn zu verstehen und was ihn damals, in der Cenote, angetrieben hatte.

»Willst du den Brunnen anmachen?«, fragt Erik, der jedes Mal etwas anderes versucht, um Luna zu helfen, ihre Erinnerung an ihn zu übertragen. Denn bisher hat es kein einziges Mal funktioniert.

So sehr sie auch an diesen furchtbaren Moment in der Cenote zurückdenkt, er will einfach nicht raus aus ihrem Kopf und zu Erik.

»Gute Idee. Das Geräusch von Wasser könnte helfen. Ich verstehe einfach nicht, was ich falsch mache«, gesteht Luna.

»Kennst du das Gefühl, das du hast, kurz bevor du mit Schmerz rechnest? Vielleicht die Sekunde, in der du merkst, dass du gleich hinfällst?«, gibt Erik ihr als Denkanstoß.

»Hmmm ... meinst du das Adrenalin? Wie auf der Achterbahn, wenn man ganz oben ist und weiß – es geht gleich runter? Oder so wie wenn man sich ein Tattoo oder Piercing machen lässt und der Künstler zum ersten Mal ansetzt? Dieses Gefühl?«

»Ja, möglich. Diese Erfahrungen habe ich nicht gemacht. Aber ich denke, der Vergleich ist dienlich.«

»Wie bitte? Das werden wir nachholen, sobald alles vorbei ist!«

Erik betrachtet sie mit einem kurzen fragenden Blick, während er den Brunnen einschaltet: »Worum es mir geht, ist das Gefühl. Das hast du auch bei vielen negativen Erinnerungen. Es ist das Gefühl, das dazu führt, dass man Halt sucht, dass man die Muskeln anspannt und sich nicht rühren möchte.

Dies hält deine Erinnerung fest. Du musst dich bewusst entspannen, und zwar körperlich sowie geistig, sonst hältst du sie zurück. Verstehst du das?«

»Theoretisch ja, aber mir ist nicht bewusst, dass ich verkrampft bin oder mich festhalte. Okay, also noch entspannter.«

Sie setzt sich im Schneidersitz auf ein Sitzkissen. Erik stellt eine Kerze zwischen sie auf den Boden und schaltet das Licht aus. Dann setzt er sich ihr in gleicher Weise gegenüber. Nun gibt es nur noch Eriks Gesicht im Kerzenschein und das Plätschern des Brunnens neben ihr. Sie nehmen sich an den Händen und schließen die Augen.

Luna atmet noch einmal tief ein und beginnt, sich auf das spielerische Tropfen des Wassers zu konzentrieren. Vor dem Schwarz ihrer geschlossenen Augen flimmern kleine Punkte und formen langsam das Bild einer Cenote. Sie sucht nach dem Lastseil, das sie nutzen, um das Equipment abzulassen. Doch der Baum, an dem es befestigt war, steht nicht dort.

Dafür sind überall lange Farne und Vögel zwitschern in den Bäumen. Sie dreht sich um, damit sie die ganze Cenote überblicken kann und sieht sich selbst neben Ian am Rand des Senklochs liegen. Ihre Beine baumeln darüber und ihre Arme sind so nah, dass sie sich beinahe berühren.

*Ian ...*

Eine Träne rollt ihr über die Wange. Sie sieht noch einmal bewusst zu den beiden rüber und konzentriert sich. Das Bild vor ihren Augen verschwindet und es wird wieder schwarz.

*Wo ist der Baum mit dem Seil? Baum mit Seil, Baum mit Seil!*

*Locker bleiben …*

Sie merkt, dass sie sich versteift hat.

*Also alles nochmal von vorne. Tief ein- und ausatmen. Konzentrier dich.*

Ein Baumstamm vor einer schwarzen Leinwand. Es liegt ein weißes, zehn Millimeter dickes Seil mit blauen Punkten um den Baumstamm. Das Seil ist durch einen doppelten Mastwurf mit einem Spierenstich, also einem professionellen Knoten, abgesichert. Es führt vom Baum über zwei Meter Waldboden zum Rand der Cenote. Das Wasser darunter ist ruhig, blau und so klar, dass sie bis zum Grund sehen kann. Dort unten sieht sie Flossen. Schwarze Vollgummiflossen, so wie ihre. Mit weißem Edding wurden die Buchstaben L U N A darauf geschrieben. Sie sieht ihre eigenen Flossen. Sie taucht. Luna folgt dem Ruf ihrer Gedanken und springt hinein.

Im nächsten Moment sieht sie durch ihre Tauchmaske, wie ihre Lampe den Schatten von viel zu vielen Luftblasen an die Höhlenwand wirft. Alex hat ein Problem und gibt das Notsignal ab. Sie kann nicht genug sehen, weil Julia ihr im Weg ist. Sie versucht, näher heranzukommen, und sieht sich zur Seite nach mehr Platz um. Plötzlich ist Ians Gesicht direkt vor ihr. Blutüberströmt und mit gebleckten, langen Reißzähnen stürzt er sich auf sie.

Luna rutscht aus Eriks Händen und kippt nach hinten. In dem kleinen Raum berühren ihre Haare die Wand hinter ihr, als sie mit dem Rücken auf dem Boden ankommt.

Ihre Arme stützen sich mit den Ellenbogen vom Boden ab. Es dauert einen Moment, bis sie wieder weiß, wo sie ist.

Diesen nutzt Erik, um das gedimmte Licht an den Wänden einzuschalten und zu ihr zu gehen. Er hockt sich neben sie und bietet ihr eine Hand an, um ihr aufzuhelfen. Er lächelt sie schwach an, doch die Falten auf seiner Stirn schmälern den Aufmunterungsversuch.

Luna ist schwummrig und sie bemerkt, dass sie mit weit aufgerissenen Augen die Schatten des Kerzenlichts auf der Wand gegenüber anstarrt. Sie fühlt sich, als hätte sie einen Schock.

»Was war das?«, fragt sie ihn mit unverändertem Blick.

»Ich denke, das war eine Abwehrreaktion. Eine ziemlich Brutale, so wie du nach hinten gekippt bist. Was hast du gesehen? Ich konnte noch wahrnehmen, wie du tauchst, und dann brach die Verbindung ab«, sagt Erik.

»Moment!« Luna nimmt Erik endlich wieder bewusst wahr und dreht sich zu ihm um. »Du hast etwas gesehen? Es hat funktioniert? Wirklich?« Auf ihrem Gesicht breitet sich ein riesengroßes Lächeln aus und der Horror von eben wirkt fast wie vergessen.

Erik lächelt kurz. Eine Mischung aus Sorge und Neugier ist in sein Gesicht geschrieben.

»Ich habe alles empfangen, bis zu dem Moment, wo du unter Wasser warst. Ich konnte dich mit Ian an einer Cenote sehen, dann einen Baum mit einem Seil und dich unter Wasser. Doch als du mit deinem Geist abgetaucht bist, war ich plötzlich wieder in diesem Raum hier. Hast du eine Idee, warum?«

Luna sammelt sich kurz und versucht, sich zu erinnern, was passiert ist: »Ich bin in die Höhle am Grund der Cenote getaucht und war hinter Julia und Alex. Mein Licht schien auf die viel zu vielen Luftblasen, die von Alex' Atemapparat kamen, und Julia versperrte mir die Sicht. Ich wollte ihr ausweichen, um näher an Alex zu kommen, doch dann … dann war da …« Sie schüttelt den Kopf und ihr Oberkörper fängt an leicht vor und zurück zu wippen.

»Was Luna, was war da?« Erik beugt sich näher zu ihr. Ihr Herz geht schneller und ihr Atem wird schwer. »Diese Erinnerung war wirklich nicht die Richtige für den Anfang«, sagt er, während er ihr über den Rücken streichelt. »Hier kann dir nichts passieren. Bitte versuche zu beschreiben, was dann geschah.«

Sie stoppt in ihren Bewegungen, sieht Erik direkt ins Gesicht und flüstert: »Dann hat Ian mich angegriffen – aber so war es nicht! Ich habe ihn im Lampenschein gesehen und vor Schreck die Lampe fallen lassen. Als ich danach griff, hörte ich die Schreie und andere ungewöhnliche Geräusche und dann traf mich etwas. Wieso weicht diese Erinnerung von der Realität ab?«

»Luna, Erinnerungen sind eng mit unserer Fantasie verknüpft. Sie kann dir Streiche spielen, wenn du nervös oder ängstlich bist. Darum ist es so wichtig, ruhig zu bleiben. Kann es sein, dass ich die Verbindung verloren habe, weil du nervös geworden bist?«, fragt Erik nochmal genauer nach.

»In dem Moment, als ich hinter Julia schwamm, wurde ich wirklich nervös. Da habe ich gemerkt, dass es gleich so weit ist und ich den Angriff wieder sehen werde. Aber zu dem Zeitpunkt habe ich das nicht so wahrgenommen. Deswegen denke ich, das ist die perfekte Erinnerung zum Üben. Ich muss lernen, in den schwierigsten Momenten ruhig zu bleiben. Lass es uns nochmal versuchen.«

»Jetzt sofort?«

»Ja, jetzt sofort.«

# Kapitel 22

Der Wind weht kräftig im Düsseldorfer Hafen. Für Mai ist es ungewöhnlich kühl. Er vermisst die Sonne, die selbst in den Bergen Rumäniens mehr scheint als hier. Die Wolkendecke am Himmel macht den Tag deprimierend grau. Das passt zu seinem gewählten Treffpunkt.

Die Futtermittelfabrik wurde 2013 stillgelegt und ist genauso grau wie der Tag. Hinzu kommt, dass es in den verlassenen Gebäuden im Hafen in den vergangenen Jahren mehrere Säure-Unfälle oder Morde gegeben hat. Außerdem wurden dort auch unbekannte Leichen gefunden. Es gibt keinen besseren Ort, um seinen meist gehassten längsten Freund ein letztes Mal zu treffen.

Er hat seinem ehemaligen Mitbewohner vor der Wohnung von Lunas Eltern aufgelauert. Denn ihm war klar, dass er sie beobachtet und sie sich dort über den Weg laufen würden.

Godric zögerte nicht eine Sekunde, als Ian ihm vorschlug, sich bei Sonnenuntergang auf dem Dach der Fabrik zu treffen. Jetzt blickt er über die Industriegebäude, sieht in dem schwindenden Dämmerlicht die Hafenarme im Norden und im Westen den Rhein.

Die Dämmerung setzt ein und färbt das Wasser durch die Reflektion des Himmels rot.

*Er wird bald hier eintreffen und dann wird es endlich ein Ende geben.*

Sein Eigenes oder das des blonden Engländers. Gut, dass Valea doch irgendwann ausgeplaudert hat, dass der Kopf abgetrennt und der gesamte Körper verbrannt werden muss. Er kann hier und heute endlich Luna retten. Vielleicht wird sie ihm dann noch eine Chance geben.

Das Geräusch von Schritten hinter ihm auf dem Dach holt ihn aus seinen Gedanken.

»Du bist früh dran!« Ian dreht sich in die Richtung, aus der die Schritte kommen. Sein Widersacher läuft selbstbewusst wie eh und je auf ihn zu. Er trägt eine braune Lederjacke, einen weißen Pullover, blaue Jeans und braune Lederschuhe. Er sieht aus, als würde er auf ein Date gehen und nicht zu einem Kampf. Seine Körperhaltung ist komplett entspannt und er zeigt ein entwaffnendes, nahezu freundliches Lächeln. Wenn Ian den Ort nicht selbst ausgewählt hätte, würde er spätestens jetzt das Gefühl bekommen, in eine Falle gelockt worden zu sein. Der Muskelprotz vor ihm breitet die Arme etwas aus und lässt den Wind durch seine Finger wehen.

»Ich kann dich doch an deinem Todestag nicht warten lassen. Das wäre Folter, findest du nicht? Immerhin hast du dich so viele Jahre nach dem Ende gesehnt.« Ian schnellt ohne Vorwarnung auf ihn zu.

Nicht einem einzigen weiteren Wort aus seinem Mund will er ausgesetzt sein. Über 700 Jahre überhebliche Selbstbeweihräucherung und Machogehabe sind genug. Er packt ihn an den Oberarmen und reißt ihn zu Boden.

Die Wucht, mit der Ian auf ihn springt, ist so gewaltig, dass es klingt, als wäre eine Betonplatte umgekippt. Godric hat gerade noch genug Zeit seine Zähne zu fletschen und Ian anzuknurren, als der Boden unter ihm nachgibt. Beide krachen durch das Dach der Fabrik mehrere Meter tief auf eine riesige Portioniermaschine.

Ian zerreißt die Lederjacke an den Ärmeln und landet unsanft auf dem Boden neben der Maschine. Sein Gegner rollt sich zur Seite und fällt auf ein altes, staubiges Förderband. In der Fabrik ist es bereits sehr dunkel. Außer durch das Loch in der Decke und ein paar kleine Oberlichter an den Seiten der Fabrik, kommt hier kein Tageslicht rein. Ian kann den Staub riechen, der auf dem Förderband aufgewirbelt wurde.

Ian ist noch damit beschäftigt, sich zu orientieren, da hört er schon wieder Godrics überhebliches Geschwafel, das er gar nicht schnell genug loswerden kann.

»Das war ja eine süße Umarmung von dir. Ich hoffe, ich bin jetzt kein Ersatz für Luna. Habt ihr euch gebührend verabschiedet oder seid ihr im Streit auseinandergegangen?« Die Schritte, die Ian vernehmen kann, kommen von oben. Er lässt sich nicht von den Worten ablenken. Er braucht eine Strategie und sieht sich um.

Schwere Marmorbrocken wie in Mexiko, gibt es hier leider nicht. Die ganze Fabrikhalle ist ein Wirrwarr aus Fließbändern in verschiedenen Höhen und Ausrichtungen. Einige hängen nur noch halb an ihrer Deckenbefestigung, andere liegen zusammengebrochen auf dem Boden oder auf anderen darunterliegenden Förderbändern.

An der Decke sind Schienen angebracht, an denen eine Art Trichter mit einem Sack hängt. Hier mussten die Futtermittel über die Silos in den Sack und dann in die Portioniermaschinen geführt worden sein.

Die Förderbänder brachten daraufhin die Portionen zu den Verpackungsanlagen. Nun stehen nur noch einzelne Teile der Anlage und von dem Sack an dem Trichter sind lediglich zerfledderte Lappen übrig. Er kann nichts entdecken, was sich gut als Waffe nutzen ließe. Dann muss er Godrics Kopf eben mit bloßen Händen abreißen.

*Das wird nicht einfach, aber sollte funktionieren.*

Das Rasseln von Ketten bringt Ian dazu, sich umzudrehen. Gerade rechtzeitig.

Der Engländer steht oben auf der Maschine und hält die zwei Enden einer Kette in seinen Händen. Die so geformte Schlinge soll wohl dazu dienen ihn zu erhängen. Doch bevor die Kette sich um seinen Hals legt, schafft er es, sie zu greifen und diesen überheblichen Mistkerl daran herunterzuziehen. Statt ihn damit zum Taumeln zu bringen, gerät Ian selbst ins Wanken. Sein Gegner hat losgelassen und plötzlich ist die Spannung auf der Kette weg.

Ian sieht noch, wie Godric von der Maschine auf ihn herunterspringt und rollt sich im letzten Moment von ihm weg. Ohne Zeit zu verlieren, findet Ian seine Spannung wieder und greift erneut an. Das Ende der Kette, die er immer noch in der Hand hält, nutzt er als Schlagring und trifft seinen Feind damit direkt auf die Wange, während dieser noch gar nicht richtig auf dem Boden angekommen ist.

Die Wucht des Schlages haut ihn zurück gegen die Maschine, vor der Ian gerade noch gestanden hatte. Die Haut an seiner Wange ist aufgeplatzt und hängt teilweise in Fetzen sein Gesicht herunter. Blut tropft auf seinen mit Staub bedeckten weißen Pullover. Mit der zerrissenen Jacke, dem Dreck und dem Blut sieht der Vampir mit den eisblauen Augen im Moment viel mitgenommener aus als Ian. Er spuckt ein paar abgebrochene Zahnstücke aus und beobachtet, wie Ian die Kette um seine beiden Fäuste wickelt.

»Denkst du wirklich, du kannst mich jetzt einfach damit erwürgen?« Sein Widersacher steht seitlich zu der Maschine, neben der die Standbeine vom Förderband angebracht sind.

»Du redest zu viel«, lautet Ians kalte und abweisende Antwort.

Er stürmt in einer Millisekunde auf seinen Gegner zu, um ihn mit der Kette um den Hals gegen die Maschine zu drücken.

Plötzlich spürt er einen stechenden Schmerz in der Gegend, in der die Leber liegt. Etwas durchbohrt ihn, steckt in ihm. Ian drückt die Kette gegen Godrics Hals und stützt sich dabei an der Maschine hinter ihm ab. Doch der Schmerz ist nicht mehr zu ignorieren. Er kann nicht genug Kraft aufbauen, um den Hals zu zerdrücken. Er versucht es dennoch und drückt fester zu.

Der Mistkerl muss sich mit seinem, von Ian abgewandten Arm, eines der stählernen Beine vom Förderband genommen haben. Es entsteht ein tosender Lärm, als das Förderband nun haltlos neben den beiden zusammenbricht. Metall verbiegt sich, kleine Schrauben fallen aus ihren Ösen oder reißen ab und alles kracht markerschütternd auf den steinernen Boden.

Schmerz und Lärm lenken Ian so sehr ab, dass er einen schweren Faustschlag gegen die Schläfe bekommt, ohne vorher reagieren zu können. Gleichzeitig drückt sein Feind das Standbein tiefer in Ians Körper. Noch einmal ein fester Ruck und das Metall kommt, gepaart mit einem Geräusch, als würde Leder zerrissen, durch Ians Rücken wieder raus. Er spuckt Blut und lässt die Kette fallen. Ian weiß genau, dass er jetzt einen tödlichen Fehler gemacht hat.

Godric hält weiterhin das Standbein fest umklammert und packt Ian mit der anderen Hand an der Schulter. Dann stemmt er ihn hoch und schleudert ihn quer durch die Fabrikhalle. Ian landet auf einem weiteren Förderband, das sich bei seinem Aufschlag auf und ab biegt wie eine kunstvolle Schlange. Das Kunststoffband, auf dem das Futter einmal fuhr, zerreißt und fliegt davon. Doch die metallene Konstruktion darunter bleibt stehen, bis auf die letzten zwei Meter, die Ian bei seinem Fall mit sich reißt.

Der Engländer ist bei ihm in der Sekunde, in der er auf dem Haufen Blech und Schrott landet, den er bei seinem Fall mitgerissen hat.

Aus der Wunde in seinem Gesicht ziehen sich Fäden aus Blut und Speichel. Beim Sprechen fliegen feine Sprenkel aus seinem Mund und laufen ihm das Kinn hinunter.

»Schade, dass es gleich zu Ende geht, sonst hätte ich dich noch stundenlang mit meinem Gerede quälen können. Aber ich habe eine Verabredung mit der Familie May. Ich schulde dir noch die Erfahrung, wie es ist, einen Arm zu verlieren und danach mache ich schnell. Versprochen!«

Ian liegt mit Platzwunde an der Schläfe, Stange durch den Körper und unzähligen Schnittwunden auf dem Schrotthaufen und sieht sich verzweifelt um.

*Das kann es nicht gewesen sein!*

Der blonde Vampir beugt sich vor, tritt mit einem Bein neben seine Schulter und nimmt sich fast schon zärtlich langsam seinen rechten Arm. Ian schaut über seinen gebeugten Oberkörper hinweg. Der körperliche, ist nichts gegen den psychischen Schmerz – zu wissen, dass er Luna nie wiedersehen wird, das er versagt hat.

Während er auf das Trümmerfeld hinter Godric schaut, das er selbst bei seinem Flug durch die Halle gezogen hat, fällt ihm auf, wie die Kanten des ehemaligen Förderbandes eine scharfe Schneide bilden.

Fast wie bei dem Beil einer Guillotine. Nur, dass es hier nicht auf einer Schiene hängt, sondern als gebogenes Blech mit der Schneide in Richtung seines Feindes zeigt. Das ist seine Chance. Wenn er jetzt den Arm verliert, wird er ohnmächtig und dann ist es vorbei. Er muss handeln. Sofort!

Der Engländer ist so damit beschäftigt, den Schmerz in Ians Gesicht zu zelebrieren, dass er sich gar nicht darum schert, wo der gerade hinsieht. Ian greift nach dem Arm und zieht, als würde er versuchen, seinen eigenen zu befreien. Sein Gegner freut sich über diese Dummheit, denn mit Widerstand, ist es noch leichter den Arm zu überstrecken, um ihn besser abtrennen zu können.

Er beginnt, Ians Arm nach außen zu drehen. Eine Sehne reißt, doch Ians Ablenkung funktioniert – der überhebliche Soldat ist ganz mit der Verstümmelung des Arms beschäftigt.

In dem Wissen, dass dies der letzte Versuch sein wird, den er unternehmen kann, um doch noch zu gewinnen, sammelt Ian alles, was er an Kraft aufbringen kann. Die nutzt er, um seinen alten Freund so schnell, wie es einem verletzten Vampir möglich ist, von sich wegzudrücken. Sein Widersacher, der sich nach hinten lehnt, in dem Versuch den Arm abzureißen, und nicht mehr mit weiterer Gegenwehr gerechnet hat, wird davon überrascht, dass Ian ihm entgegenkommt.

Er verliert das Gleichgewicht und wird nach hinten geschoben. Mit seinem verletzten Arm vor Godrics Brust, drückt Ian ihn so heftig wie möglich und ohne Rücksicht auf Verluste nach hinten.

Als das Blech durch das Fleisch des Vampirs mit den eisblauen Augen schneidet, ist es beinahe geräuschlos. Doch als es auf die Knochen trifft, die nur durch die gewaltige Wucht durchtrennt werden, ist das Knacken und Bersten der Wirbelsäule und Rippen, Musik in Ians Ohren. Er wird von der rechten Achsel quer über die Brust bis zum linken Halsansatz durchtrennt, genauso wie Ians Unterarm, der an dieser Stelle Druck ausübt und selbst seine Brust bekommt noch einen kleinen Schnitt ab. Der Schmerz ist unbeschreiblich. Ian sackt auf der Stelle zusammen und kämpft mit der Ohnmacht.

»Komm schon, bleib wach! Komm schon! Es ist noch nicht vorbei!« Unter flackernden Augenlidern erkennt Ian seinen Arm auf dem Boden. Er nimmt ihn und drückt ihn wieder an seinen ursprünglichen Platz. Die Berührung brennt wie Feuer.

*Wenn es brennt, dann heilt es,* denkt er noch, während der zusätzliche Schmerz ihn in die Ohnmacht gleiten lässt.

Das Geräusch von tropfendem Wasser sucht sich seinen Weg in Ians Bewusstsein. Es verursacht ein leichtes Echo in dem großen Raum. Seine Sinne nehmen den Geruch von Staub und Blut wahr. Hinzu kommt Metall und der modrige Dunst von alten Lappen. Sein Bauch und sein Arm fühlen sich an, als würden sie brennen. Aber der Schmerz ist schon erträglicher geworden. Etwas über ihm fängt an, kaum hörbar zu rutschen und schmatzende Geräusche zu verursachen. Ian liegt immer noch mit geschlossenen Augen auf dem Boden. Er hat Probleme sich zu erinnern, wo er ist.

Godrics Kopf mit einer Schulter rutscht langsam von dem Förderband, das ihn zerteilt hat. Es klingt fast, als würde jemand durch Schlamm waten. Dann gleitet der abgetrennte Teil seines Körpers von dem Metall und landet neben dem unteren Rest von ihm. Der Engländer ist sich quasi selbst vor die Füße gefallen und nur ein paar Zentimeter von Ian entfernt gelandet. Der schreckt auf und erinnert sich mit einem Mal wieder, was los ist. Als er sich umsieht, blickt er direkt in eisblaue, tote Augen.

»Jetzt guck mich nicht so geschockt an. Du hast mich schon immer unterschätzt und das wusstest du auch.« Er hustet etwas Blut aus und erklärt dem Toten, wie es weitergeht: »Jetzt ziehe ich mir diese Stange aus dem Leib und dann sehen wir mal, wie wir ein schönes warmes Feuer für dich anmachen, bevor du gleich wieder anfängst zu reden.« Ian weiß nicht, ob das möglich ist, wenn man so zugerichtet ist wie er. Aber es muss ja einen Grund geben, warum man einen Vampir nach der Enthauptung verbrennen soll. Und als redende Dekoration will er den Kopf nicht aufbewahren.

Er dreht Godrics Gesicht von sich weg und fängt an, die Metallstange aus sich raus zu ziehen. Der Schmerz, der dabei seinen ganzen Körper zum Zittern bringt, ist so schlimm, dass er innehalten muss, um einen Schwall Blut zu erbrechen. Nachdem er endlich von der Stange in seinem Körper befreit ist, stützt er sich noch eine Weile auf allen vieren ab, um Kräfte zu sammeln. In diesem Zustand durch die Halle zu irren und nach Brennbarem zu suchen, wird nicht einfach. Und ein Feuerzeug hat er auch nicht dabei.

*Verdammt! Aber ich wette, unser Gigolo hat eins, um die Raucherinnen einzuwickeln.*

Ian kriecht, immer noch auf allen vieren, zu den Beinen und durchsucht die Hosentaschen. Nichts. Dann eben die Jacke. Viel ist davon nicht mehr übrig, doch die Innentaschen sind noch da. Und darin befindet sich tatsächlich ein metallenes Sturmfeuerzeug mit den Initialen GH drauf.

*Perfekt! Jetzt noch ein bisschen brennbares Material, um dem Blut entgegenzuwirken und dann kann ich hier weg.*

Ian zwingt sich auf die Beine und sucht mit seinen scharfen Augen nach allem, was aussieht wie Holz oder Stoff. Nur sieht es nicht danach aus, dass er hier etwas Hölzernes finden wird. Selbst die Stühle sind aus Plastik und Metall. Die Oberflächen der Förderbänder bestehen eher aus Gummi. Was soll er nehmen? Er sieht sich weiter um und stößt auf einen kleinen Stofffetzen am Boden. Das aussieht wie …

*... der Sack!*

Der Sack von der Decke. Dieser hat sich aufgelöst und die Teile müssen alle hier im Umkreis liegen. Er folgt den Schienen an der Decke, die der Trichter mit dem Sack früher gefahren ist, und schafft es tatsächlich, einen Knäuel Stoff – etwas kleiner als ein Fußball – zu sammeln.

Dann geht er zurück zu Godric und streift ihm die Jacke ab. Leder würde das Feuer nur ausbremsen. Dann reißt er die Gliedmaßen ab und stapelt sie wie Holz für ein Lagerfeuer. In die Mitte positioniert er Pullover und die Stoffteile des Sacks und steckt sie mit dem Feuerzeug an.

Er wartet, bis die blonden Haare Feuer fangen und die Augen in den Höhlen platzen. Seine Haut wirft Blasen und die Ränder der gerissenen Platzwunde färben sich schwarz.

Ian hat genug gesehen. Der englische Soldat ist nicht mehr und er selbst muss zusehen, dass er jemanden findet, an dem er sich stärken kann. Falls er das nicht tut, ist er darauf angewiesen, denjenigen auszusaugen, der ihn hier findet, und durch das Feuer wird das wahrscheinlich entweder ein Polizist oder Feuerwehrmann sein. Darauf will er es nicht ankommen lassen.

Er taumelt raus in die pechschwarze Nacht. Das Feuer hinter ihm wirft seinen Schatten voraus und Ian fängt langsam an zu begreifen, dass die Person, die er am längsten auf der Welt kannte, fort ist.

Die Erleichterung darüber, dass Lunas Albtraum nun vorbei ist und er die Chance erhalten wird, sich bei ihr zu entschuldigen, ist dennoch begleitet von einem schweren Gefühl der Bedrückung. Godric war nervig und sie hassten sich, doch sie verbrachten mehr Zeit miteinander, als für die meisten Geschöpfe in dieser Welt überhaupt möglich ist.

Sollte Luna ihm nicht vergeben, ist er nun wirklich allein auf der Welt. Der Gedanke macht ihm Angst, doch er schiebt ihn beiseite.

Ein Geruch lenkt seine Aufmerksamkeit auf sich. Es riecht nicht besonders einladend. Die beißenden Noten von Schweiß, Öl und Zigaretten vermischen sich vor seiner Nase. Im Schein des Feuers, das nun durch die Oberlichter dringt, erhellen sich die Reflektoren auf der orangenen Jacke eines Mannes. Er hält mit einer Hand seinen Rucksack und in der anderen eine Zigarette.

Neugierig zieht er daran und blickt in Richtung des Feuers. Ian geht auf ihn zu und wird schon von Weitem von ihm angesprochen: »Hey, hast du das Feuer bemerkt? Ich habe die Feuerwehr angerufen, aber will nach Hause. Du kannst doch sicher hierbleiben und dir das ansehen, oder? Dann kannst du denen ja sagen, was hier los ist. Ich musste Überstunden kloppen und hab echt kein Bock, jetzt hierzubleiben. Das verstehste sicher!«

Ian antwortet nicht und geht langsam weiter auf den Mann zu. Er ist etwas dreckig, als käme er direkt von der Schicht in einer Fabrik oder Werkstatt. Doch Ian sieht um einiges schlimmer aus. Blut und Staub haften überall an ihm. Der Mann kann das allerdings schlecht sehen, da er Ian gegen das Licht des Feuers ansieht.

»O mein Gott! Bist du verletzt? Es tut mir leid, das habe ich vorher nicht gesehen.« Er lässt seinen Rucksack und die Zigarette fallen, läuft Ian entgegen und schlägt seinen Arm um ihn, um ihn zu stützen. Der strenge Gestank von Schweiß drängt sich in Ians Nase, doch er nutzt diesen Umstand und lässt sich, wie bei einem Schwächeanfall, gegen seinen Helfer fallen. Der Mann fängt ihn auf und lässt, völlig überfordert mit der Situation, Ians Kopf auf seiner Schulter ruhen. Ian macht es schnell. Er beißt zu und saugt den Mann fast in einem Zug komplett leer.

Dann verwischt er seine Spuren, indem er sein Opfer ins Feuer schleppt und macht sich auf ins Hotel. Seine Wunden müssen heilen, bevor er Deutschland wieder verlassen kann.

Während Luna in dem kalten Keller auf den Bildschirm starrt, merkt sie, wie ihr eine warme Träne die Wange herunterläuft und sich kitzelnd den Weg am Unterkiefer zum Kinn entlang schleicht.

Mit dem Ärmel ihres blauen Pullovers, der in ihre Handflächen eingerollt ist, wischt sie sich das Gesicht ab und trocknet sich die Augen.

*Wieso weine ich überhaupt? Er hat es verdient.*

Ohne Tränen und mit klarer Sicht, liest sie sich die E-Mail noch einmal durch.

Von: Ian MacRury
An: Luna May

Hi.

Ich weiss nicht, wo ich anfangen soll, also beginne ich mit einer Entschuldigung. Das letzte Mal, als ich dich sah, war dein Herz gebrochen. Ja, es stimmt. Wir haben uns zum ersten Mal in der Cenote gesehen. Und ja, ich haette damals deinen Tod in Kauf genommen, um meine Zuflucht fuer mich zu behalten. Vor dir war ich verloren. Einsam und wenig am Leben interessiert.

Ich haette dir das alles persoenlich sagen sollen, aber ich war zu feige und ich habe noch immer Angst dich zu verlieren, falls das nicht schon laengst passiert ist.

Luna, deine Staerke damals hat mir Staerke gegeben. Hat mich wieder neugierig aufs Leben gemacht. Seit ich dich im Cafe Bamboo wiedergesehen habe, will ich alles ueber dich wissen, will wissen, dass es dir gut geht und moechte eine Rolle in deinem Leben spielen. Ich hoffe, du glaubst mir, wenn ich sage, dass alles, was von da an passierte, in guter Absicht und mittlerweile aus Liebe geschah.

Um dir das zu beweisen, bin ich nach Duesseldorf gereist und habe Godric aufgespuert. Es freut dich hoffentlich zu hoeren, dass es deiner Familie gut geht und dass er keine Gefahr mehr darstellt. Fuer niemanden, nie wieder.

Ich werde nach Hause gehen. Wenn du mich wiedersehen willst, wenn du mir noch eine Chance geben wuerdest, dann schreib mir. Ich hole dich ab und wir koennen zuerst deine Familie besuchen und anschliessend wuerde ich dir gerne mein, dann aufgeraeumtes, Zuhause zeigen!

Ich verbleibe, in Hoffnung und Liebe
dein Ian

Sie lehnt sich in ihrem Stuhl zurück, atmet tief ein und langsam und lange wieder aus. Mit gemischten Gefühlen denkt sie: *Godric ist tot.*

Sie dreht sich im Stuhl um und steht auf. Jonas sieht über seine Schulter zu ihr herüber: »Gute Neuigkeiten?«

»Ja, ich glaube schon. Darüber muss ich erst noch nachdenken.

Aber meiner Familie geht es gut. Das ist wunderbar.«

»Das freut mich für dich.« Er zwinkert ihr zu und dreht sich dann wieder in Richtung seiner Bildschirme. Ohne den Computer zu sperren, geht sie weg und steigt die Treppe hinauf zum Spiegelsaal.

Sie erschreckt kurz vor der obersten Stufe, als plötzlich Valea vor ihr steht. Im ersten Moment denkt sie, sie würden zusammenstoßen, doch Valea bewegt sich keinen Millimeter und steht stocksteif dort am obersten Treppenabsatz. Ihre Augen sehen leer aus und scheinen nirgendwo hinzusehen. Sie starrt einfach vor sich hin, wie in Gedanken verloren. Luna kennt dieses Gefühl und versucht, sie wieder in die Gegenwart zu holen.

»Ich habe dich nicht kommen sehen. Geht es dir gut? Willst du zu einem der Jungs? Sie sind alle da unten.«

Valea braucht einen Moment, um zu realisieren, dass jemand mit ihr spricht. Sie kneift die Augen zusammen und dreht den Kopf, als hätte sie Kopfschmerzen. Dann sieht sie Luna an, als hätte sie ihre Gedanken wiedergefunden.

Ihre Lippen formen ein Lächeln, das jedoch nur bis zu den Mundwinkeln reicht. Die Augen bleiben kalt und unergründlich. Aber das ist Luna eigentlich schon seit der Zugfahrt gewohnt.

»Geht ihr heute Nacht jagen?«, versucht sie es erneut mit Smalltalk.

»Nein …« Dann scheint Valea etwas einzufallen.

»Das heißt, ja. Ich denke, ich werde gehen. Ich könnte etwas Zerstreuung gebrauchen, denke ich.«

»Das könnte ich auch. Dann viel Glück dabei und bis morgen.« Mit den Worten schlängelt Luna sich an Valea vorbei und geht auf direktem Weg zu ihrem Zimmer.

Das war komisch. Valea hat noch nie so abwesend und verwirrt gewirkt. Doch das ist nicht Lunas Problem. Sie will noch eine Nacht darüber schlafen, aber nach diesen Neuigkeiten ist sie sicher, morgen aufbrechen zu wollen. Gleich morgen früh will sie sich von Erik verabschieden und gehen. Nur soll sie zuerst zu ihrer Familie fahren oder zuerst zu Ian? Ob sie ihm vergeben kann, weiß sie noch nicht, aber sie möchte mit ihm reden.

*Wo lebt er eigentlich? Am besten bitte ich Jonas, das für mich herauszufinden, bevor er gleich oder morgen zum Jagen verschwindet.*

Kurz vor dem Treppenturm dreht sie deswegen wieder um und geht zurück in den Keller, um Jonas zu bitten, Ians Adresse in Schottland für sie herauszusuchen. Sie hört beim Umdrehen noch, wie die schwere Eichentür der Burg zuschlägt, denkt sich aber nichts dabei. Im Keller angekommen dreht Jonas sich verwundert um.

»Du bist schon wieder hier?«

»Ja, ich wollte dich noch um einen Gefallen bitten.«

»Du läufst ja bald so schnell hin und her wie wir. Wie kann ich dir helfen?« Luna versteht die Bemerkung nicht. Sie ist nicht wirklich besonders schnell gelaufen, aber das ist jetzt auch nicht wichtig. Jonas verspricht ihr, die Infos per E-Mail zu schicken, bevor er geht und verabschiedet sich schon mal von Luna.

Voller Vorfreude geht sie zurück zu ihrem Zimmer. Sie wird sich bei Ian bedanken können für alles, was er für sie getan hat. Sie wird ihre Familie wiedersehen können und vielleicht, ja vielleicht, kann sie ihm sogar verzeihen.

# Kapitel 23

Valea geht in den Keller, denn sie kann Lunas Gedanken, den sie eben gehört hat, nicht glauben. Der PC, an dem Luna saß, ist nicht gesperrt und selbst die E-Mail von Ian ist noch geöffnet. Sie liest die Nachricht und rennt dann einfach los.

Sie denkt nicht darüber nach, was sie tut. Sie läuft hinter Luna her, bis zum Eingang des Spiegelsaals. Doch dann überkommt sie der Drang einfach weiter zu rennen und anstatt ebenfalls rechts abzubiegen wie Luna, läuft sie geradeaus durch die Tür aus der Burg hinaus. Sie muss mit jemandem reden, dem sie ihre wahren Gedanken offenbaren kann. Jemandem, dem sie vertraut.

Petre ist im Stall bei den Ochsen, die seine Karre den schweren Weg durch das Gebirge ins Tal und wieder zurückziehen. Er ist gerade dabei, das Tor zur Box zu verriegeln, als sie sich hinter ihn stellt.

*Valea.*

Sie liebt es, wenn er ihren Namen denkt. Es ist nur ein Hauchen, doch es ist voll von Begehren. Genau das, was sie jetzt braucht. Sie dreht ihn zu sich um, zerreißt sein

Oberhemd, küsst seinen Hals und spürt das Pulsieren seines Blutes unter der Haut an ihren Lippen. Dann schließt sie die Augen und hält inne.

Dieser Impuls, der Reiz, ihn hier und jetzt auszusaugen, bis der Trommelschlag in seiner Brust verstummt, ist unbeschreiblich. Das liebt sie besonders daran, mit ihm zusammen zu sein. Es ist berauschend. Mit einem leichten Stoß wirft sie ihn auf einen Haufen frischen Heus.

Sie lässt ihn dabei zusehen, wie sie sich auszieht. Er hat ihr einmal gesagt, dass das aussähe, als würde sie einen Kelch weißer Milch über sich gießen. Er ist so gefesselt von ihren fließenden Bewegungen und hypnotisierenden Rundungen, dass sie sieht, wie er beinahe vergisst, seine Hose weiter zu öffnen.

Valea setzt sich auf ihn, zerreißt den Rest der Hose, der noch zwischen ihnen liegt und lässt ihn quälend langsam in sich hinein gleiten. Dann beißt sie sich in die Handfläche, bis sie blutet und legt sie auf seinen Mund. Gleichzeitig saugt sie Blut aus seinem Finger und beginnt sich rhythmisch, passend zu seinem Puls zu bewegen. Immer schneller, immer fordernder. Sie spürt seine Zunge in ihrer empfindlichen Handfläche, das Kribbeln breitet sich über ihren ganzen Körper aus. Sein Mittelfinger wird immer wärmer, wegen des Blutes, das sie hinaussaugt.

Sie nimmt ihn aus dem Mund und fährt damit zwischen ihre Brüste zum Bauchnabel. Dabei malt sie mit Petres Blut eine kleine rote Linie über ihre Haut.

»Sei ein guter Junge«, flüstert sie ihm stöhnend entgegen. Er beginnt sie mit seinem Finger zusätzlich zu stimulieren, während seine andere Hand hinter sie greift und sie stärker an sich heranzieht.

Es dauert nicht lange. Erschöpft und glücklich liegt Petre einen Moment später neben Valea im Heu.

»So schön das gerade auch war – ich kenne dich doch! Möchtest du mit mir darüber reden?«, fragt Petre.

»Nein!« Valea liegt im Heuhaufen und starrt an die Decke. Muss er diesen schönen Moment, in dem sie abgelenkt ist, jetzt zunichtemachen?

»Ach, komm schon. Du weißt, du kannst mit mir über alles reden. Es ist erst zwei Wochen her, dass du hier warst und genau dasselbe gebraucht hast. Schneller Sex hilft dir da nicht. Was hat er nun wieder angestellt? Noch ein böser Brief oder hat er das Mädchen getötet? Ich würde mich nie so von dir ablenken lassen.«

»Du bist nicht er.« Valea steht auf und sieht ihn an wie ein Insekt. Klein, zerbrechlich, vor ihr kriechend wie ein Wurm.

*Widerlich! Was bildet er sich ein?*

Sie weiß, dass er niemals an Godric heranreichen wird und dass sie ihn liebt, länger schon, als Petre überhaupt in der Lage ist, sich vorzustellen.

»Valea«, sagt er und steht ebenfalls auf, zieht seine Hose hoch und knotet sie fest, während er auf sie zustolpert.

»Nun komm schon. Was hat er schon wieder angestellt?«

»Er ist tot!« Sie steht vor ihm mit geballten Fäusten, ihre Augen leuchten und sie brennt innerlich vor Hass. Ihr Schmerz ist nicht vergangen und Petres Fragerei macht es nur noch schlimmer. Er zwingt sie dazu, darüber zu reden. Es zuzulassen, wahr zu sein. Sie kann den Schmerz nicht mehr verdrängen. »Bist du jetzt zufrieden? Freut dich das? Er kommt nie mehr wieder. Er wird nie mehr bei mir sein und diese Schlampe läuft immer noch herum!«

»Er ist tot?« In dem Moment, in dem er es ausgesprochen hat, weiteten sich seine Augen. Seine Stimme klingt falsch und nicht so, wie sie es hätte tun müssen. Hell und klar wie das Glöckchen an der Tür zur Post, das freundlich zappelnd neue Kundschaft ankündigt.

»Valea, ich …« Es ist zu spät. Sie hat es gehört. Sie hat den winzigen Anflug von Freude gehört. Das wird er büßen.

Der Stall ist von einem leuchtenden Grün erhellt. Petre geht auf seine Knie und streckt ihr die gefalteten Hände entgegen.

»Bitte! Ich flehe dich an! Es tut mir leid!« Doch ihr Blick bleibt eiskalt.

»Schön, dass du dich auch darüber freust!« Sie hebt ihren Unterarm auf Höhe ihrer Hüfte. Dann dreht sie ihre Hand mit drei ausgestreckten Fingern. Petres Kopf dreht sich beinahe um 180 Grad, sodass der Wirbel am Hinterkopf, der aus der Haut herausragt, nun den Adamsapfel an seinem rumgerissenen Hals berührt. Dann fällt Petre nach vorne und das Blut aus seinem Nacken spritzt über sein verzerrtes Gesicht auf Valeas nackte Füße.

»Ich lasse niemanden froh darüber sein!« Mit einem Fingerschnipsen ist sie bekleidet und läuft aus dem Stall durch die Nacht. Zurück in Richtung Burg. Auf dem Weg dorthin trinkt sie jeden leer, der ihren Weg kreuzt. Sie will sich stärken und ihrem Ärger Luft machen. Sie wird nicht mehr das wohl erzogene Schoßhündchen der menschlichen Gesellschaft sein.

Genug mit dem Verstecken. Sie ist Valea Adrelean, zusammen mit Erik ist sie der älteste Vampir der Welt, sie hat magische Kräfte und ist unsterblich. Unbesiegbar. Wenn sie töten will, dann tut sie das auch! Jetzt ist Schluss mit den Regeln!

Auf ihrem Weg löscht sie das Dorf Rucăr beinahe vollständig aus und auch die zwei Herbergen am Fuße des Berges zur Burg werden nicht von ihr verschont. Sie trinkt direkt aus den Schlagadern oder Kehlen, wo auch immer ihre Zähne einschlagen. Fliehende Menschen hält sie fest oder friert ihre Bewegungen ein, damit sie nicht wegkönnen.

Sie lässt sie zusehen. Frauen, wie sie ihre Männer aussaugt, Kinder wie sie ihre Eltern verstümmelt.

Niemand überlebt und der Horror in den Augen der unfreiwilligen Zeugen spornt sie noch mehr an, ihre Macht zu demonstrieren. Sie mordet bis zur bevorstehenden

Morgendämmerung. Als sie beginnt, die wärmer werdende Luft zu riechen, macht sie sich auf, die Burg zu erreichen, bevor die Sonne gänzlich aufgegangen ist.

Erik sieht Valea durch das Fenster zu, wie sie den Hof betritt. Ihre Kleidung, die Hände und ihr Gesicht sind bedeckt mit Blut. Er hat die Neuigkeiten von Jonas gehört und schon damit gerechnet, dass Valea Godrics Tod nicht gut verkraftet. Seine Hoffnung besteht darin, dass sie sich nun ausgetobt und ihre Besinnung wiedergefunden hat.

*Weshalb sollte sie sonst wieder zurückkommen?*

Doch ohne Zweifel wird er das bald herausfinden. Es dauert keine drei Minuten, da ist Valea auch schon in seinem Zimmer und steht hinter ihm am Fenster, durch das er sie eben noch beobachtet hat.

»Du hast es sicher schon gehört. Ich will Rache!«, sagt sie.

Er kann sich ihr noch anschließen. Er, der sie alle verflucht hat, vor so vielen Jahren. Wenn jemand ihren Schmerz verstehen muss, dann er. Doch er hat genug von der Gewalt in seinem Leben. Schon seit langer Zeit. Deshalb haben sie die Burg geschaffen.

»Auf welcher Grundlage denkst du, ein Recht auf Rache zu haben?«, fragt er Valea, in der Hoffnung ein vernünftiges Gespräch, wird sie wieder klar sehen lassen.

»Er war meine Schöpfung, niemand hat das Recht …«

»Ian ist auch deine Schöpfung«, unterbricht er sie.

Valea muss nicht einmal über eine Antwort nachdenken, wie auf Kommando antwortet sie: »Er war mein Lebensbegleiter!«

»Er hat dich verlassen. Er hat dir klar gesagt, dass du ihm nichts bedeutest, als er ging. Valea, das ist Wahnsinn, was du von dir gibst. Das weißt du selbst, du weißt genau, dass Vampire, die so handeln, den Boden unter den Füßen verlieren. Bitte finde zu dir. Jahrhunderte hast du zugesehen, wie sie gegenseitig versuchten, sich umzubringen, und dich dabei köstlich amüsiert. Hast du nie daran gedacht, dass es eines Tages einer von ihnen schaffen könnte?«

Diese Frage lässt sie stocken. Nein, offensichtlich hat sie das nicht. Wie hätte man auch nach so vielen Jahren glauben sollen, dass es wirklich einmal einem gelingen könnte? Dennoch zieht sie die Augenbrauen zusammen und raunt Erik entgegen: »Doch Ian hätte nicht gewinnen dürfen. Er war nie der Starke. Verdammt nochmal – er hat sein Vampirdasein damit verbracht, zu versuchen, sich umzubringen.«

»Jetzt hat er etwas, wofür er kämpft. Hast du wirklich vergessen, wie das ist? Hast du vergessen, wie wir zu dem geworden sind, was wir sind? Welche Macht Gefühle in dieser Welt haben?« *Siehst du das nicht?*

»Was redest du da? Als ob Ians Schwärmerei für Luna dasselbe auslösen könnte, wie es bei uns damals der Fall war. Zu solchen Gefühlen ist er gar nicht fähig. Erik! Ich erwarte, dass du mir hilfst. Ich will meine Rache! Sie steht mir zu, genauso wie deine Hilfe!«

Erik schüttelt den Kopf und sieht wieder aus dem Fenster. So schnell wird er sie nicht abhalten können. Ian ist ihm egal, soll sie tun, was sie für nötig hält. Luna ist hier und somit sicher. Das ist es, was ihn interessiert.

»Tu was du nicht lassen kannst. Ich habe noch mit Luna zu tun und ich hoffe sehr, dass sie nicht eine solch blinde Rachsucht hegen wird wie du, falls du dich entscheidest, deinen Weg weiterzugehen.«

Valea fängt an zu gackern wie ein Huhn: »Luna, Luna, Luna! Was soll sie schon tun, um sich zu rächen? Soll sie mich mit Knoblauch bewerfen? Hat sie hier allen den Kopf verdreht oder was?«

»Ich verstehe deine Wut, aber ich werde mich da nicht einmischen. Rache ist eine unendliche Spirale, die noch nie etwas Gutes hervorgebracht hat. Beide sind deiner Linie entsprungen, sieh du also zu, wie du mit ihnen klar kommst.« Valea dreht sich ohne ein weiteres Wort um. So hat er sie noch nie gesehen. Klar, sie ist ein Monster gewesen, so wie er auch. Am Anfang sind alle Vampire das eine Zeit lang. Valea hat diese Seite bis heute immer an sich genossen. Doch blinde Wut, Töten aus Rache. Das hat sie bisher nicht nötig gehabt. Jedoch hat sich ihr bisher nie jemand widersetzt, so wie Ian und Godric es nun beide getan haben.

Als Valea weg ist, will Erik mit Luna weiter üben. Sollte sie je ein Vampir werden wollen, würde sie es leicht haben, ihre Kräfte zu kontrollieren und sich ihren neuen Trieben schneller widersetzen. Wer weiß, was sie tun will, sollte sich Valea wirklich an Ian rächen. Sie macht gute Fortschritte, auch wenn ihr ab und an noch Gedanken entwischen. Erik schickt Adrian zu Luna, um ihr mitzuteilen, dass er in einer halben Stunde mit ihr üben will. Dann setzt er sich in seinen Sessel und denkt über die Situation mit Valea nach.

Er weiß nicht genau, wie lange er nun schon hier sitzt und nachdenkt, doch plötzlich erwacht Erik mit einem unguten Gefühl aus seiner Grübelei. Luna ist immer noch nicht bei ihm. Normalerweise trödelt sie nicht und ist pünktlich an Ort und Stelle, wenn er nach ihr schicken lässt. Er wartet noch einen Moment ab und überlegt, wie er ihr am schonendsten beibringen kann, dass Valea Rache für Godric fordert.

Dann bekommt er wieder dieses ungute Gefühl, er hat viel zu lange seinen Gedanken nachgehangen und merkt erst jetzt, dass die Sonne in sein Zimmer scheint. Etwas drängt ihn, selbst nachzusehen, wo Luna sich aufhält. Ist er zu unbedarft gewesen?

Aber was soll schon geschehen? Luna ist in Burg Umbrelor, dem Ort des Waffenstillstands. Erik folgt dem langen dunklen Flur bis zum Westende, geht dann nach links zum Treppenturm und steigt die zwei Etagen zu Lunas Zimmer hinauf. Die linke der zwei Türen im Turm öffnet sich direkt in ihren Raum. Er klopft zweimal sanft an die Tür und hält dann kurz inne.

*Dieser Geruch. So süß und metallisch.*

Diesen Duft würde er überall und zu jeder Zeit erkennen. So intensiv. Er stellt die Atmung ein und spannt jede Faser seines Körpers an, um bereit zu sein, für was auch immer er gleich in diesem Zimmer erblicken wird.

Die Tür schwingt auf. Das Licht im Zimmer ist das sanfte Orangerot der schwächer werdenden Morgendämmerung. Nicht mehr wirklich Morgen, doch auch noch nicht ganz Tag. Der Geruch wird so stark, dass er seine Reißzähne nicht mehr zurückhalten kann. Noch hat er es nicht gesehen. Noch besteht die Möglichkeit, dass es nicht Wirklichkeit ist.

Erik öffnet die Tür weiter, ohne den Raum zu betreten. Nach einer Ewigkeit kommt das Fußende des Bettes zum Vorschein. Darauf liegen leblose Beine, ein Bauch und ... so viel Blut, er kann auf den ersten Blick nicht sagen, ob er auf das Innere oder das Äußere des Körpers sieht. Es ist einfach alles dunkelrot und nass.

Die Arme sind unnatürlich verdreht und er ist sich sicher, dass er einen Knochen gesehen hat. Der Form nach eine Rippe.

*Ihr Gesicht ... Oh Luna, das hätte nicht passieren dürfen. Vergib mir!*

Das kann er sich nicht länger ansehen. Es sieht grausam aus. Es sieht aus wie die Rache einer eifersüchtigen, verschmähten, trauernden, wahnsinnigen Frau.

Erik sammelt seine ganze Kraft, holt tief Luft und schreit dann, so laut er kann: »Adrian!«

Er soll aufräumen und Luna für ein Begräbnis herrichten. Langsam schließt er die Tür und sperrt das Morgenlicht aus dem Treppenturm aus. Die Dunkelheit, die lediglich von den dezenten, gedimmten Wandbeleuchtungen erhellt wird, wirkt wie ein trostspendender Mantel auf ihn. Er will den Tag jetzt nicht sehen.

Zu schwer ist sein Herz, um Licht zu akzeptieren. Valea versucht, ihn in ihre Rachespirale hinein zu zwingen und indem sie die Regeln der Burg gebrochen hat, hat sie sich selbst zum Tode verurteilt.

Sollte sie je wieder einen Fuß auf diese Burg setzen, muss er sie töten. So sehr es ihm auch widerstrebt, muss er jetzt nachsehen, ob sie noch hier ist. Aber das glaubt er nicht. Sie ist sicher schon über alle Berge. Was soll er jetzt nur tun? Hoffentlich wird Adrian schnell mit den Vorbereitungen für eine Beerdigung fertig.

*Wieso ist er noch nicht hier? Ich muss nach Valea sehen.* »Adrian! Komm her!« Ungeduld und Überforderung machen sich in Eriks Stimme breit, die die ganze Burg erfüllt.

*Adrian wird nicht kommen, niemand wird kommen. Jetzt sind nur noch wir beide übrig.*

Valeas Stimme hallt in seinem Kopf wie eine Fata Morgana. Wie ein Geist, der ihn heimsucht.

*Sie ist noch hier!*

Er ist wie gelähmt, das hat er nicht erwartet. Sie hat ihm eine Falle gestellt. Dadurch dass sie durch ihre Gedanken mit ihm spricht, kann er nicht feststellen, wo sie sich befindet. Er bleibt auf den Stufen stehen und horcht durch die Stille auf dem Anwesen. Nichts bewegt sich.

Niemand spricht. Wo ist sie? Weit von Lunas Zimmer entfernt, ist sie sicher nicht.

Seine Reaktion auf das Grauen, das sie für ihn hinterlassen hat, hätte sie sich nicht entgehen lassen.

»Und«, fragt er in die Schatten des Treppenturms, »was hast du jetzt vor?«

*Ich mache dir ein Angebot. Komm mit mir. Lass uns Godric rächen und von vorne anfangen. Lass uns Kriege anzetteln und Menschen vor Angst in den Wahnsinn treiben. Ich will die Welt brennen sehen. Du hast genug in dieser Burg herumgesessen wie ein Greis. Der, der du jetzt bist, hat diese Kräfte nicht verdient!*

»Und wenn ich nicht will?«

*Folgst du deiner geliebten kostbaren Luna, wo auch immer ich sie heute Morgen hingeschickt habe.*

Erik beginnt langsam und vorsichtig weiter die Stufen hinunter zu gehen. Solange er sie nicht sehen kann, wird er sich gegen einen Angriff nicht angemessen wehren können. Wenn sie ihn angreifen will, muss sie ihm folgen.

Dann würde er ihre Bewegungen hören und sie orten. Sie muss sich hinter einer der Türen verstecken oder hinter der geschwungenen Mauer des Treppenturms.

Lautlos schreitet er die Stufen hinunter. Langsam, eine nach der anderen. Sein Blick ist nach oben gerichtet, denn er geht davon aus, dass sie über ihm ist, um sich auf ihn zu stürzen.

Plötzlich vernimmt er ein leises Klacken hinter sich. Etwas kleines Schweres ist auf den steinernen Boden gefallen. Er dreht sich instinktiv zu dem Geräusch um und bemerkt seinen Fehler sofort.

Zu spät. Ein Windhauch streift seine Wange und er kann die kalten Hände an seinem Hals unterhalb seiner Ohren spüren. Seine Augen tränken die Wände vor ihm in ein tiefes Ozeanblau und die Finger an seinem Hals fangen Feuer. Doch es hilft nicht mehr.

Mit dem Knacken seiner Wirbelsäule erlischt das blaue Licht im Treppenturm. Valea reißt den Kopf einmal kräftig hoch und trennt ihn so vom Rest des Körpers.

Mit einer wischenden Bewegungen über ihre Hände streift sie das Feuer von ihrer Haut ab und schickt es zu Eriks Haaren und seiner Kleidung. Es tanzt förmlich zurück zu seinem Schöpfer. Die Flammen fangen sofort an, sich durch Eriks Haare zu fressen. Valea steht einen

Moment da. Sie genießt die Wärme, die das Feuer ausstrahlt und suhlt sich in ihrem Erfolg. Nach einer Weile lässt das Gefühl von Triumph wieder nach und die gewohnte Leere macht sich in ihr breit. Die Leere, die in ihr wohnt, seit sie weiß, dass Godric nicht mehr da ist.

Er hätte es geliebt, diese Dinge mit ihr zu tun. Wieso haben sie es nicht eher getan? Die Burg ist nun ein Grab. Von den Vampiren zeugen nur noch Aschehaufen. Doch die Menschen werden so liegen bleiben, wie sie sie zurückgelassen hat und noch als Skelette hier hausen. Eine Aufgabe hat sie aber noch. Sie sucht in ihrer Hosentasche nach dem Zettel, den sie auf Jonas Schreibtisch gefunden hat, als sie die Nerds in ihrer Gruft von ihrem ewigen Leben befreite. Vor den Flammen des Feuers setzen sich die dunklen Zahlen und Buchstaben auf dem kleinen weißen Notizzettel deutlich ab.

*57°02′05.5″N 5°12′44.4″W*

*Wo mich diese Koordinaten wohl hinführen …*

Valea dreht sich vom Feuer weg und geht mit stolzem Gang, langsam und elegant die Treppen hinunter, aus der Burg hinaus und in den Wald.

Im Tal angekommen, nimmt sie ihr Smartphone in die Hand und gibt die Koordinaten in ihr Navigationssystem ein.

Die kleine Nadel erscheint auf ihrem Display und das Programm beginnt augenblicklich in die Weltkarte zu zoomen.

*Bingo! Schottland, Ian? Wie unkreativ.*

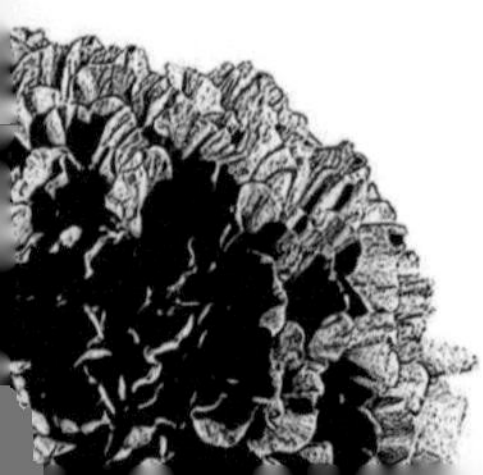

# Kapitel 24

Ian brauchte drei Tage im Hotel und eine oder zwei Seelen, um genug Kraft aufzubauen, damit er es verlassen konnte. Das Loch in seinem Bauch und die gerissene Sehne in seinem Arm verursachten anfangs einen stark brennenden, später einen dumpfen, pochenden Schmerz.

Am Ende des zweiten Tages wurde der physische Schmerz erst von der Scham über die verwesenden Leichen der Callgirls in seiner Hotelbadewanne und später von der Sorge über die fehlende Antwort von Luna abgelöst.

So sehr hat er sich gewünscht, sie würde ihm noch eine Chance geben. Dass seine Tat sie überzeugt, dass er ihr nie etwas antun würde. Doch bisher straft sie ihn mit einem quälend leeren E-Mail-Postfach.

Er checkt aus dem Hyatt-Hotel am Medienhafen aus und bemerkt zum ersten Mal, dass der graue Himmel verschwunden ist und der Mai sein goldenes Gesicht zeigt. Pärchen gehen am Ufer des Rheins spazieren und Touristen machen Fotos von den schiefen Gehry-Bauten.

Die Sonne wärmt sein Gesicht, während er ein Taxi auf sich aufmerksam macht. Er hat keinen Moment genutzt, um sich diese Stadt anzusehen. Er wollte sie ursprünglich mit Luna erkunden und nun ist er allein hier. Ihm graut es bei dem Gedanken daran, dass sie vielleicht niemals antworten wird.

Doch noch hat er Zeit und kann warten. In Schottland kann er sich ablenken und alles vorbereiten, für den Fall, dass Luna zu ihm kommt. Der letzte Stich ins Herz ist der Anblick des Rheinturms aus dem Flugzeug heraus.

Dann liegt Düsseldorf hinter ihm, sein Postfach ist unerreichbar unter dem Flugmodus verborgen und er kann nichts weiter tun, als zu versuchen, seine Gedanken auf seine alte Heimat zu lenken.

Mit dem Motorrad braucht er gute dreieinhalb Stunden vom Flughafen Edinburgh bis zum Tal in den Highlands, das von Bergen umgeben ist. Im Winter sind die Gipfel mit Schnee bedeckt. Aber jetzt, an der Schwelle zum Sommer, sind die wilden Wiesen um das Haus mit Heideblüten übersät und die Gipfel dunkel vor dem blauen Frühlingshimmel.

Es ist das Tal, in dem vor etwas über 700 Jahren seine Eltern einen Hof hatten. Irgendwann hat er das gesamte Tal bis zu den Berggipfeln gekauft und mit seinen eigenen Händen im 14ten Jahrhundert ein Haus dorthin gebaut. Es liegt nur dreißig Meter von dem Bach entfernt, indem sie sich als Kinder immer gewaschen haben. In der Ferne kann er das Haus schon gut erkennen, während er darauf zu fährt. Es gibt keinen Zaun und nur ein paar alte Steinplatten als Wegweiser zur Tür des Hauses im Cottage Stil.

Umringt ist es von einem wilden Garten mit allerlei heimischen Pflanzen, die sich in den letzten Jahren frei ausbreiten konnten. Das Reetdach müsste wieder etwas geflickt werden. Ansonsten sieht das Haus noch sehr gut erhalten aus. Der Lack blättert hier und da von den verwitterten Holzläden ab. Doch die Mauern stehen noch wie eh und je.

Die einst weißen Holzfenster und die grüne Tür passen gut zu den Natursteinen, aus denen Ian sein Zuhause gemauert hat. Es ist ein wirklich mittelalterlich anmutendes Häuschen, doch man kann sich direkt wohl darin fühlen. Die Decken sind etwas niedriger, als man es mittlerweile gewohnt ist, und die Holzdielen des Bodens lassen die Räume kompakt, aber heimelig wirken. Im Wohn- und Schlafbereich gibt es offene Kamine, die im Winter das ganze Haus erwärmen.

Er hat keinen Zweifel, dass sich auch Luna hier wohlfühlen würde. Abgesehen davon, dass er dann wohl oder übel ein Badezimmer einbauen müsste. Im unteren Teil sind die Küche und der Wohnbereich, dann gibt es eine kleine Treppe in der Mitte, die hinauf in den Schlafraum führt. Von dort hat er noch den Dachboden begehbar gemacht, aber mehr als ein paar staubige alte Bücher, das Werkzeug, das er zum Hausbau und für Reparaturen nutzt und die hölzernen Dachbalken gibt es dort nicht.

Etwa einen Kilometer vor seinem Haus hört die asphaltierte Straße auf und geht in einen Feldweg über. Hier steigt Ian von seinem Motorrad und stellt es ab. Niemand außer ihm verirrt sich normalerweise in diese Gegend. Den Rest geht er gemütlich zu Fuß. Er bemerkt die Vorfreude in seinem Inneren. Dieser Ort ist das, was für ihn einem Zuhause am nächsten kommt. Ein Anflug von Geborgenheit macht sich in ihm breit, als er auf sein Heim blickt.

Mit dem Garten davor, der die letzten Jahre wirklich frei wildern konnte, sieht es noch besser aus, als letztes Mal, als er hier war. Auf seinem gemütlichen Weg dem Häuschen entgegen, versucht er, jedes Detail ganz bewusst wahrzunehmen. Das satte Grün der Wiesen im Tal um das Haus, das dezente Rauschen des Baches neben ihm und die majestätischen Berge, die sich vor dem klaren, blauen Himmel aufbauen.

Er kann mit seinen scharfen Augen bis in die Fenster des Hauses blicken. Die altmodischen Klischee-Vorhänge aus weißer Spitze bringen ihn unwillkürlich zum Lächeln. Er hat sie nur, weil er sich immer vorstellt, seine Mutter hätte so etwas gemocht, hätte es das damals schon gegeben.

Plötzlich werden seine Schritte langsamer.

*War da gerade ein Schatten hinter dem Fenster?*

Er schüttelt den Gedanken ab. Wer soll sich bis hierher wagen und wozu? Es gibt weit und breit nichts – außer Natur und Stille. Wahrscheinlich hat eine der Gardinen einen Schatten geworfen.

Durch die Schäden am Dach wird etwas Wind durch das Haus ziehen. Das ist das Erste, das er vor Lunas Besuch reparieren muss. Die Hoffnung, dass sie sich bei ihm melden wird, bleibt hartnäckig in seiner Brust. Klammert sich fest, wie ein Ertrinkender an Treibholz.

Endlich ist er vor seiner grünen Tür angekommen. Er bekommt wieder dieses Gefühl. Das Gefühl, das er hatte, als sich der Vorhang bewegt hat. Irgendwas stimmt hier nicht.

Der Dreck vor seiner Türschwelle wurde vom Türblatt zur Seite geschoben wie von einem Scheibenwischer. Es sieht so aus, als sei das erst kürzlich passiert. Abgesehen davon liegen verschiedene Gerüche in der Luft, die nicht zu seinem Haus passen. Es riecht nach Edelflieder und … Blut.

Es riecht nach der Burg in Rumänien. Sein Herz würde einen Moment aussetzen, wenn es schlagen würde. Der Blutgeruch und das Fehlen von Wärme ersticken jedoch das Kribbeln in seinem Bauch und den Gedanken, es könnte Luna sein. Jemand aus der Burg ist in seinem Haus, aber niemand mit einem Herzschlag, denn es ist immer noch still darin. Ohne Zweifel hat man ihn schon kommen sehen, er kann nur versuchen, nicht zu offensichtlich tiefer in eine Falle zu tappen. Die Tür ist noch nicht ganz auf, da hört er schon ihre Stimme.

»Schön, dass du endlich da bist. Ich hatte schon fast Angst, du wärst doch woanders hingegangen.«

»Was machst du hier? Woher weißt du von diesem Haus?« Ian tritt ein und sieht Valea auf seinem Sessel in der Wohnstube vor dem Kamin sitzen. Darin lodert jedoch kein Feuer und auch sonst ist es düster in dem kleinen Raum. Sie wollte die Überraschung wohl nicht durch Rauch im Schornstein verraten.

»Oh, von einem Freund einer Freundin. Aber ich war schon etwas enttäuscht, dass du mich noch nie zu dir nach Hause eingeladen hast. Ich wusste ja nicht mal, dass du so etwas wie ein Zuhause hast. Nettes Plätzchen. Ich verstehe, warum du Luna hierher bringen wolltest.«

Mit den Worten steht sie auf. Ihre Stiefeletten aus schwarzem Leder mit Pfennigabsätzen klicken auf dem alten Echtholzfußboden. Das bisschen Licht, das der Raum abbekommt, spiegelt sich in ihrer ebenfalls schwarzen Lederhose. Es ist genug Licht für Ian, um die winzigen Blutsprenkel auf ihrer olivgrünen Bluse zu sehen.

*Hierher bringen wolltest?*

Das klingt nicht gut. Das klingt überhaupt nicht gut. Aber ihr kann nichts passiert sein, sie ist auf der Burg oder nicht? »Was meinst du damit? Wo ist Luna?«

»Ich hatte gehofft, dass du das fragst, und ich will dir diese Frage so detailliert beantworten, wie ich kann. Aber ich möchte den Boden hier nicht beschädigen, daher möchte ich dir zeigen, was ich für uns vorbereitet habe.« Noch bevor Ian etwas erwidern oder über Flucht nachdenken kann, fangen Valeas Augen an zu leuchten, dann schnippt sie mit den Fingern ihrer rechten Hand und Ian stockt in seinen Bewegungen.

Bis auf seine Augen, die Valeas Bewegungen folgen, rührt sich nichts mehr an ihm. Sie geht auf ihn zu und bleibt vor dem Treppenabsatz mit dem Rücken zu ihm stehen, dann dreht sie sich mit einem satten Lächeln zu ihm um und schnippt erneut. Ian beginnt zu schweben.

Es fühlt sich an, als ob er durch eine Leine mit Valea verbunden ist. Sie steigt die Stufen der Treppe hinauf und er schwebt in immer dem gleichen Abstand hinter ihr her. Bis zum Dachboden wird er hilflos hinterhergezogen. Dort oben hat sie schon Kerzen entzündet und die Ketten mit den riesigen Haken um die Dachbalken befestigt, die er damals zum Ziehen der Holzstämme benutzt hat.

Sie sind lang, ähnlich wie Fleischerhaken, an denen beim Metzger Rinderhälften hängen. Es wirkt, als hätte sie vor, eine Séance zur Geisterbeschwörung abzuhalten. Aber das ist wohl nicht, was sie im Sinn hat.

Mit lässigen Handbewegungen dirigiert sie ihn vor die Haken und rammt sie in Ians Rücken. Sie sind scharf und bohren sich tief in seine Haut, suchen sich ihren Weg nach oben und kommen erst dreißig Zentimeter später wieder aus ihm hervor.

Jetzt hängt er da wie die eben genannte Rinderhälfte. Das Blut läuft ihm über den Rücken in die Hose. Sie schnippt erneut und Ian hat die Gewalt über seinen Körper wieder zurück, doch das bringt ihm nicht viel. Er kann mit den Zehenspitzen immer noch den Boden berühren, doch weiß er, dass er dafür bald keine Kraft mehr haben wird. Ihm ist bewusst, dass dies nicht nur sein Ende ist, sondern auch, dass es nicht schnell gehen wird.

»Da hast du recht. Das hier wird nicht schnell gehen. Aber einen Wunsch werde ich dir erfüllen, du wirst in allen Einzelheiten erfahren, was passiert ist.« Daraufhin berührt sie zärtlich seine Wange, schließt ihre Augen und schickt einen ersten Vorgeschmack an Erinnerungen in sein Bewusstsein.

Schreie zerreißen die Stille in der Burg. Immer wieder hallen sie durch die leeren Zimmer. Sie prallen von den kalten, steinernen Wänden ab. Vögel flüchten aus den Bäumen im angrenzenden Wald. Niemand sonst hört die Schreie.

Sie sind markerschütternd. Langgezogene, tiefe Klänge wie aus dem Schlund eines Dämons. Sie dauern an, bis die Lungen, die eben noch tief und gierig nach Luft gesogen haben, nun restlos leer sind.

Ihre Hände sind rot gefärbt von ihrem eigenen Blut. Sobald sie wach wird, kann sie nichts sehen, nichts hören, nichts riechen. Das Einzige, was sie wahrnimmt, ist der brennende Schmerz im Bauch, in der Brust, den Armen und in ihrem Gesicht. Ihre Knochen knacken und es klingt, als würde ihre Haut weiter einreißen. Sie schreit erneut, bis sie keine Luft mehr in den Lungen hat, dann wird sie wieder ohnmächtig.

Die Holzdielen des Dachbodens unter Ian sind bereits blutgetränkt. Es dämmert und die Kerzen werden immer präsenter im Raum. Für Ian sind ihre flackernden Flammen allerdings nur noch schemenhafte Punkte im Dunkeln. Seine Kleidung ist zerrissen und hängt in Fetzen teilweise an seinem Körper, teilweise liegt sie auf dem Boden vor ihm. Sein Oberschenkel wächst unter brennendem Schmerz wieder zusammen.

Valea hat sein Bein mit einer einfachen Handbewegung abgerissen und, während er bewusstlos war, mit einem Druckverband wieder an seinem Stumpf fixiert. Der Heilungsprozess ist schmerzhaft. Schlimmer als das Loch in seinem Bauch vor ein paar Tagen. Es ist ein Gefühl, als hätte Valea noch Salz in die Wunde gestreut, dabei sind es die Nerven und Sehnen, die sich langsam wieder verbinden und die tote Haut, die sich erneuert. Er kennt diesen Schmerz schon von den unzähligen verlorenen Kämpfen mit Godric. Die Art der Folter, die Valea einsetzt, ist die, die er nicht erträgt. Die emotionale Qual. Das Wissen, dass er kläglich versagt hat, Luna zu beschützen und wie sehr sie leiden musste, bringt ihn dazu zu flehen, dass dieses

Martyrium endlich ein Ende findet. Die Bilder, die sie ihm zeigt, ihm übermittelt, sind schmerzhafter als jeder ausgerissene Körperteil. Schemenhaft nimmt er wahr, wie sich jemand auf ihn zubewegt. Es ist ihm unmöglich, etwas zu erkennen, doch es ist ohnehin klar, dass es sich um Valea handelt. Er spürt noch ihre kalte Hand auf seiner vor Fieber glühenden Wange. Ein gequälter, zweckloser Laut des Protestes entkommt ihm, dann zwingen sich schon die Bilder vor sein inneres Auge.

Lange, kastanienbraune Haare liegen verklebt und voll Blut auf einem schneeweißen Kopfkissen. Ihre Augen sind zu, doch ihr Mund steht weit offen. Die oberen Zähne sind blutrot und die Zunge hängt unnatürlich weit hervor.

*Bitte nicht, lass es mich nicht nochmal sehen. Ich ertrage das nicht nochmal.*

Ihr Unterkiefer ist ausgerenkt und daher viel zu tief. Dort, wo die Zungenspitze endet und ein normaler Mund sein Ende findet, ist bei Luna noch nicht Schluss.

Die Zunge liegt auf dem Mundboden, der noch ein paar Zentimeter weiter geht und dann erst die untere Zahnreihe präsentiert. Blut füllt auch die untere Hälfte ihres Gesichts. Ian kann sehen, wie gequält ihr Körper aussieht. Sie muss unmenschlichem Leid ausgesetzt gewesen sein und er war nicht da. Er konnte ihr nicht helfen.

»Ich kann deinen Schmerz spüren. Wie rührend! Ich möchte, dass du dich ihr näher fühlst. Ich zeige dir, wie sie sich gefühlt hat.« Mit diesen Worten tritt sie an Ian heran und umfasst seinen Unterkiefer. Dann zieht sie daran, langsam und qualvoll. Er spürt, wie die Haut seiner Mundwinkel spannt. Erst brechen jedoch die Knochen des Unterkiefers. Dann zieht Valea weiter, bis die Mundwinkel einreißen. Kurz darauf wird es schwarz um Ian.

Sie weiß nicht mehr, wie oft sie schon wach geworden ist, nur um vor Schmerzen direkt wieder bewusstlos zu werden. Es fühlt sich an wie eine Endlosschleife voll verschwommener Eindrücke, Schmerz und Dunkelheit.

Zum ersten Mal hat sie nun die Kraft, sich umzusehen. Sie liegt in etwas, das mal ein Bett gewesen sein muss. Es ist eine vermoderte, teilweise mit Schwämmen und Moos bewachsene Matratze und ein Holzgestell, das am Fußende zusammengebrochen ist. Der Lattenrost liegt schräg in der einstigen Schlafstätte, da er nur noch am Kopfende verankert ist. Um sie herum liegen weitere Teile von dem, was einst hölzerne Möbel gewesen sein müssen. Ein Stuhl steht vor den Fenstern ohne Glas und in den Wänden fehlen teilweise Steine der Grundmauern.

Der gesamte Raum und das Gebäude dazu sehen nicht besonders stabil aus. Sie kann den kalten Wind spüren, der durch die Öffnungen in der Mauer und durch die Fenster fegt. Doch die Kälte dazu spürt sie nicht.

*Wo bin ich?*, ist ihr erster Gedanke, gefolgt von: *Wer bin ich?* Sie versucht, aus dem zusammengebrochenen Bett aufzustehen, und sieht dabei zum ersten Mal an sich herunter. Ihre Kleidung ist zerrissen und voll mit Blut. Das würde zumindest die Schmerzen erklären, die sie so gequält haben, auch wenn diese bereits beinahe abgeklungen sind. Sie muss sich umsehen, versuchen herauszufinden, wo sie ist. Es sind nur zwei Schritte bis zum Stuhl vor dem ehemaligen Fenster.

Der Blick nach unten führt in etwas, das entfernt an einen Garten erinnert. Wilde Wiesen wachsen um kleine Steine und Edelflieder wuchert über das gesamte Gebiet. Zur Rechten des Gartens ist eine Steilklippe. Ein paar Reste einer kleinen Mauer stehen dort noch. Sie erinnert sich vage an eine Frau, die dort unten stand und versuchte, sich von einem Mann weg zu drücken.

*Godric!*, hallt es in ihrem Kopf wieder. Der Name klingt vertraut, doch so richtig viel fällt ihr dazu nicht ein. Sie räuspert sich, denn ihre Kehle brennt. Wahrscheinlich hat die auch was abbekommen, in dem zugigen Zimmer und bei was auch immer dort geschehen ist.

Zu ihrer Linken hängt eine morsche Holztür halb in den Angeln. Sie greift danach und ist überrascht, wie leicht sie ist. Ohne Mühe stellt sie die Tür beiseite und tritt in den düsteren Treppenturm.

Auf den ersten paar Stufen treffen ihre Füße auf kleine Häufchen Staub. Es knirscht, wenn sie darüber läuft. Hier wird schon lange niemand mehr gewesen sein. Ein Windhauch wirbelt etwas von dem Staub auf und weht ihr einen bekannten Geruch in die Nase. Sie atmet tief ein und bemerkt noch einen weiteren. Etwas Unangenehmes, Krankes.

Der Staub auf ihrer Haut verursacht das Gefühl von tausenden kleinen Nadelstichen. Sie reibt sich die Arme und das Gesicht, um das Gefühl zu verscheuchen. Dann folgt sie den Stufen und muss am Treppenantritt über eine zusammengebrochene Mauer klettern.

Links von ihr ist ein sehr großer Saal mit gebrochenen, angelaufenen Spiegeln und ganz links an der Wand von dem großen Saal führt eine weitere Treppe hinunter. Sie bekommt das Gefühl, der Treppe folgen zu müssen und klettert weiter über lose Steine den Stufen entgegen.

Mit einem Klaps ins Gesicht wird Ian unsanft wieder auf den Dachboden geholt. Er fühlt sich schlapp und hilflos. Jetzt und hier würde er alles dafür tun, dass sie ihn nie wieder aufwecken kann. Dass er für immer in dem schwarzen Nichts verschwindet.

Ohne diese Schuld und die grenzenlose Scham, die er empfindet. Der Kiefer verheilt sehr langsam und Ian verliert immer wieder das Bewusstsein. Valeas Stimme klingt mittlerweile anders. Sie wirkt ebenfalls müde oder zumindest gelangweilt. Hoffnung keimt in Ian auf, während er den veränderten Tonfall bemerkt.

*Vielleicht hat es ja doch bald ein Ende.*

»Wach auf. Ich will weiterspielen! Ich hab hier etwas Blut für dich besorgt. Feinste Berghasen- und Rotfuchs-Jahrgänge.« Ian sieht sie voller Hass an. Sie ist immer noch nicht fertig mit ihm. Er versucht sie anzuspucken. Doch mehr als ein feiner Sprühregen entkommt seinem losen Mund und dem ausgetrockneten Körper nicht.

Diese kleine Bewegung kostet ihn schon so viel Anstrengung, dass er nur noch in den Haken hängt, ohne sich am Boden abzustützen.

»So wird das wohl nichts.« Ihre Augen beginnen zu leuchten. »Trink das jetzt restlos aus.« Dann reißt sie unsanft seinen Kopf nach hinten und gießt das Tierblut langsam aus einem Becher in seinen Rachen. Das Blut zeigt schnell Wirkung und sein Kiefer wächst knackend zusammen. Valea lässt seinen Kopf los und er fällt widerstandslos nach vorn. Abwartend steht sie vor Ian. Sein Körper ist noch so damit beschäftigt, sich selbst zu heilen, dass er nach einer Weile nicht sicher ist, ob sie noch dort steht. Langsam fängt er an, den Kopf zu heben.

Die Farbe kehrt in sein Gesicht zurück und er beginnt genau in dem Moment wieder klar zu sehen, in dem Valea ihre Hand nach ihm ausstreckt.

»Bitte nicht. Bitte töte mich. Ich flehe dich an.« Seine Stimme klingt rau und heiser vom Blut in seinem Rachen und dem Schreien. Eine Träne entkommt seinem Augenwinkel.

Valea lächelt von einem Ohr zum anderen: »Ja, genauso hatte ich mir das hier vorgestellt. Du bist ein guter Junge, Ian! Dafür darfst du nochmal Luna sehen.« Obwohl er versucht, nicht hinzusehen, schickt sie eine weitere Erinnerung an Lunas Folter in sein Bewusstsein.

Er sieht einen weißen Untergrund aus Stoff wie die Bettwäsche auf der Burg. Zuerst erkennt er eine Hand, die noch die verdrehte Bettdecke festhält, dann folgt der Unterarm, der mit Blutsprenkeln bespritzt ist. Kurz darauf sieht er eine blutige Öffnung im Arm und einen weißen Knochen herausragen. Ian wendet sich ab und verursacht damit ein kurzes, kaltes Lachen von Valea.

*Vor seinen Gedanken kann man sich nicht abwenden, Ian!*

Unbarmherzig geht der Blick weiter Richtung Lunas Körpermitte. Er kann ihre Eingeweide früher sehen, als die Haut auf ihrem Bauch. Die Bauchdecke ist aufgerissen und ein Teil ihres Inneren liegt neben ihr. Die Bettdecke um Lunas Körpermitte glänzt, weil das viele Blut nicht von ihr aufgenommen werden konnte. Ians Körper beginnt sich zu wehren und schüttelt sich krampfartig.

Valea bricht die Übertragung der Gedanken ab, um ihn zu stabilisieren. Ohne Zauberkräfte wäre sein Geist schon längst gebrochen und er wäre nur noch eine sabbernde Hülle, die durch ihren Hunger für Chaos auf den Straßen sorgen würde. Sie hält sein Gesicht umklammert und sieht ihm tief in die Augen. Erst schaut er erschöpft und verwirrt umher, doch dann fokussieren seine Augen die ihren und sein Hass auf sie schwillt, durch die Kraft, die ihm das Tierblut gegeben hat, wieder an. Er schenkt ihr einen Blick, der einen winzigen Widerstand erkennen lässt, gepaart mit ganz viel Verzweiflung.

»Da bist du ja schon wieder. Wir sind doch noch lange nicht fertig!« Valea greift zu und reißt Ian auf dieselbe Weise die Bauchdecke auf wie zuvor bei Luna.

Es ist stockdunkel im Keller. Nicht ein einziger Lichtschein dringt bis an diese kalten, muffigen Wände. Es riecht nach Schimmel und an der Wand zeigen schmierige, verfärbte Spuren den Pfad des Wassers an, das sich durch den Stein einen Weg nach innen gesucht hat.

Obwohl sie kaum die Hand vor Augen erkennen dürfte, bemerkt sie, dass sie doch alles klar sehen kann. Sie sieht in pulsierenden Grautönen. Sie hat das Gefühl, als wäre das nicht normal und trotzdem macht es ihr keine Angst.

Als wüsste sie tief im Innern, dass es gut so ist. Eine große Nische zu ihrer Linken ist leer bis auf einen Haufen Scherben von zersplittertem Glas. Gegenüber der Treppe an der Wand liegen Holzteile, die einmal Schreibtische gewesen sein müssen. Sie nähert sich den Trümmern der Möbel und hockt sich hin.

*Was hier wohl passiert ist?*

Der Boden und die Tische sind teilweise mit ungewöhnlich viel Staub bedeckt. Sie streicht mit dem Finger hindurch und bekommt sofort eine Gänsehaut von dem kribbelnden, stechenden Gefühl, das er auf ihrem Finger auslöst. Genauso wie zuvor im zerfallenen Treppenturm.

*Ich denke, es ist besser, wenn ich hier nichts mehr anfasse.*

Sie folgt der Treppe wieder nach oben und geht durch die schwere, große Eichentür, von der sie denkt, dass es der Ausgang ist. Die Tür klemmt und schleift über den Boden, aber das ist nichts, was ein kleiner Stoß nicht lösen kann. Mit der Schulter lehnt sie sich gegen die Tür, die knackend nach außen schwingt, während sie hochkant in der Mitte durchbricht. Über die Kraft wundert sie sich zwar schon etwas, doch es passt zu der skurrilen Gesamtsituation, in der sie sich befindet.

Daher wird der Umstand jetzt erst mal ignoriert und weiter das Gelände nach Hinweisen darauf erkundet, wo oder wer sie ist. Das Erste, das ihr vor dem Gebäude auffällt, ist dieser ekelhafte Geruch nach verdorbenem Fleisch. Als würde man eine Packung Hackfleisch aus dem Kühlschrank nehmen, denken, es wäre noch gut und mit einem tiefen Atemzug dran riechen, nur um dann festzustellen, dass man eine große Nase Verwesung eingeatmet hat.

*Wo kommt dieser Geruch her? Draußen, im Nirgendwo, bei einer verfallenen Burg?*

Sie folgt ihm.

Sie kann dem Geruch nachgehen, als hätte er eine sichtbare Spur auf seinem Weg hinterlassen. Es ist so einfach wie Atmen. Sie läuft über die wilde Wiese, an vermodernden, moosbewachsenen Picknick-Tischen vorbei, zu einem Gebäude ohne Dach. Es steht direkt an der äußeren Mauer und wirkt wie eine altertümliche Küche. Sie kann durch die fehlende Tür schon die Kochstelle mit dem Ofen darunter erkennen. Drin liegen Teile des eingefallenen Dachs verstreut. Doch dort liegt noch etwas.

Etwas, das nicht ganz ins Bild passt. Sie geht näher ran, obwohl der Geruch ihr bald den Verstand raubt. Ihre Nackenhaare stellen sich auf und alle Muskeln in ihrem Körper spannen sich an. Dort liegen Menschen. Sie sind schwer zu erkennen, denn die Haut wurde teilweise schon von Maden und Fliegen verzehrt. Es sind so viele, dass sich die Haare und Kleidungsstücke der Toten bewegen.

Was nicht ins Bild passt, ist die Kleidung, die sie tragen. Sie sieht nicht mittelalterlich oder überhaupt alt aus. Sie sieht aus, als wären diese Personen vor wenigen Tagen gestorben. Die Kleidung ähnelt ihrer eigenen, bis auf die Blutflecken und die Risse.

*Mache ich das jetzt wirklich? Sie könnten mir passen und sauberer sind sie auch.*

Mit den Lumpen, die sie noch anhat, so voller Blut, kann sie definitiv nicht in die Zivilisation, sofern es diese noch gibt. Sie braucht die Kleidung der Frau am Boden. Aber das bedeutet, sie muss sie erst ausziehen, die Maden abschütteln und hoffen, dass die Körperteile nicht von selbst abfallen. Allein der Gedanke daran lässt sie zusammenzucken. Doch es hilft nichts, sie versucht, sich geistig darauf vorzubereiten, und stellt sich die Schritte einzeln vor. Erst die Schuhe ausziehen, dann die schwarze Stoffhose öffnen und am Fußende ziehen, bis sie ausgezogen ist. Danach die schwarze Bluse. Das wird anstrengender werden. Sie muss die Knöpfe öffnen und dann jeden Arm einzeln herausziehen.

Aber als Schuhe wird sie ihre eigenen anlassen. Alles andere ist zu widerlich. Selbst jetzt. Sie geht auf die Frau zu und hebt ein Bein an. Es schmatzt laut, als sich die feuchte, schmierige Hose vom Boden löst und sie sieht, wie abartig stinkende Flüssigkeit aus dem Stoff läuft. Ruckartig dreht sie sich weg und beginnt zu würgen. Das schafft sie niemals und die Kleidungsstücke sind auch nicht sauberer als ihre.

Immer noch würgend und gekrümmt, verlässt sie den Raum. Draußen stützt sie sich auf allen vieren ab und schafft es nur mit Mühe, sich nicht zu übergeben. Mit geschlossenen Augen denkt sie daran, wie schön es wäre, saubere, bequeme Kleidung zu haben. Das Gefühl von Stoff auf ihren nackten Unterarmen lässt sie die Augen wieder öffnen.

*Wie ist das möglich?*

Sie hat saubere Sachen an. Ihre alte Kleidung liegt in einem Haufen neben ihr. Leicht verwirrt und erleichtert steht sie auf und sieht auf den Haufen blutgetränkter, zerrissener Lumpen. Etwas Glänzendes schaut aus ihrer alten Hosentasche raus. Der Bildschirm des Smartphones zeigt einen Taucher in einer Unterwasserhöhle und den Hinweis, dass es keinen Empfang hat.

*Bin ich das? Ist das mein Telefon?*

Eine fremde Stimme drängt sich in ihren Kopf: *Wir müssen üben, dann fällt es dir als Vampir leichter …*

Erschrocken dreht sie sich um. Doch es ist niemand da. Nur der Gestank nach Tod.

Sie hat jetzt wirklich genug von diesem verfluchten Ort. Das Telefon fest umklammert, rennt sie durch ein Loch in der Mauer, runter vom Anwesen – hinaus in den Wald, an alten, rostenden Autos vorbei, ihrem eigenen Schatten der Dämmerung folgend, den schützenden, frischen Bäumen entgegen.

Zwei Stunden später ist sie am Bahnhof in Sinaia. Auf ihrem Weg hat sie zwei Wölfe gebissen und ausgesaugt. Nachdem sie sich so gestärkt und danach eine Weile von ihrem Schock erholt hat, ist sie weiter bis zum Fuß des Berges gelaufen. Rasend schnell und doch ohne Mühe.

*Ein Vampir*, sagt sie zu sich selbst mit einer Mischung aus Unglauben und Resignation. Aber welche Geschöpfe saugen sonst noch Blut und sehen dennoch aus wie Menschen? Im Tal angekommen fängt ihr Telefon an, verrückt zu spielen. Sie bekommt Unmengen an Nachrichten über verpasste Anrufe und Mitteilungen verschiedener Apps. Die letzte Meldung macht sie neugierig. Es ist eine E-Mail von einem Jonas. Der Name kommt ihr bekannt vor. Es fühlt sich an, als wüsste sie, wer das ist, doch sie kann es nicht greifen.

Der Betreff lautet: ›Dein Weg ins Glück‹. Darin befindet sich ein Link, der eine Navigations-App aufruft und einen Ort in Schottland anzeigt. Danach fängt sie an, die anderen E-Mails zu lesen. Die von Ian, die von Godric und die vielen E-Mails mit erfundenem Inhalt an ihre Mutter, die noch am Verlauf dranhängen.

Dann fällt ihr alles wieder ein. Sie weint. Tränen fließen ihr in Strömen die Wangen herunter, als sie beginnt zu begreifen. Die perfekte Burg und ihre Magie sind verschwunden und somit muss auch Erik fort sein. Die Burg ist wieder so, wie sie war, als sie das erste Mal dort ankamen, bevor Valea ihre Wahrnehmung verzaubert hat, und sie erinnert sich an ihre eigene Folter und ihren Tod.

*Ich bin Luna und Valea hat mich umgebracht.*

Ihr Verstand beginnt zu rasen. Die Leichen in der Ruine können nur bedeuten, dass sie dasselbe mit allen in der Burg gemacht hat. Weil sie erfahren hat, dass Ian Godric besiegt hat, wird er wohl das nächste Ziel sein, wenn das nicht schon längst geschehen ist.

Und ja, sie ist jetzt selbst ein Vampir. Doch Erik hat sie so gut darauf vorbereitet, sodass sie das sogar am wenigsten überrascht. Sie beschließt, Ian nicht im Stich zu lassen.

Er hat das alles für sie getan und nun muss sie wenigstens versuchen, für ihn da zu sein.

Sie nimmt ein Taxi zum Bahnhof und manipuliert den Fahrer, kein Geld zu verlangen, weil sie keines hat und sie von ihm trinken zu lassen. Das Manipulieren funktioniert schon ganz gut, doch der Versuch, nur ein bisschen von seinem Blut zu nehmen, geht furchtbar schief. Als Luna bemerkt, dass der Mann keinen Herzschlag mehr hat, ist sie geschockt.

Das wollte sie wirklich nicht, doch es war so erschreckend einfach und sie kennt das Gefühl, jemanden getötet zu haben, schon von den Übungen mit Erik. Das ist vielleicht auch ein Grund, warum der erste Schock recht schnell vergeht. Sie muss lernen, sich zu beherrschen. Und das schnell. Es gibt noch sehr viele Menschen zwischen hier und Schottland.

Auf dem Weg in den Bahnhof, hofft sie inständig, dass man die Leiche im Auto erst bemerkt, wenn sie schon außer Landes ist.

Valea hat Ian nun schon fünf Tage am Stück gequält. Langsam ist es nicht mehr so anregend wie die ersten Tage und die Folter wird weniger kreativ.

Sie zeigt ihm keine neuen Bilder mehr. Immer nur Lunas grauenhaft entstelltes Gesicht. Dann reißt sie ihm einen

Finger oder den ganzen Arm aus und lässt ihn anschließend wieder anwachsen.

So wurden die Tage zu einsamen, langweiligen Wiederholungen von kurzer Folter und langer Bewusstlosigkeit.

Zwischendurch jagt sie viel zu kleine Lebewesen, um sich selbst zu stärken und Ians Qualen zu verlängern. Nicht zu viel, nur so viel, dass die Wunden noch heilen. Aber es verlangt ihr langsam nach Essen mit mehr Substanz und einer interessanten Jagd.

Schön wäre es doch, wenn Ian leiden würde, selbst wenn sie nicht in der Nähe ist. Den Tod, den er sich so sehr wünscht, gönnt sie ihm nicht. Umso mehr freut sie sich, als ihr die perfekte Lösung einfällt. Wie ein Kind am Weihnachtsabend hüpft sie freudig die Treppen zum Dachboden hoch und weckt Ian aus seiner seligen Bewusstlosigkeit.

»Ich weiß, du wünschst dir den Tod und du hast auch sehr artig und geduldig darauf gewartet. Daher habe ich mir überlegt, dich am Leben zu lassen. Aber mit zwei kleinen Geschenken von mir!«

Sie beugt sich ganz nah an sein Gesicht, nimmt sein Kinn in die Hand und zwingt ihn, sie anzusehen. »Du wirst ewig Leben und jedes Mal, wenn du einen Hauch von Glück spürst, wirst du Lunas zerstörten Körper vor dir sehen. Darüber hinaus wirst du unfähig sein, jegliche Handlungen auszuführen oder zu erbitten, die deinen Tod zur Folge haben könnten.«

Sie hat die Worte kaum ausgesprochen, da knackt es einmal ganz laut, gefolgt von einem Geräusch, als würde man Leder zerreißen.

Valeas abgetrennter Kopf fällt zur Seite und gibt seinen Blick auf die Treppe hinter ihr frei. Der Körper kippt just in dem Moment nach hinten, als Ian einen Geist erkennt.

Geschockt starrt er weiter geradeaus, auf eine Frau mit kastanienbraunem, langem Haar und beinah schwarzen Augen, die ein violettes Leuchten ausstrahlen. Sie geht auf ihn zu und hebt ihn mühelos aus den Haken. Vorsichtig lehnt sie ihn gegen einen der Balken, die das Dach tragen und gibt ihm von sich selbst zu trinken.

»Wer bist du?«, fragt er sie.

»Ich bin Eriks Tochter. Ich bin von seinem Blut und somit kann ich das tun, was er konnte.«

Ihre Augen fangen wieder violett an zu leuchten. Es ist das Schönste, das er je gesehen hat.

»Du sollst uneingeschränkt glücklich sein und über dein Leben entscheiden können«, hebt Luna den Fluch auf. Durch ihre Blutsverwandtschaft mit Erik ist sie nun ein Urvampir geworden. Somit ist sie die Einzige, die im Stande ist, Ian von Valeas Einfluss zu befreien.

»Aber du bist tot. Ich habe es gesehen!« Ian kann es nicht fassen und befürchtet zu halluzinieren.

»Eventuell hat dabei auch eine regelmäßige Portion Spezial-Tabasco, versetzt mit Eriks Blut, geholfen«, schickt sie augenzwinkernd hinterher.

»Wir sollten ein kleines Lagerfeuer machen. Aber was hältst du davon, wenn wir erst einmal wieder ganz von vorne anfangen?«, fragt Luna und hält ihm ihre Hand hin.

»Hi, ich bin Luna.«

Er nimmt ihre Hand und strahlt sie schwach mit dankbaren Augen an.

»Hi, Luna, ich bin Ian.«

# Epilog

Die Zikaden singen bereits ihr Gute-Nacht-Lied und läuten damit den Übergang vom Abend in die Nacht ein. Luna sitzt mit baumelnden Füßen am Rand der Cenote ›Corazón Azul‹ und beobachtet Ian dabei, wie er auf der anderen Seite noch einmal die Seile am Baum kontrolliert.

»Du hast einfach zu fest dran gezogen. Meine Knoten waren makellos!«, behauptet Ian.

Er kann den Vorwurf nicht auf sich sitzen lassen, er hätte sie nicht richtig festgezogen. »Vielleicht liegt das auch an dem stärksten Geschöpf der Welt, das daran gezogen hat?«

»Wenn du das sagst, mein Liebster, dann muss es wohl stimmen«, erwidert Luna mit einem Lächeln. Dann legt sie den Kopf zurück und genießt noch die letzten Sonnenstrahlen auf ihrem Gesicht. Dass das Leben jemals so wundervoll sein könnte, hätte sie niemals erwartet. Es ist November und die Hochsaison für den Urlaub in Mexiko hat gerade erst begonnen.

Nachdem Ian Luna geholfen hat, sich beim Trinken etwas zu zügeln – wenn sie das wollte – haben sie gemeinsam Schottland im August verlassen und Lunas Familie in Deutschland besucht. Ian wurde herzlichst aufgenommen und alle waren froh, Luna nach einer so langen, tropischen Erkrankung wieder wohlbehalten zu Hause zu sehen.

Es dauerte nicht lange, bis ihre Freunde sie fragten, wann sie endlich wieder mit ihnen tauchen gehen würde und so probierte sie zum ersten Mal aus, wie Tauchen eigentlich als Vampir ist. Natürlich mit Tauchausrüstung und allem Drum und Dran.

Wie sie erwartet hatte, war es noch viel schöner, mit den geschärften Sinneswahrnehmungen unter Wasser zu sein. Der größte Vorteil ist, dass sie in den heimischen Gewässern nicht mehr friert. Doch es wunderte niemanden, als sie kurz darauf anfing, wieder von den Cenoten in Mexiko zu sprechen. Ian machte dann tatsächlich eine offizielle Tauchausbildung und sie reisten noch vor der Saison nach Mexiko, um sich mit Javier Sánchez zu treffen.

Es brauchte einige Treffen und ein kleines bisschen Manipulation, aber dann wurden sie tatsächlich die neuen Eigentümer der Cenote ›Corazón Azul‹, inklusive des Grundstücks im Dschungel, das an das Senkloch angrenzt. Jetzt haben sie eine einfache Hütte dort und verbringen die meiste Zeit in Abgeschiedenheit über oder unter Wasser.

»Hast du Lust, heute Abend tanzen zu gehen?« Sie schwingt die Beine abwechselnd vor und zurück.

»Mit dir?«, erwidert Ian schmunzelnd, während er auf sie zugeht. Bei ihr angekommen, beugt er sich zu ihr runter, küsst sie zärtlich und flüstert: »Immer.«

# Danksagung

An dieser Stelle wird es Zeit, einmal ganz deutlich ›Danke‹ zu sagen!

Als ich angefangen hatte diese Geschichte in Buchstaben auf dem Bildschirm lebendig werden zu lassen, hätte ich nicht gedacht, das daraus ein echter, gebundener Roman erwächst. Viele Menschen um mich herum, haben mir dabei Mut zugesprochen oder mit Tipps tatkräftig unterstützt!

Ich danke meiner Mama, die die erste Person auf dieser Welt gewesen ist, die das Manuskript vollständig durchgelesen hat!

Hinzukommen: mein geliebter Bruder und meine Freundinnen Larissa und Jasmin – als kritische Testleser mit einem Auge fürs Detail!

Meine Autoren Kollegin Enya Tubbs, die mir mit Fachwissen und Kreativität, bei meiner Schreibentwicklung zur Seite stand und natürlich mein Tauchbuddy René, der mit seinen Anmerkungen den Roman - selbst für erfahrene Höhlentaucher, noch realistischer gemacht hat (auch wenn ich mir ein bisschen kreative Freiheiten beibehalten habe).

Ganz besonderen Dank, gebührt Sarah, die mit ihrem Korrektorat und vielem mehr, mein Debüt noch einmal ganz besonders aufpoliert hat. Weshalb es jetzt noch mehr glänzt als je zuvor!

Zu guter Letzt danke ich meinem Mann! Der all den Wahnsinn mit mir ausgehalten hat und hoffentlich, noch viel mehr mit mir zusammen aushält.

*Ich liebe dich!*

Lust auf Gestaltenwandler?

Erhältlich ab
April 2024

# FREMDE HAUT

## Wie wäre es mit Gestaltenwandlern, Werwölfen und Monsterjägern?

Die schüchterne Alicja flieht vor ihrem gewalttätigen Ex-Freund in die Einsamkeit eines Urwaldes.

Als zwei Jäger in ihre Gegend kommen, ahnt sie nichts von den Geheimnissen, die sie mitbringen. Was Wilhelm und Ulf jagen ist schlimmer, als Alicja sich vorstellen kann.

Die Vergangenheit droht sie einzuholen, denn ihre neuen Freunde sind nicht die Einzigen, die auf der Jagd sind.

# Vollmond im Wald

**Ist er eine Bestie oder wird die Bestie in ihm zum Mann?**

Zum Ableisten der Schuldknechtschaft ihres Vaters musste Ida im Jahr 1557 ein Stück durch den Wald laufen. Was sie in einer Vollmondnacht dort erwartete, war mehr als nur Kälte und Schatten. 16 Jahre später versucht ein junger Werwolf zu be-weisen, dass er bereit ist, in die Fußstapfen seines Vaters zu treten. Erst durch die Erpressung eines Feindes kommt ein Ge-heimnis ans Licht, das er lieber nie erfahren hätte. Es bringt jeden in seiner Nähe in Gefahr.

# Leseprobe

# Vollmond im Wald

von
Sabine Knop

# 03. Januar 1557

## 04:50 Uhr

## Der Morgen vor Vollmond

# Kapitel 1

Ihre flachen Halbschuhe gaben schmatzende Laute von sich, während sie im Laufschritt durch den matschigen Wald eilte. Sie hätte dem Pfad folgen können, den die Pferdegespanne nehmen, doch gehäufte Überfälle auf der Route machte diesen Weg gefährlich. Außerdem war es kürzer für sie, von ihrem Dorf und ihrem Elternhaus am Waldrand, direkt durch diesen hindurch zu laufen.

Zu dieser nächtlichen Stunde und war sie froh, dass der Mond hell genug schien, um ihr den Weg zu weisen. Doch er warf dabei lange, dunkle Schatten zwischen die Bäume. Der leichte Nieselregen ließ die Blätter tanzen und ein Flüstern in der Dunkelheit entstehen. Sie spannte jeden Muskel an, fixierte den Trampelpfad vor sich mit starren Augen und beschleunigte ihren Gang.

Mit ihrem Vater zusammen, war sie schon einige Male diese Abkürzung entlang gelaufen. Mit ihm war sie die ganze Zeit in Gedanken versunken gewesen und hatte nicht auf die Geräusche des Waldes geachtet. Er war ein großer Mann, der sie beschützen konnte. Wenn er neben ihr lief, war ihre größte Sorge, dass sie seine Schulden abarbeiten musste. Mit vierzehn Jahren war sie, ohne eigenes Zutun, in Schuldknechtschaft geraten. In der Wirtschaft war es stickig und die Betrunkenen fingen oft an sie anzufassen.

Sie merkte, wie bei diesen Gedanken, der Kloß in ihrem Hals größer wurde. Doch wenn sie sich weigern würde, für den Wirt zu arbeiten, käme ihr Vater in den Schuldturm und ihre Mutter und sie würden auf der Straße enden. Was sollte sie dann tun als Tochter eines Taugenichtses?

Ein Geräusch von raschelnden Blättern, unweit zu ihrer Rechten brachte ihre Aufmerksamkeit wieder zurück auf den Weg. Unwillkürlich stoppte sie in ihren Bewegungen. Sie stellte das Atmen ein und lauschte. Der Nieselregen legte sich kalt auf ihre Haut und ihre Kleidung. Der abgenutzte Stoff zog sie nach unten. Hielt sie an genau dieser Stelle, neben dem Geräusch fest. Das Rascheln wiederholte sich und Ihr Herz hämmerte gegen ihre Brust, schrie sie von dort zu verschwinden. Sie öffnete ihrem Mund einen Spalt breit und hauchte eine kleine Wolke verbrauchten Atems aus.

Genau in dem Moment setzten sich die Blätter wieder in Bewegung, doch diesmal war es direkt vor ihr und begleitet von etwas das sich wie ein leises Knurren anhörte. Die Last, die sie eben noch an Ort und Stelle hielt, löste sich in Luft auf und ließ sie in die Höhe springen. Dann raffte sie die Seiten ihres Rockes hoch und begann, so schnell der feuchte Boden es zuließ, zu rennen.

# Über die Autorin

Sabine ist Ende der 80er Jahre geboren und lebt mit Mann und Hund am Rande des Ruhrgebiets.

Die Phase als junge Erwachsene verbrachte sie in Düsseldorf, Amsterdam und verschiedenen Inseln in Asien. In ihrer Freizeit beschäftigt sie sich am liebsten mit Tauchen und Lesen. Dabei liegen die Genres Fantasy (Dark und Romance), Thriller, Psychothriller und Horror ganz vorne.

Den Gedanken, ein eigenes Buch zu schreiben, hatte sie schon als Heranwachsende, aber bei Kapitel 4, kam ihr dann die Pubertät dazwischen. Erst die Corona-Zeit brachte die nötigen Ressourcen und Motivation, um es nochmal zu probieren.

›Wo die Totenblumen tanzen‹ ist ihr Debütroman.